# 용사형에 처함

징벌용사 9004부대 형무기록

IV

CONTENTS

갈투일의 기밀 회의실은 몇 번을 방문해도 기분이 가라앉는다.

무겁고 음울한 공기가 방에 충만해 있다. 특히 안쪽에 있는 벽…, 연합왕국 문장을 본떠 만든 강철 장식이 그것에 박차를 가하고 있는 것 같다.

'기왕이면 좀 더 화려하게 꾸밀 수는 없었나?'

류펜 카우론은 생각했다.

그 장식이, 창문 없는 기밀 회의실을 더 폐쇄적인 공간으로 만들고 있는 것은 틀림 없다.

이러니 그의 《여신》인 니블렌느가 동행을 꺼리는 것도 수긍이 간다. 물론 그녀가 그것을 바라더라도 이 장소에 동석을 허락받을 리 없지만.

《여신》은 이곳에 출입할 수 없다. 순수하게 성기사 단장만을 위한 기밀 회의장이니까. 이것은 《여신》에 대한 정보를 설령 성기사 단장이라 해도 최대한 서로에게 밝히지 않겠다는 관습에 따른 것이다.

하지만 류펜의 《여신》인 니블렌느는 그런 것은 알 바 아니라는 듯 다른 《여신》과 교류를 하고 싶어한다.

"하지만 이상하잖아."

그녀는 언제나 그렇게 말하고 있다.

"우리들은 자매 같은 존재인데 어째서 친하게 지내면 안 되는 거야? 분명 이상하다고. 과거의 기억은 별로 남아 있지 않으니까 좀 더 다른 《여신》들과 놀고 싶어!"

성녀 운용 기록 : 제2왕도 제이아렌테 탈환 작전

—라고 한다.

사실 류펜도 비슷한 의견이다. 《여신》이 가진 능력을 서로 은닉하는 것에 별 의미를 느끼지 않는다. 본래라면 오히려 연계를 어렵게 만드는 원인에 지나지 않을 것이다.

그럼에도 이런 관습이 있다는 것은….

'상당한 비밀주의자가 생각한 것이거나, 내부에서 배신자가 나오는 것을 겁내고 있는 건가?'

어찌됐건 답답한 노릇이다. 더 답답한 것은 이렇게 스스럼 없이 의견을 나눌 수 있는 상대도 성기사단에서 사라져버렸다는 거다.

자이로 폴바츠가 사라진 지 벌써 몇 년이 지났을까. 그 남자에게 무슨 일이 일어나서 그렇게 되어버린 건지 지금도 생각할 때가 있다. 자이로가 그런 죄를 지게 된 것은 분명 무언가 이유가 있을 것이다. 그것은….

"—류펜 카우론."

불현듯 이름을 불렸다. 류펜은 자신도 모르게 감고 있던 눈을 떴다. 무거운 분위기의 기밀 회의실. 음울한 장식. 크기만 큰 회의 탁자.

그곳에 자신 이외의 사람은 3명. 모두 성기사 단장이었다.

"카우론 제6성기사 단장. 내 이야기를 듣고 있나?"

그렇게 물은 것은 초로의 여성이었다.

머리카락이 희끗희끗해져 있지만 여전히 그 몸의 강건함은 잃지 않고 있고, 몸을 꼿꼿이 세우면 어지간한 남자보다 장신으로 보인다.

"설마 자고 있었던 건 아니겠지?"

제3성기사단 단장 메비카 리자.

의심할 나위 없는 역전의 군인으로, 미래를 예지하는 《여신》을 모시고 있다.

"물론 깨어 있었습니다."

류펜 카우론은 그녀에게 고개를 숙였다. 이 엄숙한 분위기의 여성은 아무래도 상대하기 껄끄럽다. 물론 다른 성기사 단장들도 대부분 상대하기 껄끄러웠지만.

"다만 조금 생각할 게 있어서."

"…그렇다면 의제에 대한 의견을 피력해보지 그래?"

또 다른 목소리가 났다.

훌륭할 정도의 금색 머리카락을 가진 여자. 이쪽은 아직 젊다. 기억이 맞다면 자신보다 연하였을 것이다. 성기사 단장 중에서 가장 신참인 셈이지만, 그녀의 이런 태도는 아무래도 자신을 놀리고 있는 것 같다. 조용하고 진지한 표정이지만 눈이 웃고 있다.

"그 정도는 대답할 수 있겠지? 생각을 하고 있었다고 했으니. 아니면 아무런 관계도 없는 사안에 대해 생각하고 있었다는 거야?"

제4성기사단 단장 사베테 피즈바라.

무장신관에서 발탁된 영재로, 기상을 지배하는 《여신》을 부리고 있다.

"아니, 아니, 그럴 리 없잖아요. 음, 의제말이죠? 그건…."

류펜은 발언을 생각하는 척하면서 머리를 쥐어뜯었다. 이럴 때는 바보인 것을 숨기지 않는 게 제일이다.

"죄송한데 역시 자고 있었던 것 같군요. 저는 천성이 게으름뱅이라서, 나도 모르게 눈을 감고 게으름을 피우게 된답니다."

"아무런 변명도 되지 않아."

사베테는 딱 잘라 말했다.

역시 이 질책을 즐기고 있다. 이 사베테라는 여자의 성격은 감당하기 힘든 부분이 있다. 그녀의 《여신》도 상당히 고생하고 있지 않으려나?

"이건 좀 문제네. 카우론 성기사 단장, 나중에 반성문이라도 제출할래? 아니면 벌로…."

"성녀 계획에 대한 이야기다."

회의실 구석에서 그렇게 말한 것은 검은 옷의 남자였다.

여느 때처럼 당돌한 발언인 것처럼 들렸다. 몹시 안색이 안 좋은 남자.

마치 시체 매장인처럼 음산한 분위기의 인물. ―예전에 그에 대해 '군인인데 장의사까지 겸업하고 있다니 약삭빠른 녀석이네' 라고 말한 녀석도 있었다. 그것도 본인 면전에서. 그때는 류펜도 무심코 웃고 말았다.

"성녀 계획이 정식으로 인정되어 실전에 배치되게 되었어. 그 운용에 대한 의견을 구하고 있다."

이 남자 또한 성기사다. 제10성기사단 단장 귀오 단 킬바.

구 키오 제도 왕국의 귀족 출신이라고 하는데, 병기를 소환하는 《여신》을 운용하고 있다.

"…이미 성녀가 완성되어 있는 이상, 계획을 철회하는 건 불가능해. 재상과 총수의 허가가 떨어졌다."

귀오는 음울한 목소리로 속삭이듯 말했다. 마치 한숨을 그대로 목소리로 토해낸 것 같다.

"나는 이 계획 자체에 반대였어. …평범한 소녀를… 전략급 병기로 바꾸는 것은 위험성이 너무 크니까."

그 계획의 개요는 류펜도 당연히 알고 있다.

사망한 세네르바에게서 《여신》의 힘을 이식한다는 계획. 오른팔과 오른쪽 눈, 그것으로 문을 보는 힘과 그것을 여는 열쇠의 힘을 한 명의 인간에게 부여한다.

그 인간은 특수한 성흔을 가진 자였다. 선택받은 존재. '조화'의 성흔에 의해 다른 사람을 침식하여 자신의 일부로 바꾸어버리는 힘을 가졌다. 안 그래도 진귀한 성흔 보유자 중에서도 귀중하게 여겨지는 성흔이었다.

특별 중의 특별. 그런 소녀를 연합 행정실은 발견해냈다. 이름은… 유리사 키다프레니라고 했던가? 귀오의 말대로 남부 농촌에서 나고 자란 평범한 소녀였다.

'…성흔이라.'

그런 것을 가지고 태어난 탓에 가혹한 운명에 말려들고 말았다.

'성기사 단장 중에도 한 명 있군. 그 사람만큼 강하지 않으면 거역하기 힘들 거야.'

성흔을 가지고 있는 자를 어떻게 다뤄야 하는지는 신전에서도 아직 입장을 정하지 못하고 있는 부분이 있다.

애초에 이 세계에 존재하는 '성인'이라는 기술은 근원을 따져보면 '성흔'에서 온 것이라고 한다. 개인의 능력이었던 '성흔'을 해석해서 누구나 쓸 수 있도록 한 것. 햇빛을 원동력으로 하여, 각인의 조합에 의해 정해진 현상을 발생시킨다.

이것 또한 별세계에서 유래한 기술이라고 하는 자가 있었다. 먼 과거에는 '기술'과 '지식'을 소환하는 《여신》이라도 있었던 것인지 모른다.

"소극적이네, 제10성기사단 단장. 나는 계획에 찬성이야."

사베테의 목소리에는 자신의 우수함을 조금도 의심하고 있지 않은 듯한 어감이 있었다.

"성녀와 그 힘이 얼마나 도움이 될지는 미지수지만 계속 밀리고 있는 이 전황을 바꾸고, 행정실, 신전, 군부를 일체화시키는 중심이 되어준다면 환영이야. 상징적인 의미만으로도 충분해. 공세로 전환하는 계기가 된다면 말야."

극단적이라고 생각하지만 일리는 있다.

군부의 의견은 일치되어 있다. ―방어가 아니라 대규모로 집중적인 공격 계획을 세워야 한다는 것. 그러려면 계기가 필요하다. 행정실과 신전, 귀족들의 지원을 모으기 위해 성녀가 도움이 되어준다면 그것만으로 의미가 있다.

물론 성녀 본인에게 실제로 전략급의 힘이 있다면 더할 나위 없다.

"전력을 집중시켜 적의 중추를 치지 않으면 아무것도 끝나지 않으니까."

"…하지만 제3차 마왕토벌은… 성녀를 투입해서 화해가 성립했지만… 결국 패배했어. 인류의 문화가 크게 쇠퇴했고 이윽고 기록도 끊겼지. 그건 왜일까?"

"정치적인 실패였겠지. 틀림없어. 기록을 보건데 제3차 마왕토벌은 군사적인 승리를 거두었다고 판단해도 좋을 거야. 성녀는 확실히 전력이 된다고."

"과연 그럴까? …종국에는 똑같은 실패를 할 뿐일지도 몰라."

"어떤 실패를? 군사적으로도 승리하지 않으면 인류는 그 실패를 하기 전에 멸망한다고."

귀오와 사베테의 이야기를 류펜은 어딘지 아득하게 듣고 있었다.

제3차의 실패. 마왕현상과 화해한 후 무슨 일인가가 생겨서 인류의 문화가 쇠퇴한 것은 분명하다. 하지만 그 기록은 아주 모호해지고 말았다.

역사학자 출신인 제7성기사단 단장이라면 좀 더 자세한 의견을 들을 수 있으려나? 이 자리에 그녀가 있었다면, 하고 루펜은 바랐다. 현재 허울없이 말을 걸 수 있을 것 같은 유일한 인물이다. 자이로가 사라진 후로 개인적인 교류가 있는 귀중한 성기사단 단장이기도 하다.

다른 성기사들은 류펜에게 있어서 문턱이 너무 높았다. 특히 사베테 등은 자신을 놀리는 것을 중요한 오락의 하나로 여기고 있는 경향이 있다.

"—그럼 이야기를 진척시키기로 하지. 이상이 두 명의 의견이다. 그리고 나는 의견을 가지고 있지 않아."

메비카가 낮은 목소리로 말했다.

"고로 남은 건 류펜 카우론. 너뿐이로군."

이것도 당연한 일이었다. 미래를 예견하는 《여신》을 모시는 성기사는 쓸데없는 추측이나 예단을 늘어놓을 수 없다. 그래서 이런 회의가 있으면 의사진행에만 전념하는 게 보통이었다.

《여신》이 예견한 내용이 있다면 그것을 전달할 뿐이다.

"그렇다면 말이죠…, 제3성기사단 단장."

류펜은 익숙치 않은 말투로 메비카의 직함을 불렀다.

"당신의 《여신》은 이에 관해 예지를 할 수 없다는 겁니까?"

"그래. 애당초 《여신》에 관한 예지는 몹시 곤란하기도 하고, 장기적인 영향에 이르러선 거의 불가능한 영역이니까."

"그렇군요. 알겠습니다."

고개를 끄덕인 류펜은 암담한 기분이 들었다.

적극적인 반대의견을 낼 수 없다. 군부의 결정을 뒤집는 건 불가능하다. 즉, 이제는 현장에서 운용할 수밖에 없다는 말이다. ―'성녀'를.

《여신》 세네르바의 유해를 잘라서 짜깁기한 소녀.

기분 나쁜 방식이라 생각한다. 하지만 그런 것은 이곳에 있는 모두가 아는 사실일 것이다. 사베테와 귀오도 그것을 인식한 상태에서 어떻게 취급해야 할지 이야기를 하고 있다. 아마 메비카도.

과거에는 이럴 때 명확한 반대의견을 내는 사람이 한 명 있었다. 이런 곳에 있었다면, 분명 자이로 폴바츠라면…. 하는 생각이 들고 만다. 분명 매도와 비꼬는 말을 토해내고 결사반대의 입장을 명확히 했을 것이다.

하지만 이제 그런 일은 있을 수 없다. 자이로 폴바츠가 이 성기사 원탁에 돌아올 일은 없다. 자신으로선 그 남사의 흉내띠인 불가능하다. 자이로만큼의 분노를 불태울 수 없다.

그렇다면 자신이 할 수 있는 일은 조금이라도 나은 방법을 생각하는 것뿐이다.

"―첫 작전은 제2왕도 탈환이 되려나요?"

류펜은 그렇게 말했다.

"다행히도 이미 두 개의 성기사단이 집결해서 탈환작전을 시작하고 있을 무렵입니다. 그곳에 합류시켜 최대한 안전하고 무해한 전선에서 실력을 보는 게 어떨까요?"

두 개의 성기사단.

고지식한 호드 클리비오스와 은근히 무례하고 냉소적인 아디프츠이벨. 둘 다 성격적으로는 관여하고 싶지 않은 인물이지만 조합만 보면 나쁘지 않다.

그리고….

그 전선에는 자이로 폴바츠와 징벌용사 부대가 있다. 성검을 소환하는 특별한 《여신》을 부리는 부대. 결국 그들의 취급에 대해서는 아직 보류 중인 상태였다.

갈투일의 수뇌부에서는 무언가의 취급 변화를 생각하고 있는 모양이다. 즉각적인 처벌과 《여신》의 재동결은 면한 듯하다. 그러기에는 너무도 많은 전과를 올렸다. 그 능력에 대해서도 사용상황이 몹시 한정되는 탓에 운용에 고심하고 있다는 게 본심일 것이다.

최소한 녀석들의 부담을 조금이라도 덜어줄 수 있는 방향으로 하고 싶다. 성녀가 전선으로 가는 이상, 이 계획에 가담한 자들은 전력으로 지원해야 할 필요가 있다.

그만큼 제2왕도 탈환에 종사하는 자이로 일행의 도움이 될지 몰랐다.

"…그래서 말이죠. 그 작전이 성공하면 대대적으로 선전해서 성녀의 출현을 알리는 겁니다. 기부를 받을 수 있을 만큼 인기가 생길지도 모르겠군요. 음…, 그 아이 외견은 어떤가요? 귀엽나요?"

"완전히 동감이야. 마음이 맞는 것 같네, 제6성기사단 단장."

사베테는 기쁜 듯 고개를 끄덕였다. 그녀와 마음이 맞아봤자 좋을 일은 없다고 류펜은 생각했다.

"외견은 중요해. 시민들은 겉모습이 좋은 것을 선호하거든. 물론 나도 그렇고."

"…그럼."

주제에서 벗어나려던 이야기를 메비카의 엄숙한 목소리가 되돌렸다.

"제2왕도 탈환작전에 대한 협력을 우리 성기사단이 제안하는 것으로 하겠다. 제10성기사단 단장, 너는 반대의견이었지? 다른 이의가 있다면 발언하도록."

"…성녀의 실전투입이 결정사항이라면."

귀오는 어두운 목소리로 중얼거렸다. 고개를 숙인다. 고개를 끄덕인 것일지도 몰랐다.

"그 방침이 타당하다고 생각해. 내 반대는 계획 자체에 대한 의문일 뿐, 운용방법에 이의를 제기하는 건 아니니까."

"좋아."

메비카는 고개를 끄덕이고 일어섰다. 입구 쪽으로 걸어갔다.

"그럼 실제로 제군들의 눈으로 성녀를 확인하도록. 앞으로 공동으로 작전을 수행할 일도 많을 테니 알고 지내는 편이 좋겠지."

"네…?"

류펜은 눈을 크게 떴다.

"이 요새에 와 있는 겁니까? 방 밖에?"

"후후! 처음에 말했잖아. 정말 아무것도 안 듣고 있었구나, 카우론 단장."

"아니, 혹시라도 방금 대화가 들렸다면 어색할 것 같아서 말이죠."

"들릴 리 없잖아. 이곳을 어디라고 생각하고 있는 거야? 이 사람은 정말…."

사베테는 유쾌하게 웃었지만 류펜은 대답하지 않았다.

확실히 이곳은 기밀 회의실이다. 설령 누군가가 밖에서 귀를 기울이고 있었다고 해도 내부의 대화가 밖에 들릴 리가 없다.

"—시, …실례, 하겠습니다."

쉰 듯한 목소리와 함께 문이 열렸다.

불타는 듯한 붉은 머리의 소녀였다.

그 이외엔 그저 몹시 겁을 먹은 듯한 분위기만이 강했다. 어디에나 있을 것 같은 소녀… 라는 인상밖에 받지 못했다. 조금 긴 상체를 구부정하게 구부리고 있는 게 맘에 걸리는 정도일까.

다만 무엇보다 특별한 부분이 있다면 오른쪽 눈의 안대. 그리고 오른팔을 덮고 있는 팔 보호대 같은 긴 장갑이었다. 그곳에 세네르바의 유해를 이식한 것이리라.

"저기, 저는, 유리사 키다프레니, 입니다."

소녀…, 유리사의 뺨이 실룩거렸다. 미소를 지으려고 한 거라면 어딘지 안쓰럽다. 비굴한 인상조차 받았다.

"성녀라고 해서, 이 역할을 받…, 아니, 배, 배명했기에, 이번에, 여러분의 도움이 되기 위해, 전력을 다하려고 합니다. 저기… 그러니까…."

그것만은 분명하게 주장하고, 깊은 곳에서 빛나는 듯한 왼쪽 눈으로 그녀는 늘어선 성기사들을 보았다.

"이, 인류에 승리를, 국가에 영광을…, 가져다드릴 것을, 맹세합니다."

그리고 기세 좋게 고개를 숙이는 '성녀' 앞에서 류펜은 어떤 태도를 취해야 할지 알 수 없었다. 사베테와 귀오도 비슷한 심정이었을 거라 생각한다.

아니, 사베테는 조금 쓰게 웃고 있었지만.

'이거 큰일이로군.'

류펜은 생각했다.

'일단 저 구부정한 자세를 교정하는 것부터 시작해야겠어. 말투는 나중이고.'

맨 먼저 우는소리를 한 것은 차브였다.

도터가 없으니 술을 입수할 수 없고 기호품도 입수할 수도 없다. 오락거리도 거의 없는 임시요새 생활.

—그런 까닭에 차브는 도박장에 빠져 살았다. 어느 진영이든 도박 행위는 기본적으로 불법이지만 그래도 이런 것은 막으려 해도 막을 수 있는 것이 아니다. 성기사단 병사라면 모를까, 귀족이 제공한 지역병들이 규율을 철저히 지킬 리 만무했다.

도박 행위는 비밀리에 횡행하고 있었고 그런 까닭에 차브는 전 재산을 탕진했다. 너무도 약했다. 눈 깜짝할 사이에 일어난 일이었다. 본인에게 어째서 지기만 하는 도박을 좋아하느냐고 물어본 적이 있다.

그때는,

"뭐냐, 저는 천재잖아요."

라는 말로 시작했기에 물어보지 말 걸 하는 생각이 들었다.

"뭘 해도 평균 이상은 할 수 있고 금방 다 배워버리니까 평범한 놀이는 재미가 없어서 말이죠. 그런 점에서 주사위 도박은 좋아요! 이런 제가 이기기도 하고 지기도 하니까!"

"지는 일이 훨씬 많은 것 같은데."

"이야~, 맞아요. 진짜 신기하지 않아요? 효율을 계산하면 좀 더 이겨도 이상하지 않고, 평소의 행실도 꽤 좋은데 말이죠. 이거 이상하지 않나요? 혹시 누군가가 등쳐먹고 있는 건가요? 하지만 사기를 치려고 한 녀석은 본보기로 혼내줬는데….”

네가 천재라면 일단 요리 실력부터 기르라고 말하고 싶었지만 관두었다. 차브는 미각이 애당초 망가져 있기에 별로 좋은 결과를 낳을 것 같지 않다는 생각이 든다. 안 그래도 파트셰라는 미숙한 녀석을 단련하고 있는 참이다.

아무튼 그런 이유로 차브는 엄청난 속도로 가지고 있는 군표를 모두 잃었다. 그것으로 끝나지 않고 빚까지 져서 잡무를 대신하는 ‘봉사’라는 작업에 참가하게 되고 말았다. 이 ‘봉사’에는 라이노도 종종 참가하고 있다. 임시요새 설치 보조로 상당한 중노동을 수반한 작업이었다.

이런 봉사자들의 활약도 있어서 임시요새 투진 바하크의 설비는 제8성기사단이 도착하고 불과 며칠 만에 몰라볼 만큼 갖춰지게 되었다.

하지만 그 대부분은 제8의 《여신》 켈프로라가 소환한 그림자 ‘시종’의 활약에 의한 것이 컸다. 이것은 그림자를 뭉쳐서 만든 듯한, 얇고 반투명한 인간형 존재이다. 모두 어린애 정도의 크기로 사람의 지시를 이해할 수 있다.

몇 사람이 모이면 상당히 무거운 것을 운반할 수 있고, 움직임은 기민하다. 지치면 외견이 점점 희박해지지만 불평 불만도 하지 않는다. 전장에서는 이것이 병사로서도 활약한다.

그리고 그 《여신》 켈프로라가 있는 곳에 테오리타는 매일같이 다니고 있었다.

애초에 테오리타는 감시 처분을 받고 있는 몸이기도 하고, 《여신》끼리는 접촉하면 안 된다는 성기사단의 불문율도 존재하고 있지만 언제나 5분에서 10분은 무언가 이야기를 하고 있는 듯하다.

그리고 작은 건과자류를 가지고 돌아온다. 대개는 언제나 점심나절, 귀중한 휴식시간을 이용해서 징벌부대에 할당된 막사에 내가 누워 있을 때였다.

"자이로! 특별히 제가 나눠드릴게요."

라며 테오리타는 언제나 거만하게 말했다.

"다른 사람과 사이좋게 나눠 먹으세요. 독차지하면 안 되고요."

"어째서 내가 독차지한다는 거야."

난폭한 장남에게 하는 말 같다고 나는 생각했다.

"자이로는 가장 먼저 원하는 모양의 것을 먹어도 돼요. 저랑 계약한 기사라서 주는 특권이니까, …모두에게는 비밀로 하세요."

테오리타는 나를 손이 많이 가는 동생 같은 걸로 생각하고 있는 것 아닐까. 《여신》은 인류를 전반적으로 그렇게 인식하고 있어도 이상하지 않다.

그래서 문득 궁금한 것을 물어보았다.

"켈프로라와는 어떤 이야기를 하고 있어?"

라는 것이다.

나는 그 《여신》의 풍모를 떠올려 보았다. 은발. 무표정. 궁핍한 감정표현. ―간결하고 냉철한 발언. 대화가 성립할 것 같다는 생각이 안 든다고 느꼈었다.

"녀석은 거의 말을 안 하잖아."

"예. 주로 제가 일방적으로 말을 하고 있네요."

"표정도 전혀 변하지 않고."

"그렇지는 않아요. 자이로의 관찰력이 떨어지는 거라고요. 정말 다시 단련하는 게 좋아요. 정말로요."

잘 생각하면 세네르바도 켈프로라와는 곧잘 이야기를 하고 있었다… 는 생각이 든다. 그것도 일방적으로 세네르바가 말을 걸고 있었다고 생각했는데 사실은 무언가의 커뮤니케이션을 취하고 있었던 것일지 모른다.

그건 어떤 대화였더라?

떠올릴 수 있을 것이다. 기억이 맞다면… 무언가 동물의….

"실례하겠습니다. 자이로 군, 휴식 중이었나요?"

테오리타가 돌아간 후 생각에 잠겨 있을 때 베네팀과 파트셰가 찾아왔다.

위화감이 느껴진다. 두 사람 모두 지금은 회의 시간이었을 것이다. 해방되기엔 아직 너무 이르다. 두 사람의 안색도 몹시 어두워 보였기에, 그것이 다음 작전에 관한 우리들의 비관적인 미래를 이야기하고 있었다.

"좋지 않은 연락과 나쁜 보고가 있습니다. 어느 쪽부터 들으시겠습니까?"

베네팀은 일단 그런 식으로 말을 꺼냈다. 하지만 이 녀석의 말장난에 놀아나서 좋을 일은 하나도 없다.

"네가 말하고 싶은 것부터 말해."

"그럼 좋지 않은 연락부터…. 성녀 계획에 대해서입니다."

"…성녀라."

이 무렵 군영에서 그런 소문이 흐르고 있었다. 특별한 '성흔'을 가진 인간병기. 《여신》의 힘을 그 몸에 갖추고, 마왕현상을 무찌른다

… 는 것이 갈투일의 주장이자 선전문구였다.

바보같다.

인간을 병기로 만들어서 싸움의 상징으로 운용한다니, 대체 무엇을 어떻게 해야 그런 발상이 생겨나는 건가. 갈투일 녀석들은 정신이 어떻게 된 것 같다. 한 명의 인간을 제물로 삼는 거나 마찬가지다. —정말로 바보같다.

게다가 《여신》의 힘을 그 몸에 갖추었다고 한다. 그것이 무엇을 의미하는지, 얼마나 황당한 이야기인지, 나로선 짐작이 되고 말았다.

"성녀님의 이름은 유리사 키다프레니."

베네팀은 담담하게 말을 이었다.

"정식으로 제2왕도탈환 작전에 참가하게 되었습니다."

"…웃기지 말라고 해."

"히익."

무심코 내가 으르렁대자 베네팀은 겁을 내며 잽싸게 파트셰 뒤로 숨었다.

"파트셰 씨! 예상했던 대로 자이로 군이 저런 형상이니까 뒷말을 부탁드립니다!"

"갈투일의 결정사항이라고 해. 성녀 유리사는 이 작전에 참가할 거야. 군과 신전, 그리고 행정부를 통괄하는 상징으로 선전에 쓰이게 되겠지."

파트셰가 말을 이어받았다. 실제로 그것은 베네팀에게 있어서 나쁘지 않은 선날 방법이었나. 나의 호통을 듣지 않아도 되었으니까. 파트셰의 말투에는 합리성으로 억지로 억누른 듯한 불쾌감이 있었기 때문이다.

파트셰는 연기를 할 수 없는 녀석이다.

“소문대로 《여신》 세네르바 님의 팔과 눈을 이식했다고 해. …자이로. 너는… 저기, 세네르바 님은 과거에.”

“그래.”

인정할 수밖에 없다. 나는 작게 고개를 끄덕였다.

“죽였지. 지금 그 이야기는 됐어.”

나는 굳이 자신의 감정을 생각하지 않기로 했다. 문제없다. 그런 것은 진작에 알고 있었을 것이다. 《여신》의 힘을 쓰려면 그 유해를 이식할 수밖에 없다.

그러니까 문제없다. —나는 억지로 웃었다. 어딘지 남의 일처럼. 그렇다. 좀더 어리석고 둔감하고 무신경해지지 않으면 버텨낼 수 없다. 진지하게 생각하면 지금 당장 갈투일 녀석들의 머리를 벽에 들이박고 싶어진다.

“그래서? 그 성녀라는 건.”

나는 자신이 생각한 가장 어리석은 질문을 입 밖에 냈다.

“외견은 어때? 미소녀인가? 아니면 미녀라는 느낌에 가깝나? 전술상 필요한 정보야.”

“또 너는 그런 말을.”

당연하다는 듯 파트셰는 얼굴을 찡그렸다. 다만 진심으로 거절하는 표정은 아니다. —바보 같은 이야기를 상대해줄 생각인 듯하다. 솔직히 고맙다. 지금은 진지한 이야기따윈 하고 싶지 않았다.

“겉모습이 전술과 무슨 상관인데?”

“아니, 겉모습은 중요해. 세계를 건 결전의 상징이니까, 그렇지 않으면 사기진작이 되지 않잖아. 바이다쉬 성 농성전을 모르는 거야?"

"성에 있는 병사의 8할이 죽을 때까지 싸운 농성전 말이지?"

"그래. 바이다쉬 성탑에는 너무도 아름다운 공주님이 있었기에 그녀를 위해 병사들은 사력을 다했다고 해. 그리고 싸움이 끝난 후 성탑을 보니 그곳에는 아름다운 공주님… 의 인형이 서 있었다고 하더군."

이 옛날 이야기는 진위는 둘째치고 중요한 것을 전하고 있다. 겉모습은 큰 무기가 될 가능성이 있다는 것. 다른 하나는 그런 무기에 의지해서 죽을 때까지 사람을 싸우게 해선 안 된다는 것.

다시 말해… 뭐가 성녀 계획이라는 거냐고 생각한다. 역시 웃기는 녀석들이다.

"…너의 그 말투는."

파트셰는 복잡한 듯한, 씁쓸한 얼굴로 작게 신음했다.

"성기사단 시절의 지인을 떠올리게 하는군. 사베테가 그런 말투의 소유자였지…. 하지만 그 이상으로 너도 참 난감한 성격이로군."

"무슨 말을 하고 싶은 거야?"

"웃기는 소리를 하면서도 그렇게까지 화난 눈초리를 하지 마. 베네팀이 겁을 먹고 있잖아."

나는 거기서 베네팀을 보았다. 납이라도 삼키려 하는 듯한 거북한 얼굴이었다.

"…저기, 유감스럽게도 성녀님은 아직 도착하지 않으신 것 같아서요. 그래서 어떤 모습인지는 모르겠습니다."

베네팀은 조심스럽게 말했다.

"어느 정도 상황이 갖춰진 후가 아니면 안 오신다고 하네요."

"그거 유감이군."

거짓말이다. 만나지 않아도 된다면 그게 더 좋다. 만나면 견딜 수 없을지도 모른다.

"…그, 그렇군요. 우리 징벌용사는 그 영예로운 성녀의 행차를… 돕게 되었습니다."

베네팀이 소심하게 말했다. 아마 그게 '나쁜 보고'일 것이다.

"제2왕도 제이아렌테 내부에서의 파괴공작. 그것을 우리들이 담당하게 되었고, 특히 자이로 군을 지명했습니다."

"그래."

그 이야기는 이미 들은 적 있다. 제8성기사단 단장 아디프 츠이벨. 녀석이 제3왕자까지 데려와서 직접 의뢰했다. 당연히 거부권은 없다.

"알고 있어. 내가 방법을 생각해야 하는 거지? 그게 나쁜 보고야?"

"그, 그게 말이죠. 작전 결행 시기가… 조금 앞당겨지고 말아서…."

"…조금? 언제인데?"

"오늘 밤부터입니다."

"어디가 조금이야! 웃기지 말라고, 멍청한 놈들!"

나는 자신도 모르게 호통을 쳤고, 베네팀은 완전히 파트셰 등 뒤에 숨었으며, 파트셰는 찡그린 얼굴로 고개를 끄덕였다.

"너무도 예상했던 반응 그대로여서 덧붙일 게 아무것도 없군."

"예상대로라서 미안하군! 하지만 당연히 무리잖아. 애초에 이 작전은 도터에게 달려 있다고. 녀석이 돌아오면 어떻게든 될 거라 생각했었어."

"예, 예. 저도 그렇게 생각합니다. 하지만 작전을 바로 시작하는 게 결정된 모양이라."

"누구 결정인데? 아디프야? 호드야? 녀석들이 그렇게 얼간이들이었나?"

"아뇨. 좀 더 위의…. 얼마 전 부임한 마르코라스 에스게인 총사령관 각하의 결단이라고 합니다."

"제정신이야…!"

총사령관. 그런 직함을 가진 녀석이 왔다는 이야기는 들었다.

다시 말해 이야기는 이렇게 된 건가. ―총사령관은 공적을 얼른 올리고 싶은 탓에 무리한 수단도 동원할 생각이다.

"이런 중요한 시기에 도터 녀석이 수리소에 보내지다니!"

도터는 지난번 작전에서 중상을 입고 수리소로 보내졌다. 녀석이 복귀할 때까지는 며칠 더 걸린다. 갈투일 부근의 수리소로 반송되었지만 당연히 기본적으로 복귀가능한 수준의 정규병의 치료가 우선된다.

징벌이라는 명목으로 다음 작전이 내려진 이상, 우선도는 올라갈 거라 생각되지만….

"시간을 벌 수 없어? 베네팀."

"예. 노력해보겠습니다. 저에게 생각이 있으니 맡겨주시길."

"이봐, 자연스럽게 알기 힘든 거짓말을 하지 마! 너한테 생각 같은 게 있을 리 없잖아. 무리일 것 같다는 말이지?"

"…성녀가 도착할 일정이 정해져 있는 이상, 연기는 불가능하다고 생각합니다. 그보다도… 도터 없이 어떻게 하는 방향으로 방법을 생각해야 되지 않을지. 지금의 우리들에게는 쓸 수 있는 물자와 인력이 너무 부족하니까요….”

그렇게 된 거였다.

도터가 수리소로 보내진 지금, 우리 부대는 병참이 끊긴 거나 마찬가지라 해도 과언이 아니다. 노르가유가 편리한 성인병기를 만들려 해도 여러 가지 물자가 필요하다. 당연히 라이노의 포갑주를 만전의 상태로 쓰는 것과 차브의 저격장을 쓰는 것에도.

그런 보급을 필요로 하지 않고 단독으로 쓸 수 있는 보병 전력인 타츠야까지 수리소로 보내진 상태다. 이건 치명적이다. 제이스는… 녀석이 니리 곁을 떠날 리 없고, 왕도 공략의 항공전력으로 온존해 둘 필요가 있기에 정찰 같은 것에 보낼 순 없다.

요컨대. 나는 결론지었다.

이것은 최악의 상황에서 떨어진 최악의 임무다. 말 그대로 형벌이라 부르기에 어울린다.

“작전 개시까지 시간이 없어. 하지만 자이로.”

파트셰는 고지식한 얼굴로 천막 밖으로 시선을 돌렸다.

“성기사 두 명이 너를 부르고 있어. 작전 전에 이야기해두고 싶은 게 있는 모양이야.”

“…나를?”

“그걸 위해 우리들이 회의 도중에 너를 부르러 온 거야.”

가벼운 한숨. 나를 보는 파트셰의 눈은 기분 탓인지 불안해 보였다.

“좋은 예감은 안 들지만 말야.”

"그건 나도 동감이군."

"잘 들어, 자이로. 우리들은 이미 같은 부대에 소속된 동료야. 무슨 일이 있으면 혼자서 짊어지지 말고 우리들과 의논해. 무모한 작전을 떠맡는 것은 어쩔 수 없지만 너는 다른 사람에게 의지하는 것을 모르니 말야. 모쪼록 단독으로 자포자기식 작전을 세우지 말고…."

"알고 있어."

이런 류의 설교는 예전부터 곧잘 들어왔다. 그때마다 내 대답은 정해져 있다.

"어떻게든 할 테니까 안심해."

"너, 전혀 이야기를 이해하지 못했구나!"

내 대답은 아무래도 파트셰의 심기를 몹시 상하게 한 듯했다.

◆

"여어. 와주었군요, 자이로 씨."

내가 천막에 들어가자 아디프 츠이벨은 엷은 미소를 띤 채로 고개를 끄덕였다.

제8성기사단 단장 아디프. 분위기가 부드럽고 말투도 온화하지만 그 눈초리는 얼음장 같다. 실제로 이 남자의 선석은 진짜다. 주로 동부를 전전하며 마왕현상의 침공을 틀어막아 왔다. 치밀하고 용의주도한 지휘관이라 해도 좋다.

"나한테 할 이야기라는 게 뭐야?"

나는 언짢음을 숨기지 않고 전하기로 했다. 아디프는 맘에 안 든다.

"어차피 이쪽에서 의견을 내놓아도 받아들여지지 않으니 명령 전달은 베네팀으로 충분하잖아."

"베네팀 레오풀. 그도 참 재밌는 사람이더군요."

아디프는 역시 흔해 빠진 얼간이가 아니었다. 베네팀이 군사적인 견지를 가지고 있지 않고 직함뿐인 지휘관이라는 것을 완전히 꿰뚫어보고 있다.

"당신들 징벌용사 부대의 지휘관으로 그 이상으로 어울리는 사람은 없지 않을런지?"

"또 비꼬는 거냐?"

"아뇨. 이건 진심입니다. 균형이 잡혀 있…, 아니, 균형이 잡혀 있지 않아서 오히려 기적적으로 성립되고 있다고 할까. 아무튼 정말 그는 재밌습니다. 보통은 할 수 없는 일을 해내는 것은 의외로 그와 같은 사기꾼일지도 모르죠."

"녀석 이야기는 됐잖아. 얼른 용건을 말해."

"그렇군요. ―그럼 일단은 상황을 정리해보죠."

작은 접이식 의자에 앉아 아디프는 고개를 끄덕였다.

"예상외의 간섭에 의해 작전 개시가 극단적으로 앞당겨지고 말았습니다. 부임한 총사령관 각하의 명령이기에 어쩔 수 없습니다만 방법을 생각할 필요가 있습니다."

"이번 건에 대해서는 우리들도 찬성한 건 아니야."

아디프의 말을 보완하듯 발언한 것은 호드 클리비오스였다.

제9성기사단 단장. 평소와 다름없는 칙칙한 얼굴이 오늘은 더욱 음침해 보인다. 아니, 굳이 따지자면 피폐해져 있다고 할까.

"제2왕도에의 잠입공작은 어찌됐건 성건(聖鍵) 케일 보크를 쓰는 작전이야."

호드는 탁자 위에 쌓여 있는 자료 다발을 우울하게 힐끗 바라봤다. 상당히 논의한 흔적이 있다.

"신중을 기해야 한다고 생각해서 재고를 요청했어. 하지만 이미 결정사항이라더군."

"총사령관 각하는 신속한 성과를 바라고 있는 모양입니다. 이야, 참으로 과감하군요."

아디프의 목소리에는 이번에야말로 명백히 강한 야유가 담겨 있었다. 그런 발언을 즐겨하는 남자다.

"그리고 총사령관 각하가 이끌고 온 병사들은 숫자가 많아서 이번 탈환작전의 주력이 됩니다. 그가 영향력을 가지고 있는 대귀족들도 포함해서 생각하면, 우리들이 생각하고 있는 작전을 실행에 옮김에 있어서 균형을 잡기 위해서는 어딘가에 부담을 전가할 수밖에 없었고…."

"정치 이야기는 그만둬. 졸리니까. 우리들이 할 수밖에 없다는 이야기잖아."

"과연 자이로 폴바츠로군요. 훌륭합니다."

아디프는 몇 번인가 양손을 마주쳤다. 박수를 친 것이라고 뒤늦게 깨닫는다. 그만큼 공허한 박수였다.

"여전히 이해가 빨라서 다행입니다. 제5성기사단 단장이었을 때부터 그런 부분은 맘에 들었지요."

"나는 네가 싫었지만 말야. 하는 말이 진부 야유로 들리거든. 시비를 걸고 있는 거야?"

"그럴 리가요. 지금은 '천둥의 매'라고까지 불리는 당신에게 시비를 걸 배짱 같은 게 있을 리 없지요."

"완전히 바보 취급하고 있는 거잖아, 이 녀석!"

"…시덥잖은 싸움은 관둬. 시간 낭비야."

호드가 한숨을 쉬며 끼어들었다. 확실히 촌극 이외에 아무것도 아니고, 이 녀석이 가장 싫어하는 부류인 아무래도 좋은 농담의 응수일 것이다.

"아디프, 귀관까지 쓸데없는 소리로 시간 낭비하지 마. 지금 중요한 것은 잠입작전의 수행에 관한 이야기잖아."

"예. 일단은 케일 보크를 징벌용사 부대에 맡김에 있어서, 만에 하나의 경우, 회수해야 합니다. ―그런 이유로, 켈프로라."

아디프가 손가락을 튕기고 돌아보자 그곳에서 침묵하고 있던 인물이 고개를 들었다.

천막 안에는 나, 아디프, 호드, 그리고 또 한 명이 있었다. 은발에 왜소한, 인형처럼 무표정을 유지하고 있는 소녀. ―다시 말해 《여신》 켈프로라가.

"당신의 그림자를 빌려드리세요. 부탁할 수 있겠습니까?"

"응."

짧은 속삭임. 단순한 숨소리로 착각할 만큼 작은 목소리였다. 그리고 그녀는 밑에서 나를 올려다보며 갑자기 물어왔다.

"―그럼, 당신. 어떤 새를 좋아해?"

"음? 새?"

"그래. 새."

켈프로라가 땅바닥에 손바닥을 향하자 그곳에 불똥이 튀었다.

그녀의 그림자가 꿈틀대더니 모락모락 연기처럼 뿜어져 나온다. 그것은 공중에 떠서 날개 달린 생물의 모호한 윤곽을 형성해갔다.

"비둘기든… 제비든 좋아…."

켈프로라가 연기를 휘젓듯 손가락을 움직이자 그림자는 그녀의 말대로 모습을 바꾸었다.

"어떤 새를 좋아해?"

"그건 뭐…."

"매, 겠죠. 자이로 씨는."

"이봐."

아디프가 끼어들었다. 나는 말리려 했지만 켈프로라는 작게 고개를 끄덕였다.

"그럼 매."

손가락으로 두 번 정도 그림자를 휘젓자 그곳에는 작은 매가 만들어져 있었다. 손바닥 크기의 검은 그림자 매. 눈동자는 없지만 부리 같은 것은 있다. 녀석은 소리도 없이 날개치더니 내 어깨에 앉았다.

"그 애는 가방 안에라도 넣어두도록 해. 무슨 일이 있으면 열쇠를 회수해서 돌아올 테니까."

"…알았어."

"뭐 마음에 안 드는 거라도 있어…? 확실히 좀 더 귀엽게 만들 수 있을 것 같기도."

"아니, 됐어…."

켈프로라는 약간 미간을 좁혔다. 묘한 장인 기질을 발휘하는 성격인지도 모른다.

나는 어깨에 그림자 매를 태운 채로 아디프와 호드에게 몸을 돌렸다. 특히 아디프는 뭐가 그리 즐거운지 쿡쿡대며 웃고 있었다.

"이봐. 그러니까 이야기라는 건, 내가 죽으면 열쇠를 회수할 녀석을 붙이기 위해서야?"

"정말 죄송합니다."

아디프는 공손하게 고개를 숙였다. 이것이야말로 은근히 무례한 태도일 것이다.

"잠입에 관한 수단은 말 그대로 징벌용사 여러분의 지략에 기대할 수밖에 없는 실정입니다."

"간단히 말하는군."

"아니, 솔직히 말씀드리죠. 마르코라스 에스게인 총사령관 각하가 이 작전의 조기실행을 지시하셨을 때, 저는 불가능한 임무라고 확신했습니다. 그런 이상, 최대한 피해를 최소한으로 억누르는 노력을 하는 게 정상적인 지휘관입니다."

말하고 나서 아디프는 못을 박듯 호드를 보았다.

"설마 징벌용사의 작전 성공에 자원을 허비하는, 도박적인 작전을 실행하는 지휘관이 성기사단에 있을 리 없을 테고."

"…그렇겠지. 이번 작전은 도박조차 아니야."

호드는 잠시 어색한 표정으로 눈길을 돌렸다. 요전번 마왕현상 '카론'을 토벌했을 때의 도박 같은 작전을 아직도 마음에 두고 있는 건가.

"불가능하다고 판단하면 신속하게 케일 보크만이라도 회수할 필요가 있어."

"얼른 실패하고 죽거나 철수하라는 건가?"

"그런 행동을 시사하고 있는 것은 아니야."

"호드 성기사 단장은 참으로 성실한 사람이군요. 저는 좀 더 직설적인 표현을 하고 싶습니다만."

"귀관의 야유는 나에게 있어서도 슬슬 견디기 힘들어지고 있어."

두 성기사단 단장의 시선이 허공에서 충돌한 듯한 느낌이 든다. 하지만 그것도 한순간에 지나지 않았다.

"아디프."

켈프로라가 짧게 그의 이름을 불렀기 때문이다.

"이럴 때는 사과해야 돼. 알고 있지?"

"우리 《여신》이 그렇게 말씀하신다면."

의외일 만큼 고분고분하게 아디프는 다시 고개를 숙여 보였다. 이번엔 호드에게.

"기분을 상하게 해서 죄송합니다. ―하지만 자이로 씨, 우리들은 딱 한 가지 지원이 가능합니다. 기억하고 있죠?"

선심을 쓰는 듯한 말이었다.

하지만 실제로 그것만이 유일한 지원이라면 결코 헛되이 할 수 없다. 일찍이 내가 가지고 있었던 힘. 몸에 새겨진 여러 가지 성인. 작전에 종사하는 대신 그 하나를 해방시켜준다는 약속이었다.

"성인 하나, 내가 골라도 되겠지?"

"물론입니다. 어느 성인의 해방을 바라십니까? 역시 대성벽 성인이 좋을까요? 아니면 칼짓사와 같은 광역파괴용의…."

"둘 다 잠입에는 적합치 않아. 응용성도 없고, 체내축광도 엄청나게 소비해."

확실히 그것들은 강력한 성인병기이긴 하지만 지금 이 상황에서 필요한 것은 아니다. 지금 내가 필요로 하고 있는 것은….

"해방할 성인은 정해져 있어."

나는 왼팔을 걷어붙였다. 그곳에 새겨진 성인을 들어보인다.

"지금 당장 부탁할게. 시간이 없잖아."

"그렇겠죠."

아디프는 비꼬듯 미소지었다.

"성공을 기원합니다. '천둥의 매' 자이로 씨."

거짓말 말라고 생각했다. 아디프 츠이벨. 이 녀석은 베네팀과는 다른 부류로 시덥잖은 거짓말쟁이였다.

제2왕도 제이아렌테.

구 제이알 왕국의 수도로써 왕성이 위치한 대도시.

연합왕국의 성립과 함께 그 입장이 변한 탓에 인구만으로는 공업도시 록커나 성도 키보그 따위보다 적을지 모른다. 하지만 그만큼 마왕현상의 위협에 대비해 견고한 방위체제가 깔려 있었다. 강고한 성벽, 최신예의 고정식 포. 성인 방어망.

지금은 그것이 고스란히 우리들에게 난제가 되어 앞을 막고 있다.

"잠입? —아니, 그건 절대 무리네요."

차브는 딱 잘라서 그렇게 말했다.

"물론 저는 천재라서 준비만 잘하면 가능할 거라 생각해요. 경비 태세라든지를 조사해서 침입할 수 있을 것 같은 경로를 살피고 도구 따위도 준비하면…. 그렇게 꼼꼼하게 계획을 세운 후에 실행하는 게 암살이니 말이죠~. 아무나 닥치는 대로 죽이는 게 아니니까요!"

"무슨 소리를 하고 있어. 너는 아무나 닥치는 대로 죽이기도 했잖아."

"아! 그러고 보니. 형님은 용케 그런 것을 기억하고 있네요."

"그런 것이라고 할 만한 것도 아니고, 보통은 기억할 거야."

"하지만 그건 죽일 수 있을 것 같은 상대를 골라서 한 거라고요. 이번에도 잠입할 수 있을 만한 다른 도시를 골라도 된다면 당연히 가능할 겁니다. 이번엔 그런 게 아니잖아요."

왠지 엄청나게 바보 같은 대화를 하고 있는 기분이 든다. 그래도 차브가 그렇게 말한다면 아마 옳을 것이다.

"도터 씨의 도둑질은 저랑은 완전히 별개잖아요. 계획 같은 걸 세울 낌새도 없고. 그건 엄청 위험한 특수 능력이라고요."

"뭐, 그럴 거라고는 생각했어."

"아마 도터 씨라면 저 성벽을 바로 올라갈 거예요. 왠지 들키지 않을 만한 장소를 잘 찾아내서 말이죠. 저에게 그런 건 무리예요."

"성벽을 바로 올라가는 것도 대단하지만, 들키지 않을 만한 장소를 찾아내는 게 도터의 초능력이라는 건가?"

"음음… 그것도 있을지 모른다는 건데요…. 아니, 그게 아니군요. 도터 씨라면 좀 더 기가 막힌 수법을 생각해낼지도. 그런 발상까지 포함해서 도터 씨는 이상하다는 이야기예요."

차브는 잠시 신음하다가 그렇게 결론을 내렸다.

"저기, 도터 씨는 도둑질을 한 후 도망칠 때 페어리의 무리가 있는 쪽으로 도망치거나 하잖아요."

"음? 그렇지…."

듣고 보니 그렇다. 가령 크분지 삼림에서 페어리들 무리 한복판에서 초토인을 가진 도터와 운 좋게 마주쳤다고 생각했다. 뮬리드 요새 때도 그렇다. 용병단에게 쫓기면서 내 쪽으로 도망쳐왔다.

그런 것도 설마 우연이 아니었던 건가?

그쪽으로 가면 인간이 없으니까 따돌릴 수 있는 가능성이 높아진다고 생각해서 하고 있는 건가? 마왕현상의 본체에 접근한다면 당연히 인간에게선 도망칠 수 있다. 그런 것을 생각하는 것은 단순한 바보가 아니다. —인지를 초월한 바보다.

"뭐랄까 도터 씨는 규칙 밖에서 이것저것 하고 있는 사람일 거예요. 아마도."

잘 모르겠지만 아무튼 무리라는 것은 알았다.

그런 이상, 다른 방법을 생각해야 할 것이다. 도터가 없는 지금, 우리들중에서 가장 이런 일에 능한 차브가 불가능하다고 말하고 있으니 불가능한 일인 것이다.

이런 작전에 있어서 제이스와 노르가유는 전혀 도움이 안 된다. 특히 노르가유에게는 잠입공작용 도구를 생각해달라고 했지만 불가능하다는 단정적인 부정이 돌아왔다.

애당초 성인 조각용 도료와 성인을 새길 소재가 될 소모품이 제대로 들어오지 않고 있다. 우리 징벌용사에게 배급되는 물자는 언제나 우선도가 낮기 때문이다. 돈 냄새를 맡은 버클사가 부대와 같이 이동하고 있기에 돈이 될 만한 것만 있으면 지금까지는 그것들을 구입할 수도 있었다.

"시험해 보고 싶은 병기의 구상은 있지만 시작품을 만들 시간과 자재가 부족해."

노르가유는 여느 때처럼 엄숙하게 말했다.

"그보다 탈환 작전은 언제 시작되지? 짐은 아직 열병을 끝마치지 않았어. 성녀인지 뭔지의 계획을 허락한 기억도 없고! 신전의 대사제들은 묵인했다는 건가? 자이로 총수, 책임자를 짐 앞에 데려오거라!"

"알았어. 나중에."

이처럼 격노하기 시작했기에 나는 곧장 퇴장하기로 했다. 싸움으로 오인받고 징벌방에 처넣어질 수도 있다.

“다만 책임자는… 언젠가 반드시 폐하 앞에 끌고 올게.”

그렇게만 약속했다.

그리고 제이스에 이르러선,

“꺼져. 나는 바쁘니까.”

그런 무뚝뚝한 대답이 돌아왔다.

녀석은 제2왕도와 그 주변 지도를 펼쳐놓고 니리와 함께 노려보면서 무언가 작전을 생각하고 있는 것처럼 보였다. 혹은 단순한 일광욕인가?

“마왕현상들 중에 하늘을 나는 녀석이 있어. 그건 확실해. ‘프리아에’만으로 왕도의 드래곤들을 침묵시킬 수 있을 리 없어. 기사룡은 정예 중의 정예니 말야.”

제이스의 발언에 따르면 그렇다고 한다.

“소문에 의하면 ‘슈갈’인가 하는 녀석이라더군. …이 녀석은 강해.”

이 녀석이 상대를 단순히 ‘강하다’고 표현하는 것은 드문 일일지도 모른다.

“인간들은 전선기지를 구축하려고 한 모양이지만 그걸 위한 부대가 전멸했어.”

“전멸? 호위로 용기병을 데려갔잖아.”

하늘로 올라간 드래곤이 격추되는 일은 어지간해선 일어나지 않는다. 제이스는 찡그린 얼굴로 혼잣말처럼 말을 이었다.

“슈갈의 공격수단이 문제야. ‘빛나는 폭탄’이라는군. 우리들이 쓰는 투창처럼 추미하는데다 폭발하는 공격을 해와. 게다가 그것을 연사할 수 있지. 아무래도 폭파 반경도 넓은 것 같고….”

제이스를 발을 꼬고 니리에게 등을 기댔다.

삐친 것처럼도 보인다. 니리는 그런 제이스의 파란 목도리를 물고 능숙하게 위치를 고쳐주었다.

“무언가 대항책을 마련하지 않으면 죽을 뿐이야.”

“공중전이 되기 전에 우리들이 전멸할지도 모르지만 말야. 정찰 임무라는군.”

“그건 네가 어떻게든 해.”

내던지듯 말했다.

“안 그래도 하늘을 전부 나와 니리가 맡고 있다고. 아니면 뭐야? 설마 우리들 말고 슈갈을 격추시킬 수 있는 녀석이 있다고 생각하는 거야? 응?”

“니리에게 무리라면 누구에게도 무리겠지.”

제이스에게 무리라는 식으로는 말하지 않는다. 하지만 니리는 목을 낮게 그릉거리고 있고, 제이스도 약간 고개를 끄덕이고 있었다.

“그걸 알면 우리들의 방해를 하지 마. 꺼져.”

이리 되면 더 이상 말 붙일 틈도 없다. 다만 니리는 내가 용방을 뒤로할 때 희미하게 한 번 울었다. 격려인지, 제이스의 태도에 내한 사죄인지. 둘 다일지도 모른다.

―그래서 결국 이번 일의 타개책은 베네팀이 가져왔다.

징벌용사이면서 녀석은 묘한 곳에서 인맥이 넓다. 특히 우리들에 대해 잘 알고 있는 병사 상대가 아니라 상인이나 종군기자, 봉사활동으로 온 민간 신도 등을 상대로 이것저것 정보를 입수하는 듯하다.

그 하나에 뜻밖의 이야기가 있었다.

"…제2왕도에 출입하고 있는 인간도 있다고 합니다."

그날 저녁, 베네팀이 그렇게 말을 해왔다. 내가 쓸 수 있는 수단을 전부 다 쓰고 녹초가 되어 베네팀과 함께 쓰는 막사로 돌아왔을 때의 일이었다.

"북방과 서방, 마왕현상의 지배영역에서 축산물이 운반되고 있다는군요. 놀랍게도 인간의 통화가 쓰이고 있다고 하니 한정적이지만 상인도 있다고 합니다."

"…상인이라고? 그런 방식이었나…."

병참이라는 관점에서 그 가능성도 생각해보긴 했다.

다만 그런 형태로 대놓고 수송을 하고 있다는 것에는 조금 놀랐다. 나는 페어리에 의한 수송부대가 존재할 거라 생각하고 있었다. ―인간을 그대로 쓰고 있는 건가. 군사 거점에서 운반되는 것을 상정하고 있었기에 그 수송대로 변장하는 방법도 생각하고 있었다.

마왕현상이든 인간이든 식량을 필요로 한다. 그것은 확실하다. 제2왕도 내부의 자원만으로 자급자족할 수 있을 리 없다. 그래서 식량은 외부에서 반입되는 것이 당연하다.

아마 마왕의 지배영역이 되면서 그 밑으로 들어가는 것을 선택한 귀족이나 집락에서 보급받는 것이리라.

"그럼 상인으로 위장해서 침입하기로 할까? 하지만."

그런 방법밖에 없는 것처럼 생각되지만 난점은 여럿 있었다.

"상품이 없으면 무리야."

"그건, 아마… 버클사에서 손수레와 함께 빌릴 수 있을 거라 생각합니다만. 장사를 해서 실제로 이익을 낸 후 갚으면 됩니다."

"그러려면 담보가 필요하잖아."

아무런 보증도 없이 장사도구와 상품을 넘겨줄 녀석이 있을 것으로는 생각되지 않는다.

"아니면 너는 어떻게 출자를 받을 수 있기라도 한 거야?"

"이야~, 버클사를 상대로 그런 것은 아무리 그래도 어렵습니다만…."

"그렇지? 그리고 단독으로 장사하는 상인은 이 시국엔 거의 없어. 나 혼자 가면 의심을 받아. 한 명 정도는 더 필요해."

"그렇겠죠. …참고로 제가 동행하면 도중에 분명 발목을 잡을 자신이 있습니다."

베네팀은 잽싸게 못을 박았다. —뭐, 그렇겠지.

이번 일은 그저 상인으로 위장해서 내부에 들어가는 것만으로는 의미가 없다. 정찰이라는 역할을 수행하고 탈출까지 해야 한다. 베네팀이 따라와봤자 단순한 장식품밖에 되지 않을 테고, 최악의 경우, 발목을 잡을 수도 있다. 그래서 나는 빠르게 머릿속에서 계산했다.

파트셰 —아마 무리다. 요프시 모험자 길드에서 있었던 일을 떠올려라.

노르가유 —논외.

제이스 —지금 바쁨.

타츠야가 있으면 녀석을 '호위'로 데려갔을 테지만 꼭 이럴 때는 없다. 과묵하고 완벽하게 일을 해내는 최고의 보병. …없으면 뼈아플 정도로 부재를 통감한다.

그리고 이런 일에 테오리타를 데려갈 수도 없다. 정찰임무지 테오리타의 능력을 효과적으로 활용할 수 있는 작전이 아니기 때문이다. 위험할 뿐이다.

즉, 이번에는….

"결국 차브와 라이노 중 누가 더 낫냐 하는 이야기잖아! 둘 다 싫다고!"

"그렇겠죠. 그럼 둘 중 하나를 고른다면?"

"그만둬! 선택지를 좁히지 마. 애당초 상인으로 분장하려 해도 담보가 없어서 무리라는 이야기였잖아!"

"그게 말이죠. 진정하고 들어주세요. 이번에 상인들 사이를 어슬렁거리다 발각되고 말았는데요…."

"…누구한테?"

듣지 않아도 상상은 되었다. 최악의 상상 중 하나였다.

잠자코 있자니 이미 인기척이 있다. 우리들 방 입구에 드리워진 천을 갈색 손가락이 매끄럽게 걷어올렸다.

"이런 곳에 있었구나."

프렌시 마스티볼트.

과거의 내 혼약자. ―회청색 머리카락의 여자. 남방야귀에 걸맞은 강철 같은 표정근을 가진 여자. 그녀는 표정을 전혀 읽을 수 없는 냉철한 눈으로 나를 내려다보고 있었다.

"허름한 방… 아니, 방이라고도 할 수 없어. 꼴사납군요, 자이로. 마스티볼트 가문의 사위가 이런 곳에서 지내다니."

그 말은 단숨에 토해낸 것은 아니지만 막힘 없이 흘러나오는 듯했다. 그럭저럭 오랜만의 재회였지만 나는 빨리도 진절머리나는 기분에 휩싸였다.

이 녀석, 요프 방면에 부대를 전개하고 있었던 것으로 아는데, 여기까지 쫓아온 건가.

남방야귀 부대는 어떻게 한 거지? 아버지가 지휘를 맡고 있는 건가? 남방야귀의 총령이니 그게 자연스럽지만… 그 아버지는 군인이 아니다. 딸과는 달리 오히려 싸움을 꺼리는 성격이다. 상당히 애먹고 있지 않으려나?

"원참, 믿기지 않아요. 지하감옥의 건설을 서둘러야겠군요. 마치 엮음 곰치의 침상 같아요. 그… 전직 성기사 여자와 《여신》도 이런 곳에서 지내고 있나요?"

"녀석들은 조금 나은 방이야."

징벌용사에 소속된 여성진… 니리와 파트셰, 테오리타는 각각 다른 이유로 취급이 다르다. 니리는 언제나 개인실이나 마찬가지고, 테오리타는 당연히 특별했으며, 파트셰는 그 시종 대우로 정착되었다.

"그래요. 그럼 뭐, 괜찮은 걸로 하죠. 그보다 임무에 대한 이야기입니다."

무엇을 납득했는지 모르지만 아무튼 프렌시는 고개를 끄덕였다.

"제가 사업 보증인이 되어 드리죠. 그리고 당신은 제 남편 신분으로 침입해서 제2왕도를 정찰하는 겁니다. 이게 최선의 계획이라는 것은 당신의 양파 같은 두뇌로도 의심할 여지가 없겠죠."

프렌시는 회청색 머리카락을 쓸어올려 보였다.

양파는 내가 좋아하는 채소 중 하나나. 이 녀석, 사람을 매도함에 있어서 어느 정도 배려를 하기 시작한 건가. 물론 그것으로 근본적인 문제가 완화되는 것은 아니지만.

"이 방법이라면 위장하는 부분은 상인이라는 신분이 다잖아요. 당신의 연기력으로도 자연스럽게 침투할 수 있을 겁니다."

연기력이라는 점에서는 프렌시의 수완을 인정할 수밖에 없다. 요프시에서 모험자 길드에 잠입한 적도 있었다. 내가 무언가의 반론을 하기 전에 프렌시는 손가락을 튕겼다.

"그리고 호위로 위장할 사람도 데려왔습니다. 당신도 잘 아는 상대가 더 좋잖아요. 이 역할에 기꺼이 지원하겠다고 하더군요. ―당신의 파트너라던가요?"

"여어!"

당연한 듯한 얼굴로 프렌시의 등 뒤에서 수상하고, 끈질기고, 무의미하게 호쾌한, 상호 모순되는 듯한 미소가 얼굴을 내밀었다.

"이야기는 들었어."

라이노였다.

나는 정신이 아득해질 듯한 기분이 들었다.

"동지 자이로. 잠입을 시도한다면서? 부디 나를 데리고 가줘."

요전번 싸움 이후로 라이노는 몹시 안색이 좋다. 그 투진 · 투가구릉에서 자기 자리를 떠나 돌아온 후부터다. 녀석은 '페어리의 시체'라는 고기덩어리를 질질 끌고 돌아왔었다. ―무언가의 실험에 쓴다고 했지만 그것이 어지간히 흥미를 끌 만한 실험결과를 낳았는지 모른다.

"반드시 도움이 되어 보일게! 호위라면 맡겨주라고. 그래, 상인인 마스티볼트 부부에게 고용된 경호원이라는 직함이면 될까?"

"그래요. 가명은 바꿀 필요가 있지만 나쁘지 않은 설정인 것 같습니다. 자이로도 영광이죠?”

“잠깐만…. 그게 아냐. 포갑주를 입고 가는 게 아니라고. 라이노, 싸울 수 있는 거야?”

“물론이지.”

라이노는 자신의 가슴을 쳤다.

“포갑주를 쓰지 않는 전투에도 조금은 소양이 있어. 특히 단창이 특기려나?”

“어째서 자신의 특기가 의문형인 거지?”

“하하하. 최근 쓰지 않아서 말야. 하지만 문제없을 거라 생각해.”

그러고보니 나는 라이노가 검술이니 뇌장이니 맨손 대련이니를 하고 있는 모습을 본 적이 없다. 그래도 모험자였다고 하니 어느 정도 실력은 있을 거라 생각하지만….

그나저나 수수께끼가 많은 녀석이다.

“…조금 생각할 시간을 줘.”

나는 굉장히 안 좋은 예감을 느끼고 어떻게 버티려 했다. 라이노보다 차브 쪽이 나으려나? 아니… 그것도 좀…. 판단이 안 된다. 너무 어렵다.

“자전은 그것으로 좋을지도 모르지만 준비시간이 미묘하군…. 상인다운 차림이라든지 설정이라든지를 준비해야 돼.”

“아, 그것은 제가 잘하는 분야로군요. 이미 준비했습니다.”

베네팀은 소심한 미소를 떠올렸다. 이 녀석.

“어떻게 출발을 한 나절 정도 늦춰볼 테니까 그동안 조율과 준비를 하도록 하죠.”

“늦추다니… 어떻게 할 건데? 아디프와 호드는 얼른 가라고 난리고, 성녀의 도착일정이 정해진 탓에 조정은 무리라고 했잖아.”

“자이로 군이 이미 출발했다고 거짓 보고를 할 겁니다. 그리고 한밤중에 출발하는 거죠.”

태연하게, 숨을 쉬는 것처럼 베네팀은 그렇게 말했다.

“바깥사람들에게는 되도록 얼굴을 보이지 않도록 하세요.”

“고마워, 동지 베네팀. 그리고 힘내자, 동지 자이로!”

“제가 완벽하게 응대해 드릴 테니까 모쪼록 당신은 무모한 짓을 벌여서 계획을 허사로 만들지 마시길.”

정말 싫군. 굉장히 불온한 임무가 될 것 같다는 생각이 들었다.

손수레를 준비하고 오래 보존되는 식량을 실었다.

육포와 오일로 절인 생선, 드라이 프루츠…, 그리고 소금이다.

몇 년 전부터 제염은 국가사업으로 지정되어 제2왕도에서는 입수가 곤란한 상품일 터이다. 물론 몰래 유통되는 것도 적지 않지만 제2왕도까지 가는 수고를 고려하면 상당히 귀중한 것일 거라 생각한다. 이것을 써서 잠입한다.

그리고 '바츠마스 상점'이라는 깃발을 간판 대신 걸면 겉모습만은 멀쩡한 행상인이 만들어진다. 이것을 끌고 운반하는 것은 내 역할이고, 라이노는 한 손으로 다룰 수 있는 창을 들고 따라오게 되었다.

프렌시는 혼자 말을 타고 나를 질타하는 역할. 우아하기 짝이 없지만 이번 임무의 출자자니까 어쩔 수 없다.

이 이야기를 들었을 때 파트셰 키비아는 몹시 분개했다.

"…그게 무슨 소리지?"

이조는 평탄했고 눈에 띄게 표정을 바꾼 것도 아니지만 동공이 확장되어 있는 것 같았다.

"상인으로 잠입한다고? 그런 거라면 내가 적임이잖아."

"…어째서?"

"연기력이야!"

쿵 하고 파트셰는 강하게 가슴을 쳤다. 그 자신감이 어디서 왔는지 알고 싶었지만 그녀는 한 점의 의심도 품고 있지 않은지, 격한 어조로 주장했다.

"모험자 길드에서 있었던 일을 잊은 거야? 내 연기로 거의 성공할 뻔했잖아!"

"진정해. 너는 무언가를 주장할 때 좀 더 객관적으로 판단하는 게 좋아. 뒤집어 말하면 그건 거의 실패했다는 말이야…."

"그렇지 않아!"

파트셰는 지금이라도 내 멱살을 잡을 듯한 기세였다.

"너, 그렇게나 프렌시를 예전 혼약자라 해놓고 그 태도는 뭐야? 부부라는 설정으로 들뜬 마음으로 출발?"

"요만큼도 들떠 있지 않아."

이런 상황에서 들뜨는 녀석이 있다면 상당히 맛이 간 상태니까 느긋하게 요양을 하는 편이 좋다고 생각한다. 하지만 파트셰는 들으려고 하지 않았다.

"아무튼 그 임무는 배역을 변경하도록 해. 내가 갈게. 이대로는 실패할 게 뻔하니 말야."

"—자이로. 뭘 하고 있는 거죠?"

그렇게 나와 파트셰가 떠들고 있을 때 호쾌하게 등장한 녀석이 있었다.

프렌시였다. 이미 말에 타고 있고 상인다운 차림으로 갈아입은 상태였다.

"그런 여자와 놀고 있을 때가 아니잖아요. 지금 당장 출발합니다. 임무를 실패하고 싶나요?"

"기다려. 프렌시 마스티볼트. 나에게 이의가 있어."

파트셰는 날카롭게 말하더니 나를 밀치고 앞으로 나왔다.

"이번 임무 말인데, 배역을 변경했으면 해. 작전 성공을 위해서야. 여기선 전투력과 연기력이 뛰어난 내가…."

"유감이군요. 이 상품들을 구입한 자금을 제공한 것은 바로 이 프렌시 마스티볼트입니다. 그리고 당신의 전투력과 연기력보다 제가 떨어질 리 없다고 단언하죠."

프렌시는 승리를 고하듯 단언했다.

"지금부터 바로 임무에 착수해야 합니다. ―그럼."

회청색 머리카락을 쓸어올리고 프렌시는 아주 공손하게 고개를 숙였다.

"이만 실례하겠습니다. 파트셰 키비아 양."

마지막으로 파트셰가 이를 가는 소리가 들린 듯한 느낌이 들었다. 이 녀석도 참 지기 싫어하는 성격이로군.

◆

투진 산에서 시내를 따라 북서쪽으로 향하면 가도로 나온다.

상당히 오래된 가도다. 뮤리드에서 제2왕도를 잇는 것으로, 군마에 의해 다져진 '편자 길'.

그 '편자 길'에서 다시 동쪽으로… 상당히 크게 우회해서 제2왕도로 향한다. 상인들을 받아들이고 있는 것은 제2왕도 서문이라고 들었기 때문이다.

그곳이 열리는 것은 이른 아침뿐으로, 입구에는 상당한 행렬이 생겨나 있었다. 인간형 페어리들 ―아마 녹카와 두니의 혼성부대가 문 경비를 맡고 있다. 그것을 지휘하고 있는 것은 몇 명의 인간인 듯하다.

이것은 상당히 의표를 찔린 방식이었다. 너무도 어설프다.

군인이라면 병참에 대해 생각하지 않는 녀석은 없다고 생각하지만, 나는 당연히 수송부대를 편성해서 움직이고 있는 걸로 생각했었다. 이 방식은 너무 위험하다. 생각해보니 페어리의 수법이라고 하면 지금까지 변경에서 조금씩 지배영역을 확장해가는 침공이 주류였다. 이런 중앙부까지 돌출해서 침공해온 것은 기억에 없다.

녀석들이 처음 경험하는 본격적인 물자 수송 활동일지 몰랐다.

"이런 실정이라면 거래하는 상인과 농가, 귀족들을 철저히 노려야 할지 모르겠군."

라이노 따위는 그렇게 말했다.

"그러면 제2왕도의 페어리와 마왕현상이 굶주리게 될 가능성이 있어. 나쁘지 않네. 상상해보니 굉장히 좋아. 다만… 그러면 제2왕도의 시민들이 괴로워지려나…?"

녀석은 멋대로 주절대면서 스스로 그 결론에 도달했다.

"맘대로 되지 않네."

정말로 난처한 듯 말하고 있으니 더 고약하다. 하지만 프렌시와 라이노의 존재는 성문을 통과할 때 맥이 빠질 만큼 좋은 효과를 발휘했다.

"저희들은 바츠마스 상점이라고 합니다."

성문에서 검열할 때 프렌시는 깊숙이 고개를 숙였다. 여느 때의 귀족다운, 어딘지 여유가 있는 우아함과는 다르다. 그런 연기를 할

수 있는 녀석이었다. 게다가 놀랍게도 미소까지 떠올리고 있다.

"동방산 보존식을 취급하고 있습니다. 구 왕국 화폐로 구입해주신다면 부디 거래를 부탁드립니다."

"보존식은 환영하고 있다. 인간을 먹여 살리려면 인간의 식량이 필요하니 말야."

검열을 맡은 병사는 그렇게 말했다. 자신도 인간인 주제에 꽤나 남의 일처럼 말하고 있다. 혹은 그렇게 생각하지 않으면 버틸 수 없는 것일지도 모른다.

"…참아, 동지 자이로."

라이노는 내 곁에서 속삭였다.

"이 병사를 분노에 사로잡혀 죽여봤자 전체적으로 본 상황은 악화될 뿐이니 말야."

"알고 있어…. 그보다 너, 나를 대체 뭘로 보고 있는 거야?"

나도 의미 없이 시종 화만 내고 있는 것은 아니다.

"그거 실례했군. 내 입장에서는 네가 화를 내는 타이밍이 예상이 안 되어서 말야. 동지 도터와 동지 차브에게 물어봐도 같은 대답이 돌아온 터라 파악은 포기하고 있어."

"진짜 실례잖아. 너희들."

라이노와 내가 주절대고 있는 사이에도 병사와 프렌시의 대화는 계속되었다.

"그 외견을 보니 너는 야귀 같은데, 데리고 있는 두 명은 누구지?"

"저기 창을 든 남자는 호위인데, 〈심장 포식자〉 노르라고 합니다."

무시무시한 별칭을 생각했군. 라이노는 '호위'답게 마차에 기대고 있는 듯한 건성건성한 태도로 대기하고 있다.

"그리고 여기 있는 게 제 남편, 로이드 바츠마스입니다. 무뚝뚝한 게 유일한 결점인데… 자, 당신도 인사를 하세요."

"…잘 부탁해."

무뚝뚝하다고 소개한 이상 그것에 편승할 수밖에 없다. 프렌시가 등을 두들기자 나는 냉큼 고개를 숙였다.

"죄송하네요. 우리 남편은 언제나 이런 태도라. 덕분에 장사가 잘 안 되네요."

"그렇겠지."

프렌시가 애교 있게 말하자 검열을 맡은 병사는 비웃었다. 그 얼굴을 기억해두자고 나는 생각했다.

"사모님 덕분에 살고 있구나, 남편. 감사하도록 해. 우리 집도 마누라가 기지를 발휘하지 않았다면 이런 좋은 직책은 맡지 못했어."

좋은 직책. 이 문지기를 말하는 건가? 적어도 페어리의 식량이 될 걱정은 없고, 인간 중에서는 좋은 생활을 하고 있는 편일지도 모른다. 라이노는 다시 참으라는 듯 내 어깨를 두드렸다. 쓸데없는 참견이다.

그후 프렌시와 두세 마디 더 나눈 후 병사는 손수레를 마구잡이로 조사했다. ―몰래 숨겨둔 소금덩어리도 눈치챘을 것이다. 그것이 효과를 발휘했는지, 프렌시가 소금이 든 작은 주머니를 뇌물 대신 건네자 우리들은 아무 문제 없이 통과를 허락받았다.

그후엔 라이노가 무기의 점검을 받았을 뿐이었기에, 완전히 김이 빠졌다.

성문을 통과한 후엔 병사들의 인솔로 이동을 시작했다. 이만한 인원이 있는 이상, 상품의 검열과 거래는 한두 시간으로 끝나지 않는다. 꼬박 하루가 걸리는 작업이다.

그리고 상인인 이상, 무언가를 매입해서 떠나는 것도 이상한 일은 아니다. 제2왕도의 공예품, 특히 성인 기구따위를 구입한다는 명목이 가장 좋을 것이다. 이야기에 따르면 이런 상황에서도 직인들의 길드는 여느 때처럼 가동되고 있고 상품도 계속 생산되고 있다고 한다. 혹은 계속 생산하는 것을 강요받고 있는 건지 알 수 없지만.

결국 우리들은 사흘 정도의 체류를 허락받고 일시적인 거주구로 안내되었다. 왕도 중앙광장 주변의 여관을 할당받는 듯하다.

"프렌시. …한 가지 의아한 게 있는데."

"뭐죠?"

"너 평소에도 그 싹싹한 태도를 발휘할 수 없는 거야?"

"…뭐라고요?"

"나의 경우 언제나 매도만 당하고 있는 것 같다는 생각이 드는데 어떻게 안 돼?"

"그건, …하지만 어쩔 수 없잖아요. 저는 언제나…."

"언제나, 뭐?"

"아뇨."

프렌시는 왠지 어색한 듯 고개를 돌렸다.

"아무것도 아닙니다. 노력은 해보죠."

노력한 게 그거라면 어지간히 내 행동에 화가 나 있는 모양이다.

'힘든 임무가 될 것 같군.'

그렇게 생각할 수밖에 없다. 이번 임무를 맡는 동안 아무리 심한 매도를 들어도 견딜 수 있도록 각오를 단단히 하자. 정말 나는 예전부터 그녀를 많이도 실망시켜 왔다.

그중에서도 징벌용사가 된 게 최대의 실망이었던 건 틀림 없다.

◆

체류용으로 할당된 것은 세 명이 같이 쓰는 방이었다.

프렌시는 어딘지 언짢은 표정이었지만 어쩔 수 없다. 프렌시 혼자만 개인실을 쓰도록 허가가 떨어질 리 없고, 쓸데없이 따지다 의심받고 싶지도 않았다.

다만 당연하게도 할당된 방에서 얌전히 있었던 것은 아니다. 라이노는 바로 경쾌하게 모습을 감추었고, 나와 프렌시도 의심받지 않는 범위에서 분담해서 정찰을 했다. 거래용 상품의 구입이라는 명목으로 이곳저곳을 보았다. —자칫 묘한 골목에 들어갈 뻔해서 페어리의 위협을 받기도 했지만.

“여어! 용케 돌아왔구나, 동지 자이로.”

방에 돌아와보니 라이노가 이미 기다리고 있었다. 프렌시도 침대에 앉아 있었는데, 이쪽은 김이 나는 컵을 들고 있었다. 향기로 보건대 고급 차다. 그것을 홀짝이면서 나를 힐끗 본다.

“…어서 와요. 정찰 성과는요?”

일단 결과부터 물어보는 게 참으로 프렌시답다고 생각했다.

“저보다 당신 쪽이 제2왕도에 대해 잘 알잖아요. 기억과의 차이를 말해주시길.”

"자잘한 차이는 있지만 별로 변하지는 않았더군."

제2왕도는 '오랜 수도'라는 별칭으로도 불리고 있다. 경관 보전을 위해 길의 대폭적인 개수는 법률로 금지되어 있었다. 그래서 거의 기억 그대로의 거리가 그곳에 있었다.

생각해보면 이 도시에서 휴가를 보냈을 때는 류펜과 예전 성기사단 부하들과 곧잘 외출했었다. 특히 동부 '재개발 구역'에는 많은 추억이 있다. 싸구려 술집에서 난투극을 벌인다든지, 몰래 모험자 길드에서 위험한 일을 수주한 적도 있고, 준고대에 만들어졌다는 지하도를 탐색하려고 한 적도….

'상당히 옛날처럼 느껴지는군.'

그 후 모든 게 변해버렸다. 하지만 감상에 잠겨 있을 여유는 없다.

"주로 동쪽 지구를 보고 왔어. 외출은 제한되고 있는 것 같지만 평범하게 영업하고 있는 가게도 있더군. 뭐 생활필수품은 구입해야 하니 말야. 다들 불만은 있어도 아직까지는 얌전히 따르고 있어. 하지만…."

나는 약간 목소리를 낮추었다.

"저항조직의 이야기를 들었어."

"그쪽도요? 제가 조사를 맡은 서쪽에서도 들었습니다."

프렌시는 창밖으로 시선을 돌렸다. 너무도 어둡다. 성인식 가로등이 거의 기능하고 있지 않은 탓이다. 예전 제2왕도의 밤은 좀 더 밝았고, 번화가는 잠드는 것을 모르는 도시였다.

지금은 도시 전체가 어둠에 잠겨 있는 것처럼 보인다.

"마왕현상 쪽도 그 저항조직 일당을 찾고 있는 모양이에요. 어떤 집단인지 알 수 없지만 위험시되고 있는 것은 틀림 없습니다.”

“도움이 될 만한 녀석들이라면 좋겠지만 말야.”

“도망친 후 잠복한 근위 기사들일지도 모르겠군요. 그렇다고 하면 전력을 기대할 수 있습니다.”

“그건 아직 뭐라고 할 수 없어. 이런 것은 점령하고 있는 쪽이 불만분자를 찾아내기 위해 날조하는 경우도 있으니까.”

섣불리 접근했다가 함정이라면 최악이다. 기본적으로 그들을 의지할 생각 말고 우리들의 힘만으로 해야 할 것이다.

“라이노, 너는? 북쪽을 조사했잖아.”

“유감스럽게도 별로 좋은 보고는 할 수 없겠어. 적어도 큰길에서 북쪽으로 가는 길은 봉쇄된 채 검문소가 설치되어 있었거든. …도저히 접근할 수 없었어. 그건 왕성이 있어서겠지. 아마 그곳을 마왕 현상들이 점령하고 있다고 보면 될 거야.”

제2왕도 북쪽 지역. ―그쪽은 더 어둡게 보인다. 우뚝 솟아 있는 왕성 탓일 것이다. 지금은 마왕들의 성이 되어 있는 건가.

“그럼, 너는 그냥 산책만 하고 온 거야?”

“그래. 어쩔 수 없어서 남쪽을 정찰했어. 그쪽도 외출은 제한되고 있는 듯했지만 일부 시설은 가동되고 있는 것 같더라고. 특히 목욕 시설은 사람의 출입이 많더군.”

“아아…, 이 도시는 목욕탕이 많으니 말야. 온천을 잔뜩 퍼올리고 있고, 물을 데우는 성인설비도 완비되어 있어. 커다란 굴뚝 같은 탑이 몇 개나 보이지?”

밤하늘을 향해 솟아 있는 몇 개의 굴뚝 같은 기둥을 창문 너머로 가리킨다. 굴뚝과 다른 것은 그 끝부분에서 연기가 나오고 있지 않다는 점이다. 대신 성인을 빛내고 있는 탓에 밤의 어둠 속에서도 선명하게 눈에 띈다.

“저게 온열을 발생시키고 있는 설비야. 조열탑.”

북쪽…, 왕성 부근에 몇 개인가 쓰러져 있는 게 있다. 마왕현상들의 돌입으로 파괴된 거려나? 상당히 난폭하게 쳐들어온 모양이다.

“그리고 도시 중앙광장 근처에 있는 가장 크고 하얀 것은 ‘카이츠리’라 불리고 있어.”

기억이 맞다면 이것은 구 왕국보다 고대에 쓰였던 언어로 ‘하늘나무’라는 의미다. 왜 그런 이름이 붙었는지는 알 것 같다. 도장은 다소 벗겨져 있지만 하늘로 뻗은 나무처럼 보인다.

“관광명소로, 정점 부근까지 올라갈 수 있었지…. 휴일에는 승강기가 전혀 비지 않아서 계단을 오르다가 지옥을 보지만.”

“헤에, 인간의 문화는 신선하네. 높은 곳에서 경치를 바라보는 게 그렇게나 중요한 오락이었다니.”

“너, 기본적으로 오락을 모르는구나….”

“…왠지 이곳에 대해 꽤 해박하군요. 자이로 폴바츠.”

불현듯 프렌시가 중얼거렸다. 삐친 듯한 목소리였다.

이 여관에 안내된 후로 프렌시는 언짢은 상태를 쭉 유지하고 있는 것처럼 보인다. 정찰 중에도 이런 태도였을까? 그렇다면 상당히 의심받았을 것이다.

“당신은 그런 식으로 매일 놀고 있었나요?”

“매일은 아냐.”

“그럼 휴일마다? 혹시 여성을 데리고? 혼약자인 제가 있는데도?”

“그럴 리 없잖아.”

"군학교의 여자를 데려간 적 없다고 단언할 수 있나요?"

"할 수 있는데."

단순한 사실이다. 실제로 군학교 여자와는 양호한 관계를 쌓은 기억이 없다. —왕궁에서 개최된 전원 강제 참가의 무도식전에서도 상대를 찾는데 애를 먹었을 정도다.

"정말로요? 조사해볼 테니까, 혹시 사실과 다른 점이 있다면 격렬하게 규탄할 생각이니 기억해두시길. 전부터 말하려고 생각했던 건데, 당신은 인간관계에 대한 인식이 어설퍼서…."

"잠깐만. 이야기가 딴 데로 샜어."

프렌시의 부질없는 조사선언을 나는 잽싸게 정지시켰다. 프렌시는 아직 의심스러운 듯한 얼굴을 하고 있었지만 상대하고 있을 틈은 없다.

"정찰결과에 대해 지금까지의 이야기를 정리해볼게. 제2왕도의 주민은 상당히 강력한 관리하에 있어. 특히 왕성이 있는 북쪽에는 간단히 접근할 수 없어. —그리고 저항조직이라는 녀석들도 있다고 해."

"그게 어떤 집단이라고 해도."

프렌시는 우울한 한숨을 들고 있는 컵에 토해냈다.

"섣부른 행동을 일으키지 않았으면 좋겠군요. 우리들의 움직임이 제한되고 맙니다. 상황에 따라선 도시 공격계획에 지장이 생길 수도 있어요."

"…그럼 이 도시를 공격한다고 하면 어떨까?"

잠자코 듣고 있던 라이노가 갑자기 몸을 앞으로 내밀었다. 언제나 가지고 다니는 노트까지 펼치고 도시 지도를 그리기 시작하고 있다. 이 녀석, 묘하게 그림이 능숙하다고 할까 정확한 선을 긋고 있다.

"우리들의 목적은 틀림없이 마왕현상이 있는 왕성을 함락시키는 거야. 안 그래?"

"그래. 아디프와 호드의 계획으로는 서쪽이나 동쪽, 혹은 남쪽. 세 곳 중 어딘가의 문을 부수고 북쪽 왕성으로 향하는 것으로 되어 있어."

나는 라이노의 노트에서 도시 동서부, 그리고 남문을 가리켰다. 원래는 북쪽에도 문이 있지만 녀석들의 본거지인 왕성과 너무 가깝고, 문이 너무 작아서 대군이 통과할 수 없다. 그쪽은 없는 걸로 쳐도 될 것이다.

"문이 세 개구나. 그럼 동지 자이로, 네가 상정하는 경로는?"

"어느 문도 경계는 삼엄해. …그러니까 요컨대 돌파한 후의 문제겠지. 서문에서 돌입하는 것만은 피하는 게 좋아. 이미 알고 있을 거라 생각하지만 가장 경계가 삼엄하고 지형도 좋지 않아."

우리들이 들어온 서쪽에는 상인들을 검문하기 위해 경비병이 많고, 직인들의 공방도 밀집해 있다. 다시 말해 단단하고 키가 큰 건물이 많다. 그곳을 집중적인 방위거점으로 삼는다면 상당히 애먹을 게 분명했다.

"반면 이쪽… 동부에는 '재가 쌓이는 곳'이라는 길이 있어. 정식으로는 재개발구역이라는 이름인 듯하지만 사실상의 빈민가지. 큰 건물이 적고 자잘한 골목이 복잡하게 얽혀 있어. 나는 공격할 거라면 이쪽 동문을… 혹은 정공법으로 남문을 쳐야한다고 생각해."

남문에서 이어지는 길은 폭이 넓어서 대군을 전개할 수 있다. 이

광장을 빠져나와 똑바로 북쪽으로 향하면 왕성을 정면에서 공격할 수 있다. 한 번 돌파하면 편해지는 것은 남문 쪽일 것이다. 아마 아디프나 호드도 이 남문을 최우선 목표로 삼고 있을 것이다.

동쪽이나 남쪽. 어느 쪽인가에 사전공작을 해두어야 한다.

"—좋아요. 저도 동감입니다."

프렌시가 고개를 끄덕였다. 그녀의 머릿속에는 이미 제2왕도의 지도가 들어 있을 것이다.

"가능하면 좀 더 정찰해두고 싶은데요."

"당연하지. 내일도 정찰에 나설 거야. 잠입에는 성공했으니 말야. —지금부터 본영에 보고할 생각이지만 실행에 옮길 때까지 유예는 좀 더 있을 수 있을 거라 생각해. 분담해서 가보자고."

"저기, 분담에 대해 제안이 있습니다."

프렌시는 차를 홀짝이면서 오싹할 만큼 차가운 눈으로 나를 노려보았다.

"우리들은 부부니까 둘이서 행동하는 게 좋지 않나요?"

"그럴지도 모르지만 그렇게 시간이 많은 것은 아니잖아."

"그렇다고 해도 일 각 정도는 시간을 낼 수 있잖아요. 아까 당신이 말한 관광명소에 저를 안내하는 정도는 하세요. 그 정도는 마음을 써줄 수 있지 않나요? 달팽이 수준으로 배려심이 떨어지는 두뇌의 소유자입니까?"

시작되고 말았다고 나는 생각했다. 이렇게 되면 나는 프렌시에게서 비난의 폭풍을 얻어맞게 된다. 그리고 최종적으로 그녀의 요구를 받아들이게 되는 일이 많다.

'확실히 오늘 하루의 행동으로 의심을 받지 않았을 거라는 보증

은 없군.'

특히 나는 무슨 일이 있어도 몸 수색 같은 걸 당할 수 없는 이유가 있었다.

'프렌시와 행동하는 편이 좋으려나? 그 경우 라이노도 동행시켜야 하겠지….'

생각을 굴리고 있는 나에게 프렌시가 다시 무언가 매도 같은 것을 입 밖으로 내려고 했다.

그때였다.

콰앙…. 땅을 뒤흔드는 굉음이 저편에서 울려 퍼졌다. 덕분에 바닥에 쌓아둔 상품 속에서 피클을 채워둔 병이 쓰러져 굴렀을 정도였다.

"…음?"

라이노가 중얼거리며 창밖으로 밤하늘을 보았다.

"폭발? …포격과 비슷하네. 뭐지?"

도시 남부일까. 연기가 피어오르고 있다. 그리고 불꽃.

술렁거림이 확산되며 우리들과 함께 도시에 들어와 여관에 묵고 있던 상인들이 떠들기 시작했다. 창밖으로 내려다보이는 대광장에서는 뿔피리를 불면서 달려가는 경비병도 있다.

"저항조직이다! 놓치지 말고 붙잡아라!"

병사 중 누군가가 호통치는 게 들렸다.

굉장히 안 좋은 예감이 들었다. —이런 나의 직감은 잘 들어맞는다. 그것은 직후에 증명되었다.

"성문을 닫아라! 여관 상인들을 구속해라. 폭파의 성인이 반입되었다! 짐을 모두 점검하고 아무도 놓치지 마라!"

나와 프렌시, 그리고 라이노는 서로의 얼굴을 쳐다보았다.

"…이거 큰일 난 거 아냐?"

나는 내가 언제나 가지고 다니는 가방을 가리켰다. 그곳에는 성건 케일 보크와, 그림자의 《여신》 켈프로라에게서 받은 사역마 같은 검은 매가 담겨 있다.

이것을 들킬 순 없다.

"그래요. 굉장히 안 좋은 상황입니다."

프렌시는 무거운 한숨을 쉬었다. 동감이다. 남부에서 소동이 일어났다는 건 이것으로 남문 공략이 매우 어려워졌다는 말이다.

이제 동쪽에서 공략할 수밖에 없다는 생각이 든다. 어떻게든 이 정보를 전해야 한다.

"저항조직인지 뭔지가 행동을 개시한 것 같군요. ―자이로, 당신의 평소 행실은 얼마나 안 좋은 거죠? 동면 전의 거미줄 곰 수준의 만행을 저지르고 있는 거 아닙니까?"

"두 사람 모두 비관적이 되는 것은 좋지 않아. 뒤집어서 생각해보자고!"

오직 라이노만이 검지를 세우며 쾌활하게 말했다.

"무언가의 혼란이 일어나고 있다는 건 소동을 틈타 행동을 일으킬 수 있는 기회라 할 수 있어. 바로 이곳을 이탈해서 저항조직이 있다면 한 번 접촉해보자고. 이런 파괴활동을 할 정도니까 사기도 높을 것 같아. 함께 손을 잡고 싸울 수 있을 거야."

이 말에는 아무리 프렌시라도 머쓱해진 듯했다.

"자이로. 아무리 생각해봐도 이 호위는 굉장히 이상한 사람 아닌가요?"

"이제 와서 눈치챈 거야?"

그것을 깨달았을 때는 보통 이미 늦었을 때였다.

◆

왕성의 주탑에서 토비츠 휴카는 그 불꽃을 보았다.

폭염과 연기.

남부에 있는 주택가 한 구획에서 불길이 치솟고 있다.

"무사히 시작된 것 같군요. 일단은 이것으로 상인들의 출입을 차단합니다. 저항조직의 섬멸을 계기로 보급 구조를 쇄신하도록 하죠."

돌아보며 지금의 주인에게 보고한다. 체격 좋은 남성의 모습으로 그 마왕은 그곳에 있었다.

'아바돈'. 장년의 남성처럼 보이지만 그것은 어디까지나 위장된 모습에 지나지 않는다는 것을 토비츠는 알고 있었다.

"적절한 타이밍이었다고 할 수 있으려나?"

아바돈은 어딘지 평탄한 어조로 물었다.

"네 말을 빌리자면 너무 늦었을 정도겠지."

"뭐, 그렇군요. 상인들에게 병참을 의존하는 것은 좋지 않습니다. 쉽게 외부의 침입을 허락하고 있는 상태니까요. 다음부터는 수송부대를 편성해야 합니다."

그 허술함에 토비츠도 처음에는 놀랐다.

지금까지는 그것으로도 문제가 없었을 것이다. 페어리들의 보급 수단은 주로 약탈이다. 자신들 이외의 생물을 모두 죽이고 다음 마을로 갔으니… 그것으로 문제없었다. 장기적으로 도시를 점령하며 인간을 가축으로 관리하면서 처음으로 대두된 문제라고 할 수 있을 것이다.

하지만 아무리 그래도 너무 허술했다. 아바돈이 그 정도의 일에 생각이 미치지 않았을 리 없다. 어쩌면 이 도시를 계속 방어할 생각이 없는 것일지도 모른다고 토비츠는 생각했다.

'그는 무언가를 기다리고 있어. 혹은 연합왕국의 공격을?'

그것이 실제로 무엇을 의미하고 있는 건지, 이유는 무엇인지, 거기까지는 알 수 없다. 그렇다면 토비츠는 맡겨진 일을 수행할 뿐이다. 인류에 의한 파괴공작의 방어.

"손은 써두었습니다만 이미 내부에 침입해 있다면 어떻게 해볼 수 없습니다. 그래서 저항조직을 내부에서 선동해 보았습니다. 그들 자체는 전혀 위협이 되지 않습니다만 상인으로 분장해서 침입한 공작원들이 있다면 이 방법으로 솎아낼 수 있을 거라 생각합니다."

"알았다. 인간의 파괴공작과 그 대책에 관해서는 너한테 맡기기로 하지."

"고맙습니다. 다만…."

토비츠는 잠시 고민하다가 결국 말을 잇기로 했다. 이 상사, 아바돈은 숨기는 것을 싫어한다.

"요전번에 이야기한 그 '특수부대'가 이미 잠입해 있다고 하면 곤란하게 됩니다. 싸우면 패배하니까 당장의 대책을 위해 저에게 부하를 주실 수 있겠습니까?"

"좋아."

즉답이었다. 상당히 평가받고 있는 것 같다고 토비츠는 생각했다. 아바돈은 그 얼굴에 미소 같은 것을 떠올렸다.

"어떤 부하가 필요한지 말해봐라. 가능한 범위에서 주도록 하지."

"…제가 배신할지도 모른다고는 생각하지 않는 겁니까?"

"그럴 가능성은 없다고 나는 단언할 수 있군. 그런 권능이 있으니까."

그는 사람의 마음을 읽을 수 있는 것일지도 모른다고 토비츠는 생각했다. 혹은 허세 같은 거든지…. 하지만 아무래도 상관없다. 읽혀도 곤란한 생각은 가지고 있지 않기 때문이다.

"그럼 그 호의를 감사히 받아들이도록 하죠. 감옥에 있는 사람 중에서 골라도 되겠습니까?"

"물론이다. 맘대로 고르도록 해. 그리고…."

아바돈의 눈이 방 구석으로 향했다.

그 남자는 토비츠가 입실한 후로 쭉 침묵하고 있었다. 등을 구부린 채 창가에서 책의 페이지를 넘기는데 몰두하고 있다.

"그를 써도 상관없다. 부잼, 거부는 안 하겠지?"

"안 해."

이름을 불러도 부잼을 고개를 들려고 하지 않았다. 짧게 대답한다.

"너는 무슨 까닭인지 나를 신용하고 있지 않은 것 같군. 무례함을 느껴."

"너는 조금 인간 편을 들려하는 경향이 있어서 말야. 조금 걱정이 되서 그래. 아무리 네가 왕의 총애를 받고 있다고 해도 말이지."

"왕의 의사야. 나는 인간의 문화를 배우고 이해해야 해. 아바돈, 너라면 왕의 마음을 잘 알고 있을 거 아냐. 나보다도 훨씬."

"—흠."

아바돈은 작게 고개를 끄덕였다. 몇 초간 부잼에 대해 무언가를 생각했을지도 모르지만 그 눈동자는 전혀 변화를 보이지 않는다. 마치 곤충의 눈동자 같다고 토비츠는 생각했다.

혹은 그저 상대의 모습을 비추고 있을 뿐인 거울인가.

"부잼. 너는 이단아지만 확실히 그런 까닭에 나보다 왕의 기대에 더 부응할 수 있을지도… 모르겠군. 왕이 너를 특별하다고 부르는 이유를 알 것 같아."

"자신이 특별한지 어떤지 이야기할 수 있는 시점을 나는 가지고 있지 않아."

"쓸데없는 걱정이었군. 맡기겠다. 많은 면에서 너는 나보다 올바를 테니까."

부잼과 아바돈. 이 두 사람의 관계는 토비츠로서도 잘 알 수 없다. 아바돈 쪽이 계급이 위인 것처럼도 보이지만 어딘지 부잼에 대해 상당히 배려하고 있는 것처럼 보인다. 혹은 경계하고 있다고 할까?

"그럼 너한테도 사양 않고 임무를 맡기겠다. 그의 지시를 따르도록 해."

"문제없어. 토비츠, 지시를 부탁한다."

"…들었지? 부탁할 수 있을까?"

아바돈은 토비츠에게 미소를 지어 보였다. 온도가 느껴지지 않는 미소였다.

"필요하다면 나도 네 부하로 움직일 수도 있어."

"농담이죠?"

"하하."

평탄한 웃음소리. 아바돈은 양손을 쳤다.

"그것을 이해해주어서 기뻐. 네 전임자는 이런 것에 약했거든. 그럼, 잘 부탁해."

"알겠습니다. …하지만 아바돈 각하, 또 한 가지 약속을 잊지 마시길."

"알고 있어."

아바돈은 관대하다. 그것은 초월적인 관대함이기도 했다.

식용 가축이 자신이 보고 있지 않은 곳에서 무엇을 하든, 도망치거나 고기 질이 떨어지지 않는 한 문제 없다고 생각하는 것처럼.

"아니스에게 네 방을 방문하라고 말해두도록 하지. 실컷 둘이서 지내도록 해."

"감사합니다."

진심으로 토비츠는 감사를 표했다.

실제로 환희하고 있었다고 할 수 있었으니까.

치솟은 화염은 주위 건물에도 옮겨붙은 것 같다.

소화활동이 필요하다. 하지만 애당초 마왕현상이 화재 대비 같은 걸 하고 있었을까? 아무래도 좋다고 생각하고 있었을지 모른다. —대비가 부실해도 인간이 대처해야 할 문제였다. 큰 소란이 일어나고 있었다.

그 덕분에 우리들도 조금은 움직이기 쉬웠다. 대광장 출입이 막히기 전에 그곳을 통과할 수 있었다. 위험한 도박임에는 분명하지만 조사를 받는 것보다는 낫다.

나와 프렌시도 각각 상품 밑에 숨겨두었던 작은 휴대 무기를 손에 들었다. 내 경우는 손바닥 크기의 나이프 네 개와 단검 한 자루. 부족한 감이 있지만 어쩔 수 없다. 프렌시는 여느 때의 곡도이고, 라이노는 애초에 창을 계속 들고 있었다.

그후엔 들키지 않게 달릴 뿐이다. 골목에 몸을 숨기고 병사들의 움직임을 본다.

"대응은 느린 것 같군요. 하지만 봉쇄는 철저히 할 생각인 것 같습니다."

프렌시는 곡도를 이미 뽑아든 상태였다. 도신에는 성인. 남방야귀 특유의 닿으면 번갯불을 내뿜는 무기다.

"철저한 만큼 포위 밖의 경비는 허술해져. 동쪽으로 빠져나가자."

나는 머릿속에서 지도를 그렸다. 소란의 중심이 남

쪽 지구라는 것은 알고 있었다. 그렇다고 하면 그곳은 피하는 게 좋을 것이다. 동쪽 시가지에 숨는 게 제일이다. 지금쯤 우리들이 여관을 빠져나간 걸 알았을지 모른다.

아무튼 서두르는 편이 좋을 것 같다.

"지금이라면 돌파는 그렇게까지 어렵지 않아. 경비병을 네다섯 명 정도 해치울 필요는 있지만 말야."

"예. 그것도 한순간에."

"자신은 있어?"

"그쪽이야말로 단련을 게을리하지는 않았겠죠?"

프렌시는 드물게도 나를 보고 미소지었다. 무슨 까닭인지 유쾌한 기분이 든 모양이다. 신기한 정신세계의 소유자다.

"라이노, 연계 공격이야. 멀쩡한 무기를 가지고 있는 네가 페어리를 상대해. 원군을 부르기 전에…."

"기다려, 동지 자이로. 저것을."

내 팔을 갑자기 녀석이 붙잡았다.

옆에 있는 좁은 골목 안쪽이다. 사람 한 명이 무언가를 소리치며 달려오고 있다. 아니, 도망쳐오고 있다. 바로 알았다. 그 녀석을 쫓고 있는 것은… 페어리다. 중형견의 외형에 뿔 하나. 보기의 무리였다. 그것을 무장한 남자 한 명이 이끌고 있다.

범죄자를 뒤쫓는 경비병. 아무리 봐도 그런 구도였다.

"살려줘…!"

도망치던 사람이 소리쳤다. 상당히 지저분한 차림의 남자였다. 이곳저곳에서 뒹굴었는지 찰과상 투성이다.

살려달라고 한 것은 우리들에게 한 말인가?

“자이로. 우리들은 서두르고 있습니다. 임무가 있어요.”

프렌시가 못을 박았다. 나도 그렇게 생각했다.

성가신 녀석들과는 아직 거리가 있다. 이대로 달려서 떼어놓는 게 좋다. 하지만 라이노는 무언가를 확인하듯 내 얼굴을 보았다.

“응, 그녀의 의견은 알았어. 그럼 너는? 여기서부터 나는 따로 행동해야 하나?”

태연하게 말했다. 우리들의 의견이 어찌됐건 자신은 구할 생각이라고 명확히 선언하고 있다.

이 말에는 프렌시도 기가 막힌 듯했다.

“진심으로 하는 말인가요? 자이로, 이 남자는 무슨 생각으로 살고 있는 거죠? 혹시 위기 관리능력이 지렁이만큼도 존재하지 않는 겁니까?”

나한테 물어도 곤란하다. 라이노는 그런 녀석이다. 전부터 그것만은 알고 있었다. 전장에서 갑자기 작전을 무시하고 방기가 결정된 개척민 마을을 구하러 가는 녀석이었다.

백해무익에 가까운 행위를 한다.

이런 녀석은 진짜 군대라면 죽임을 당해도 어쩔 수 없다. 나도 그렇게 생각한다. 멋대로 성가신 일에 끼어들다 죽으라고, 징병된 병사들을 말려들게 하지 말라고 하고 싶다.

‘빌어먹을 자식.’

나는 속으로 욕설을 내뱉었다.

역시 이 녀석을 데려온 것은 실수였다. 차브 쪽이 나았다. 그리고 저 도망쳐온 녀석. 하필이면 우리들 쪽으로 도망치오지 말라고.

“프렌시. 나는 어째서 녀석이 쫓기고 있는지 맘에 걸려.”

"당신도 진심으로 하는 말인가요? 작전 목적을 생각하세요."

"알고 있어. 작전 목적은…."

한 박자 뜸을 들인 후 나는 코웃음쳤다.

"이 도시와 주민의 탈환이야. 그것에는 저 생판 모르는 빌어먹을 녀석도 포함돼. 우리 징벌용사는 명령위반이 허락되지 않아. ―유감스럽게도 말이지. 너는 먼저 가 있어, 프렌시."

나는 단검을 뽑아들었다. 그대로 도망쳐오는 남자와 엇갈리는 형태로 페어리들에게 돌진한다. 보이는 숫자는 네 마리.

"고마워…, 동지 자이로. 그래서 너를 존경하고 있는 거야."

라이노가 따라오는 걸 알았다. 네 존경 따윈 필요없어. 빌어먹을.

보기의 뿔을 피하고 스쳐지나가면서 칼날을 목덜미에 박는다. 내가 쓰는 단검은 폭넓은 도신을 가진 한날검이다. 중량이 있는 탓에 인간의 팔 정도라면 뼈째 절단할 수 있다. 보기의 목은 그것보다 훨씬 연했다.

그 후엔 또 한 마리.

이번엔 경계하고 있는 만큼 내 사각으로 돌아오려는 듯한 움직임을 보였다. 상대가 그걸 위해 옆으로 도약한 순간, 나는 비상인 사카라를 기동해서 최소한의 도약으로 보기의 머리 위를 잡았다. 내려다본다. 사각은 사라졌다. 그리고 일격.

다른 두 마리는 라이노가 해치운 상태였다. 녀석의 무기는 단창. 그 창끝에는 나뭇잎 모양의 완곡한 칼날이 있다. 찌르기 공격뿐 아니라, 부풀어오른 끝부분을 선회시키면 높은 절단능력까지 보인다.

그것으로 보기의 동체를 베는 순간을 보았다. 덤으로 두세 번 정도 꼼꼼하게 찔러 심장을 파괴하고 있다. 제법 강렬하고 처참한 수

법이로군.

남은 것은 한 사람의 인간 병사…. 하지만 보지 않아도 알았다. 이미 끝나 있었다.

"어째서 이렇게 바쁠 때 이런 일을…."

불만스럽게 중얼거린 것은 프렌시였다.

"진심으로 어이가 없습니다."

남방야귀가 주로 쓰는 곡도. 닿는 것만으로 번개를 방출해서 상대를 무력화한다. 이때 그것을 썼는지 어떤지는 분명치 않다.

"자이로, 라이노, 당신들의 어리석음을 표현할 말이 떠오르지 않는군요. 무슨 생각을 하고 있는 거죠? 특히 자이로! 당신은 마스티볼트 가문의 사위이자 징벌용사 부대의 실질적인 지휘관이잖아요! 방금 판단은 대체 뭐죠? 어떻게 된 건지 설명을…."

"잠깐만."

매도를 퍼붓는 프렌시를 제지하고 나는 골목 벽을 왼주먹으로 때렸다.

"―끝나지 않았어."

카앙 하는 날카로운 소리가 울려 퍼졌다. 하지만 이게 들린 것은 나뿐이다. 그런 식으로 조정된 소리였다.

탐사인 로아드라는 이름이다.

소리의 반향으로 주위 지형을 파악하고 적을 찾는 것을 주목적으로 개발된 성인. 이것에는 개발자의 의도와 다른 사용법이 몇 개 있다. 이번 임무를 수행하기 위해 선택한 성인이 이것이다. 강력한 파괴를 초래하는 성인은 필요없다. ―이 로아드야말로 최선의 선택이라고 나는 생각했다.

그것은 방금 증명되었다.

"위야."

나는 그 접근을 알 수 있었다. 로아드는 진동을 내뿜는 왼팔의 성인과 등에 새겨진 감지를 위한 성인이 한 쌍이다. 사정거리는 최대 200보 정도. 그 공간에 확산된 진동에 대한 반응을 지금의 나라면 정밀하게 파악할 수 있었다.

그래서 머리 위다. 인간형이 두 마리. 아이처럼 왜소한 페어리. —브라우니인가.

예리한 갈고리를 휘두르며 강하해온다. 놀랄 만큼 소리를 내지 않는다. 하지만 이런 좁은 지형에서의 기습만 조심하면 무서운 상대는 아니었다.

"원참…."

프렌시는 중얼중얼 입속에서 불평을 늘어놓았지만 그 움직임은 재빨랐다.

회청색 머리카락이 호를 그리며 펄럭이더니 달려든 브라우니를 일격에 베어버렸다. 번개를 기동시킬 필요도 없었다. 나도 단검을 휘둘러 다른 한 마리를 해치운 상태였다.

"역시 대단하군. 원군을 부르면 조금 성가셨어."

설명을 들어줄 것 같은 생각이 들지 않았기에 나는 개의치 않고 프렌시를 칭찬했다. 당연히 그녀는 몹시 언짢은 듯 약간 눈을 가늘게 떴다.

"방금 행위에 대해 더 많은 이야기를 나누고 싶은데요."

"그렇군. 그리고 라이노는 나중에 때릴 테니까 피하지 마."

"음? 뭐? 나를?"

라이노는 여느 때의 수상한 미소를 거두었다. 무언가를 생각하는 듯한 표정. 이것에도 상당히 연기가 섞여 있었지만 생각에 잠긴 것은 사실일 거라고 생각한다.

"…역시 이해하기 어렵네…. 왜 지금의 흐름에서 동지 자이로가 화를 내는 거지? 함께 힘을 합쳐 페어리에게 습격받는 시민을 구했잖아."

의아한 듯 말했지만 말 그대로 그게 맘에 안 들었던 것이다.

이런 일을 할 생각은 없었다. 아무리 생각해도 잘못이었다. 하지만 라이노에게 말해봤자 무의미할 것 같다는 생각이 들었었다.

"자이로, 아직 제 이야기는 끝나지 않았습니다. 사람 이야기를 들으세요."

프렌시는 아직 나에게 이견이 있는 듯 늑골 틈새 부근을 손가락으로 쿡쿡 찔렀다. 옛날부터 생각하던 것인데 이게 상당히 아프게 느껴진다.

"당신들, 언제나 이런 일만 하고 있는 건가요? 모험자 길드에서의 작전이 특별히 무모한 계획이었던 게 아니라? 한시라도 빨리 당신의 석방 운동이 필요하겠군요."

"그건… 네 아버님한테 폐가 되니까 관둬."

"폐가 된다고요? 이제 와서 무슨 얼굴로 그런 소리를. 당신이 주변에 있는 것만으로도 대개는 민폐가 돼요. 사려 깊음과 인간다운 판단력을 조금은 기르시길. 근처에 널려 있는 곤충이라도 좀 더 위기관리를 하고 있다고요!"

이 발언에는 내가 반격할 차례였나. 애당초 프렌시에게는 하고 싶은 말이 산더미처럼 많았다.

"아니… 잠깐만. 위기관리라면 너야말로 잘해. 일단 우리들보다 앞으로 나오지 마. 다치기라도 하면 어쩔 거야?"

"우?"

"다음부터는 좀 더 뒤로 물러나 있어. 얕보고 있는 거야? 네 몸은 우리들보다 100배 이상은 소중하다고. 무슨 일이 생기면 나는 너를 지켜야 돼."

"…우, 으. 이 남자는 어째서 이럴 때 이런 소리를…."

프렌시는 신음하는 듯한 소리를 내며 얼굴을 손으로 가렸다. 그리고 침묵한다.

이제야 눈치챈 건가. 만에 하나의 일이 있으면 프렌시와, 그 아버님을 볼 낯이 없다. 우리들은 징벌용사다. 얼마든지 부상을 입어도 좋고, 최악의 경우, 죽어도 되살릴 수 있다. 하지만 프렌시는 다르다.

한편 라이노는 도망쳐왔던 남자를 일으켜 세우고 있었다.

"—여어. 괜찮아? 나리. 다친 데는 없어? 어디 아픈 곳은?"

웃는 얼굴로 일으킨다. 그 라이노의 말투가 미묘하게 이상하다는 것을 나는 깨달았다. —그렇군. 이 녀석 아직 연기가 필요하다고 생각하고 있는 것이다. 호위라는 설정으로 말을 하고 있다.

"나리도 우리들과 조우해서 다행이었군. 아, 우리들은 떠돌이 상인인데 얼마 전에 이 도시에 도착한 터라 도무지 적응이 안 되어서…."

"라이노. 이제 그 연기는 필요없어. 때와 장소를 생각해."

"음? 그런 거야?"

나는 라이노의 어깨를 두들겨서 제지했다. 그러지 않으면 이야기가 진척되지 않는다. 나는 몹시 겁을 먹고 있는 이 남자의 정체에 대해 어느 정도 짐작이 갔다.

아니, 지금 상황에서 위병과 페어리에게 쫓기는 이유따윈 그것밖에 생각할 수 없다.

"저항조직…. 그 폭파를 본 병사가 그렇게 말하던데, 나도 소문은 들었어."

나는 그 남자의 얼굴을 들여다보았다. 그 눈초리도 그렇고 어딘지 사슴을 닮은 얼굴이라고 나는 생각했다.

"너희들이 그거야?"

"…댁들은?"

사슴 같은 남자의 얼굴에 경계의 빛이 떠올랐다. 하지만 거절이라고 할 정도는 아니다. 의심하고 있다. —미심쩍어하고 있다. 방금 페어리들을 죽이고 구한 형태가 되었기 때문이다.

실제로 나는 그것을 기대하고 있었다. 확실한 이익이 있다고 판단했기에 구한 것이다. 라이노 같은 자선사업 얼간이가 아니기에 프렌시한테 불평을 들을 이유가 없다. 정말이다.

"구하러 왔어. 우리들은 연합왕국 제9성기사단에 소속되어 있는 잠입공작원이야."

나는 호드의 음울한 얼굴을 떠올리면서 알기 쉬운 거짓말을 했다. 그리고 남자의 옷깃을 살짝 잡았다. 진정시키기 위해 등을 토닥거린 것처럼 보였을지도 모른다.

하지만 그것은 놓치지 않기 위해서였다.

"네가 그 저항조직의 관계자라면 할 이야기가 있어. 거점으로 안내해주길 바라."

하지만 내 말에 그 녀석은 고개를 돌렸다. 울 것 같은 얼굴이었다.

"…트, 틀렸습니다…. 저항조직은, 이미 끝장입니다."

"뭐?"

죽을 만큼 뜻밖의 말이었다. 머리에 찬물을 뒤집어쓴 듯한 감각.

"뭐라고?"

"제가, 그 조직의 대표였어요. 그 폭파는, 숙소로 쓰던 창고를 불태우기 위한 화염이었다고요."

정신이 아득해질 것 같은 이야기를 들은 것 같다는 생각이 든다.

"만약의 경우를 대비한 집합장소도 정해두긴 했지만 몇 명이나 살아남았을지…. 이, 이미, 최악의 상태입니다…."

남자의 목소리가 울먹거리고 있었다. 모처럼 구했는데 이렇게 될 줄이야.

나는 무심코 혀를 찼지만 라이노는 호쾌하게 고개를 끄덕였다.

"불행 중의 다행이네. 적어도 저항조직의 한 사람은 구해낼 수 있었어. 그리고 지금이 최악의 상태라면 여기서 형세를 역전시키면 돼. —힘내자, 동지 자이로!"

"자이로, 이 라이노라는 남자 말인데."

프렌시는 이제 완전히 정색한 얼굴로 나를 보았다.

"혹시 저는 상당히 문제 있는 인선을 해버린 건가요?"

"용케 깨달았구나. 기왕이면 하루 전에 깨달아줬으면 했어."

하지만 느긋하게 반성회 같은 걸 하고 있을 때가 아니었다.

나는 고개를 들었다. 대광장 쪽의 소란이 서서히 확산되고 있다. 포위망과 수색망을 확대하고 있는 것이리라. 어쩌면 이 앞의 골목도 봉쇄되어 있을 가능성도 있었다.

"어찌됐건 이곳을 떠야겠어. 만약을 대비한 집합장소인지 뭔지에 안내해줘."

"무, 무리입니다!"

사슴을 닮은 남자는 이제 완전히 울고 있었다. 훌쩍이고 있다.

"도망칠 곳 따윈 없어요…. 어차피 어느 골목도 미리 가서 막고 있을 게 분명합니다."

"녀석들이 추적하지 못하고 봉쇄도 할 수 없는 통로를 쓸 거야."

나는 등에 짊어진 작은 가방을 두들겼다. 성건 케일 보크. 이 제2왕도의 성인으로 잠긴 문들을 해제하고 다시 닫을 수 있다. ―말 그대로 만능의 열쇠다. 사양 않고 쓰기로 했다.

"지하수로를 이용할 거야. 온천용 정비통로 입구를 몇 개 알고 있어."

"그거 좋군. 명안이야."

라이노는 진절머리가 날 만큼 호방하게 웃었다.

"계획에 없는 사태만 벌어지고 있지만 이제야 겨우 잠입공작다워졌구나."

누구 탓에 이렇게 성가셔졌다고 생각하는 거야. 나는 라이노를 강하게 팔꿈치로 찔렀다.

◆

수리소에서 투진 산까지는 다소 거리가 있다.

타츠야와 함께 해방되었을 때 도터 루즈러스는 몹시 지친 기분이었다.

'최소한 며칠 더 요양이라는 이름의 휴가를 줄 수 없었나.'

최대한 우회해서 느긋하게 부대로 복귀하고 싶다. 킨쟈 시바 대하 연안에 있는 몇 개의 마을과 도시를 둘러보는 것도 좋다. ―그런 잡념을 차단한 것이 마중하러 왔다는 여자였다.

탁한 붉은색 머리카락. 붕대에 감긴 오른팔. 그리고 이상하리만치 날카로운 눈초리를 한 여자.

"가자. 도터 루즈러스. '목 매다는 여우'."

그 여자는 그렇게 말했다. 트리실이라는 이름의, 용병 출신 군인이라고 한다.

그렇다고 해도 언짢은 듯한 얼굴이다. ―도터는 언뜻 본 것만으로도 겁을 먹었다. 본 기억은 없다. 혹시 소생할 때마다 발생한다는 기억의 결함인가?

"징벌용사 부대에 복귀할 거지? 말에 타. 타츠야인지 하는 그쪽 남자도 명령하면 말을 탈 수 있다고 들었어."

"음."

도터는 곤혹스럽게 트리실의 얼굴을 바라보았다.

"저기, 실례가 될지 모르겠지만…."

마음을 굳히고 묻기로 한다.

"너, 누구지?"

"트리실이야. 방금 전에 자기소개를 했잖아. '화안(火眼)'의 트리실."

"아아… 저기… 미안. 기억에 없어."

"그렇겠지. 굴욕이지만 아무래도 좋아. 내 목적은 너를 한시라도 빨리 전선에 복귀시키는 거니까.”

“어, 어째서?”

도터는 무심코 뒤집힌 목소리를 냈다.

“이상하지 않아? 너, 어디 나쁜 조직에 고용되기라도 했어?”

“그 정보를 말하는 것은 금지당했어. 불쾌하기 짝이 없지. 도터, 너는 용사형에 처해졌을 때 몹시 불쾌하게 웃는 남자와 면담하지 않았나?”

“아, 아니, 모르는데…. 누구? 군의 높은 사람?”

“그럼 됐어. 너한테 이야기해봤자 모를 테니까…!”

붕대가 감긴 오른손으로 고삐를 움켜쥐고 입술을 일그러뜨린다. 한순간 날카로운 견치가 보인 듯한 느낌이 들었다.

“허나 이건 내 개인적인 감정이기도 해. 잘 들어, 도터. 나는 너를 교육할 거야. 나를 그런 꼴로 만든 남자가 시덥잖은 3류 좀도둑이라고 생각하고 싶지 않으니 말야!”

트리실은 살의가 서린 눈으로 도터를 노려보았다.

“일단은 전선으로 복귀하도록 해. 도망치려고 하면 가차없이 혼내줄 거야. 나한테는 그런 능력이 있어! 이 성흔이 있는 한….”

그리고 그녀는 옷깃을 펼쳤다. 쇄골 부근에 새겨진 검은 멍 같은 문양을 내보인다.

“절대 너를 놓치지 않아. 한 사람 몫을 해내는 정도가 아니라 최강의 용사로서 그 이름을 인류 역사에 새길 수 있게 하고 말겠어!”

“에에에….”

“서둘러. 제2왕도에서의 잠입공작에 네 실력이 필요하다는군.”

“굉장히 관여하고 싶지 않은 어감의 작전이네. …그만 돌아가고 싶은데….”

“너한테 돌아갈 장소 같은 게 있기는 해? 징벌용사 부대가 그거잖아.”

“그럴지도 모르지만.”

도터는 그 이상의 반론을 포기하고 옆에 있는 타츠야를 보았다. 타츠야는 아무래도 자고 있던 듯 반쯤 감겨 있던 눈을 뜨고 목에서 게객 하는 소리를 냈다.

그것은 개구리 울음소리인지 웃음소리인지 알 수 없는 소리였다.

저항조직의 실태는 상상한 것 이상으로 어설픈 것이었다.

단적으로 말해 실망했다는 인상이 강하다. 총인원은 시내에 잠복해 있는 사람까지 포함해서 20명 남짓이라고 한다.

게다가 그 구성원에 문제가 있다.

내가 기대했던 것은 군인과 수사관을 중심으로 한, 작전을 입안해서 실행할 능력이 있는 녀석들이었다. 혹은 최소한 왕성에서 근무했던 관리라든지, 상공회의 유력자라든지, 그 언저리이길 바랐다.

허나 우리들이 구한 사슴 같은 얼굴의 남자에 따르면…,

"…저는 원래 모험자를 하고 있었습니다."

라는, 나와 프렌시가 망연자실할 만한 말을 했다.

이 녀석은 자신을 저항조직 대표를 맡고 있는 '두더지 코' 마드리츠 기난이라 밝혔다. 구 메트 왕국령 출신을 연상시키는 이름이었다.

"그래서 주변에 있는 건달들이랄까 모험자와 관계가 있는 녀석들을 모아서… 저항조직 느낌으로 활동하고 있었던 겁니다."

그후 곧바로 이동한 우리들이 자리를 잡고 앉은 곳은 마드리츠가 말한 '만일의 경우를 대비한 집합장소'였다. 번화가에서 멀고 비교적 소득이 낮은 시민들을 위한 거주구 한 켠. 다시 말해 동부지구에 있는 '재가 쌓이는 곳'이다.

그 일각에 위치한, 빈말이라도 넓다고는 할 수 없는 집합주택 방 하나에서 우리들은 이야기를 듣게 되었다.

마왕현상에 의한 대규모 인구삭감과 강제적인 거주구 재설정이 이루어진 탓에 이 부근은 인적이 전혀 없어 맘대로 쓸 수 있다고 한다. 그런 탓에 이렇게 경비를 피해 잠복해버리면 좀처럼 발각되지 않을 거라는 이야기였다.

창문을 막고 성인부로 불을 켠다. 그리고 간이식 조리기구로 물을 끓인 후 간단한 야식을 먹으면서 마드리츠의 이야기를 들었다. 납작한 밀 경단을 삶은 뒤 거기다 소금을 뿌리고 스리와크 열매 분말로 매운맛을 추가한 정도의 야식이지만 안 먹는 것보다는 훨씬 나았다.

"…모험자들이 저항조직 구성원이었던 건가. 어째서 그런 녀석들을 모아 저항조직 같은 걸 할 생각을 한 거지?"

나는 남아 있는 국물을 홀짝거리며 물었다.

"군인 같은 게 있는 편이 좋잖아. 아니면 관리라든지."

"예. 하지만 그런 사람들은 페어리화됐거나, 도망쳤거나, 인간을 관리하는 직책에 임명됐거나 해서 말이죠…."

마드리츠는 어딘지 자포자기한 미소를 떠올렸다. 아무래도 왕가에 충성심을 가지고 봉기를 생각할 만한 병사는 없었던 모양이다.

그건 그럴지도 모른다. 애초에 그런 병사들은 마왕현상의 습격으로 대거 죽었을 테고, 살아남은 사람도 제3왕자와 제3왕녀를 지키면서 탈출했다. 남은 병사들에게 과도한 기대를 하는 것은 무리일 것이다.

"요컨대 말이죠…. 저희 같은 모험자는 비상식량 취급이었던 터라 하지 않으면 당한다는 조바심이 있었어요. 범죄자라든지 외지인은 우선적인 식량후보니 말이죠."

그러니까 건달일 뿐인가. 나는 기가 막혔다.

"심각하군. 평범한 녀석은 없는 거야?"

"평범한 사람들은 뭐…, 자신들의 차례가 올 때까지 저희 같은 사람들을 희생시키며 시간을 벌다가 바깥 군대의 구조를 기다린다든지…, 차라리 능력을 어필해서 인간의 관리자가 되려고 하겠죠."

마드리츠는 흡 하고 숨을 들이마시듯 웃었다. 그게 이 녀석의 웃음소리인 것 같다.

그렇군. 마왕현상들은 현명한 지배법을 배워가고 있는 모양이다. 참으로 영리하다. 반항적인 녀석들과 약한 녀석들은 죽고, 순종적이고 똑똑한 녀석들만 살아남는 구조. 부아가 치민다.

어째서 이렇게 부아가 치미는 건지는 나도 잘 모르겠다.

"다시 말해 목숨을 부지하기 위해 필사적으로 저항해야 하는 밑바닥 인생들만 몰래 모인 셈입니다…."

"몰래 모였다고 생각했을 뿐이겠죠."

프렌시가 신랄하게 지적했다. 무표정한 얼굴로 한 말이 마드리츠를 몹시 당황하게 했다.

"결국 일망타진당했어요. 어차피 배신자가 있는 거죠?"

"…예. 맞습니다. 케빌이라는 애 딸린 남자가 있었습니다만, 그 녀석이 밀고를 해서…. 그보다 용케 아셨군요…."

"당연하잖아요. 이렇게 어설픈 조식은 적발할 방법이 얼마든지 있습니다. 완전히 애들 장난의 범주라고요."

"아, 네."

마드리츠는 위축된 채 도움을 구하듯 나를 보았다. 울 것 같은 얼굴이다.

"저기, 죄송합니다. 이분, 너무 무서운데…."

"알 게 뭐야. 두루뭉술한 말로 위로받는 것보다는 낫잖아. 결점은 알고 있고, 어설픈 조직이었던 것은 분명하니 말야."

"우우…."

마지막으로 마드리츠는 신음을 내고 라이노를 돌아보았지만 따뜻한 말 같은 게 돌아올 리 없었다.

"응. 이건 당연한 결과겠지. 하지만 우리들을 만난 것은 너에게 있어서 행운이야."

대신 과도할 만큼 전향적인 발언이 되돌아왔다. 그것도 상당히 살벌한 부류의.

"이 도시의 탈환, 더 나아가 인류의 승리를 위해 너는 해야 할 역할을 다시 수행할 수 있게 되었으니 기뻐해도 좋을 거라 생각해. 우리들이 너의 과감한 의지와 목숨을 헛되이 하지 않을 테니 말야."

마드리츠는 명백히 곤혹스러워하고 있었다.

아니… 라이노의 얼굴을 응시하고 있는 건가? 그러고보니 라이노는 모험자였던 시기가 있다고 들었다. 그렇다고 하면….

"혹시, 저기, 댁은…."

조금 고민하면서도 마드리츠는 라이노와, 그가 옆에 세워둔 창을 주목했다.

"'기는 상어' 아니십니까? '기는 상어' 라이노 몰체트."

아니나 다를까 짚이는 게 있는 듯했다.

나도 무심코 라이노를 보았다. 애당초 이 녀석은 우리 부대 안에서도 특히 수수께끼가…,아니, 다들 충분히 수수께끼가 많군. 아무튼 라이노도 과거를 잘 알 수 없는 녀석이다.

그나저나 '기는 상어'라. 제법 살벌한 별칭이로군.

"라이노, 그런 별칭이 있었던 거야? 뭘 했길래?"

"응? 음…. 글쎄? 과거에는…, 과거에는 나도 모험자였으니까 유적에 곧잘 들어갔었어. 그리고 다른 모험자들과 다투는 일도 많았는데, 그래서 땅바닥 밑을 기어 다니는 흉포한 생물이라는 의미에서 그렇게 불린 거 아닐까?"

"다툼 같은 귀여운 것이 아니었을 텐데요…."

마드리츠는 무언가 끔찍한 것을 보는 듯한 눈으로 라이노를 보았다.

"동업자 킬러로 유명했던 녀석…, 이크, 아니 유명인이었습니다. '기는 상어' 라이노라고 하면 북방에서 일했던 모험자들 사이에서 제법 잘 알려진 이름으로…, 함께 일했던 상대도 죽였다는 소문이 있을 정도였으니까요."

"…그렇다는 건."

라이노는 잠시 생각에 잠긴 듯 입가에 손을 댔다.

일순간 분위기가 긴장된 듯한 느낌이 들었다. 이 녀석의 과거를 알고 있으면 무언가 문제라도 있는 건가? 그렇게 생각하게 만드는 무언가가 있었다.

"너는 과거의 나를 알고 있다는 말인 건가? 전에 알고 지냈다든지. 내 기억에는 없는데."

"아니…, 일방적으로 알고 있을 뿐입니다. 마왕현상 지배 구역에 있는 '시조의 문' 도굴계획으로 떠들썩했던 적이 있었잖아요. 대대적으로 파티원을 모집했던 터라…, 당시 초짜였던 저도 출발하는 모습을 먼 발치에서 볼 수 있었습니다."

'시조의 문'—기억이 맞다면 유적의 이름이었던가? 마왕의 지배구역에 있는 그런 곳으로 도굴하러 가다니 역시 라이노라는 녀석은 뭔지 모를 녀석이다.

"그때 함께 갔던 사람들은 어떻게 됐습니까? 디카 씨라든지, 세돈 씨라든지는… 역시 '시조의 문'에서 목숨을 잃었나요?"

"음, 뭐 그럴 거야."

라이노는 호탕하면서도 수상쩍게 웃으며 모호한 말로 얼버무렸다. 이 녀석, 예전의 동료들을 죽인 모양이군. 혹은 그에 상응하는 짓을 했거나. 어쩌면 지원용사라는 것도 거짓말일지 모른다.

—이때 나는 왠지 그런 생각이 들었다.

"지금은 이 남자의 과거따윈 아무래도 좋습니다. 그보다 앞으로의 행동에 대해 생각할 필요가 있어요."

탈선하려던 이야기를 프렌시의 차가운 목소리가 되돌렸다.

"마드리츠. 당신들이 너무도 쉽게 적발된 탓에 움직이기가 아주 어려워지고 말았습니다. 자이로, 이곳 상황을 외부에 알릴 수 있나요?"

"일단 슬슬 정기연락을 할 시간이긴 해."

나는 목의 성인을 만졌다.

이 성인 통신이 어디에나 무제한으로 도달하는 것은 아니다. 자세한 원리는 노르가유한테 물으면 장황하게 설명해줄 테지만 날씨에 좌우되기도 하고 거리도 중요하다. 고로 정찰 시에 문제가 일어날 경우를 대비해서 정시에는 베네팀이 통신이 가능한 거리까지 이 도시에 접근하게 되어 있었다.

"정찰한 정보는 외부에 넘길 수 있어. 우리들의 움직임도 그렇고. 그걸로 어떻게 할 수밖에 없나…?"

지금은 생각할 대목이다. 나는 가벼운 두통을 느끼기 시작했다.

아무튼 저항조직을 자칭하는 부대가 내부 배신자에 의해 붕괴된 상태다. 그것도 밀고 장려에 의해. 이것은 마왕현상 자신이 생각해 낼 수 있는 수단이 아니라고 생각한다. 적어도 지금까지의 마왕현상에겐 없었던 방식이다.

다시 말해 적극적으로 마왕현상 편을 들며 그런 수단을 생각해내는 녀석이 존재하고 있다는 말이 된다. 상황이 나빠져 있는 것일지도 모른다.

"방침은 변하지 않을 거야. 외부 공격에 호응한 파괴공작. 문제는 어떻게 하느냐인데."

"그렇겠죠. 여기서 잠이나 자고 있을 순 없어요."

"이쪽에는 케일 보크가 있으니까 어느 문이든 열 수 있어. 다만 공격 전에 문을 점거할 필요가 있다는 게 문제로군. 성인병기는… 재료만 있으면 나도 못 만드는 건 아닌데…."

규에 들어오면 간단한 성인조각 기술을 배운다. 간단하다고는 해도 상당히 복잡한 각인을 전용 도료와 소재에 새길 필요가 있어서, 소소한 수류탄을 만드는데도 상당한 끈기와 시간이 필요하다. 이런 것에 관해서는 노르가유가 지나치게 특별한 것이다.

"프렌시, 라이노, 성인조각에 자신 있어?"

"저는 기초연습을 마친 정도로군요. 도울 수는 있다고 생각하지만 기대는 하지 마시길."

"…아마 나도 비슷할 거야. 복잡한 일은 못 하거든."

두 사람 모두 별 도움이 안 된다는 것은 알 수 있었다. 허나 지금 있는 패로 할 수 있는 일을 할 수밖에 없다.

"그전에 이 도시의 경비태세가 어느 정도인지 알고 싶은데."

"인간 병사와 소형 페어리들… 이려나요? 마왕현상은 도시 안에선 눈에 띄지 않았습니다."

마드리츠의 얼굴에 뚜렷한 두려움의 색채가 스쳤다.

매일 상당한 공포와 싸우며 행동하고 있었던 것이리라. 이 녀석의 소심한 신경과 어설픈 방식으로. 용케 지금까지 저항조직을 와해시키지 않고 유지해왔군.

"도시 안은 그리 삼엄하지 않습니다. 자유롭게 돌아다닐 수는 없습니다만. 뭐, 감시받지 않는 지하도가 있기도 하고."

"…또 하수도인가요?"

프렌시는 무표정한 얼굴로 말했지만 그것이 혐오의 의사표시라는 것을 알았다.

프렌시 마스티볼트는 쓸데없이 상대의 말을 되풀이하거나 하지 않는다. 이곳에 올 때 지하도를 통해 왔는데 그동안 쭉 손으로 입을 막고 있었다. 적극적으로 지저분한 하수도를 이용해서 돌아다니는 것은 내키지 않는 것이리라.

"다만 도시 바깥으로 연결되는 통로는 지하도 완벽히 감시되고 있습니다. 마왕현상이 감시하고 있는데…, 정말 터무니없는 녀석이죠…."

마드리츠는 조금 몸을 떨었다.

"마왕현상 '아방크'. 도망치려 했던 사람들은 다들 녀석에게 썰렸습니다."

"마왕현상 본체가 감시를 맡고 있는 건가?"

"북쪽의 조열탑 보셨나요? 몇 개가 부러져 있는 그거…. 그건 아방크가 한 짓입니다. 부러졌다고 할까 벤 것입니다만, 탈주하려던 사람들을 베면서 탑까지 단숨에…."

"정말이야?"

위협적이라기보다 어이가 없다고 해야 할까.

무식한 공격을 하는 녀석이다. 본보기로는 좋을지도 모르지만…, 아무튼 공격능력이 강한 마왕현상이라는 것은 알 수 있었다.

"아방크는 정면으로 싸우기에 몹시 성가신 개체라고 생각해."

불현듯 라이노가 중얼거렸다.

"기동력은 둔하지만 섣불리 접근하면 강력한 '발톱'에 의한 공격을 받아. 봤던 대로 건물을 절단할 정도의 위력이 있으니까 방어는 거의 불가능하려나…?"

"아는 녀석이야?"

"뭐 그래, 조금은. 음…, 내 기억이 맞다면… 북부 삼림지대에 진출한 인간 부대가 전멸당한 사건이 있었는데, 응. 숲에 있는 나무들과 함께 천 명 정도의 병사가 한꺼번에 절단되었다고 해."

라이노의 설명을 들으면서 마드리츠의 얼굴이 창백해지고 있다는 걸 깨달았다. 무의미하게 겁을 주면 어떡해. 나는 한 손을 흔들어서 라이노의 설명을 끊었다.

"그런 정보들은 정리할 필요가 있겠군. 이 왕도에 마왕현상이 몇 마리 있는지, 그것들을 알 수 있는 범위에서…."

그렇게 내가 말하려 했을 때였다. 처음 깨달은 것은 라이노였다. —세워둔 창을 아무렇지도 않게 집어든다.

"동지 자이로, 바깥이야."

경계를 환기하는 조용한 말. 그 후 발소리. 인기척이다. 문을 두드리는 소리.

일단은 두 번. 조금 시간을 두고 계속해서 네 번. —마치 무언가의 리듬을 새기고 있는 것처럼도 들린다. 프렌시도 안색을 전혀 바꾸지 않은 채 말없이 곡도 손잡이에 손을 가져가고 있었다. 나도 나이프를 뽑아든 상태였다.

나는 바닥을 왼주먹으로 쳤다. 반향. 탐사인 로아드가 알려주고 있다. —바깥에 여덟 명.

"이봐. 마드리츠. 적에게 발각된 거야?"

"아, 아닙니다. 방금 그건 신호예요!"

마드리츠는 허둥지둥 일어섰다.

"저기, 제 동료들이 만에 하나의 경우 이곳에 모일 예정이었는데, 방금 그건 미리 정해둔 노크 신호입니다…. 그보다 여러분, 정말 살벌하시네요. 방금 문 너머로 다짜고짜 공격할 생각이셨죠?"

그리고 마드리츠의 말을 증명하기라도 하듯 문 밖에서 목소리도 들려왔다. 억누르긴 했지만 절박한 목소리였다.

"마드리츠! 이곳에 있지? 도와줘. 케빌 녀석, 그 배신자 놈이! 항복했음에도 우리들을 페어리의 먹이로 삼으려고 했어!"

"맞아, 케빌! 그 녀석, 내가 빌려준 돈을 떼먹을 생각이야…!"

"난 이제 절대 무리야. 케빌의 아내한테 손을 대려고 했던 게 들키고 말았어. 항복해도 죽임을 당할 거야!"

밖에 있는 녀석들중에 또 다른 배신자가 있을지도 모른다. 하지만 지금은 그것을 신경 쓸 상황도 아니었다. —저렇게 떠들어대면 이곳이 발각된다.

"…마드리츠. 아직도 할 생각 있어?"

나는 마드리츠를 보았다. 노려보고 있다고 생각했는지 마드리츠는 노골적으로 겁을 집어먹고 뒷걸음질 쳤다.

"할 생각이라니…, 저기, 무얼 말이죠?"

"저항조직 말야. 즉석이지만 어엿한 파괴공작원으로 만들어줄게."

결국 인원은 아무래도 필요하기에, 녀석들이 얼마나 쓸만한지, 신용할 수 있는 것은 어떤 부분인지, 그런 것을 시험해 보면서 모색할 수밖에 없다.

"부탁할게. 마드리츠, 너희들의 힘을 빌려줘."

"자이로. 표현이 부적절하군요. 마스티볼트 가문의 사위라면 당당하게 말하세요."

프렌시는 내 발언을 트집 잡더니 일어나서 날카롭게 말을 이었다.

"지금부터 우리들이 이 조직을 접수합니다. 체념하고 따르세요."

맘에 안 드는 것이 많다.

자이로 폴바츠가 내부공작 임무로 떠난 후로, 명백히 투진 바하크 임시요새의 분위기는 변하기 시작했다.

'나한테 쓸데없는 생각을 하게 하지 마.'

제이스 파치락트는 생각했다. 지금은 자신의 싸움에 집중해야 할 때인데 이 요새는 잡음이 너무 많다.

문제는 대략 세 개.

일단은 '성녀'에 대한 것이다. 마침내 이 임시요새에 도착했다고 한다.

유리사라는 이름이라고 했던가? 제이스는 전혀 흥미가 없는 이야기였지만 이곳저곳에서 소문이 나고 있었기에 싫어도 귀에 들어왔다. 용방에서조차 그 성녀인지 뭔지의 이야기를 하고 있는 자가 있었다.

소문의 '성녀'는 거의 소녀라고 해도 좋을 연령이라고 한다. 제이스도 강제적으로 그 모습을 보게 되었다. 요새 전체의 병사가 모인 가운데 연합왕국의 깃발을 든 유리사가 그 앞에 서는⋯ 의식 같은 모임이 열렸기 때문이다. 열병식 같은 것이었다.

성녀 유리사는 한마디도 하지 않았지만 멀리서 보기에는 자못 의연한 태도로 서 있었다.

불타는 듯한 붉은 머리카락의 소유자로, 오른쪽 눈동자가 빛나고 있었던 것만은 기억하고 있다. 뒤집어 말하면 그것 외엔 완전히 평범하다는 인상이었다. 어쩌면 애초에 제이스가 인간을 잘 구분 못 하는 탓일지도 모른다.

다만 일반 병사들은 그 모습에 감명을 받은 듯했다. 적어도 성녀가 서 있는 모습만은 당당했다. 그리고 옷깃이 크게 트인 의상의 쇄골 언저리에 새겨진 '성흔'.

그것이 바로 성녀의 증표라고 흥분된 말투로 말하는 자도 있었다. 그 존재에 기대하고 있는 병사는 참으로 많았다.

'바보 같아.'

제이스는 그렇게 내뱉고 싶어졌다.

성흔은 십여 년 전까지는 저주의 증표로 간주되고 있었다. 마왕현상이 이 정도 위협으로 부풀어오르기 전에는 보이지 않아야 되는 것을 보고, 들리지 않아야 되는 것을 듣는 재앙의 증표라고 말하는 자도 있었다.

성흔의 취급이 일변한 것은 최근 몇 년.

그때까지 성흔에 대해 확실한 언급을 피하고 있었던 신전이 성명을 발표한 후부터다. 그 이후로 성흔의 소유자는 '제1차 마왕토벌에서 활약한 영웅들의 핏줄을 이어받은 축복받은 자'라는 취급이 되었다.

성녀의 도착으로 사기가 오르는 병사들을 보고 있으면 시큰둥한 기분이 든다. 실제로 자이로가 이곳에 있었다면 서로 불만의 응수를 했을 것이다. 그런 기분전환도 지금은 없다.

두 번째 문제는 《여신》 테오리타다.

자이로가 급하게 출발한 탓에 명백히 그녀는 심기가 상해 있었다.

"저를 두고 가다니 너무도 불경하지 않나요?"

그렇게 그녀는 가끔 제이스가 있는 용방까지 찾아와서 불만을 토로했다.

"절대 용서 못 해요! 이것은 심각한 배신 행위입니다. 요프 때보다도 심하다고요! 아무런 허가도, 인사도 없이 가다니…!"

테오리타는 이제 누구를 가리지 않고 자신이 화나 있다는 것을 전하고 싶은 듯했다. 머리카락에서 불똥이 튀고 있는 게 보였다.

"니리! 당신도 그렇게 생각하죠? 돌아오면 반드시 천벌이 필요해요. 어떤 벌이 타당할까요? 어떻게 생각해요? 니리."

제이스가 전혀 반응하지 않는 것을 보고 테오리타는 최종적으로 니리에게까지 말을 걸었다.

이것에는 니리도 질렸는지 고개를 숙이고 제이스에게 도움을 요청해왔다. —이렇게 되면 상대를 할 수밖에 없다. 제이스는 안장을 점검하면서 입을 열기로 했다.

"…그렇다면 《여신》, 너를 데려가면 어떻게든 되었던 거야?"

"되었을 거예요. 저는 평소의 행실이 아주 좋기도 하고, 위대한 《여신》이거든요."

"그래?"

너무도 단정적인 발언에 제이스도 적당히 맞장구를 치는 것 외엔 할 수 있는 게 없었다.

'—그래, 이 녀석. 테오리타야.'

테오리타의 끝없는 푸념을 들으면서 베네팀이 소문처럼 이야기한 말을 떠올린다. 자이로가 없으니 그런 출처가 불분명한 정보를 제이스와 차브 상대로 혼잣말처럼 이야기한다. 이것도 골칫거리 중 하나였다.

“테오리타 님을 그 성녀님과 연계해서 운용할 계획이 있다고 합니다.”

베네팀 역시 용방에서 작전을 생각하고 있을 때 찾아왔다.

이 녀석들은 마치 방해하기 위해 찾아오는 것 같다는 생각이 들었다. 물론 제이스에게 있어서 다른 사람이 방해가 되지 않는 경우는 전혀 없다.

“테오리타 님의 성검에 눈독을 들인 것 같군요. 어떤 마왕현상이든 해치울 수 있는 궁극의 성검을 휘두르는 ‘성녀’…. 정말 좋은 선전이 될 것 같지 않나요?”

“알 게 뭐야.”

“다시 말해 우리들도 ‘성녀’ 님의 휘하랄까, 호위부대랄까, 고기방패랄까, 그런 위치에서 움직이게 될지 모릅니다.”

“몰라.”

“제2왕도 탈환작전에서도 우리들에게 그 역할이 돌아올 것 같더군요.”

“맘대로 하라고 해.”

그 정도에서 베네팀은 제이스를 상대로 말하는 것을 포기했다.

성녀를 호위한다는 것은 육상에서의 일이었다. 하늘에서 지원하라는 지시가 떨어지더라도 그것들은 모두 적의 항공전력을 배제한 후이다.

특히 마왕현상 ‘슈갈’.

지금의 제2왕도에는 적어도 세 마리… 어쩌면 네 마리의 마왕현상이 있다는 이야기지만, 그 일각인 ‘슈갈’을 격추하는 것이 자신들의 임무이다. 아니, 자신과 니리 외에 할 수 있는 녀석은 없다.

그것을 생각하면 폐 언저리에 무거운 것을 느낀다.

중압감이다.

하늘에 올라가기 전에는 언제나 이 중압감을 느낀다. 제이스는 자신과 니리가 인류에서 최강의 항공전력이라는 것을 확신하고 있다. 그것을 조금도 의심하고 있지 않다. 다시 말해 자신의 패배는 인류가 제공권을 잃는 것과 마찬가지라는 말이다.

하물며 니리가 중상을 입으면… 그 경우에 대해선 생각하고 싶지도 않다.

그리고 세 번째로 성가신 일.

파트셰 키비아다. 언제나처럼 담담하게 잡무를 수행하고 말들을 보살피고 있는 것처럼 보이지만 그 실태는 완전히 다르다. 테오리타와는 반대로 조용히 삐쳐 있는 것 같다는 생각이 들었다.

평소 그녀가 있는 곳에는 예전 성기사단의 부하들이 대화를 하러 찾아오고 있다고 한다. ―하지만 최근 며칠간은 섣불리 접근하려고 하지 않는다. 그런 문제에 관여할 만큼 제이스도 한가하진 않지만 자이로가 사라진 지금, 육상에서 작전지휘를 할 수 있는 것은 파트셰 정도다.

이대로 가다간 잘못하면 궤멸적인 피해를 입지 않을까 생각한다.

다만 심기가 불편할 때 실력을 더 잘 발휘하는 성질의 사람도 있다. 혹은 다른 사람에게 힘을 인정받으려고 할 때보다 강한 힘을 낼 수 있는 사람도. 파트셰가 어떤 종류의 지휘관인지, 그것은 해보지 않으면 알 수 없다. 훈련으로 알 수 있는 것이 아니기 때문이다.

제이스가 보기에 파트셰는 예리함이 있는 지휘관이다.

하늘에서 보고 있으면 파트셰가 지휘하는 기병은 언제나 미리 가서 기다리는 것처럼 움직인다. 그리고 가혹한 국면일수록 그 움직임은 날카로워진다. 이번처럼 다소 정신적으로 압박을 받고 있는 상태가 좋은 군인 아닐까 하는 생각이 든다.

그래서 충고할 생각으로 말을 걸어보았다.

"너무 언짢은 기색을 보이지 마. 조금은 감추라고."

"뭐라고?"

"자이로는 얼간이니까 그렇게 화내지 마. 프렌시… 그 여자와 공동으로 임무를 맡은 것에 화가 난 것이라면, 녀석은 그렇게 깊게 생각하고 내린 판단이 아니야."

이에 대해서 지금이라도 베어버릴 것 같은 낌새로 반응했다.

"의미를 모르겠군."

그 한 마디를 시작으로 쌓여 있던 불만을 단숨에 분출했다.

"자이로가 얼간이라는 것은 의심할 여지도 없지만, 애당초 나는 언짢은 상태가 아니고, 언짢다고 해도 자이로와는 아무런 관계도 없고, 그 이상으로 너한테만은 언짢으니 어떠니 하는 말을 듣고 싶지 않아."

"…아아, 그러셔?"

이것에는 제이스도 어깨를 으쓱할 수밖에 없었다.

제이스가 보기에 성인을 쓰지 않는 접근전이라면 파트셰는 상당히 강하다. 특히 검에 한정한다면 자신과 자이로보다 위일지 모른다고 생각할 때가 있다. 종합적인 접근전 실력으로 따지면 타츠야 다음이라고 할까.

그런 상대와 교전하고 싶지는 않다. 성가실 뿐이다.

—그런 여러 가지 문제를 내포한 나날들 속에서 유일하게 제이스

가 적극적으로 대화하는 인간이 있다고 하면 노르가유뿐이었다. 딱히 잡담을 하고 싶은 것은 아니다.

다음 싸움에 어떻게든 노르가유의 지식과 기술이 필요하기 때문이다. 확실히 노르가유라는 남자는 그 망상만 잘 대처하면 제이스에게 있어선 다른 녀석들보다 이야기하기 쉬웠다.

"…짐이 추측하건데 '슈갈'이 쏘는 유도탄은."

대충 제이스의 이야기를 들은 후에 노르가유는 추측을 늘어놓았다.

마왕현상 '슈갈'과 싸운, 혹은 싸움을 목격한 용기병과 드래곤들에게서 들은 이야기를 제이스는 세세하게 정리해 두었던 것이다. 그런 노력은 아끼지 않는다.

"너희 용기병이 쓰는 비창이나 일부 포와 같은 거겠지. 완전히 같은 원리의 추미기능을 가지고 있다고 생각한다."

"요컨대 막을 방법은 없는 셈인가. 속도와 기동으로 피할 수밖에 없어."

"아니. 이야기를 듣기로는 추미성능이 너무 강해. 폭파 반경도 넓고. 속도와 기동으로 완전히 피해낼 수 없는 경우가 빈발할 테고, 그래선 공격으로 이행할 수 없겠지. …고로."

그렇게 이야기하는 노르가유는 이미 붓을 들고 종이에 무언가 복잡한 도형을 그리기 시작했다.

"대항책을 준비하겠다."

"신병기인가. 그것으로 어떻게 할 수 있는 거야?"

"완성되면 말이지. 잘 들어라, 제이스 파치락트. 너는 열악한 태도의 신하지만 짐이 다스리는 왕국의 당당한 용기병이고, 그중에서도 최정예라는 것은 의심하지 않는다."

노르가유의 붓은 빠르게 움직였다. 눈 깜짝 할 사이에 성인을 그려낸 듯하다. 이미 설계에 들어간 것 같았다.

"패배는 허락하지 않는다. 짐이 친히 승리를 선사할 테니 중압을 짊어지고 싸워라."

그 말에 폐에 다시 무거운 무언가가 고이는 것을 느꼈다.

'말하지 않아도 알고 있어.'

그날 제이스는 노르가유와 몇 번의 문답을 나누고 밤늦게 용방에 돌아왔다. 니리는 날개를 접고 제이스가 누울 공간을 비운 채 기다리고 있었다.

제이스는 그런 그녀에게 말을 걸었다. 여느 때와 같이.

"다녀왔어. ―오늘도 정말 지쳤군. 쓸데없는 고생이 많아."

제이스는 목을 쓰다듬으며 중얼거렸다.

"이것도 다 자이로가 없는 탓이야. 그 바보 녀석. 니리, 너한테도 폐를 끼치는구나."

"―그럴 리가. 폐라고 생각하지 않아."

니리는 목을 울리며 대답했다.

제이스는 그 목소리를 들을 수 있었다. '공진'이라고 한다. 그런 이름으로 불리는 성흔이 제이스에게는 선천적으로 있었다. 어떤 생물이 내는 목소리라도 말로 해석할 수 있는 것이라면 이해할 수 있다.

"너도 지쳤지? 테오리타한테는 너무 오래 있지 말라고 해둘게."

"아니, 아니, 나는 이래 봬도 꽤 즐기고 있어. 테오리타는 귀엽고 말야."

"마음을 쓰지 않아도 돼. 도중부터 귀를 막고 있었잖아."

"아하하하하!"

니리는 크게 웃었다. 보통 사람에게는 날카로운 울음소리처럼 들렸을 것이다.

"아무리 그래도 그 푸념은 버거웠으려나. 하지만 어쩔 수 없어. 명백히 자이로 군 탓이지만."

"다음에 얼굴을 마주치면 녀석을 걷어차 줄게."

"살살해줘. 내가 보기에 자이로 군은 분명…."

이때 니리에게는 단어 선택에 고심하는 낌새가 있었다.

"굉장한 영웅이나 대악당, 둘 중 하나가 될 거야. 그런 점에서는 역시 제이스 군과 닮았네. 조금."

"안 닮았어."

"조금뿐이야."

"조금도 안 닮았어. 좀 봐주라고."

놀리고 있다는 것을 깨달은 제이스는 니리에게 등을 기대고 누웠다.

아무튼 지금은 몸을 쉬어야 한다. 쓸데없는 일을 한 탓에 지쳐 있다. 성녀가 도착한 이상, 당장이라도 작전이 시작될지 모른다. 그런 예감이 들었다.

'화가 나네. 이럴 때에 한해서.'

자이로 폴바츠는 무엇을 하고 있는 건가. 부정은 해보았지만 니리의 말에 따르면 이 세상에서 자신과 조금 닮은 딱 한 사람의 남자라고 한다. 그렇다면 해야 할 책무가 있을 것이다.

원래는 드래곤들을, 최소한 니리만 지킬 수 있다면 제이스는 그것으로 만족이었다.

'그것만으로는 허락해주지 않는 게 니리야.'

영웅따윈 되고 싶지 않다. 제이스는 무거운 것은 가슴에 안은 채 눈을 감았다. 신경이 곤두서는 듯한 예감이 들고 있었다. 사태가 움직일 것 같은 예감이었다. 자이로 일행은 지금쯤 도시에 잠복해서 작전 준비를 하고 있을 것이다.

이쪽 준비와 자이로 일행의 준비. 그 양쪽이 끝날 때가 행동을 일으킬 때이다.

'그때는….'

목숨을 걸게 될 것이다. 그것이 제이스의 골칫거리다.

'아마 금방일 거야.'

—그리고 제이스의 예감은 맞았다.

제2왕도 공략 작전이 선언된 것은 말 그대로 다음날이었다.

이 작전에서 징벌용사 9004부대는 처음으로 '성녀'와 공동작전을 실시하게 된다.

◆

성탑에 서서 제2왕도를 내려다보았다.

차가운 밤바람도 나쁘지 않다. 인간의 활기가 느껴지지 않는 조용한 거리가 어둠에 잠겨 있다.

'공격해온다고 하면 내일이나 모레겠지.'

토비츠 휴카는 그렇게 예측했다.

척후로 보낸 페어리의 보고를 듣고 내린 판단이다. 인간 병사를 잠복시킬 수 있다면 좀 더 정보의 정밀도가 올라가겠지만 그런 인재는 아직 없다.

제2왕도에는 인간의 문명을 버리지 못하는 자가 아직 많다. 마왕현상에 의한 세계 지배를 인정하고 싶지 않은 자들이기도 하다. 섣불리 간첩으로 썼다간 돌아오지 않을 가능성이 더 컸다. 그래선 쓸 수 없다.

"…토비츠."

등 뒤에서 목소리가 들렸다.

"조사가 끝났어."

속삭이는 듯한 남자 목소리로 어딘지 침울한 어감이 있다. 그걸 듣고도 토비츠는 돌아보지 않는다. 돌아봐도 모습은 보이지 않을 것이다. 그런 상대다.

이름은 스우라 오드라고 했다.

틀림없이 가명일 것이다. 고대 왕국의 언어로 독충의 일종을 의미한다. 한번 물면 인간은 물론이고 곰까지 죽인다고 하는 강력한 독을 가진 벌레로 여겨지고 있었다. 암살자다운 이름이다.

그는 살인전문 '업자'로 유명했던 남자로, 마침 이 제2왕도의 감옥에 붙잡혀 있었다. 실력도 좋지만 토비츠는 그 경력을 높이 샀다. 대가만 치르면 배신하지 않는다. 실제로 고용주 대신 붙잡혀서 감옥에 들어가기도 했다.

여러모로 다른 죄수들도 시험해 보았지만 지금은 이 남자가 이용할 수 있는 유일한 존재였다.

"투진 산에 있는 군에 성녀가 있다는 이야기는 틀림없어."

스우라는 들릴까 말까 아슬아슬한 목소리로 말했다.

"그렇다면 그곳이 초점이 되겠군요."

토비츠는 역시 돌아보지 않았다.

"제9성기사단은 독을 사용합니다. 그 공격능력을 생각하면 성녀의 호위는 다른 부대겠죠. 제8성기사단이나… '비장의 카드'로 쓰이는 그 부대. 혹은 그 양쪽…."

조금 생각해본다. 그의 상상대로 인류에게 '비장의 카드'가 될 만한 부대가 진짜라면 일부는 이미 이 도시에도 잠복해 있을 것이다.

도시 저항조직은 거의 무력화되어 있다. 남아 있는 것은 기껏해야 30명 정도의 모험자들…. 건달들의 무리로 대단한 일은 할 수 없다.

다만 그런 것을 생각지 못하는 형태로 이용하는 것이 이 '비장의 카드' 부대였다. 토비츠가 조사해본 바로 제완 건 갱도에서부터 쭉 그런 식의 싸움을 해왔다고 생각한다. 경계해둬서 나쁠 건 없다.

"그리고 네가 말한 대로."

그렇게 생각에 잠기려 했던 토비츠의 사고를 스우라가 현실로 되돌렸다.

"진지에서는 제이스 파치락트를 봤어. 파란 드래곤과 함께 있더군."

"아아. 역시."

토비츠는 자신의 목소리가 들뜨는 것을 억누를 수 없었다.

'그건 유쾌한 기억이었지. 드래곤들을 이끌고 반란이라….'

발단은 드래곤들을 특별한 공격병기로 만든다는 계획이 부상한 것이었다. 그 몸에 움직임을 제약하는 성인을 새기고 초토인을 든 채 마왕현상의 거점에 충돌시킨다. 백 마리의 드래곤이 초토인을 가지고 들이박으면 한 마리 정도는 목적을 달성할 것이다.

그것으로 충분한 전과를 낼 수 있다. 무엇보다 밀리기만 하고 있는 상태에서 공세에 나설 수 있다. 이것이 총반격 작전의 핵심이다.

—그런 계획을 세운 장군은 누구였더라?

하지만 진지하게 검토된 것만은 분명했다. 그래, 그것이야말로 지금 생각하면 '공생파'의 계획이었을지 모른다. 제이스는 그것에 대해 반란을 일으켰다. 주저도 없었다.

"경계하시길. 그가 있는 부대가 분명 '비장의 카드'입니다."

"그렇게 대단한 녀석인가. 제이스 파치락트는."

"최강의 용기병입니다. 아마 지금도 그렇겠죠."

제이스의 그 무뚝뚝한 얼굴을 떠올린다.

지금은 싸우면 분명 이길 수 없다. 그렇다면 어떻게 할까? 토비츠는 무의미하다는 것을 알면서도 돌아보았다. 역시 그곳에 스우라의 모습은 보이지 않았다. 어딘가 안 보이는 곳에 있을 것이다.

"너는 연합왕국의 군대를 이길 수 있다고 생각하고 있는 거냐?"

스우라의 목소리에 야유하는 듯한 어감이 섞였다.

"나는 같이 죽는 건 사양이야. 말해두지만 본격적으로 패배하기 전에 사라질 생각이다. 앞으로는 대가를 선불로밖에 받지 않아."

"그렇군요. 아무리 생각해도 승산은 없다고 생각합니다만… 아바돈 각하에게는 무언가 생각이 있다고 생각합니다."

"생각이라고? 그래봤자 마왕현상이잖아. 겉모습은 인간이라도 속은 곤충 정도의 두뇌밖에 가지고 있지 않은 경우도 있어."

"그럴지도 모르겠군요."

굳이 모호하게 말했다. 상황을 생각하면 아바돈이 제2왕도를 지켜낼 가능성은 거의 없다. 무언가 숨겨둔 무기가 있는 건지, 아니면 목적은 다른 곳에 있는 건지. 다만 토비츠가 보기에 아무런 생각도 없는 것처럼은 보이지 않았다. 이 제2왕도를 멋지게 빼앗아 보인 마왕현상이다.

'아마 그는 무언가를 숨기고 있어. 하지만 무엇을?'

어찌 됐건 토비츠에게 있어서 중요한 것은 승패가 아니다.

패배한다고 해도 아니스만은 무사히 이 제2왕도에서 이탈시켜야 한다.

"만에 하나의 경우를 대비해두도록 하죠. 스우라, 부탁할 게 있습니다. '비장의 카드' 부대에게 선수를 쳐두고 싶군요."

"꽤 겁이 많군."

"이 싸움에서 가장 무서운 것은 그들이라고 생각하니까요. 지금은 정면으로 싸우면 분명 이기지 못합니다. 자유롭게 움직이지 못하도록 해야죠. —그러니까 부탁드립니다."

"그것은 네 개인적인 부탁인가? 얼마까지 낼 수 있지?"

"얼마든지요."

화폐라면 넘칠 만큼 받았지만 별 의미는 없다. 마왕현상 편을 들면서도 그것에 아직도 가치를 부여하는 스우라가 오히려 특수한 케이스라고 생각한다.

"제가 할 수 있는 일이라면 뭐든 하겠습니다."

그녀를…, 아니스를 위해서라면 뭐든 할 수 있다.

설령 세계최강의 용기병이 상대라 해도.

자신에게는 날개가 돋아나는 게 늦는다고 생각하고 있었다.

불꽃도 내뿜지 못하고, 뿔도 없다.

송곳니와 발톱도 다른 녀석들보다 약하고, 달리는 것도 늦으며, 단단한 비늘도 가지고 있지 않다. 그런 까닭에 죽은 짐승 가죽을 몸에 두를 수밖에 없었다. 남부 기스콤 대평원의 겨울을 넘기기 위해 모피를 입을 때도 있었다.

생활에 관련된 그런 여러가지 것들은 인간의 흉내를 내도록 배웠다.

'왜 나는 다른 녀석들과 다른 거지?'

제이스는 종종 의문으로 생각했다. 혹은 무엇이 다른 건지. 그에게 있어서는 그게 의아해서 견딜 수 없었다.

자신을 길러준 가족들에게는 모두 날개도 있고, 발톱과 송곳니, 비늘도 있었다.

불꽃을 내뿜고 하늘을 날 수 있었다.

제이스도 딱 한 번 그들의 흉내를 내본 적이 있다. 그들이 살고 있던 바위산 하나에서 뛰어내렸다. 그렇게 하면 날개가 돋아날 거라고 생각했기 때문이다. 다들 당연한 것처럼 하늘을 날고 있어서 자신이 못할 리가 없다고 생각했다.

그때는 추락하기 전에 구조되어 다시는 하지 말라고 호되게 야단맞았다.

길러준 부모인 우글프라는 드래곤은 과묵한 남자였지만 그때만은 분명하게 큰 소리로 제이스를 꾸짖었다.

"바보 녀석."

송곳니를 드러내고 으르렁댄 것을 기억하고 있다.

"너는, 혼자서는, 날 수 없는 거다."

그럴 리 없다고 제이스는 생각했다. 언젠가 날개가 돋아나서 자신도 다른 녀석들과 마찬가지로 하늘을 날 수 있을 거라 믿고 있었다.

그런 어린 시절이었지만 결코 쓸쓸하진 않았다. 학대받은 기억도 없다.

하늘을 날지 못하고 모습이 달라도 가족은 가족이었고 친구들도 있었다. 함께 들판에서 놀고 사냥을 도왔으며 불을 쓰는 방법을 배웠다. —초원에서 살기 위한 모든 것을 배운 것 같다는 생각이 든다.

자신이 인간이라 불리는 생물이라는 걸 안 것은 몇 살 때였을까?

그것은 우글프에게 장래의 꿈을 이야기했을 때였다. 제이스와 비슷한 또래의 친구들에게 있어서 최대의 우상은 '기사룡'에 다름 아니었다.

인간 전사를 태우고 하늘을 날면서 마왕현상과 페어리들과 싸우는 존재. 그것은 세계의 수호자와 같은 의미로 간주되고 있었다.

당연히 제이스도 그것을 동경해서 기사룡이 될 것을 열망했다. 등에 인간을 태우고 하늘을 누비는 자신을 상상했다. 하지만 제이스에게는 날개가 없다. 언제쯤에나 돋아나는 걸까. 그것을 우글프에게 물었을 때 자신이 누구인지를 들었다.

제이스는 인간이고, 다른 가족과 친구들은 용이라는 것.

갓난아기였을 때 이 초원에 버려졌다는 것.

그 이유는 등에 있는 멍, '성흔'이라 불리는 특수한 각인 때문이라는 것.

그리고 자신은 아무리 노력해도 기사룡은 될 수 없다는 것이다.

"우리들이, 인간이, 될 수 없는 것처럼."

우글프는 떠먹여주듯 설명했다.

말을 할 수 있는 드래곤은 그리 많지 않다. 우글프는 그나마 능숙한 편이다. 그래서 제이스를 키우는 역할로 뽑혔다고 나중에 들었다.

"인간은, 용이, 될 수 없다."

그리고 슬픈 듯 크게 포효해 보였다.

그날은 거처였던 바위산에서 자지 않았다. 도저히 그런 기분이 들지 않았다. 한밤중의 초원을 홀로 걷고, 눈 녹은 물이 만든 개울을 따라가며 니리와 이야기를 했다.

니리는 초원에 사는 드래곤 중에서도 가장 대화를 하는 것에 능했다.

그리고 누구보다 똑똑하고, 빠르고, 강한 소녀였다고 할 수 있다. 그 시점에서조차 어떤 어른도 니리를 따라잡지 못했을 것이다.

그녀는 특별한 드래곤이라고 우글프가 말한 것을 들은 적이 있다. 마왕현상에 대항하기 위해 딱 한 마리 태어나는 진정한 드래곤이라고….

틸 나 노그라 불리는 장소를 떠난 후로 쇠퇴해버린 드래곤들 중에서 원초의 힘을 가지고 태어난 유일한 존재. 과거 드래곤들의 위대한 수장이었던 '쿠쿠르칸'의 피를 이어받았다고 우글프는 말했었다.

니리와는 곧잘 대화를 했다.

대부분의 대화를 아직 기억하고 있다. 떠올릴 수 있다. —지금은 아직. 자신이 누구인지 안 그날 밤도 니리의 비늘색과 매우 닮은 파란 달 밑에서 그녀와 대화를 나누었다.

"…그것은 제이스 군이 특별하다는 소리야."

제이스의 이야기를 다 듣고 나서 니리는 조용히 말했다.

"나는 알 수 있어. 실은 나에게도… 특별한… 그런 힘이 있으니까."

니리의 말이 사실인지 어떤지 제이스로선 지금도 꿰뚫어볼 수 없다.

그녀는 확실히 특별한 드래곤이다. 먼 옛날 좀 더 드래곤들이 현명하고 강했던 시절의 힘이 남아 있다. 정말로 그런 감각이 있을지도 몰랐다.

그리고 니리가 그렇게 주장한 이상, 제이스는 그것을 믿는 것 외에 다른 길은 없었다.

자신이 믿지 않으면 대체 누가 니리를 믿는다는 말인가.

"제이스 군은 다른 모두가 할 수 없는 일을 할 수 있어. 나와 이렇게 누구보다 능숙하게 대화를 할 수 있고… 누구보다 도구를 잘 쓸 수 있어."

"하지만 하늘은 날지 못하고 불꽃도 내뿜지 못해."

제이스는 한숨을 쉬었다. 그저 하얀 입김이 나올 뿐이었다. 니리라면 그 입김으로 모든 것을 불태울 수 있다.

"그런 것은 할 수 있는 애가 하면 되는 거야."

"그럼 니리를 지킬 수 없어. 그건 다른 사람에게 맡기고 싶지 않아."

"그래."

짧게 대답하고 니리는 침묵했다.

무언가를 생각하고 있는 듯했다. ―제이스는 그 침묵이 두려웠다. 다음 순간에는 제이스를 두고 날아가버릴지도 모른다고 생각했다.

"그럼… 내가 제이스 군을 태우고 날아줄까? 불꽃도 대신 내뿜어 줄게. 그대신 제이스 군은 내 등에서 나를 지키는 거야."

"나를, 태운다고?"

제이스는 숨을 멈췄다. 놀라고 있었다.

"…정말로?"

"응. 약속할게. 제이스 군은 나와 함께 날아주었으면 해."

"기뻐. …내가 니리를 지킬 수 있다면 최고야. 니리가 무사하다면 나는 그걸로 만족이야. 그리고 이 초원에 있는 드래곤들. 그것만 지킬 수 있다만."

"부족해."

"뭐?"

불현듯 니리가 말을 끊었다. 제이스는 그 의도를 추측하기 힘들었다.

"나와 함께 날 거면 그것만으로는 부족해. 제이스 군도 약속해."

"무엇을, 약속하면 되지?"

"내 싸움은 나만의 것이 아니야. …그러니까 나와 초원의 모두가 아니라, 좀 더 큰 세계를 위해 싸울 것. 이 세계에 살고 있는 낯선 누군가를 위해 싸울 것."

니리는 거기서 우울하게 목에서 소리를 냈다.

"드래곤의 지혜는 사라져가고 있어. 이제 말을 이해할 수 있는 동료도 줄어들고 말았지."

그 부분만은 무슨 말을 하는지 알았다.

드래곤들 중에는 대화 따윈 도움이 되지 않는다고 생각하는 자도 많다. 싸움과 사냥에 필요한 몇 개의 단어가 있으면 그것으로 충분하다는 풍조가 있다.

"…하지만 마왕현상은 모든 생물에게 있어서 위협이니까… 우리들도 인간과 함께 싸우지 않으면 이길 수 없어."

"잠깐만 기다려."

허둥지둥 제지했다.

"잘 이해가 안 돼. 모르는 녀석을 위해 싸우라니…."

제이스는 니리가 무슨 말을 하는지 알 수 없었다. 지금도 이해할 수 있다고는 하기 힘들다.

"인간 같은 걸 위해서도 나와 니리는 목숨을 걸어야 하는 거야? 그런 건 무리야."

"그럼 데려가지 않을 거야. 함께 날 거면 그것을 약속해주길 바라. 가능하면… 거절해주는 게 기쁠지도."

니리는 드물게 말문을 흐렸다고 생각한다.

"분명 나와 함께 날면 괴로운 일이 더 많을 거라 생각하니까."

'치사해.'

제이스는 생각했다. 비겁한 말이다. 그런 괴로운 일을 니리에게만 시킬 수 없다. 이것은 제이스도 함께 지옥에 와달라는 부탁이었다.

그리고 니리의 부탁을 거절해본 기억은, 제이스에게는 없었다.

"…내가 할 수 있을까?"

"할 수 있어. 제이스 군은 특별하니까. 나는 알고 있다고."

"아아."

"제이스 군은 굉장한 영웅이 될 거야. 아니면 굉장한 악당일지도. 자신의 눈에 보이는 작은 세계가 아니라 좀 더 훨씬 큰 바깥 세계를 지킬 수 있어."

그런 것은 바라고 있지 않았다.

작은 세계조차 지킬 수 없는 인간이 어떻게 큰 세계를 지킬 수 있을까. 아니면 그런 일이 가능한 사람을 '특별'이라 부르는 건가? 여하튼….

"니리의 말이라면 믿어줄 수도 있어."

"…그래. 믿어주길 바라."

"알았어. 약속할게."

제이스는 니리를 올려다보았다. 오싹할 만큼 파랗고 맑은 비늘을 가진 드래곤은 그 커다란 눈동자로 제이스를 쭉 바라보고 있었던 것 같다.

"약속할게."

제이스는 다시 한번 말했다.

다만. 제이스는 속으로 덧붙였다. 그것은 모두 드래곤들이 사는 세계를 위해서다. 그것을 위협하는 것과 싸우기 위해 필요하다면 인간과 다른 생물들도 지켜줄 수 있다.

양보할 수 있는 것은 거기까지다.

—그 한 달 후 제이스는 인간에 의해 '발견' 되었다.

유목민의 수장이자 연합왕국에 귀족으로 인정받고 있는 파치락트 가문의 수룡(搜龍) 축제에 의해 발견되었는데, 드래곤에 의해 길러진 소년으로 근방에선 한때 유명했다고 한다.

소년은 파치락트 가문의 계보에 이름을 올렸고, 나중에 델프 유고린 장군의 총반격 계획에 반기를 드는 형태로 반란을 일으키게 된다.

이 반란에서는 인간의 희생이 다수 나왔다. 하지만 수백 마리나 되는 드래곤의 목숨을 헛되이 낭비할 수 없다는 것에 니리와 의견이 일치했다. 그것은 앞으로의 싸움에서 하늘의 방어와 공격력을 잃는다는 의미였다.

그래서 반란을 일으켜 델프 유고린 장군을 죽이는 것까지는 성공했다.

그리고….

◆

"제이스 씨, 나설 차례예요!"

귀에 거슬리는 목소리가 들렸다.

제이스는 잽싸게 눈을 떴다. 어느 틈엔가 아침이 되어 있었다.
—용방에 새어든 빛으로 그것을 알 수 있다.

니리가 희미하게 목으로 소리를 냈다. 제이스보다 먼저 깨어나 있었던 모양이다.

"나설 차례래."

여느 때처럼 니리는 속삭였다. 어딘지 남의 일처럼 들리는 말.

"소란스런 아이가 왔어."

"…그렇군."

제이스는 천천히 몸을 일으켰다.

호기심을 드러내고 이곳저곳에서 목을 뻗어오는 용들 사이를 거침없이 걸어오는 자가 있었다. 차브다. 그 등 뒤에선 불안해 보이는 얼굴로 베네팀이 따라오고 있었다. 이쪽은 명백히 드래곤을 겁내고 있다.

"조용히 해."

니리가 말했다. 드래곤들은 그것으로 진정되었다. 이 용방의 드래곤들을 그녀는 완전히 장악하고 있었다. 그래도 호기심을 억누르지 못하는 자는 있다.

"통솔자분의, 동료, 입니까?"

아직 젊은 드래곤이 물어왔기에 제이스는 말없이 고개를 끄덕였다. '통솔자분'이라고 부르게 하고 있는 것은 니리일 것이다.

호칭은 아무래도 좋다고 제이스는 생각하고 있다. 처음 무렵 니리가 장난삼아 부르게 했던 '제이스 님'이나 '각하' 같은 것보다는 그나마 낫다고 느낄 정도다.

"제이스 씨, 우리들도 유리사 양과 함께 출전하게 됐어요! 지금부터 협의를 하러 가니까 제이스 씨도 부탁할게요."

"…유리사?"

들은 것 같은 기억이 있는 이름이다. 제이스는 미간을 좁히며 생각한다.

"그게 누군데?"

"네? 진짜로 잊어버린 겁니까? 함께 구경하러 갔었잖아요!"

"구경이 아니라 그건 열병식입니다만…. 아, 아니, 관병식이었던가…? 어찌 되었건 차브, 성녀님을 그런 식으로 부르는 것은 정말로 죽도록 불경한 일이니까 다른 사람 앞에선 그렇게 말하지 마세요…. 유리사 양이라고…."

베네팀은 차브의 말을 정정했지만 본인에게도 자신은 없는 듯했다.

하지만 그것으로 알았다. 유리사라는 것은 '성녀'다. 다시 말해 결국 베네팀이 들었다는 수상한 소문대로 징벌용사가 그 호위를 맡게 된 모양이다.

"이야~, 하지만 꽤나 귀엽잖아요! 안 그래요? 테오리타 양도 귀엽지만 그것과는 다른 종류의 귀여움이랄까…. 맞다! 함께 싸우게 됐으니 이야기할 기회도 있으려나요?"

"아니, 있고 자시고도 없어요!"

베네팀은 몹시 당황하며 차브에게 못을 박았다.

"성녀님에게는 절대 말을 걸면 안 돼요, 차브! 안 그래도 성기사단 분들의 눈이 무서우니까!"

"그런가요? 혹시 그 사람들, 저를 싫어하거나 합니까? 난처하네. 저는 옛날부터 그렇더라고요. 뭔지 모르겠지만 방해꾼 취급을 받을 때도 있고…. 하지만 뭐 저는 정신적으로도 훈련을 받은 탓에 강철신경 같은 부분이 있잖아요? 그러니까 괜찮아요! 맡겨만 주시라고요!"

"가능하면 괜찮지 않은 신경을 가졌으면 합니다만…."

베네팀은 배 언저리를 어루만지고 있었다. 위가 쓰린 것일지 모른다.

차브에 대해선 부럽게 생각한 적이 제이스에게도 있다. 저만큼 튼튼한 신경이 있으면 평소에도 중압을 덜 느끼게 될 것이다. 결국 제이스 파치락트가 언제나 언짢은 표정인 건 이 중압감 탓이었다. 그것을 느끼지 않는 날은 없다.

하지만….

"네가 필요한 모양이야, 제이스 군. 나설 차례구나."

니리가 목을 울리며 속삭였다.

"하늘의 영웅 제이스 파치락트가 없으면 싸움이 시작되지 않는대. 이제 그만 가자. 걱정 마. 너라면 분명 해낼 수 있을 테니까."

"알고 있어. 니리가 함께 날아준다면."

제이스의 말에 니리는 분명하게 웃었다.

"물론이야. 약속은 잊지 않았어. 너는?"

"잊은 적은 한 번도 없어. 몇 번을 죽더라도 그것만은."

그리고 제이스는 니리의 도움을 받고 일어섰다.

제2왕도 제이아렌테에는 '공도'로 간주되는 길이 3개 있다.

그중 가장 상업적으로 번영하고 있는 것은 동부의 백은 공도 아스가샤일 것이다.

가장 큰 것은 귀족들이 쓰는 위풍 공도일 테고, 학생가를 관통하는 박학 공도도 훌륭하기는 하지만 아스가샤는 조금 의미가 다르다. 도시 동문에서 중앙 대광장까지를 똑바로 관통하는, 말 그대로 제2왕도 상업의 중심이었다고 할 수 있다.

또한 아스가샤 공도는 두 개의 얼굴을 가진 길이기도 하다. '재가 쌓이는 곳'이라 불리는 동쪽 지구와 표리일체의 관계다. 화려한 아스가샤의 큰길에서 조금 벗어나면 그곳은 모험자 같은 건달들이 활보하는 뒷골목이다.

과거 나도 한가할 때는 놀러 간 적 있다. 온천을 이용한 커다란 목욕탕도 있고 새로 정비된 극장도 가깝다. 제1왕도보다 나를 잘 아는 녀석이 적다는 게 맘에 들었다. 제6성기사단 단장과는 학생처럼 아침까지 마시고 다녔던 적도 있다.

그래서 지리도 어느 정도 알고 있었다.

—어디까지나 어느 정도지만.

세세한 부분은 지도뿐 아니라 실제로 현장을 직접 확인할 필요가 있었다. '저항조직'의 모험자들에게는 도저히 맡겨둘 수 없다. 저녁과 새벽 시간. 인간과 페어리들의 활동시간에 공백이 생기는 틈을 이용해 나와 라이노, 그리고 프렌시는 발소리를 죽인 채 이곳저곳을 돌아다녔다.

그 결론은 이렇다.

"…자재가 부족해."

나는 그렇게 말할 수밖에 없었다.

"완전히 부족해."

'저항조직'의 새 거점은 '재가 쌓이는 곳' 구석에 있는 지하실이었다.

눈앞에는 긁어모은 성인 조각용 자재가 놓여 있다. 제대로 된 소재판의 준비는 불가능하다는 걸 알고 있었다. 그래서 최대한 녹슬지 않은 강철판, 혹은 나뭇조각. 형광도료와 보호액. 용제. 조각기구. 설계용 종이조각 다수.

이만큼 있어도 내 경우는 실패작이 나올 테니 조금 부족한 감이 있다. 나는 자신의 실력을 그렇게까지 신용하고 있지 않았다. 즉석으로 성인을 새긴다는 것은 정말로 특수한 능력이다. 굳이 말하면 내가 서툰 게 아니라 그냥 노르가유가 이상한 것이다.

이런 물자를 조금이라도 긁어모으기 위해 지금도 라이노가 '저항조직'의 인원을 데리고 거리를 배회하고 있다.

하지만 물자 집적소 등은 섣불리 습격할 수 없다. 어느 정도 경비의 눈길도 있고, 이곳 녀석들에게 그런 무리한 일을 시킬 수 없다. 기술적으로도 불가능하다. 이쯤 되면 내가 할 수 있는 일은 그저 성공을 기원하며 성인 조각에 전념하는 것뿐이었다.

"손이 멈췄잖아요, 자이로. 별로 잘 되어가는 것 같지 않군요."

프렌시는 내 작업물을 무표정하게 들여다보았다. 나는 뻣뻣해진 허리를 펴고 프렌시의 작업물을 보았다. 그리고 말했다.

“그쪽이야말로 너무 신중하게 하고 있는 거 아냐?”

“…잘 생각해보니, 저도, 이런 일에는 서툴렀어요.”

그녀는 그녀대로 아까부터 액체의 조합에 집중하고 있었다.

축광도료를 희석하고 섞는 것에는 주의가 필요하다. 비율을 잘못 맞추면 지속시간이 부족해지고, 만족스러운 위력을 발휘할 수 없게 되기도 한다. 그런 꼼꼼한 작업에 있어서 뜻밖에도 프렌시는 고전하고 있는 듯했다.

상당한 양의 실패도료를 배합하고 있다. 확실히… 옛날부터 프렌시는 손재주가 좋은 편이 아니었던 것 같다는 생각이 든다. 머리로 이것저것 꼼꼼하게 생각하는 것을 싫어하는 편이었다는 기억도 있다. 특히 산술.

아무튼 가정교사의 산술 수업을 빠져나와 내가 지내고 있던 저택까지 도망쳐온 적도 있을 정도다. 뜰에서 가끔 발견한 적이 있었다.

“산술과 비교하면 시학 쪽이 백 배는 낫습니다.”

라고 말하기도 했었는데, 그 부분은 나도 동감이다.

다만 그래도 완전히 초보자보다는 나았다. 적어도 ‘저항조직’의 모험자들 중에 이런 작업을 맡길 수 있는 녀석은 없다.

라이노에게 작업을 돕게 할까도 생각했지만 녀석은 녀석대로 의외로 은밀행동에 능했다. 잘 생각해보지 않아도 그건 그랬다. 그렇게나 빈번히 자기 위치를 방기하고 우리들 앞에서 사라졌으니, 위험을 감지하는 능력과 도망칠 수 있는 능력이 있는 게 당연했다.

그래서 라이노는 정찰 임무에서 뺄 수 없었다. 지금도 밖에 나가 있다.

그리고 프렌시는 이 작업을 해내겠다고 주장했다. 틀림없이 오기를 부리고 있는 것이리라. 이 녀석도 무시당하는 게 어지간히 싫은 성격인 듯했다.

"…좀 더 많은 물자를 가져온다면 그나마 좀 나을 텐데."

알면서도 나는 투정을 부렸다.

"실패하면 안 되니까 신중해질 수밖에 없고, 그러니까 시간이 더 걸리는 것 같다는 생각이 들어."

"말 그대로 부질없는 요망이군요."

프렌시는 한 마디로 일축했다.

"지금 가지고 있는 카드로 승부할 수밖에 없어요. 이것은 당신 자신도 평소에 하던 말이잖아요. 아니면 물자를 모으는데 무언가 좋은 생각이 있기라도 해요?"

"아니, 전혀 없어."

"그렇다면 잠자코 손이나 움직이세요. 아니면 다른 방식으로 싸울 겁니까? 생각이 있으면 말해봐요. 꼼꼼하게 그 결함을 열거해줄 테니까."

나는 침묵했다. 애당초 이 방식을 생각해냈을 때도 줄줄이 결함을 열거했었다.

그중에서 가장 낫다고 생각한 것을 실행하기로 한 것이다. 적어도 무장봉기로 동조세력을 규합한다든지, 암살계획을 세우는 것보다는 성공 확률이 높을 것이다.

'…이 작전의 결함은 인원도, 물자도 부족하다는 거야.'

나는 머릿속에서 지도를 그렸다. 밖에서의 공격에 호응해서 내부에서 파괴활동을 시작한다. 그 규모는 크면 클수록 좋고, 동시다발적이라면 더욱 좋다.

나는 폭파할 장소를 정해두었다. 시민 거주구를 피하고 점재하는 군사거점을 표적으로 한다. 가령 물자 집적소라든지, 순회 경비병과 페어리가 주둔하는 시설 같은 곳이다.

그런 것은 눈속임에 지나지 않는다고 금방 추측할 수 있을 테지만 무시는 할 수 없을 것이다. 어느 정도는 그쪽에 전력을 보낼 수밖에 없다. 그 혼란을 틈타 우리들은 도시 문으로 향한다. 내부에서 습격해서 외부에서의 돌입을 엄호하는 형태다.

―그것을 성공시키려면 시한식으로 폭파할 수 있는 성인이 필요해진다.

다만 이것은 단순한 수류탄과는 다르다. 어느 정도 고도한 기술이 필요했다. 정확하고 잘 통솔된 부대가 있다면 그것으로 대체할 수 있긴 하지만.

그런 작전에 대해 이쪽 전력이라 해봤자.

"우와앗!"

옆방에서 소리가 들렸다.

큰 소리를 내는 것은 만에 하나의 경우가 있기에 그만두었으면 했지만 몇 번을 말해도 개선될 낌새가 없다.

"이런, 또 실패야. 금이 가 있어! 잘 안 되네, 제기랄."

"그보다 겁나게 뜨겁군. 너, 매일 이런 일을 하고 있었던 거야? 나는 이제 무리라고…."

떠들고 있는 것은 '저항조직' 구성원들이었다.

녀석들 중에 과거에 대장장이를 했던 사람이 있었던 까닭에 나이프 단조를 의뢰해보았다. 내가 쓸 몫이다.

그렇게 훌륭한 것이 만들어질 거라고는 생각하지 않았지만, 그 이전의 문제인 듯했다. 의뢰를 맡은 녀석은 전혀 실력이 없었기에—이곳에는 제대로 된 설비가 없다고 우는소리를 하긴 했지만—아무튼 실패의 연속이었다.

"선생, 죄송합니다!"

게다가 이거다. 노크도 없이 거리낌 없이 작업장의 문을 연다.

빈번하게 사람이 찾아온다. 게다가 나를 '선생'이라 부르고 있다. 무슨 경호원 같은 걸로 생각하고 있는 건가? 이러니 집중력이 계속될 리 없다.

"올드 할아버지가 술을 마고 있었어요! 지금은 취해서 자고 있습니다."

"…술 같은 걸 아직도 숨겨두고 있었던 건가? 누구야?"

"아니, 하보 녀석이 말이죠, 술이 없으면 손이 떨린다고 해서, 그래서 어쩔 수 없이."

"웃기지 말라고 해!"

내가 호통치자 저항조직 구성원은 몹시 겁을 먹었다. 무언가 물건이라도 집어던질 거라 생각하고 있는 건지 문 뒤로 숨는다.

"제기랄. 올드 할아버지는 이제 됐어. 애당초 일을 전혀 안 했잖아."

"그렇네요. 과거엔 실력 좋은 용병인지 모험자인지를 했다고 하는데, 검이 없으니 할 일이 없다면서… 대낮부터 저런 상태입니다."

"그렇다면 얼른 검을 만들어다줘. 전직 대장장이라고 한 것은 너잖아."

"헤헤… 노력하고 있습니다. 노력하고 있습니다만… 저기…."

"아무튼 한 자루라도 많이 제대로 된 무기를 준비해! 못 하면 네 놈 뼈를 부러뜨려서 무기로 쓸 테니까."

"아, 알겠습니다!"

허둥지둥 얼굴을 뒤로 빼고 문을 닫는다. 나는 한숨을 쉬고 싶은 기분이었다. 대신 혀를 찬다. 프렌시도 비슷한 감상을 품은 듯했다.

"…정말로 저 녀석들에게 의지할 생각인가요?"

"의지는 안 해. 하지만 아군은 또 없잖아."

"누군가 배신할지도 몰라요."

"그런 점에서 말하면 방금 그 대장장이 출신은 가능성이 있군. 처음 배신한 케빌이라는 녀석의 아내에게 손을 대려고 한 모양이니 말야…. 항복해봤자 죽임을 당한다면서? 유감스럽게도 그런 녀석일수록 오히려 신용이 되고 말아."

"그 이야기가 사실이라면 그렇겠죠."

"의심하기 시작하면 끝이 없어. 그리고 직전까지 작전을 알려줄 생각도 없고 말이지."

술이 없으면 손이 떨린다는 녀석도, 주정뱅이 할아버지도, 배신해봤자 틀림없이 식량이 되는 길 밖에 남아 있지 않을 것이다. 다른 녀석들도 각각 사회적인 성질에 결함을 가지고 있다.

그런 녀석일수록 믿고 쓸 수 있다는 것은 얄궂다면 얄궂은 이야기일지 모른다.

"꼴사나운 상황이군요. 이것은 평소에 게을렀던 당신에 대한 무언가의 벌 아닐는지."

"벌이라면 언제나 받고 있어."

우리들은 징벌용사이기 때문이다. 신들도 좋아할 것으로는 생각되지 않는다.

"미안해, 프렌시. 심각한 상황이야. 상당히 화가 나 있지?"

"딱히 화를 내고 있진 않아요."

"거짓말 마."

나는 눈치챈 게 있다. ―이 도시에 갇힌 후로 프렌시가 머리카락을 만지는 횟수가 많다.

"머리카락을 만지고 있잖아. 그것은 네가 화가 나 있다는 말이야."

"네? …어째서? 전혀 아닌데요? 어째서 그런 결론을 내린 거죠? 이해가 안 되는군요. 근처에 있는 이끼보다 통찰력이 부족한 증거예요. 어이가 없습니다."

단숨에 쏟아냈다. 역시 화가 나 있다고 나는 확신했다. 분명 그렇다.

"오히려 저는 지금 상황을 즐기고 있습니다."

"그거야말로 거짓말이겠지. 이런 상황이잖아. 마왕현상이 지배하는 도시에 갇혀 있고, 아군은 라이노와 변변찮은 녀석들뿐. 작전도 성공할 낌새가 안 보이는데."

"아뇨, 즐기고 있습니다. 최근 몇 년 중 제일일 만큼."

프렌시는 용액을 섞고 있던 브러시로 나를 척 가리켰다.

그럭저럭 유해한 액체니까 그런 짓을 삼가줬으면 하지만 프렌시의 눈초리는 진지했다. 감정을 읽을 수 없는 여자이긴 하지만 그런 눈초리로 거짓말은 할 수 없다.

"당신은 어떻죠?"

"나?"

"이 상황이 괴로울 뿐인가요? 아니면 조금은 즐겁다고 생각해요?"

생각해본다. 즐기고 있다고는 입이 찢어져도 할 수 없는 상황이다. 그것은 군인으로서 잘못되어 있다.

"저는 말이죠. 자이로, 당신과 이렇게…."

"으억!"

프렌시의 말을 갑자기 들려온 비명이 차단했다.

뒤를 이어 문을 기세 좋게 여는 소리. 프렌시의 미간에 드물게도 주름이 잡혔다. 나는 다시 '저항조직' 녀석들이 무언가 저지른 것으로 생각했다. —하지만 뛰어들어 온 인물을 보고 놀랐다.

완전히 생각지도 못 한 인물이었기 때문이다.

"—아파라. 너무 심하잖아…."

그 왜소한 체격의 남자는 등 언저리를 억누르며 신음했다.

"도터?"

나는 너무도 예상 못 한 그 침입자의 이름을 불렀다.

전혀 이해가 되지 않는다.

"여기서 뭐 하고 있는 거야?"

"그전에 어째서 당신이 이곳에?"

프렌시도 비슷한 감상을 품은 듯하다. 그녀에게 있어서도 예상 외였던 게 틀림없다.

"여어, 자이로. 난처하게 된 모양이네…. 실은 나도 그래. 수리소에서 이곳까지 엄청난 기세로 내몰려서 말야…."

도터는 어딘지 겁먹은 듯한 얼굴로 힘없이 웃었다.

"…이 도시에 잠입해서 이렇게 너희들과 합류하게 된 거야."

"잠입했다고? 어떻게 한 거지? 어디든 다 막혀 있잖아. 성벽을 타기라도 한 거야?"

"에, 에에? 자이로는 그런 게 가능한 거야?"

"아니, 아마 불가능하겠지…."

"나도 싫어. 그런 힘든 건…. 가까운 곳에서 페어리가 지방 군대와 싸운 모양인지, 인간 시체가 상당히 나왔기에 거기에 섞여 들어왔어."

뭐야 그게? 하고 생각했다. 그런 수단이 있었던 건가?

시체인 척 들어왔다고? 만에 하나 도중에 잡아먹히면 어떻게 할 생각이지? 너무 위험하다. 페어리 측에도 협력자가 있었으면 할 정도다.

"실은, 뭔가… 페어리인 척하는 게 뛰어난 도우미랄까, 감옥 간수 같은 사람이랄까… 그런 녀석에게 협력을 받아서 말야."

"틀렸어. 도우미나 간수가 아니라 부관이야."

도터가 굴러들어온 문에서 낮게 억누른 목소리가 들렸다. 탁한 붉은 머리 여자였다. 오른팔에 붕대를 감고 있다. 가까스로 내 기억에 남아 있는 인물이었다.

투진 · 투가 싸움에서 도터를 회수해온 녀석인가.

"너는 네 부관의 소개 정도는 제대로 해."

그녀는 도터를 내려다보며 말했다. 도터는 명백히 겁을 먹고 뒷걸음질까지 쳤다.

"뭐, 부, 부관? 뭐야, 그 설정은? 나는 그런 거 처음 들었는데…."

"…그렇다면 됐어. 내가 직접 말할 테니까. 나는 트리실…. 이 남자를 감독하고 지도하는, 그런 역할이야."

트리실은 몹시 무뚝뚝한 얼굴로 단언했다. 어쩌면 너무 말도 안 되는 절도를 되풀이하는 도터에 대해 군부가 할당한 관리일지 모른다. 말 그대로 간수 같은. 그렇다고 하면 몹시 어두운 눈초리가 맘에 걸린다. 하지만 지금은 그런 걸 따질 상황이 아니었다.

중요한 점은 도터가 이곳에 합류했다는 것이다.

물자조달력과 정찰력…. 그 양쪽이 모두 급상승한다. 작전 전개의 폭이 넓어진다. 가능한 일이 비약적으로 늘어날 것이다. 그중에서 가장 효율적인 것은….

"좋아, 도터. 바로 해줘야 할 일이 있어."

"뭐? 저기, 나는 방금 도착한 참이고, 밖에서 전언도…."

"그런 것은 정시 통신으로 들으면 돼. 아무튼 물자를 모아와. 기름이야. 그리고 무기. 칼날이 달린 거라면 아무리 많아도 부족해."

나는 자신이 만든 치졸한 성인병기를 보았다. 몇 개는 쓸 수 있겠지만 전부는 아니다. 시험을 할 수 없는 탓에 정확성도 신뢰할 수 없다. 적어도 시한폭탄이라는 방침은 버려야 한다.

도터가 합류한 이상 좀 더 나은 방법이 있다.

"기뻐해, 도터. 대활약할 수 있어."

"호오."

이 말에는 무슨 까닭인지 트리실이 반응했다. 어딘지 공격적으로 입가를 일그러뜨린다.

"그거 좋군. 어떤 중책이든 맡기도록 해."

"어째서 그것을 트리실이 대답하는 거야! 멋대로 말이지…."

"가볍게 식사를 마친 후에 출발하기로 할까. 프렌시, 아껴두었던 육포를 쓰자고. 이 녀석이 온 이상, 오늘 밤부터 식량을 걱정할 필요는 없어.”

“듣던 중 반가운 소리군요. 기왕이면 치즈도 쓰기로 하죠.”

“아, 내 의견은 별로 의미가 없는 것 같네. 여기서는….”

베네팀에게서 들은 이야기에 따르면 제2왕도 공격 계획에 대해서는 끝까지 대립이 있었다고 한다.

문제는 두 가지.

제2왕도는 주위가 성으로 빙 둘러싸인 도시다. 동쪽 서쪽 남쪽에 있는 세 개의 문과 지하도가 존재하지만 그 어디를 통과해야 할지 하는 것. —북쪽에도 왕성에서 탈출하기 위한 문이 있긴 하지만 그쪽은 아무리 그래도 경계가 너무 엄중하고, 대군이 지나갈 수 있도록 되어 있지 않은 탓에 공격에는 적합치 않다.

그리고 '성녀'인지 뭔지를 어떻게 싸우게 할지 하는 것이다.

다행히도 우리 내부 잠입반에는 상당히 재량권이 큰 교란 임무가 주어져 있었다. 독자적인 판단으로 행동하며 공격을 엄호하라. 필수 작전목표는 성건 케일보크에 의한 문의 제압. 군이 돌입할 돌파구를 뚫어라라는 것이었다.

다만 지정된 제압목표 지점이 좀 문제였다.

지정된 곳은 남문.

아무래도 새로 부임한 총사령관 각하는 정면에서 당당하게 공격을 할 생각인 듯했다. 다시 조사해본 결과, 역시 남문은 가장 큰 문인 만큼 방어도 매우 두텁다. 기다리고 있는 적 한복판에 돌진하게 될 것이다. 우리들 입장에서도 문의 제압은 너무 곤란하다.

노릴 거라면 동문. 그것이 나의 결론이다. 남문보다

병사는 적고 주둔시설의 배치로 그것을 보완하고 있는 듯하지만 교란할 방법은 있다.

그 의견은 베네팀을 경유해서 전달되었을 터였다.

하지만 거의 무시하는 듯한 지시가 돌아왔을 뿐이었다. ―'정면에서 당당히 대군으로 제압하는 것에 의해 적에게 공포심을 주고 제2왕도의 민심을 안정시킨다'. 베네팀을 경유한 전언이 제대로 전달되지 않았을 가능성도 있지만 애당초 어긋난 발상이다. 마왕현상이 공포따윌 느낄 것 같나.

그래서 나는 강경수단에 나서기로 했다.

"동문을 제압할 테니까 아스가샤 공도를 통해 와."

그렇게 나는 베네팀에게 말했다.

이 '저항조직'의 아지트 부근, 다시 말해 동쪽 지구 내부에서 이미 몇 개의 교란술이 진행되고 있다. 복잡한 뒷골목과 지하수로도 이용하면 조금은 안전성도 높아질 것이다.

이런 상황에서 안전이고 뭐고 없다는 건 알고 있지만 그래도 전력은 다해야 한다. '저항조직'의 모험자들… 그 미숙자들과 노쇠한 녀석들은 군대가 아니다. 세간의 평가로는 변변치 않은 능력의, 자신의 몸을 챙기기에도 바쁜 녀석들이지만 이 녀석들의 목숨을 담보로 작전을 세우는 것은 잘못되어 있다고 생각한다.

생각할 뿐, 아무에게도 말하지 않는다.

나의 이런 방침에 맨 먼저 찬성한 것이 라이노였기에 더 잠자코 있기로 했다.

'하지만… 동문을 공격하도록 유도되고 있다는 느낌도 들어.'

남문에서 일어난 방화 소동도 그렇고 그런 낌새가 있다. 그래도 편승할 수밖에 없다. 동문에 아무리 많은 함정이 있다고 해도 남문과 서문보다는 낫다. 함정의 소재를 미리 알아내서 대처한다. ―혹은 맨 먼저 희생되는 것으로 위험을 명확히 하는 것이 우리 내부공작반의 역할이기도 하다.

『흠, 동문을 치라고요?』

그 정시통신에서 베네팀은 난처한 듯 말했다.

『어렵군요. 상당히 어렵습니다. 이미 전체 방침은 정해져 버린 터라.』

이 녀석이 어렵다는 표현을 쓸 때는 '절대 무리라고 생각하지만 그렇게 말하면 질책을 받거나 무능하다고 생각할 것 같으니 관두겠다' 정도의 의미다.

다시 말해 이런 때야말로 베네팀이 제 몫을 해야 할 때인 것이다.

『뭐냐, 내부잠입반의 활약으로 내부 정보는 알았잖아요? 마왕현상은 적어도 세 마리라고 하셨죠?』

확인된 마왕현상의 주인은 세 마리라고 나는 전한 바 있다.

총사령관 '아바돈'. 상세불명.

항공전력 '슈갈'. 표적을 쫓아가서 폭발하는 무언가의 원거리 무기를 쓴다.

그리고 탈주자를 감시하고 있다는 '아방크'. 움직임은 느리지만 흉포한 마왕으로 생각되며, 매우 예리한 참격을 날린다. 조열탑을 베어서 쓰러뜨렸을 정도다.

그리고 어쩌면 다른 마왕현상이 한두 마리 더 있을지 모른다.

『일단 지하도는 제9성기사단과 독의 《여신》이 담당합니다. 원래부터 닫힌 곳에서의 전투는 그들의 독무대니까요.』

"그렇군. 그점은 타당한 부분이라고 생각해."

호드 클리비오스가 이끄는 제9성기사단은 말 그대로 그런 환경에서 높은 섬멸력을 발휘한다. 아마 잘할 것이다.

『…그리고 성녀님이 이끄는 본대는 나머지 전군으로 남문을 당당히 공격한다는… 계획입니다.』

"너무 낙관적이야. 그건 누가 생각한 계획이지?"

전력의 집중 자체는 좋다.

지하도에는 충분한 제압력이 있고, 어느 쪽이든 주력이 될 수 있다. 전군으로 총공격이라면 남문을 돌파할 가능성도 크다.

'하지만 얼마나 많은 희생이 생기지?'

얼마나 많은 피해가 생기든 병사들의 목숨을 물쓰듯이 써가면서 시간을 들여 밀어붙이는 무식한 전술이다. 전투가 길어지면 시내에 있는 인간들이 인질처럼 쓰일 가능성도 커진다. 용병이라면 도망치기 전에 스스럼없이 약탈에 나설 것이다.

그리고 우리들은 아마 죽는다. 싸움이 길어질수록 제압의 유지는 어렵다.

'본래라면 빠르게, 일격으로 결판내는 전술이 필요해.'

—나는 머릿속에서 이번 전투의 지휘를 맡게 될 두 남자의 얼굴을 떠올렸다.

제9성기사단, 호드 클리비오스의 성실함 일변도의 철면피.

제8성기사단, 아디프 츠이벨의 어딘지 다른 사람을 비웃는 듯한 냉소.

그 두 사람이 이런 작전을 세울까? 호드는 잘 모르겠지만 아디프는 '그림자' 시종들을 운용하는 만큼 서부 방면의 마왕현상에 대해

싱딩한 진과를 올렸다. 나도 함께 싸운 적이 있었다. 아디프의 용병은 교묘하거나 과감하다기보다는 용의주도하다.

그런 그가 이런 어설픈 짓을 할까?

『저기… 갈투일에서 오신 총사령관님이 말이죠.』

아니나 다를까 베네팀은 무서운 말을 했다.

『마르코라스 에스게인 북부 제2방면군 총독. 성기사단 운영에 유력한 출자를 하는 귀족 중 한 명인데요, 상당히 강한 발언권을 가지고 있는 모양이라….』

"에스게인이 복귀해버린 건가."

내가 혀를 차는 소리가 베네팀에게도 들렸을 것이다. 그만큼 성가신 녀석이었다.

갈투일의 제도에는 총수 밑에 방면군 총독이라는 직책이 있다.

구 왕국풍으로 말하면 이것이 '장군'에 해당하는 계급이다. 각 방면 전선을 통괄하는 자로서 기억이 맞다면 6, 7명은 있었다. 지금은 좀 더 많을 것이다. 그중에서도 에스게인이라는 자는 가문만 훌륭한 총독으로 유명했다. 내가 성기사였던 시절부터 있었으니 아직 실각하지 않은 것으로 보인다.

에스게인 가문은 거액의 자금 제공을 하고 있어서 군부에서도 불평을 할 수 있는 녀석은 적다.

하지만 이건 최악의 케이스 중 하나다. 말하자면 연기를 보는 것을 좋아하는 출자자가 직접 극단을 세우고 각본, 주연, 연출을 전부 혼자서 하는 거나 마찬가지였다. 그런 일을 할 수 있는 것은 극히 일부의…, 몇백 년에 한 명 나올까 말까 하는 역사적인 천재뿐일 것이다.

마르코라스 에스게인은 자신이 그 천재라고 생각하고 있다.

"공격할 거면 동문이야. 어떻게든 계획을 바꿔."

『그렇게 말씀하셔도 어려운 건 어려운 겁니다만.』

"전군이 무리라면 너희들만이라도 좋아. 파트세와 테오리타를 바꿔줘."

나는 생각할 수 있는 최소한의 조건을 입 밖에 냈다.

"특히 파트세. 녀석이라면 잘 해낼 수 있을 거야."

반드시 돌파해서 이곳까지 도달할 수 있을 거라는 의미다.

파트세 키비아는 기병의 취급법을 잘 알고 있다. 요전번 투진·투가 구릉의 후위전투에서는 무너져가는 아군의 대열을 바로잡기 위해 몇 번이나 돌파를 성공해 보였다.

정말 의지할 수 있는 것은 그런 열세에서 힘을 발휘할 수 있는 군인이다.

"아마 그것으로 어떻게 할 수 있… 을지도 몰라. ―운이 좋으면."

『저기, 그런 무리한 요구를 제가 어떻게 처리해야?』

"아디프에게라도 부탁해. 이야기를 하면 이해 못 하는 것도 아닐 수 있는 녀석이니까."

『에에에… 저기, 너무 무책임한 평가 아닌가요?』

"네가 할 말은 아냐. 그리고 합류할 때는 라이노의 포갑주도 잊지 말고 챙겨와. 그럼 뒷일은 맡길게."

『아, 자이로 군, 저기….』

베네팀은 아직 무언가 말하려 했지만 나는 듣지 않기로 했다. 통신을 중단하고 돌아봤다.

다시 말해 라이노와 도터에게.

"베네팀 말로는 만사가 순조로우니까 함께 힘내자는군."

"절대 거짓말이야!"

도터는 비명 같은 소리를 냈다.

이 녀석은 지난 이틀간의 혹사로 몹시 약해져 창백한 얼굴을 하고 있었다. 아까에야 겨우 한숨 돌리고 그나마 좀 나은 보리죽과 돼지고기 향초 구이를 먹었을 정도다.

"베네팀이 그렇게 말한 시점에서 베네팀도 신용할 수 없고, 자이로가 말한 시점에서 더 신용할 수 없어! 신용할 수 없는 부분이 둘이나 된다고."

"두 번 부정은 강한 긍정 아냐?"

"아냐!"

도터는 절망적인 표정을 지어 보였다.

"어째서 이런 일이…. 이제 막 수리소에서 복귀한, 말하자면 요양기간인데!"

"하지만 건강해 보여서 다행이야. 동지 도터."

라이노가 혼자 엉뚱한 소리를 했다. 여느 때처럼 수상한 미소를 떠올린 채 도터가 훔쳐온 와인과 드라이 프루츠를 때려 넣고 데운 것을 들이키고 있다.

이 녀석은 아무리 마셔도 취할 낌새를 보이지 않는다. 마치 물이라도 마시고 있는 것 같다.

"그리고 제법 재밌는 병사를 부관으로 맞이한 모양이네. 이름이 뭐라고 했더라?"

"트리실…. 아니, 부관이라는 것도 자칭이야. 전혀 의미를 알 수 없다니까."

도터가 굉장한 기세로 부정했다.

다행히도 트리실은 이곳에 없다. 프렌시와 온천을 이용한 지하 입욕시설에서 몸을 씻고 있는 중이었다. 과연 제2왕도는 그런 생활 용수가 완비되어 있다. 또한 트리실도 무슨 까닭인지 프렌시와 묘하게 마음이 맞는 것 같다. 성격이 비슷한 걸까?

"맞아. 트리실."

라이노는 온화하게 중얼거리고 무언가 생각에 잠긴 듯 초점 없는 눈초리를 했다.

"제법 흥미로운 오른팔을 하고 있어. 그건 인간의 것이 아닌 것 같던데?"

"아아, 응. 뭐라더라… 페어리의 오른팔을 이식받았대. 덕분에 페어리들 무리에 쉽게 섞일 수 있어서, 이곳에 잠입할 때 도움이 되었어."

"뭐?"

나는 무심코 큰 소리를 냈다. 그만큼 놀랐다.

"그게 뭐야? 페어리의 오른팔을 인간에게 이식할 수 있는 거였어?"

"가능한 모양이야. 완력도 오른팔만 강해졌대."

"어째서 태연하게 받아들이고 있는 거야? 좀 더 의문으로 생각해!"

"있을 수 없는 이야기는 아니야. 동지 자이로."

라이노는 화가 날 만큼 조용하게 고개를 끄덕였다.

"애초에 페어리는 마왕화한 생물이야. 다른 생물을 잠식해서 흡수하려는 힘을 가지고 있지. 그리고 본인의 저항력…, 생명력이랄까…, 혼의 힘이 서로 균형을 이루면 어중간한 동화로 멈출 가능성은 충분히 있어."

"묘하게 해박하군. 가끔 페어리 고기를 가지고 돌아오는 것은 그런 실험이라도 하고 있는 거야?"

"뭐, 그렇지."

"뭐…? 그럼 라이노는 말야…, 나도 전부터 묻고 싶은 게 있었는데."

도터는 조심스런 목소리로 말했다.

"페어리의 시체뿐 아니라 인간의 시체 같은 것도 가끔 가져오고 있지 않아?"

"기분 탓이야. 어째서 내가 인간의 시체를 가져올 필요가 있는 거지?"

"그렇게 말하면 어떻게 설명하기 힘든데… 저기, 해부한다든지 먹는다든지…."

"어째서 그런 일을?"

"아, 아니, 라이노라면 그럴 것 같다는 생각이 들어서…."

"어째서 내가?"

"아, 그럼, 됐어…."

"하하! 동지 도터는 재밌네. 참신한 설을 계속 만들어내고 있어. 정말 흥미로워."

라이노가 호쾌하게 웃었기에 도터는 입을 다물었다.

그게 현명할 테고, 나도 동감이다. 라이노의 굉장히 기분 나쁜 습관을 알려 해봤자 얻을 수 있는 것은 아무것도 없다. 이 녀석과 나눌 수 있는 비밀은 아무것도 없다고 생각하게 하는 무언가가 라이노에게는 있었다.

하지만 그것은 그것이다.

인간의 시체를 식용으로 보존하고 있든, 페어리의 시체를 해부하고 있든 별문제는 아니다. 전혀 신용할 수 없는 녀석이긴 하지만 그런 것보다 라이노는 내가 아는 최고 수준의 포병이다. 적어도 이 녀석과 같은 일을 할 수 있는 사람은 이 세상에 없을 것이다.

"라이노. 지금부터 베네팀은 무슨 일이 있어도 동문을 공격하게끔 움직일 거야. 적어도 포갑주를 가져다주겠지. 그러면 너도 죽을 만큼 활약해줘야겠어."

"전력을 다할게. 동지 자이로와 동지 도터 앞에서 부끄러운 싸움은 할 수 없으니 말야."

"나는 가능하면 활약하고 싶지 않은데…."

"이쪽의 목표는 오직 하나."

도터를 무시하고 나는 바닥에 펼쳐진 지도 한 지점을 가리켰다. 도시 북부에 있는 왕성.

"마왕현상의 지휘관 '아바돈'. 이 녀석을 죽이고 싸움을 끝내는 거야."

"응. …응, 훌륭해…."

라이노가 입술을 핥는 게 보였다.

"죽어도 너랑 함께 할게, 동지 자이로. 함께 싸우게 되어서 영광이야."

"기분 나빠."

도터가 신음하듯 말했다. 나도 완전히 동감이었다.

생각했던 이상으로 어수선한 천막이었다.

제8성기사단 단장이라는 직함에는 어울리지 않는 듯한 생각이 들 정도다.

아디프 츠이벨. 그 남자를 처음 봤을 때는 모든 일을 용의주도하게 처리하는, 혹은 아예 우아한 낌새조차 풍기고 있는 것처럼 생각되었다.

그래서 개인용 천막을 보고 놀랐다. 용도를 알 수 없는 잡동사니 같은 물체와 어중간하게 열린 선반, 뭉쳐놓은 의복 등이 눈에 띈다. 물론 이 천막이 묘하게 어질러져 있는 것에 관해서《여신》켈프로라에게 원인이 있을지도 모른다.

베네팀이 들어왔을 때 마침 그녀는 큰 철사를 조합한 고전적인 퍼즐을 풀고 있었다. 아니, 그것과 씨름하고 있는 것처럼 보인다.

"들어주셨으면 하는 게 있습니다."

베네팀이 대화를 희망하자 아디프는 그녀보고 밖에서 놀고 오라고 말했다. 명령했다기보다는 나이 차이가 많이 나는 친척이 그렇게 부탁한 것 같은 분위기다.

그에 대해 켈프로라는 말없이 고개를 끄덕이고 어중간하게 열린 선반에서 한 움큼의 말린 과자를 집어 들고 천막 밖으로 나갔다. 그 단정한 외모와 투명하고 얼음 같은 표정을 제외하면 정말로 평범한 어린애로밖에 보이지 않는 몸동작이었다.

"—그러니까 당신은 우리들에게 이렇게 말하고 싶

은 거지요?"

마지막까지 용건을 들은 후 아디프는 조립식 의자에 앉은 채 직립해 있는 베네팀을 밑에서 일별했다.

어딘지 비웃는 듯한 눈동자라고 생각한다. 어쩌면 그것은 타고난 것일지도 모르지만.

"갈투일에서 정식으로 부임한 총독의 작전에는 잘못이 있으니까 당신들 징벌용사의 의견을 받아들여 돌이킬 수 없는 타이밍에 방침을 변경하라고…"

아디프의 목소리에 조금 웃음이 섞였다.

"그것을 저에게 당당하게 주장하다니 상당한 담력입니다."

정말 그 말대로라고 베네팀은 생각했다. 하지만 달리 방법은 없었다. 이 제2왕도 제이아렌테 탈환작전에 있어서 전체의 작전에 관여하고 있는 사람은 세 명.

갈투일에서 온 북부 제2방면군 총독, 마르코라스 에스게인.

제8성기사단 단장, 아디프 츠이벨.

제9성기사단 단장, 호드 클리비오스.

이중 마르코라스 본인과는 애초에 면회 자체가 불가능할 것이다. 문전박대로 끝나면 다행이고 쓸데없는 시비를 걸어올 수도 있다.

한편 호드 클리비오스에 대해서는 면회하는 것도 불가능하지 않을 테고, 어느 정도 징벌용사를 인정하고 있는 낌새도 있다. 하지만 그것은 어디까지나 전력면에서의 이야기이고, 무엇보다 그는 너무 고지식하다.

—그런 이상 남은 한 명에게 말을 걸어볼 수밖에 없었다.

아디프 츠이벨.

자이로의 말로는 이야기하면 이해 못 하는 것도 아닐 수 있는 녀석이라고 한다. 그 모호한 정보로 자신을 움직이는 것은 그만두었으면 했지만 베네팀 자신도 필사적이었다. ―죽지 않기 위해. 자이로가 동문을 쳐야 한다고 하면 정말 그럴 것이다.

"…전군을 집중시켜 동문을 쳐야 합니다. 물론 포위를 위한 별동대를 배치한 후에 말이죠."

베네팀은 방금 한 주장을 되풀이했다.

"남문을 치는 것은 하책입니다. 너무도 상정되는 피해가 커서 인류는 '그후'에 싸우는 게 곤란해지겠죠. 시정해야 합니다. 다시 말해."

베네팀은 거기서 숨을 들이마셨다.

지금까지 아디프의 목소리 톤과 미묘한 표정의 움직임으로 이 남자가 어떤 종류의 발언을 좋아할지 생각했다. 그것이 진실일 필요는 전혀 없다. 베네팀에게 있어서는 그저 상대의 맘에 들면 그것으로 만족이었다.

"솔직히 말씀드리면 마르코라스 에스게인 총독 각하의 작전 방침에는 문제가 있다고 단언할 수밖에 없군요."

스스로도 심한 폭언을 입 밖에 냈다고 생각한다. 하지만 아직이다. 지금부터 할 말은 좀 더 도발적이다.

"고로 우리 징벌용사 부대의 충언을 검토해주셨으면 합니다. 치명적인 실패를 저지르기 전에 츠이벨 성기사 단장의 조력을 부탁드립니다. 즉, 우리들은 당신을 이용하려 하고 있는 겁니다. ―요컨대."

여기까지 이야기를 늘어놓아도 아디프는 표정을 거의 바꾸지 않았다.

"우리들도 죽고 싶지 않으니까요."

아디프는 이런 자학적인 유머를 좋아하는 사람이라 생각했다. 비꼬는 말투가 그것을 증명하고 있는 거나 마찬가지다. 아마 그것을 자각하고 있기도 할 것이다.

"…솔직한 것은 좋은 일입니다. 때와 장소를 가려야 합니다만."

아디프는 방금 자신이 탄 차를 한 모금 마셨다. 그런 동작은 역시 어딘지 우아해서 명문 귀족다웠다.

"솔직히 말해 저도 같은 의견이기는 합니다. 피해가 너무 큰 작전…. 하지만 저도 자신의 입장을 위태롭게 하고 싶진 않군요."

무언가를 확인하고 있다. 베네팀은 그런 감각에 사로잡혔다.

"상대는 에스게인 가문의 당주입니다. 이를 반대할 경우 나중의 싸움과 정치적인 면에서 불리해질 가능성이 있죠. 이런저런 이유를 붙여서 우리 제8성기사단에 대한 출자를 줄일… 가능성도 있습니다."

있을 수 있는 일이다. 베네팀도 그 부분은 같은 의견이었다.

단순한 감정과 체면 문제만이 아니다. 아디프 츠이벨 같은 입장의 사람이 자신에게 이의를 제기한다면 에스게인 가문에 대해 적대할 생각인지 의심할 수 있다.

"저는 성기사단 단장으로서 켈프로라와 병사들을 비호할 책무가 있습니다. 그것이 제일이라 해도 좋겠죠. 에스게인 가문의 눈밖에 나서 그들을 궁지에 몰고 싶지는 않군요."

그렇게 말하고 아디프는 다시 베네팀을 올려다보았다.

"아니면, 베네팀 대장, 당신은 그것을 뛰어넘을 이점이나 적대를 피할 수 있는 방법을 제시할 수 있습니까?"

"예. 물론입니다."

베네팀은 즉답했다.

즉답하고나서 후회한다. 어쩔 수 없다. 말해버린 이상 해낼 수밖에 없다. 언제나 있는 일이지만 거짓말을 할 때는 현기증조차 느낀다.

아디프는 그런 베네팀을 보고 눈을 가늘게 떴다. 웃은 것이리라.

"사기죄로 용사형을 받은 당신이 어떤 이점을 제시해줄지 저로선 짐작도 안 되는군요."

"…확실히 저는 사기죄로 투옥되었습니다. 하지만 사기라는 것은 최소한의 자금이 없으면 어렵지요. 사기꾼으로서 가장 먼저 할 일은 무엇보다 돈을 장만하는 겁니다."

말하면서 베네팀은 목이 마르는 것을 느꼈다. 물을 마시고 싶다. 지금 아디프가 마시고 있는 차라도 상관없다.

"다행히 저에게는 자유롭게 쓸 수 있는 자금이 있었습니다. 현재에 이르기까지 계속 확보하고 있죠."

"숨겨두고 있는 재산입니까? 말하자면 묻어둔 돈 같은 것. 갑자기 흥미가 사라지기 시작했군요. 황당무계한 이야기로 현혹시키고 싶다면 상대를 잘 보고 하는 편이 좋아요."

"아뇨, 버클 개척공사 금고를 이야기하는 겁니다."

그리고 베네팀은 왼팔 소매를 크게 걷어붙였다.

그 팔에는 뚜렷하게 네 개의 선 같은 문신이 있었다. 아디프가 한쪽 눈을 감고 주시한다는 것을 알았다.

"버클사는 인재모집에 열심인 조직입니다. 싹수가 있는 아이를 길러서 독립할 때 빚이라는 형태로 자금을 제공하죠. 그것도 구 왕국 금화로요. 그 금액은 이 선의 숫자로 정해집니다."

빌린 금액은 문신으로 표시된다. 네 개나 된다면 그것은 당장이라도 사람을 고용해서 큰 사업을 전개할 수 있는 금액이었고, 쉽게 볼 수 있는 것이 아니었다.

"저는 아직 그 자금을 보유하고 있습니다. 버클사가 그것을 관리하고 있죠. 제가 투옥되었을 때 사재는 몰수당했습니다만 공사 금고 안까지는 손을 대지 못했습니다."

"법률상으로는 그것도 몰수되어야 하는데 말이죠."

"버클사가 그것을 허락할 리 없습니다. 그리고 저는 아직 그것을 꺼낼 수 있는 권리를 가지고 있죠."

"죄인이라도 말입니까?"

"죄인이라도요. 버클사는 그런 조직입니다. 그리고…."

베네팀은 최대한 자연스럽게 들리도록 뒷말을 입 밖에 냈다.

"그리고 저는 양자가 아니라 버클사의 직계 자손이기 때문입니다. …제 의견을 받아들여주신다면 버클사로부터 정치적 경제적 지원을 약속드립니다."

몇 초간 침묵이 흘렀다.

아디프는 한쪽 눈을 감고 있었다. 그것이 이 남자가 생각에 잠길 때의 버릇일지 모른다. 그대로 1분 정도가 지났을 거라 생각한다.

"…성이 다르군요. 당신의 이름은 베네팀 레오풀."

"호적상으로는 그렇게 되어 있군요."

호적 같은 것은 어떻게든 된다. 한때는 3개 정도 다른 호적을 가지고 있었던 적도 있었다.

"이것에 관해서는 자유롭게 조사해보십시오. 사실밖에 나오지 않을 테니까요."

"흠."

아디프는 약간 고개를 끄덕였다.

"그 문신에 대해선 알고 있습니다. 기억에 있는 것과 일치해요. …하지만 그것을 조사하고 있을 시간은 없군요."

"그렇습니다. 그것을 조사하고 있는 사이에 많은 부하가 죽을 테니까요."

베네팀은 왼팔 소매를 되돌렸다. 이 낙인은 다른 사람에게 별로 보이고 싶지 않다.

"당신은 부하의 곤궁을 피하고 비호할 의무가 있다고 말씀하셨습니다. 그렇다면 일단 그들의 목숨을 지키는 싸움을 해야 합니다. 미래의 정치적 대립을 겁내기보다 내일에라도 죽임을 당할 병사를 생각하십시오."

"…상대를 동요시킨 후 마지막에는 감정적인 요소를 더해서 상대 자신이 쓴 논리로 결판을 내려하고 있군요. …응."

아디프는 입꼬리를 올리는 형상으로 웃었다.

"나쁘지 않군요. 설령 그게 거짓말이라고 해도 마지막 부분은 합치되고 있습니다. 제가 성기사단 단장으로서의 윤리를 내세운 이상 그 결론에는 동의할 수밖에 없군요. ―다시 말해 상당히 쓸만하다는 것도 알았습니다."

왠지 안 좋은 예감이 들었다. 베네팀은 상대가 즐기고 있다는 것을 직감했다.

"베네팀 레오풀. 아니, 당신 이야기가 사실이라면 베네팀 버클이 맞겠군요. 이 작전의 수정안을 강행할 수는 있습니다. 제3왕자와 제3왕녀의 도움도 받을 수 있을 테니까요. 그 두 사람은 당신들 징벌용사 부대를 매우 높이 평가하고 있습니다."

베네팀은 두 사람의 얼굴을 떠올렸다. 그 두 사람을 구하자고 한 것은 도터의 변덕으로밖에 생각되지 않는 언동이었지만 이익은 있는 듯했다.

"하지만 동시에 에스게인 가문에 반기를 든 것에 의해 저는… 아니, 성기사단 전체가 정치적으로 큰 적을 만들게 됩니다. 다시 말해 정쟁이 시작된다는 말이죠."

"예."

아무것도 이해가 안 되었지만 잘 안다는 듯 베네팀은 고개를 끄덕였다.

"그렇게 되겠죠."

"그래서 당신을 쓰기로 하겠습니다. 정확히는 당신들 징벌용사 부대를."

아디프는 일어섰다. 생각했던 것보다 키가 크다. 그리고 아까와는 딴판으로 압도하는 듯한 눈초리로 응시하고 있다.

"그 혓바닥을 이용하기로 하겠습니다. 잊지 마시길. 당신은 저에게도 빚을 졌다는 말입니다."

"그런 것이라면 기꺼이 함께 하죠."

베네팀은 힘없이 웃었다. 그런 태도가 오히려 꺼림칙함을 줄 때도 있다는 것을 베네팀은 어렴풋이 알고 있었다.

"저에게도 목적이 있으니 말이죠. 그것을 위해 당신을 이용하기로 하겠습니다."

이것은 완전한 거짓말이다.

딱히 목적따윈 없다. —다만 아디프 같은 남자는 그런 태도에 더 기뻐할 것이다. 그런 확신이 있었다.

간파당했다고 해도, 아니, 간파당했다면 아디프는 더욱 이 우스꽝스러운 자신이라는 인간을 즐길 것이다.

◆

아디프 츠이벨의 천막에서 나오자 타츠야, 파트셰, 그리고 제이스가 기다리고 있었다.

베네팀은 조금 기묘하게 느꼈다. 파트셰와 타츠야는 교섭 결과를 전하기 위해 만나기로 했지만 제이스는 아니다.

'별일도 다 있군.'

거의 용방에서 나오지 않는 남자다. 징벌용사 부대에서도 특히 더 다른 사람과 엮이고 싶지 않아한다. 기껏해야 자이로와 옥신각신하는 정도다.

그런데 아무래도 파트셰와 이야기를 하고 있었던 모양이다.

"무슨 일입니까? 제이스 군."

말을 걸자 제이스는 여느 때의 반항기 아이 같은 눈초리로 노려보았다.

"연락사항이야. 성가시게 되었어."

"지금까지 이상으로 말입니까? 이미 성가신 일을 잔뜩 안고 있습니다만."

"적에 성가신 녀석이 있어. 어쩌면 마왕현상 슈갈 이상으로 말야.”

내뱉듯 말하는 어조였다. 자이로에 대해 언급할 때처럼 농담 반 진담 반과는 다르다. 진짜 혐오감을 거기서 느꼈다.

“그것을 전하러 왔어. 아까까지 초계비행을 하다가, 제2왕도 비행형 페어리들과 싸우게 되었는데 말야, 적의 전법이 명백히 달라져 있었어.”

“전술에 큰 변화가 생긴 모양이야.”

파트세도 어느 정도 심각해 보이는 얼굴을 하고 있었다. 베네팀은 거의 알 수 없었지만 일단 수긍해두기로 했다.

“그렇군요. 그런데 어떤 적입니까?”

“구름을 써서 잠복하는 전술을 썼다고 해. 전술면에서 지금까지의 비행형 페어리에는 없었던 행동이야.”

“게다가 포위하는 형태로 말이지. 그건 확실히 우리들을 섬멸할 생각으로 한 움직임이었어. 나와 니리가 당번이 아니었다면 전멸할 수 있었지.”

제이스는 머리에서 폭풍 고글을 벗고 그 유리 부분을 확인했다. 금이 가 있다. 이것도 드문 일이다. ―제이스의 장비가 손상될 만큼 위험했다는 말이다.

“그 싸움 방식은 본 기억이 있어. 나도 참고했으니 말야. ―과거 내가 일으켰던 반란이 있었지?”

“아, 예. 뭐, 알고는 있습니다만…. 저기, 말도 안 되는 요새 급습과 점거 말이죠?”

“그래. 그때는 내 부관 같은 입장이었어. 토비츠 휴카라는 녀석이야.”

제이스가 반란을 일으켰을 때의 이야기를 듣는 것은 이게 처음일지도 모른다. 기억이 맞다면 그때는 드래곤뿐만 아니라 몇 명의 장교도 제이스에 동조해서 행동을 일으켰다고 들었다.

"제2왕도 감옥에 수감되어 있었을 테니까 가능성은 커. 녀석이 적으로 돌아섰다면 하늘이든 육지든 성가셔질 거야."

"네."

"너, 건성으로 대답하는 걸 보니 전혀 이해를 못 하고 있구나."

파트세가 어이가 없다는 듯 고개를 저었다.

"단순히 강력한 페어리 개체가 나타났다든지, 마왕현상이 늘었다든지, 그런 부류의 이야기가 아니라, 전술 수준이 크게 변화했다는 말이야. 앞으로의 싸움이 더 힘들어진다는 말이지. ―당연히 이번 제2왕도 공방에서도."

"네…."

"흥. 이 얼간이한테 이런 이야기를 이해시키는 것은 포기해."

제이스는 코웃음치고 베네팀의 이해력을 단념했다. 베네팀에게 있어서는 그래주는 편이 훨씬 고맙다.

"아무튼 하늘에서 육지를 엄호하는 것은 매우 어려워졌으니까, 기대하지 마, 파트세."

"알고 있어. 애당초 완전히 의존할 생각은 없었고 말이지. 그보다 그 토비츠인가 하는 남자에게 결점 같은 건 없는 거야? 전술의 경향이라도 알면 도움이 될 것 같은데."

"결점이라."

잠시 제이스는 생각에 잠긴 듯했다. 그 직후 내뱉듯 중얼거렸다.

"할 수 없는 일은 안 해. …결점이라고 할 수 있을지 어떨지는 알 수 없지만 말야. 다시 말해 녀석이 행동을 일으키는 것은 가능하다고 확신하고 있을 때뿐이야. 혹은 실패해도 보험을 들어두었을 때."

"그게 사실이라면 네 반란인지 뭔지도 성공했어야 하지 않나?"

"…녀석도 읽어내지 못하는 요소가 있다는 말이겠지. 녀석은 원래 붙잡힐 생각이 없었겠지만 인간들의 첩보력이 결국 녀석을 붙잡았으니까."

"허점이 있다고 하면 그 정도인가."

"그래. 그 이상의 것은 몰라. 부관이었던 것 빼곤 교류도 없었어. 나는 녀석이 별로 맘에 안 들었으니 말야."

제이스의 얼굴이 한층 더 언짢아지는 걸 알았다.

"심심풀이로 살고 있는 것 같은 녀석이야. 집착하는 게 아무것도 없어. 하지만 감옥에서 나와 싸우기로 결정한 이상, 녀석도… 아니…."

그 뒷말에 대해서는 입을 다물고 제이스는 등을 돌렸다. 내면의 초조함을 드러내듯 성큼성큼 큰 걸음으로 걸어간다.

"…그건 아무래도 상관없군. 어찌됐건 전술을 생각할 필요가 있어. 노르가유와 조금 이야기를 하고 올게. …육지 쪽은 그쪽에서 어떻게든 해. 얼간이 자이로 녀석을 냉큼 부대로 복귀시키는 게 좋을 거야."

"알고 있습니다. 선처하도록 하죠."

"선처로는 부족해. 제2왕도의 공방은 지금부터가 중요한 국면이 될 거야."

파트셰는 여느 때처럼 고지식한, 긴장한 듯한 눈으로 베네팀을 노려보았다.

"너는 아디프 츠이벨과의 교섭을 끝마친 것 같군. 결과는 어때?"

"대략 잘 되었습니다. 작전은 변경입니다. 빚을 하나 지게 되었습니다만, 동문을 공격하게 되겠죠. 공격 개시는 내일 저녁입니다."

"그렇군. 좋아."

파트셰의 뺨이 약간 누그러졌다. 굳이 따지자면 안도에 가까운 미소였다.

"그렇다면 어쩔 수 없지. 자이로가 내 도움을 요청하고 있다면 동문을 돌파해 보이겠어."

"…아, 예. 그렇군요."

"예전 제13성기사단의 기병을 이번에도 그대로 지휘해도 된다는군. 문을 통과하면 신속히 돌파한다. 아무도 방해 못 해."

"기대하고 있겠습니다. 자이로 군도 당신의 기마대가 생명줄이라고 말했으니 말이죠."

"당연하지."

그렇게 말하고 그녀는 가슴을 폈다.

파트셰에게 자이로의 통신을 조금 과장해서 전한 것은 좋은 쪽으로 작용한 것 같다. 기분도 극적으로 좋아졌고 부대 분위기도 대폭 개선되었다. 제이스는 여전히 언짢은 표정이었지만 베네팀이 방문하면 불평할 정도의 여유는 생겨나 있었다.

"그럼 이쪽도 출격 준비를 할 테니까 너도 늦어지지 마. 발목을 잡는 건 용납 못 해."

"알고 있습니다."

발목을 잡는 게 걱정된다면 차라리 여기 두고 갔으면 한다고 베네팀은 생각했다. 하지만 이것으로 자이로의 부탁은 완수했다. —

이로써 살아남을 확률은 올라갔을까?

'그 대가는 적지 않을 것 같지만.'

베네팀은 타츠야의 어깨를 두드리고 걷기 시작했다. 수리소에서 갓 돌아온 참이지만 이제 복귀해도 문제 없는 모양이다. 전투에도 견딜 수 있다고 한다.

"그럼 가볼까요, 타츠야."

"우."

타츠야의 작은 신음소리에 섞여 등 뒤에서 함성 소리를 내는 병사들의 목소리가 울려 퍼지고 있다. 그러고보니 슬슬 '성녀'가 모습을 보일 시간이다. 사기를 높이기 위해서일 것이다.

'…어떤 일을 하게 될까.'

베네팀은 그것을 생각했다. 아디프와 나눈 밀약을 알면 자이로는 자신을 또 때리려나? 그것은 싫다.

하지만….

'이런 거짓말을 한 게 들키면 피지우스 형은 화내려나?'

베네팀은 자신이 왼팔을 누르고 있다는 것을 깨달았다. 아디프에게 말한 것 중 일부 감추고 있었던 것도 있다. 일단은 버클사에 대한 빚. 자신은 네 개나 선이 새겨질 만큼 기대받은 인간이 아니었다. 세 개는 허세를 위해 멋대로 늘린 선이다.

그리고 자신은 버클 가문에 있어서 직계자손이긴 하지만… 일족의 수치로써 비밀리에 추방된 몸에 지나지 않는다.

자신과 완전히 같은 출생과 14세까지의 경력을 가진 사람이 아직 버클 가문의 계보에 이름만 올려놓고 있다. 용사형에 처해졌다는 게 외부로 누설될 리가 없다.

'형한테 야단맞는 건 싫네.'

아니면 형은 이미 완전히 자신따윈 무시하고 있을까.

그래주는 편이 훨씬 낫다.

◆

그날 차브는 기묘한 것을 보았다.

그것은 웅크린 인간 소녀 같았다. 징벌용사가 지내고 있는 천막은 투진 바하크의 가장 변두리에 위치해 있지만, 그 천막에서도 떨어진 물자 저장용 가설 천막이었다.

그 잡다한 물자들 사이에 소녀는 웅크려 있었다.

머리를 감싸는 형태로…. 그 머리카락 색깔은 불타는 듯한 붉은색.

'뭐야 이게.'

그렇게 생각하고 차브는 발을 멈추기로 했다. 너무도 지쳐 있었기 때문이다. 등에는 커다란 바구니를 짊어지고 있다. 성인 조각용 금속판이 대량으로 들어 있는 바구니다. 아무리 그래도 너무 무겁다.

"뭘 하고 있어, 차브!"

앞에서 걷는 노르가유가 질책했다.

"낭비할 수 있는 시간따윈 없다! 급히 짐의 집무실로 돌아가 조각을 개시하는 거다!"

기운이 넘치는 남자라고 차브는 생각했다.

그것도 당연할 것이다. 노르가유는 짐을 짊어지고 있지 않다. 금속판은 차브가 짊어진 바구니에 두 사람분이 들어가 있다. 본인이 전혀 짐을 짊어지려 하지 않으니 어쩔 수 없다.

'뭐 폐하니까 말야.'

차브는 잘 이해하고 있다. 노르가유는 설사 죽임을 당하더라도 이런 잡일을 맡으려고는 하지 않을 것이다. 그래서 협박도 의미가 없고 애초에 노르가유의 존재는 징벌용사 부대에서 가장 귀중한 것의 하나다. 기껏해야 백 마리 정도의 페어리를 죽이는 게 아니라 좀 더 큰 가치가 있다.

고로 차브도 두 사람분의 자재를 운반하는 것에 관해서 불만은 없지만… 피곤한 것은 피곤하다.

"잠깐만 기다려주세요. 폐하."

조금이라도 쉬기 위해 차브는 바구니를 내려놓고 발밑을 가리켰다. 웅크려 있는 소녀를.

"뭔가 구조가 필요한 사람이 있는 것 같아요. 몸 상태가 안 좋아 보이는 아이가 이런 곳에."

"뭐라고!"

노르가유가 쿵쾅쿵쾅 발소리를 내면서 다가왔다. 아니나 다를까 정신이 그곳으로 팔렸다. 이틈에 차브는 아픈 어깨를 빙빙 돌리며 본격적으로 휴식하기로 했다.

"저기, 아가씨?"

차브는 몸을 숙여 소녀의 얼굴을 들여다보려고 했다.

"그런 곳에서 뭐하고 있습니까? 뭐 재밌는 거라도 보이나요? 진귀한 벌레라든지 개미라든지… 아니면 땅바닥을 좋아하는 사람?"

"아, 아뇨…."

불타는 듯한 머리카락을 좌우로 흔들 뿐 소녀는 고개를 들지 않았다.

“그런 게, 아니에요…. 마음 써주셔서 고맙습니다….”

“흠. 몸 상태가 안 좋은 것 같군.”

노르가유가 소녀를 내려다보며 크게 고개를 끄덕였다.

“걸을 수는 있나?”

“괜… 찮아, 요. 죄송합니다. 몸은 나쁘지 않아요…. 조금 쉬면 분명 다시, 괜찮을 테니까요. 신경 쓰지 마세요…. 정말로… 괜찮습니다.”

“흠. 무리인 것 같군.”

붉은 머리 소녀의 발언을 노르가유는 거의 무시한 듯했다.

‘대체 뭐지? 이 애는.’

확실히 차브가 보기에도 소녀는 몹시 약해져 있는 것처럼 보였다. 부상을 입은 것은 아니니까 체력이나 기력 문제려나?

“차브, 정중하게 운반해주도록 해. 아마 부근 마을 아이겠지. 양친에게 데려다주는 거다.”

“무슨 소리를 하는 겁니까, 폐하. 이런 곳에 민간인이 있을 리 없잖아요. 이곳은 임시요새라고요.”

차브는 어이가 없었다. 이런 물자저장용 구획에 웅크려 있는 걸 보면 어느 부대의 말단 병사일 게 분명하다. 이 투진 산 부근 어디에 집락이 있고, 아직 남아 있는 얼빠진 사람들이 있다는 말인가. 외부인이 잘못 들어오는 일은 있을 수 없다.

하지만 병사치고는 몸이 너무 빈약했다. 기초적인 훈련도 받지 않은 걸까. 그렇다면 누구인지 더 알 수 없게 된다. 떠오르는 것은 일부러 군대 요새에 훔치러 들어온 도터 같은 정신 나간 도둑일 가능성 정도다.

"이 아이는 병사라고요. ―저기, 아가씨. 어느 부대인가요? 쿨데일 가문 같은 곳이라면 바래다줄 수도 있어요! 다스미테아라면 걷어차버리겠지만."

"무슨 소리를 하고 있는 거냐, 바보 녀석. 어디를 봐도 병사가 아니잖아. 짐이 다스리는 왕국의 기반, 위대한 생산자인 백성에게 무례한 소리를 하지 마라."

"그럴 리 없잖아요. 그렇다면 어떻게 이곳에 들어온 겁니까? 저기, 이 사람은 상당히 머리가 이상하니까 양해해주시길."

"아뇨…. 저는, 부대에 소속되어 있지 않습니다."

"에?"

"그렇다고, 저기… 이제, 단순한 민간인도… 아니에요."

빨간 머리 소녀는 거기서 비로소 고개를 들었다. 차브는 몹시 놀랐다. 아무래도 울고 있었는지 눈두덩이는 부어 있지만 아는 얼굴이었다. 원래부터 기억력이 뛰어난 자신이 잊을 리가 없다.

"유리사 양이잖아요! 성녀님!"

"뭐라고?"

노르가유도 놀란 듯했다. 한쪽 눈썹이 치켜올라간다.

"그렇군. 그대가 성녀 유리사 키다프레니. 여기서 짐을 알현할… 예정… 이었나."

노르가유는 띄엄띄엄 말을 이었다. 아무래도 그의 머릿속에서는 그런 설정이 만들어져버린 모양이다. 차브는 이 붉은 머리 소녀를 동정했다. 상대가 웅크려 있는 탓에 배알을 위해 무릎을 꿇고 있는 것으로 인식한 것일지도 모른다.

"그렇게 예의를 차리지 않아도 된다. 편하게 있어라. 짐이 그대를 축복하겠다."

"죄송한데요, 저, 저기… 그건 무슨 뜻인지?"

"아…, 뭐 별로 신경쓰지 않아도 돼요. 이 사람은… 아, 이크. 이 분은 노르가유 폐하. 성녀 유리사 양과 이야기할 기회가 생겨서 기쁘다고 말씀하시는 겁니다."

"아… 예. 맞아, 요. 성녀… 저는, 성녀니까요."

유리사는 작게 웃었다. 명백히 억지로 지은 표정으로 보였다. — 어딘지 비굴함이 내재된 미소.

"정신을 차려야죠. 다들, 기다리고 있으니까…. 싸움을 대비해 제대로 연설을 해야 합니다."

"하하. 사람들 앞에 나서면 긴장되니 말이죠. 비결을 가르쳐드릴까요? 이 녀석들은 뒤에서 경동맥을 싹둑 자르면 죽일 수 있을 것 같다고 생각하면 모두 버러지처럼 생각될 거예요! 그러면 긴장을 안 하게 됩니다."

"네? 아? 아, 그것은 저기, 뭐랄까…. 아하하. 제 경우는, 긴장…이 아니라서…."

차브의 발언에 무슨 까닭인지 유리사는 몹시 곤혹스러워하며, 몇 초 정도 대답을 고민하다 무언가의 농담으로 생각하기로 한 듯했다. 차브는 못마땅하게 생각했다.

"…죄송합니다. 싸우는 게 무서워서요. 그리고, 여러분에게 싸우도록 부탁을, …명령을 해야 하는 것도. 그쪽이 더 무서울지도…."

"무서운가요? 어째서? 그런 태도로는 손해만 볼 뿐인데."

"무서워요. 그럴 것이, 저때문에… 죽을지도 모르는데. 아니, 분명 죽는 사람도 있을 텐데."

"아, 그런 거였어요? 뭔지 알아요! 저도 그런 책임감 같은 게 강하고 마음씨가 좋다보니 이해가 돼요~. 하지만 제 경우 무섭다기보다 다들 불쌍해~ 라는 느낌이네요. ―그 괴로움을 뛰어넘어 힘을 내고 있으니, 저도 참 대단하지 않나요?"

"아, 네…."

유리사는 몇 번인가 눈을 깜빡였다. 말을 이해하지 못하는 다른 생물처럼.

"괴로움을, 뛰어넘어…? 죄송한데 무슨 말인지 잘 모르겠는데요…."

"저는 천재다 보니, 뭐 보통은 어려우려나요? 하지만 분명 해낼 수 있을 거예요!"

차브는 한쪽 눈을 감아 보였다.

"자신을 믿으면!"

"네…?"

"이 얼간이의 발언을 곧이곧대로 받아들일 필요는 없다. 잘 들어라, 성녀 유리사."

노르가유는 차브를 밀쳐내고 앞에 섰다. 거만하게 가슴을 편다.

"지휘관은 모든 병사의 생명에 대해 책임을 진다. 그것은 사실이다. ―하지만 지휘관 위에는 왕이 있다는 것을 잊지 마라."

친히 무릎을 꿇고 어색하게 몸을 수그려 유리사의 어깨에 손을 얹었다. 노르가유치고는 드물 만큼 관대한 행위다. 적어도 차브에게 이런 태도로 접한 적은 없다.

"지휘관의 행위와, 실책은, 왕이 책임을 진다. 국가의 최고책임자이기 때문이다. 여차할 때 정말 모든 것을 내던지고 싶어진다면, 짐을 원망하고, 짐의 책임으로 돌리도록 해라. 그대가 어떤 실패를 저질러도 짐은 받아들일 것이다."

"…왕?"

유리사는 그 말을 복창하고 시선을 이리저리 돌렸다. 완전히 혼란에 빠져 있다.

'그야 그렇겠지.'

차브는 낄낄거리며 웃었다. 갑자기 왕이 어쩌니 저쩌니 해도 이해할 수 없을 것이다. 노르가유라는 인물에 대해 아무것도 모르는 상태에서 그런 말을 듣는다면 더더욱.

"유리사 양, 재밌네요. 아니, 그런 반응은 진짜! 엄청 웃겨요."

"네…?"

"자이로 형님이 봤다면 뭐라고 했을까요? 아니, 화를 내려나…? 아마 화를 내겠네요. 이런 평범한 아이한테 '성녀' 같은 걸 시킨 게 그 사람의 분노 포인트일 것 같다는 생각 안 들어요? 어떻게 생각해요?"

"아, 저기, 형님, 이라는 건…. 저기… 죄송한데 무슨 말을 하는지 의미를…."

"—유리사."

불현듯 등 뒤에서 목소리가 들렸다. 돌아본다. 갑주를 입고 허리에 뇌장을 찬 여자다. 머리카락을 묶고 어딘지 졸린 듯한 얼굴을 하고 있다. 이 성녀의 호위인가?

"이런 곳에 있었습니까? 이제 곧 시간이라고요."

"테비. …미안해요."

유리사는 어색하게 일어섰다.

"조… 조금, 길을 잃고 말아서."

"걱정했습니다. 외출하실 때는 저도 동행시켜 주시길."

"…예. 죄송해요. 하지만, 이제, 괜찮아요…."

작게 숨을 내쉬더니 구부리고 있던 몸을 펴고 유리사는 걷기 시작한다. 마지막으로 고개를 숙였다.

"죄송해요. 걱정을 끼쳐드렸습니다. 이제… 이제, 분명 괜찮을 거예요. 할 수 있어요. 여러분을 승리로 이끄는 게 제 역할입니다."

"음."

노르가유는 무겁게 고개를 끄덕이고 자신의 수염을 손끝으로 쓰다듬었다.

"기대하고 있겠다. 성녀 유리사여, 짐의 이름 하에 책무를 다하도록 해라."

"헤헤! 웃긴다."

차브는 무심코 입밖에 냈다가 노르가유에게 엄청난 시선을 받았다. 하지만 차브는 웃는 걸 멈추지 않았다. 떠나가는 유리사의 뒷모습을 보고 있자니 호위로 보이는 여자의 차가운 일별을 받았다.

'대체 뭐지?'

차브는 우스꽝스러워서 견딜 수 없었다.

'사과하기만 하는 아이였네. 저게 성녀라고…?'

그게 사실이라고 하면 무슨 까닭인지 몹시 웃기는 농담처럼 생각되었다.

명확한 신호가 없어도 공격이 시작된 것은 바로 알았다.

남문 밖에서 연기가 피어오르고 커다란 파열음이 울려 퍼졌기 때문이다.

그것은 황혼 무렵에 시작되었다. 이미 우리들은 '재가 쌓이는 곳'에 늘어선 목조주택 옥상 위에서 그때를 기다리고 있었다. 밑에는 아스가샤 공도. 똑바로 나아가면 동문이 나온다.

이미 페어리와 인간 병사들이 달려가는 게 보이고 있었다. 그것을 지켜보면서 나는 발밑의 지붕을 주먹으로 쳤다. 눈을 감고 반향음을 듣는다.

—주위의 지형이, 움직이는 존재가, 모두 손끝으로 더듬는 것처럼 느껴진다.

소형 페어리를 합쳐서 문 주변에 백 정도다. 성벽 위에 1천 이상. 성인에 의해 개폐되는 문의 수비로는 표준적인 태세일 것이다. 다수의 병사들을 안쪽에 모아 봤자 그것은 병사를 놀리는 것밖에 되지 않는다. 서전은 성벽 위에 다수를 배치해서 접근을 막고 적의 숫자를 줄인다.

그래서 공격할 거라면 지금이다.

'이제 그만 가볼까.'

구름 없는 맑은 밤이 될 것 같다. 흰 달은 밝게 지상을 비추고 있다. —나는 라이노를 돌아보았다.

"시작하자. 안쪽에서 문을 습격하는 거야."

"제1목표는 우리 용사부대 동지들과의 합류였던가?"

"그래."

라이노는 창을 한 손에 들고 임전태세를 갖추고 있었다.

그리고 프렌시. 이쪽도 곡도를 이미 뽑아든 상태였다. 남방야귀답게 크게 구부러진 곡도. 감정을 읽을 수 없는 진지한 얼굴로 북쪽을 일별한다.

"…도터는 잘 해내려나요?"

"그것은 걱정해봤자 소용없어."

나는 전혀 불안하지 않았다.

상대는 도터라는 존재를 경계하고 있지 않은 상태다. 그렇다면 도터의 침입을 막을 수 없다. 녀석은 제13성기사단의 경비를 비웃기라도 하듯《여신》을 훔쳐 온 얼간이다.

"신용하고 있나 보군요. 저는 도망칠까봐 걱정되고 있는데."

"그것은 나도 조금 맘에 걸리는군."

"뭐, 트리실이 있으니 괜찮을 겁니다."

"아아… 그 '부관' 말이지?"

자세히 들어보니 녀석은 군에게 고용된 용병이라고 한다.

그것을 증명하는 성인부를 가지고 있었다. 보건데 어느 성기사단의 소속인 듯하지만 도터에게 감독하는 사람을 붙인다는 것은 제법 괜찮은 발상이다. 그것으로 녀석의 성가신 절도벽을 억제할 수 있으면 좋겠지만 그보다….

"프렌시, 너 왠지 그 트리실과 굉장히 친해진 것 같던데 어째서지?"

"결점이 많은 사람을 지도감독하는 것에 대해 깊은 이야기를 했기 때문입니다."

"…그렇군."

그 이상 묻는 것은 왠지 부질없을 것 같다는 생각이 들었다. 잘못 건들면 나와 도터에 대한 고충과 지적사항이 계속 쏟아지는 것 아닐까.

나는 체념하고 다른 녀석들을 보았다.

이른바 '저항조직'의 잔당들이다. 도합 24명. 너무도 부족한 인원이라 눈물이 나온다. 대부분의 얼굴에 긴장과 공포, 그리고 조금의 흥분이 있다. 출발 전에 술을 마신 녀석과, 자고 있는 듯한 표정의 올드 할아버지는 별개다. 어쩌면 진짜 자고 있는 것일지도 모른다.

"다들 준비는 됐겠지?"

"일단은 괜찮습니다, 선생."

마드리츠는 말했다. 이 녀석까지 나를 선생이라 부르기 시작했다. —솔직히 그만두길 바란다. 그래서인 것은 아니지만 나는 얼굴을 찌푸리고 질타하기로 했다.

"일단은이 아니라 완전히 괜찮아지도록 해."

"아, 그, 그럼, 완전히 괜찮습니다…!"

"다들, 완전히 괜찮은 거지?"

"예!"

—비슷한 맥락의 대답이 여기저기서 제각각 나왔다. 이제 이건 어쩔 수 없다. 녀석들은 병사가 아니다. 그 흉내만이라도 낼 수 있으면 그것으로 만족이었다.

내가 내심 쓰게 웃고 있었을 때 북쪽에서 큰 불길이 치솟는 게 보였다.

성인에 의한 폭파가 아니다. 준비한 성인은 단순히 발화를 위해서만 쓰기로 했다. 그것이 기름에 불을 붙여 물자 집적소와 주둔지 등을 불태우고 있다. 좋은 교란이 될 것이다.

그걸 위해 뛰어다니고 있는 게 도터와 트리실이다. 프렌시는 뜻밖인 듯 중얼거렸다.

“정말로 성공했군요.”

“뭐 그렇지.”

시한식으로 발화하는 것보다 확실한 것은 도터를 보내 불을 지르는 것이었다. 효율적이라고는 하기 힘들지만 그에 대비해 수비병을 배치할 필요도 생겨난다.

다시 한번 나는 지붕을 주먹으로 때렸다. 성벽 위는 무시해도 좋다. 문 자체를 지키는 병사는 방화 소동에 이끌려 움직이기 시작하고 있다. 흥분한 페어리 중에는 자기 위치를 벗어나기 시작한 녀석도 있었다. 그렇게 되면 억제하기 위해 더 많은 병사가 움직여야 한다.

남은 숫자를 세본다. 지상에서 제대로 싸울 수 있을 것 같은 적의 숫자는… 60이하로 줄었다.

“간다.”

나는 주위에 들릴까 말까할 정도의 낮은 목소리로 말했다.

마침 우리들 밑을 페어리의 무리가 통과하고 있는 참이었다.

보기와, 그것을 사역하는 두니라 불리는 인간형 페어리. 전신이 비늘로 덮여 있는 부류의 녀석들이다. 광물이 체표를 침식하고 있는 녹커보다 민첩하지만 방어력면에선 떨어진다.

“쏴.”

내 지시에는 아무리 '저항조직' 녀석들이라도 신속히 따랐다.

각각이 거의 일제히 화살을 쏘았다. 뇌장을 다루는 것도 서투르고 접근전도 못 미더운 녀석들을 싸우게 하려면 이게 타당할 것이다. 화살 몇 개는 두니에게 명중했다.

나, 라이노, 프렌시는 그 사격과 동시에 도약했다. 지붕 위에서 노상으로.

이쪽 성과는 완벽했다. 라이노의 창은 보기 한 마리를 꿰뚫었고, 프렌시의 곡도는 두니의 목을 절단했다. 내 쪽도 당연히 실패하거나 하지는 않는다. 끝부분이 뭉툭한 단검을 휘둘러 다른 두니의 가슴을 베어버렸다.

몸을 돌리면서 접근해온 보기를 걷어차며 비상인을 기동. 머리를 박살내고 날려 버린다.

'몇 마리 남았지?'

내가 다음 적을 찾아 돌아보았을 때 뜻밖의 것이 보였다. 올드 할아버지다.

그 할아버지는 어느 틈엔가 검을 입수한 모양이다. —우리들을 따라 뛰어내린 후, 두니의 팔과 목을 연속으로 베어버렸다.

제법 괜찮은 실력이잖아.

"이봐, 누구야. 올드 할아버지한테 검을 준 게! 뛰어내려 버렸잖아!"

지붕 위에서는 떠들고 있는 것 같지만 정작 올드 할아버지는 알 바 아니라는 듯 검을 선회시켜 이번엔 보기를 베었다.

"제법이네, 저 노인."

라이노까지 그 솜씨를 칭찬했다.

뭐… 이제 어쩔 수 없다. 이렇게 된 이상 최대한의 활약을 기대할 수밖에. 지시를 듣지 않는 부하는 질색이지만, 언제나 이런 느낌이라는 생각이 안 드는 것도 아니다.

나는 발밑을 왼손으로 가볍게 두드렸다. 탐사인 로아드. 그것으로 주위를 파악할 수 있다. 200보 정도의 반경 안에 얼마나 많은 적이 있는지, 우선해서 대처해야 할 상대는 무엇인지.

곧바로 판단을 내린다.

"동문까지 돌파한다. 엄호해!"

나는 지붕 위에 있는 녀석들에게 지시를 내리고 아스가샤 공도를 달려나갔다.

이 '재가 쌓이는 곳' 거리의 지붕 위를 이동해서 아스가샤 공도로 빠져나갈 수 있도록 조립식 사다리를 준비해 두었다. 그것이 '저항 조직'의 역할이었다. 지상에 있는 우리들을 엄호하는 것.

하지만 역시 적의 저항도 강하다. 나도 귀중한 나이프를 투척해서 몇 마리의 소형 페어리를 폭파했지만 그대로 동문까지 돌파할 수는 없었다. 대형 페어리가 나왔기 때문이다.

이것도 탐사인 로아드의 반응으로 알고 있었던 것이긴 하다.

"트롤이군요."

프렌시가 중얼거리며 곡도를 낮게 겨누었다.

트롤은 이족보행을 하는 대형 페어리다. 한 마리. 아스가샤에 늘어선 커다란 상점과 비슷한 크기다. 그 팔은 목재와 돌덩어리로 된 곤봉… 으로밖에 표현할 수 없는, 엉성하기 짝이 없는 무기를 들고 있다. 발밑에는 흥분한 보기가 몇 마리.

하지만 이것으로 끝이다. 이 녀석들을 한꺼번에 해치우면 동문에 도달할 수 있다.

"라이노, 올드 할아버지와 함께 발밑에 있는 잔챙이들을 해치워. 소형들뿐으로 도합 일곱 마리."

"기꺼이 할게. 네 신뢰가 기뻐."

이쯤 되면 라이노가 평소에 보이는 기분 나쁜 태도도 약간이나마 믿음직함으로 변한다.

그후로는 빨랐다. 라이노가 보기를 찔러 죽이고, 올드 할아버지가 검을 휘두르는 사이에 나는 땅을 박차고 도약했다. 옆에 있는 대형상점 벽을 달려올라가 트롤의 머리 위로 간다. 커다란 곤봉을 피하는 것은 일도 아니었다. 상점 벽은 파괴되었지만 어쩔 수 없다.

귀중한 나이프는 쓸 수 없다. ―대신 왼손을 트롤의 옆통수에 댔다.

아주 가볍게. 때리는 것이 아니라 손바닥 전체로 만진다. 순간 트롤의 눈이 뒤집어졌다.

이것이 탐사인 로아드의 다른 사용법이다. 아마 설계한 녀석도 상정하지 않았을 것이다. 강렬한 진동을 머리 안쪽에 흘려 뒤흔든다. 폭파인을 쓸 수 없을 만큼 가까운 거리, 혹은 은밀 행동시에 비장의 무기로 쓸 수 있는 기능이다. 뇌진탕 상태를 만들어낼 수 있다.

실제로 트롤의 거대한 몸이 비틀거리다 무릎을 꿇었다. ―그 발꿈치 힘줄 부근을 프렌시의 곡도가 깊이 베었다. 칼날이 희고, 강하게 불꽃을 튀긴다. 트롤은 그대로 쓰러졌다.

돌아본다. 잠깐 프렌시와 눈이 마주쳤다.

"과연 제법이군."

“이 정도는 마스티볼드의 여자로서 당연합니다.”

프렌시는 드물게도 희미한 미소를 떠올렸다. 이리하여 나는 동문에 도착했다.

한손으로 뽑아든 것은 성건 케일 보크. 사용법은 이미 알고 있다. 문에 새겨진 성인 한복판에 있는 열쇠 구멍에 꽂았다.

그후엔 올바른 단어를 말하면 된다. 엷은 광채와 함께 음성형 인증장치가 기동되었다.

“…기문 신청. 계약의 이행을 요구한다. 형상화된 광망, 새겨진 신성한 의식. 나는….”

들은 이야기에 따르면 이것은 아득히 고대에 정의된 말이다. 어떤 의미가 있는지 왕족 중에서도 아는 사람은 이미 없다고 한다. 그전에 아마… 의미는 없을 게 분명하다. 암호라는 것은 그런 것이다.

“나는 우라드의 후계자. 이곳에 진정한 왕의 귀환을 알린다.”

그것이 기동 신호였다.

빛이 동문 전체로 확산되었다. 나무처럼 복잡한 성인이 빛을 내며 번뜩인다. 그와 동시에 문이 삐걱였다. 그륵그륵그륵그륵…. 강렬한 소리가 울려 퍼지면 천천히 열려간다.

“해냈다!”

마드리츠가 쾌재를 불렀다.

“정말로 열렸어! 선생이 가진 비장의 카드는 진짜였다고! 이것으로 모두 살 수 있어!”

다른 모험자들도 똑같았다. 명백히 이완되어 있다. 이것으로 임무의 8할은 끝났다. 남은 건 바깥 부대가 돌입하는 것을 기다리는 것뿐.

하지만 나는 위화감을 느끼고 있었다. 문이 열리는 게 너무 늦다. 아니, 그 정도가 아니라 오히려 멈춰 있는 것 아닐까? 삐걱거리는 소리만이 크게 울려 퍼질 뿐 문은 전혀 열리고 있지 않다.

왜일까?

"자이로. 보여요? 이건 아마도."

프렌시가 어느 틈엔가 내 등 뒤로 다가와 있었다. 그녀가 가리키고 있는 것은 문 상부에 있는 사슬을 이용한 감기식 개폐장치였다. 보기에도 무참하게 파손되어 있다는 걸 알았다.

그렇군. 이게 동문으로 유도한 이유인가.

"…개폐기구가 파괴되어 있습니다. 그래서 열리지 않는 거예요. 선수를 친 모양이군요…!"

"말도 안 돼."

큰일났다. 여러 가지 감각이 경종을 울리고 있다. 문의 개폐기구가 파괴되어 있는 건가. 나는 '저항조직' 녀석들에게 호통치려고 뒤를 돌아보았다.

그리고 보았다.

지붕 위에 여자 한 명이 있다.

아직 노을이 남아 있는 하늘을 배경으로 인형 같은 얼굴을 한 검은 머리카락의 여자. 완벽한 무표정. 애초에 표정이라는 것을 가지고 있지 않은 듯한 얼굴이었다.

무엇보다 머리에 난 뿔과 등에 돋아난 검은 날개가, 그녀가 인간이 아니라는 것을 알려주고 있었다.

"이곳을 파괴하고 확보해둔다는 건…."

검은 날개의 여자는 차갑고 억양이 없는 목소리로 중얼거렸다.

그것은 분명히 들렸다.

"그 인간의 조언이었지만 맞아떨어진 것 같네."

나는 추위를 느꼈다.

단순한 겨울의 추위가 아니라는 걸 바로 눈치챘다. 대기가 차갑게 식으면서 그 추위가 스며들고 있다. 녀석이 서 있는 상점의 옥상 위에 흰 서리가 확산되는 게 보였다. 지붕 위에 있었던 '저항조직'의 모험자 한 명이 비명을 지르며 목을 부여잡고 웅크렸다.

'…마왕현상! 그 본체인가?'

나는 혀를 찼다.

이렇게까지 또렷하게 말을 하고 이상한 온도 저하를 일으킨 걸 보면 단순한 페어리가 아니라는 것은 명백했다. 이 녀석을 이곳에 배치했다는 건 역시 성가신 녀석이 적으로 돌아섰다는 말인가….

"전원, 이탈해! 흩어져!"

나는 호통쳤지만 과연 도망칠 수 있을까. 점점 냉기가 강해지고 있다. 아니, 그것보다 이 녀석을 해치워야 한다. 제대로 된 엄호도 기대할 수 없고, 상대의 정체도 모르는 이 상황에서.

절망적이지 않나?

"자이로."

프렌시가 약간 내 쪽으로 다가왔다. 흰 입김을 내뿜으며 속삭인다.

"꼴사나운 얼굴을 하고 있어요."

"안 하고 있어. 평소대로야."

"다행이군요. 그래야죠. 그러니까 결정해두기로 해요. 만에 하나의 일이 생기면 당신을 살릴 겁니다. 저는 그것을 위해서라면."

"잠깐. 멈춰. ―뭐지? 너는 대체?"

프렌시의 말 도중에 마왕현상 여자가 말했다.

무언가 위화감을 느낀 듯한 목소리. 거기서 처음으로 인형 같은 얼굴에 변화가 생겼다. 눈썹이 약간 움직였을 뿐이지만 그때까지 완전한 무표정이었던 만큼 분명히 알 수 있었다.

"너는."

마왕현상 여자는 내 등 뒤를 보고 있었다. ―설마 라이노를?

"…정말로 인간인가? 그 몸은 기묘해. 정체가 뭐야?"

"정체가 뭐냐니. 그야 물론 인류 편이야."

라이노는 창을 투척하는 자세를 취했다.

탓, 탓, 탓. 춤추는 듯한 작은 도약. 정말로 기쁜 얼굴로 미소짓고 있는 게 최고로 기분 나빴다. ―그리고 창은 차게 식은 밤을 꿰뚫고 날아갔다.

◆

공성전이 시작된 것은 마침 황혼이 시작될 무렵이었다.

자이루 일행의 연락을 기다릴 틈은 없었다. 동문은 열리려다 정지해버린 상태다.

"누군가의 방해에 의해 공작부대는 임무 수행에 실패했다."

그렇게 결론짓고 곧바로 다른 작전이 시작되었다.

'믿기지 않는군….'

베네팀은 제2왕도의 성벽을 올려다보며 생각했다. 자신의 키 10배는 될까? 게다가 단순히 돌을 쌓아서 만든 게 아니라 안쪽은 철

골로 보강되어 있는 듯하다. 당연히 성인에 의한 방어 장치도 있다.

이것을 파괴하려고 하는 것이니 엄청난 굉음이 울려 퍼지고 있다.

성 밖으로 진출해온 페어리들을 날려버리고 공성병기가 늘어서 있다. 커다란 통나무를 충돌시키는 도구에, 성인을 새긴 거대한 돌덩어리를 부딪히는 도구. 모두 베네팀이 본 적도 없는 것들이었다.

그 기구들을 조립하는 것은 인간이지만 그것을 어딘가에서 솟아난 인간형 '그림자'가 엄호한다. 이 '그림자'들은 제8성기사단의《여신》이 소환하고 있다고 한다. 그들은 방패를 들고 돌아다니며 때로는 자신의 몸을 내던져 성벽에서 날아오는 공격을 막고 있었다.

그렇군. 이건 강력한 부대다. 베네팀조차 그걸 알 수 있었다.

제8성기사단은 이 '그림자'들과 연계해서 싸우는 데 능하다고 한다. 개중에는 인간 어른보다 큰 거인 '그림자'도 있어서 힘 쓰는 일을 보조하고 있다.

"이야~, 굉장하네. 이래선 우리들이 할 일이 없네요."

차브에 이르러선 하품까지 내쉬며 말하고 있었다.

"잠깐 자도 될까요? 이렇게 할 일이 없으니 졸려서 말이죠. 안쪽은 실패했다고 했지만 자이로 형님이 있으니 어차피 조만간 열릴 테고, 하늘도 제이스 씨가 있으니 금방 정리될 거 아네요. 그리고, 문이 열리면 파트셰 씨가 돌격할 테니 완벽! 오늘은 휴가 같은 거라고요."

"무슨 바보 같은 소리를."

이 말에는 노르가유가 당연하다는 듯 분개했다.

차브의 목덜미를 붙잡고 일으켜 세운다.

"성 공략이 너무 늦어. 짐의 성인을 써서 성문을 폭파분쇄하라! 그러는 게 훨씬 빠르니까."

그것은 노르가유가 계속 주장하고 있는 것이었다. 아무래도 그는 전에 없는 위력의 폭파식 성인병기를 만들어낸 모양이다.

"제2왕도에 거주하고 있는 신민들은 짐의 귀환을 기다리고 있을 터. 한시라도 빨리 짐의 얼굴을 보여줘야 한다."

"아, 아니, 그건 좀 어떨까 싶은데…."

"아니라고 말하고 싶은 거냐!"

"에, 아니, 저기…. 딱히 그런 건 아니고요, 저는 그저…."

차브는 도움을 구하듯 베네팀을 보았다.

그런 식으로 자신을 쳐다보면 곤란하다. 곧바로 시선을 외면했을 때 뿔피리와 외침소리가 들렸다.

"—'성녀' 님이다! '성녀' 님이 출격하신다!"

누군가가 소리쳤다.

유리사 키다프레니. 그녀가 병사들의 전열에서 한 발짝 앞으로 나와 있었다. 당연히 그 주위는 방패를 든 '그림자' 시종들이 보호하고 있었지만 그 걸음걸이와 몸동작은 말 그대로 '성녀'다웠다.

의연하게 똑바로 성벽 위를 보고 있다.

그리고 그녀는 허공에 그 오른손을 뻗었다.

섬광과 마른 파열음.

붉은 머리카락에서 성대하게 불똥이 튄 다음 순간, 원래부터 그곳에 있었던 것처럼 계단이 출현해 있었다. 너무도 큰 계단이었다. 똑바로 뻗어 정면에 있는 성벽 위에 도달할 만큼. 성벽 위에 있는 수비병들에게 동요가 흐르는 게 보였다.

"—자, 병사들이여!"

성인에 의한 것인지, 확대된 성녀의 목소리가 울려 퍼졌다. 늠름하고 큰 목소리.

"나의 기적에 의해 승리로 가는 길이 제시되었다. 함께 진격하여 제2왕도 사람들을 구할 때이다!"

환성인지 고함인지 모를 목소리가 전군에 메아리쳤다.

베네팀은 처음으로 성녀의 목소리를 들었다고 생각했다. 하지만 위화감이 있다. 힘껏 소리친 목소리 안쪽에 희미한 공포…. 어쩌면 이것은….

"우와, 굉장해."

옆에서 차브가 신음하고 있었다.

"이것이 유리사 양의 힘인 거죠? 평범해 보이는 아이였는데 정말 대단하네요. 이게 있으면 쉽게 돌입할 수 있겠어요!"

"음. 짐의 귀환을 위해 길을 만들다니 훌륭하군."

"에, 에에…."

베네팀은 경직된 신음소리밖에 낼 수 없었다. 왜냐하면 돌입할 수 있는 상황이 되었다는 건.

『징벌용사 9004부대. 지금 당장 성녀님이 있는 곳으로 집합하십시오.』

목의 성인을 통해 목소리가 들렸다. 아디프 츠이벨 제8성기사단 단장의 목소리다.

『돌입합니다. 여러분에겐 우리들의 인도와 성녀님의 호위를 명합니다.』

역시 이렇게 되었다.

베네팀은 차브와 얼굴을 마주보았다. 차브는 경박하게 실실 웃었고, 노르가유는 짊어지고 있던 커다란 뇌장을 안아들고 땅바닥을 찔렀다.

“가자! 지금이 바로 개선할 때이다.”

이미 그 눈동자는 성벽 너머, 왕성을 노려보고 있는 것 같다.

“녀석들아! 내 백성들을 해방한다! 타츠야 장군, 짐의 앞을 가로막는 적들을 모두 해치워라! 그리고 자이로 총수와 합류해서 마왕현상을 섬멸하는 거다!”

단 한 사람, 타츠야가 폭풍 같은 외침소리를 냈다.

라이노가 던진 창은 똑바로 마왕현상 여자를 노리고 있었다.

지붕 위로, 차가운 밤 공기를 가르며 날아간다.

검은 옷의 여자는 옆 지붕까지 도약해서 그것을 피하려 했다. 민첩한 움직임이다. 무슨 의도였는지도 알 것 같다. 아까 내가 나이프를 던져 폭파시킨 모습도 보고 있었던 것이리라. 라이노가 던진 그것도 비슷한 성질의 병기라고 보았다.

폭파 범위에서 되도록 거리를 벌리기 위한 움직임이었다는 게 목적이다.

"그래. 선택을 실수한 거야."

라이노의 창은 불꽃을 내며 공중에서 궤도를 바꾸었다.

검은 옷의 여자를 쫓아간다. 용기병이 쓰는 비창. 움직이는 표적을 쫓아가는 성질을 가진 추상인 바우닐이라고 한다. 투척 병기라는 성질상 대부분 1회용 도구이긴 하지만 그만큼 추미 능력과 파괴력이 높아져 있다.

이때 마왕현상 여자도 이 창의 대처에 내몰렸다.

"훗."

그런 짧은 호흡 소리가 그녀의 흰 입김이 되어 흘러나왔다.

파직. 짧고 단단한 소리가 울려 퍼졌다. 그 여자의 왼손이다. 흰 갈고리 같은 것이 그 다섯 개의 손끝에서 뻗어 있다. 그것으로 창을 튕겨낸 것이다.

다만 자세는 무너졌다. 지붕에서 발을 헛디뎠다. 그 기세를 이용해서 그대로 뛰어내린다.

"쏴! 저 여자를 노려!"

내 지시에 따른 것은 두세 명 정도였을 것이다.

화살이 날아간다. 애초에 명중은 기대하고 있지 않았다. —마왕현상 여자도 최소한의 움직임으로 회피하고 있다. 하지만 그것으로 좋았다.

나와 프렌시가 접근할 때까지 자세를 안정시키지 않는 것만으로 충분했다.

"프렌시, 내가 위야."

"좋아요."

짧게 연계를 확인하고 파고든다.

강한 냉기의 지배 속으로 침입했다는 감각이 있었다. 분명히 알 수 있을 정도의 차가움이 온몸을 감싼다. 그것으로 끝나지 않고 침투해온다. 역시 이게 이 마왕현상의 특성인 듯했다. 주위 온도를 내리는 건가.

'단기결전으로 결판을 내주마.'

나는 도약해서 단검을 힘껏 찔렀다.

프렌시 또한 다리를 아래쪽에서 쳐올리는 듯한 참격을 날리고 있다.

하지만 상대의 대처는 적절했다. 내 단검은 왼손의 갈고리로 흘리고, 프렌시의 곡도는 작은 도약으로 회피한다. 이것도 프렌시가 트롤을 번개로 쓰러뜨린 모습을 본 탓이리라. 이 마왕 녀석, 예습을 하고 왔군.

그리고 이 말도 안 되는 저온. 이쪽은 움직이기 힘들어지는데 이 여자 자신은 저온의 영향이 없는 것처럼 움직인다. 사기도 이런 사기가 없다.

단기결전밖에 없지만 가까운 거리에서 계속 공격하기에는 너무 힘들다….

"눈도 깜빡이지 마, 프렌시. 눈을 뜰 수 없게 돼."

"예."

프렌시가 추격하려 했다.

허나 가볍게 콜록거리며 비틀거렸다. 목 점막까지 얼어붙은 모양이다. 그리고 발밑. 어디서 흘러나온 건지 노면이 물로 젖어 있었다. 수도관을 부숴서 누출시킨 건가? 이것은 이 여자의 공작인가?

나도 착지했을 때 땅바닥에 닿은 부츠 발굽이 달라붙으려 한다는 걸 알았다.

'제기랄.'

마왕현상 여자는 오른팔을 가볍게 휘둘렀다. 그쪽 손끝에도 흰 갈고리가 형성된다. 저건 얼음인가? 공격을 저지해야 한다.

'순간적으로 생각해라. 자테 핀데로 방해….'

는 좋은 방법이 아니다. 나는 좀 더 추운 북방에서 전투를 한 적이 있다. 그때는 차갑게 얼어붙은 금속을 잘못 만지다 피부가 벗겨진 병사가 있었다. 금속 부분을 만져 성인을 침투시키는 내 자테 핀데로는 위험이 크다.

그래서 나는 곧바로 방법을 바꾸었다.

비상인 사카라. 힘껏 땅을 걷어찬다. 돌바닥이 크게 폭발했다.

그 잔해가 마왕현상 여자를 덮쳤다.

"큭."

미미한 표정의 변화. 뺨의 경직. 부서진 파편 자체는 간단히 막혔다. 얼음 갈고리가 모두 튕겨냈다. 강인하게 파고들 생각인가.

하지만 이쪽에는 하나 더 있다.

"가라!"

휙. 내 가슴에서 검은 그림자가 날아올랐다. 이 녀석을 품속에 넣어두길 잘했다. 《여신》 켈프로라가 소환한 작은 매의 그림자였다.

그것은 일직선으로 날아가서 마왕현상 여자의 이마를 찢었다. 흘러내린 혈액이 오른쪽 눈을 덮는다.

'그 피로 네 자신도 얼어붙을 거야….'

시야를 차단한다.

그렇게 생각한 순간 맹렬한 냉기가 약해졌다. 제기랄. 생각했던 것보다 섬세하고 빠른 온도조절이 가능한 모양이군. 그림자 매는 머리 위를 작게 선회해서 내 어깨로 돌아왔다.

"눈에 거슬리는군. 너희들은."

여자는 중얼거렸다. ―후퇴하는 형태로 도약.

"무기를 몇 개나 감추고 있는 거지? 그 남자의 말대로 접근하는 것은 좋은 생각이 아니로군."

거리가 벌어진다. 너무 붙지도 너무 떨어지지도 않은 거리에서 싸울 생각인가.

'불리하군. 저쪽도 적극적으로 공격할 생각이 없어. 장기전을 할 생각이야.'

"자이로. 거리를 벌리세요. 이대로, 가다간."

말하려던 프렌시가 콜록이며 곡도를 고쳐잡았다. 냉기로 손가락이 곱은 모양이다. 나도 그렇게 될 것 같다. 서서히 싸울 수 있는 능력을 빼앗기고 있다. —타개책은….

"아바돈 각하를 방해하지 마라."

여자가 속삭이며 나를 향해 돌진해왔다. 격렬한 냉기가 바람이 되어 소용돌이치며 불어치는 것처럼 느껴졌다.

"이 도시는 이미 우리들의 것이다."

흰 얼음 갈고리가 휘둘러졌다.

나는 그것을 방어하려고 했다. 프렌시가 무언가 외쳤다. —아마 매도나 불평일 것이다. —교차하는 순간. 알고 있다. 나도 아직 검은 꽉 움켜쥐고 있었다. 저 갈고리를 막고 반격해줄 테다.

그렇게 생각했을 때 눈앞에 커다란 그림자가 끼어들었다.

라이노였다. 그 덩치에 어울리지 않는 육식수 같은 속도였기에 조금 믿기지 않는다.

태클을 하는 것처럼 검은 옷의 여자와 충돌하더니 그대로 뒤에 있던 건물 벽까지 밀어붙였다. 들이박는다. 여자의 목을 라이노의 커다란 오른손이 꽉 움켜쥐고 있었다. 녀석의 체격으로 가냘픈 여자의 목을 잡고 벽에 찍어누르고 있는 구도는 엄청나게 폭력적인 것으로 보였다.

하지만 저 녀석, 추위를 느끼지 않는 건가? 저렇게나 접근해 있으면 맹렬한 냉기에 노출되어 있을 터이다.

그리고 옆구리… 두꺼운 복부에 흰 얼음 갈고리가 깊숙이 박혀 있었다.

"질문 하나 할게."

라이노가 속삭였다. 그 얼굴에는 온화하고 평온한 미소가 떠올라 있다. 옆구리 통증을 느끼고 있지 않는 것으로밖에 보이지 않았다.

"네 이름을 들어두고 싶어. 뭐라고 이름 붙은 거지?"

"너…."

라이노가 한 말의 의미를 전혀 이해할 수 없었지만 여자는 명백히 동요하고 있었다. 완벽했던 무표정에 작은 일그러짐이 있었다.

"왜 그렇게 움직일 수 있는 거지? 아니, 그게 아닌가…. 너의, 그 몸."

그 순간이었다.

"거기까지야, 아니스. 철수해. 저 녀석들이."

지붕 위에서 누군가의 쉰 듯한 목소리가 들렸다.

'아니스'. 그것이 이 녀석의 이름인가? 하지만 저 목소리. 어딘가에서 들은 것 같은데….

"저 녀석들이 그 특수부대야. 토비츠의 말에 따르면 지금은 이길 수 없다는군."

"떨어져! 라이노."

의미는 알 수 없었지만 무언가의 위험이 닥치고 있다는 것은 알았다.

다만 완벽히 늦었다. 아니스와 라이스 옆에 폭발적으로 흰 연기가 터졌다.

수도관이 있었던 건가? 그것을 무언가의 방법으로 파열시켰나? 그것은 잠시 아니스와 라이노의 모습을 완전히 가려버렸다. 한순간 뭐가 어떻게 되었는지 어리둥절했지만 이런 것은 빙무 현상 —원래는 단순한 물보라에 지나지 않는다. 수도관에서 터져나온 물. 그것

을 아니스의 능력이 빙무로 바꾼 것이었다.

그리고 새빨간 칼날 같은 무언가가 머리 위에서 번뜩였다. 빙무를 가르듯 내려치기를 잇달아 네다섯 번. 라이노가 잘 피해냈는지 어땠는지 생각할 틈도 없었다.

나는 그 붉은 칼날을 본 기억이 있었다. 선혈을 응고시킨 듯한 칼날.

"저 녀석…."

지붕 위다. 굉장한 새우등의 음침한 남자의 얼굴.

"부잼! 너, 어째서 살아 있는 거냐…!"

나는 나이프를 뽑았다. 전력 투척. 부잼은 말없이 팔을 휘둘렀다. 붉은 방패가 전개되며 몇 안 되는 나이프를 쓴 폭파는 그것에 의해 막혔다. 그리고 쏟아지는 붉은 칼날이 수도관을 파괴해서 빙무를 작렬시켰다.

시야가 가려진다. —하지만 아직이다.

주먹으로 발밑을 치자 반향이 부잼의 움직임을 전해온다. 발길을 돌려 지붕 저편으로 도주할 생각인가. 내가 쫓으려고 했을 때, 혈액의 칼날을 날려왔다. 전보다 훨씬 기민하고 거대한 칼날이 되어 있는 느낌이 든다. 나는 몸을 굴려 피할 수밖에 없었다.

"제기랄! 라이노!"

내 부름에 대답하듯 무거운 무언가가 쓰러지는 소리.

빙무가 걷혔을 무렵에는 이미 아니스의 모습은 없었다. 대신 웅크린 라이노가 있었다. 온몸이 흰 서리로 덮여 있다.

"콜, 록."

라이노의 마른 기침.

그 부상은… 역시 옆구리, 그리고 어깨. 등도 내리쳐진 붉은 피의 칼날에 의해 상당히 깊게 베인 듯하다.

“웃기지 마, 라이노!”

나는 라이노의 다치지 않은 쪽의 어깨를 잡았다.

“포갑주가 오기도 전에 이런 부상을 입다니! 방금 그건 나를 구할 생각이었던 거냐?”

“…확실히, 이건 내 나쁜 버릇이야. 반성하고 있어. 하지만 이것을.”

라이노는 왼손에 쥐고 있던 단검을 들어보였다.

그곳에는 피가 잔뜩 묻어 있다. 아니스에게도 어느 정도 부상을 입힌 듯하다.

“동지 자이로, 나쁘지 않은 전과잖아. 조금은 칭찬해주지 않겠어?”

“칭찬할 것 같아? 바보 녀석.”

나는 내뱉듯 말하고 라이노의 멱살을 잡았다. 가능하면 때려눕히고 싶었다.

“테오리타한테도 비슷한 소리를 했지만, 제기랄, 너한테는 그것 이상으로 사정 안 봐주고 말할게! 자살 같은 돌격을 하면 열 받으니까, 수준 낮은 영웅 놀이를 내 앞에서 하지 마!”

“나는 도움이 되지 않은 건가?”

“그래. 이쪽은 네 포격을 전제로 작전을 세웠다고. 지금부터 도움을 받아야 하는데, 내 허락도 없이 멋대로 큰 부상을 입고 자빠졌어! 죽여버린다!”

“그거, 모순된 발언으로 들리는데….”

“알 게 뭐야. 애초에 너는.”

“적당히 해두세요. 자이로.”

내 설교를 프렌시가 제지했다.

“그 남자의 교정은 나중에 하세요. 저도 방금 전투에서 당신에게 지적하고 싶은 게 열 개는 됩니다만, 뒤로 미루겠습니다.”

그녀는 아직 가볍게 콜록이면서도 서서히 자유로워지고 있는 오른손을 쥐었다 폈다 하고 있었다.

“포위되어 있어요. 증원이 올 때까지 이곳에 묶어둘 생각인 듯하군요.”

“그렇군.”

나도 알고는 있었다.

그 마왕현상 여자를 상대하고 있는 동안 우리들의 본래의 역할인 증원의 차단을 하고 있을 틈은 없었던 셈이다. 다시 말해 지금 우리들은 동문의 수비병과 증원으로 온 페어리들에게 완전히 포위되어 있다.

이쪽을 노려보는 무수한 눈길이 그것이다.

“선생! 어, 어떻게 해야 됩니까?”

지붕 위에서 마드리츠의 한심한 비명이 들렸다.

“예정과 전혀 다릅니다만!”

“우웅. 뭐…. 한 마리씩 베어버릴 수밖에 없군.”

반쯤 자고 있었던 것 같은 목소리로 올드 할아버지가 말했다. 그쪽은 그쪽대로 페어리를 상대하고 있었던 것 같지만, 이 노인은 너무 팔팔한 거 아닌가?

“한 명당 열 마리 정도려나? 어떻게 생각하나? 선생.”

그런 말도 태연하게 한다. 정말로 이름 있는 모험자였을지도 모른다.

"그 정도라면 좋겠지만 말야."

나는 나이프를 뽑아들고 곧바로 집어던졌다. 페어리가 포위하고 있는 일각이 돌출되었기 때문이다. 그쪽을 요격하는 폭파와 동시에 선투의 박이 올랐다. 지붕 위에 있는 녀석들이 의미를 알 수 없는 고함소리로 자신을 고무하고 활을 쏘고 있다.

굉장히 미덥지 못하지만 없는 것보다는 낫다.

"알고 있을 테지만 결정적으로 불리합니다, 자이로."

프렌시가 한 마리를 베어버리고 나와 어깨가 닿을 만큼 접근해 있었다.

"요격보다는 일점돌파를 해야 한다고 생각해요."

"…아니."

나는 발밑에 있는 라이노를 보았다.

웅크린 채 움직이지 않는다. 상처 부위에서 피를 계속 흘리고 있는 건지 그것조차 알 수 없다.

이 녀석을 버리고 가야 한다고 내 이성은 말하고 있었다. 완전히 동감이다. 그것이 옳다. 이런 기분 나쁜, 멋대로 된 행동만 하는 녀석은 버리고 가야 한다. 용사니까 부활할 것이다. 그때는 이번 일도 잊을지 모른다.

이런 민폐를 끼친 녀석한테 나는 대체 뭘 하고 있는 거지?

다만….

"이제 충분해. 프렌시. 아슬아슬하게 이쪽도 제때 와줬어."

동문 방향. 무슨 까닭인지 크게 열린 문을 통과해 엄청난 속도로 달려오는 녀석들이 있었다.

파트셰와 그 부하 기병대였다.

"—꽤 한가해 보이는군, 자이로. 우리들이 오는 것을 고대하고 있었지?"

파트셰에게는 그런 농담을 할 여유조차 있었다. 오히려 공황 상태에 빠져 무모한 돌격을 해오는 페어리를 그 창으로 찔러 해치운다.

"이렇게 와줬어. 네가 꼭 와달라고 했으니 말야!"

그리고 우리들을 포위하는 녀석들에 대해서는 또 한 사람.

파트셰의 등에 매달려 있는 녀석이 있었다.

"나의 기사!"

테오리타가 만들어낸 검은 우리들을 포위하는 페어리들에게 어마어마하게 쏟아졌다.

그렇군. 나는 생각했다. 본래라면 파트셰와 테오리타는 이런 조합으로 싸우는 것을 상정하고 있었던 건가. 질주하는 장갑 같은 파트셰와, 그에 보호받는 형태로 공격을 하는 테오리타. 그렇군. 이건 상당히 강력하잖아.

"저를 두고 간 것은 용서할 수 없습니다만…."

페어리를 손쉽게 날려버리면서 테오리타는 나를 손가락으로 가리켰다.

"당신의 위대한 《여신》이 구원하러 왔습니다. 감사하세요!"

그리고 테오리타는 놀랍게도 말에서 뛰어내렸다.

"아! 테오리타 님!"

이것은 파트셰도 예상 못 한 행동이었는지 당황한 목소리.

내가 받아 안지 않았다면 어떻게 되었을지. 품속에서 금색 머리카락이 경쾌한 불똥을 튀기고 있었다. 기포가 튀는 것 같은 작은 통증.

"…사이가 좋아 보이는군요."

프렌시는 어이가 없지만 안도한 듯한 목소리로 중얼거렸다.

불평하는 듯한 말이었지만 불평하는 건 도리가 아니다. 도움을 받은 것은 분명했다. 파트세의 지시로 기병들이 페어리의 무리를 해치워간다.

"흐흥! 나의 기사가 곤란해하고 있을 거라 생각해서 파트세와 함께 서둘러 달려왔습니다."

테오리타는 나를 책망하듯 노려보았다.

"이것도 다 당신이 저를 두고 갔기 때문이라고요! 반성하세요!"

"딱히 두고 갈 의도는 없었어. 선택지가 없었을 뿐."

"무슨 소리야. 어리석은 녀석. 그것은 변명거리도 안 돼."

파트세까지 코웃음쳤다.

"나와 테오리타 님에게 고맙다는 말부터 하는 게 어때?"

"덕분에 살았어. 감사해."

"성의가 느껴지지 않아."

"생트집이야."

도움을 받은 것은 사실이다. —안도하고 있다. 애초에 승산은 있었다. 동문에서 울려 퍼지는 굉음이 내 상정이 그리 잘못되지 않았다는 것을 알려주고 있다.

개폐장치가 파괴되었던 그 문이 뚫렸다.

인간의 공성병기를 이 왕도의 마왕현상들은… 혹은 전술을 담당하는 지휘관은 너무 우습게 봤다. 아니, 지금까지 이런 부류의 싸움을 해본 적이 없었기에 고려하지 못하는 것도 어쩔 수 없다. 군 중추에서 기술실이 무엇을 하고 있는지 보지 못한 녀석은 예상할 수 없을 것이다.

인간은 인간들간의 전쟁의 역사를 거치며 공성병기라는 것을 연구해왔다.

게다가 마왕현상이 나타난 후로는 급격히 성인병기 기술도 발전했다. 그것을 공성병기에 전용하면 비약적으로 위력이 상승한다. 특히 군부의 기술실은 말 그대로 이런 싸움을 대비해 기꺼이 연구에 착수했을 것이다.

가령 밀그니스 파성인과 야크 리이드 쇄벽인.

그런 것은 이미 제정신으로 만들었다고는 생각되지 않는 파괴력이 있다. 막대한 축광을 필요로 하는 강력한 성인병기들. ―그 결과가 이 너무도 빠른 개문이었다.

아니, 단순히 공성병기뿐만이 아니다. 어떻게 올라간 건지 성벽 위를 연합왕국의 병사들이 제압한 상태였다. 무언가 커다란 사다리 같은 거라도 개발한 건가? 아무튼 동문은 이제 우리 것이나 다름없다. 그렇다면 남은 것은 필사적으로 문을 지탱하려고 했던 대형 페어리들뿐이다.

"그보다 파트셰! 라이노가 문제야. 부상을 입어서 후방으로 보낼 수밖에 없어."

"라이노가 부상을?"

파트셰가 의아한 얼굴을 했다.

"어디가?"

"—응. 문제 없어, 동지 자이로."

태연한 목소리가 들렸다. 돌아보니 이미 일어서 있다.

"별 손상은 아냐. 움직일 수 있어."

놀랐다는 수준의 이야기가 아니다. 나는 라이노가 다쳤던 옆구리와 어깨를 살펴보았다. 상처는 있다. 하지만 얕다.

그럴 리 없었다.

분명 중상이었을 것이다. 그 상처 부위가 희미하게 꿈틀대는 것을 본 것 같은 느낌도 든다.

"미안해, 동지 자이로."

라이노가 작은 목소리로, 아마 나에게만 들리도록 말했다.

"내 몸에는 비밀이 좀 있어. 원래는 비밀로 해야 되지만… 네 계획을 무너뜨리고 싶지 않아서 말야. 내 비밀을 너에게는 밝혀두기로 했어."

그 말은 여전히 수상쩍었지만 무슨 이유인지 분함 같은 것이 느껴졌다. 혹은 정말로 반성하고 있는 건가?

"…정말 움직일 수 있는 거지?"

"조금 지쳤지만 문제는 없어. 하지만 모두에게는 말하지 말아줘. 기분 나빠할 거잖아. 이런 것은."

"그렇겠지."

그것은 승낙의 의미에서 한 말이었다. 애당초 이런 것을 누구에게 어떻게 설명해야 될지 모르겠다.

라이노의 정체가 무엇인지. 특이체질 같은 말로는 설명이 안 된다. 아니면 소문으로 듣던 무언가의 성흔을 가지고 있는 건가?

'그렇지 않다면….'

내가 다른 가능성을 생각했을 때 머리 위에서 대낮처럼 밝은 빛이 여러 개 터졌다.

그리고 굉음과 포효.

하늘에서의 전투가 시작되었다. 석양이 지는 가운데, 제2왕도의 밤은 몹시 소란스러워질 것 같았다.

제9성기사단 호드 클리비오스는 계속 따라다니던 위화감의 정체를 깨달았다.

하지만 너무 늦었다.

이미 지하도 깊은 곳까지 들어와 버렸고, 페어리들과의 교전도 시작된 상태였다. 지금은 싸움에 집중할 수밖에 없다. 상대는 독이 잘 안 듣는, 광물과 식물에서 변화한 페어리들이었다. 그런 적의 배치 상황도 좀 더 일찍 눈치채야 했을지 모른다.

자신들이 올 것을 예측하고 있었다고 생각할 수밖에 없다.

"—페르메리."

호드는 《여신》의 이름을 불렀다. 파독면 탓에 목소리가 흐릿하게 들린다.

"아무래도 우리들을 기다리고 있었던 모양이야. 부식독으로 전환해. 신경독이 잘 안 듣는 상대가 많은 것 같으니까. 가스는 흰색 3번으로 변경해."

세정천으로 칼날을 닦으면서 페르메리의 눈앞에 내민다.

"일단은 20인분. 그것으로 돌격대를 편성할 거야. 할 수 있겠어?"

"예. …할 수 있습니다."

페르메리는 이미 호드의 검을 만지고 있었다. 그 손끝에서 불똥이 튀며 소환된 독이 칼날에 흘러내린다.

"호드. 기다리고 있었다는 건… 무슨 소리인가요?"

"네 특성을 이해하고 대항가능한 전력을 모아놓았다. 힘든 싸움이 될지 몰라. 내 등 뒤에서 떨어지지 마."

"―읽혔다는 거군요. 힘들어질 것 같네요. 그렇다면…."

페르메리는 입꼬리를 끌어올렸다. 이것이 그녀 나름의 미소다. 어딘지 황폐한 구석이 있는 어두운 미소라고 호드는 생각했다.

"이것을 극복하면… 여느 때보다 시간을 들여 저를 칭찬해 줄 건가요?"

"알았어. 내 재량범위에서 가능해."

"…새로운, 머리핀도, 가능하면… 가지고 싶어요…."

"알았어. 신청해둘게."

"…만세."

페르메리가 주먹을 움켜쥐는 것을 호드는 곁눈으로 보았다.

다른 사람이 생각하는 것보다 페르메리는 밝고, 여러가지 것들을 원하고 수집하는 습관이 있다. 태도 때문에 그렇게 보이지 않을 뿐이다.

'머리핀인가. 그 정도라면 별것 아니군.'

그것으로 조금이라도 페르메리의 마음이 구원된다면.

앞으로도 그녀는…, 아니 설령 이 제4차 마왕토벌이 끝나더라도 조금 먼 미래에서 또 같은 싸움을 해야 하니까.

'하지만 지금은.'

호드는 눈앞의 싸움에 의식을 기울였다. 부하를 집합시켜 뭉친 상태에서 싸워야 할 것이다. 산개하면 각개격파 당할지도 모른다. 그런 적이라고 생각해야 한다.

하지만 정말로 어려운 전황에 빠져 있는 것은 오히려 지상일 것이다. 마왕현상들은 독의 《여신》과의 교전을 피할 가능성이 크다. 거기까지 생각하자 호드의 뇌리에 두 사람의 얼굴이 스쳤다.

아디프 츠이벨과 자이로 폴바츠.

아디프에게서 냉소 섞인 야유를 듣는 것도, 자이로에게서 웃기는 소리를 듣는 것도 호드에게 있어서는 고통이었다. 그 녀석들은 전장에서 무의미한 유머를 피로하는 버릇이 있다.

한시라도 빨리 이곳을 벗어나 녀석들의 헛소리를 막아야 한다.

◆

너무도 당돌하고 커다란 충격이었다.

도터 루즈러스는 거의 지붕에서 굴러떨어질 뻔했다.

간신히 붙잡을 수 있었던 것은 운이 좋았다고밖에 할 수 없다. 장갑 끝에 장착한 작은 갈고리가 지붕 가장자리에 걸려 있었다. 다만 지붕에서 매달리는 듯한 형상이 되었다.

'큰일 날 뻔했네. 뭐야? 방금 그건.'

필사적으로 몸을 위로 올려 자세를 안정시키려 했다. 큰 건물 2층으로 경사는 완만하다. 아마 원래는 길 변두리에 있는 여관을 군수물자 창고로 쓰고 있는 것이리라.

이 정도 건물에는 셀 수 없을 만큼 잠입했었고, 천장이든 지붕이든 도터에게 있어선 땅바닥과 다름없다. 걷는 것처럼 이동할 수 있다. 뭐하다면 뛰어내려도 된다. 착지할 때 발을 삔다든지 하는 실수는 안 한다.

—하지만 상황이 좋지 않았다.

"뭐지? 지붕에 누군가 있어."

지상에서 목소리가 들린다. 병사가 그곳에 있는 듯했다. 세 사람… 아니, 네 사람.

"설마 저 녀석인가? 아까부터 잇달아 방화를 하고 있는 것은."

"틀림없어! 이봐, 뒤쪽 벽이 불타고 있다고!"

"제기랄, 내려와라!"

도터는 지상을 내려다보고 검을 겨누고 있는 병사들에게 전율했다.

'확실히 화가 났어. 뭐 당연하지만.'

잇달아 불을 질러 벌써 네 번째 집이었다.

기름을 뿌리고 성인으로 발화시키는 게 다인 작업이지만, 아무리 그래도 경계가 삼엄해지기 시작했고 도시 전체를 너무도 광범위하게 돌아다니고 있다.

이번 임무에 대해 자이로는,

"범위를 넓히는 편이 안전해. 교란도 되고."

라고 말했었지만 절반은 자신에 대한 심술이었다고 생각한다.

정말로 이 임무에 의미가 있는지 따지고 싶은 대목이다. 어느 정도 효과가 있는지… 하는 것을 정작 도터 본인은 전혀 알 수 없다. 그래도 이렇게 돌아다니고 있는 것에는 이유가 있다.

임무를 하면서 어느 정도 '취미'에 대한 욕구를 충족시킬 수 있었고, 별로 활약하지 못하고 돌아가면 자이로에게 얻어맞을 수도 있었다. 그리고 또 한 가지.

"뭘 하고 있어? 멍청한 녀석."

지붕 위에서 트리실이 혀를 차는 게 들렸다. 그녀는 방금의 큰 진동에도 미끄러지지 않은 듯하다.

"…밑에 몇 사람 있지?"

그렇게 말하고 도터를 노려본다. 이 감시역의 여자는 무슨 까닭인지 이상하리만치 눈초리가 매섭다. 덕분에 전혀 도망칠 수 있을 것 같은 생각이 들지 않았다.

"네, 네 사람! 네 사람이나 있는데 어떡하지? 이곳에서 내려갈 수 없어!"

"어떻게든 돼."

트리실은 사나운 얼굴로 허리춤의 검을 뽑았다. 두꺼운 한날 검.

"너도 뇌장 사격 훈련 정도는 해, '목 매다는 여우'. 이번 임무가 끝나면 내가 직접 지도해줄 테니까."

"뭐? 싫은데…."

"안 돼."

트리실은 반론을 허락하지 않는 말투로 단언했다. 애당초 그녀가 왜 자신을 그토록 단련시키려 하는지 이유를 알 수 없다.

"언제까지 거기 매달려 있을 거야. 얼른 뛰어내려. 지상에 있는 녀석들은."

트리실은 도약했다. 지붕 위에서 밑으로.

"내가 처리할 테니까. 식은 죽 먹기지."

트리실의 오른손이 이상한 방향으로 구부러지더니 채찍처럼 휜 것처럼 보였다. 그녀의 실력은 자신만만하게 말할 만했다. 착지와 거의 동시에 두 명의 목을 베어버렸다.

"이 여자, 뭐지? 방금 그 움직임은! 또 한 사람 있었던 선가…!"

남은 두 사람도 일단은 검으로 응전한 듯했지만 반응이 완전히 늦었다. 힘도 부족하다.

단 1합. 칼날끼리 맞닿긴 했지만 트리실은 그대로 밀어붙여 걷어찬 후, 가슴에 칼을 쑤셔박고 칼날을 비틀었다. 그리고 몸을 돌리면서 다시 일격. 쓰러지는 듯한 자세에서 칼을 올려쳐서 마지막 한 명을 침묵시켰다.

"굉장…."

결국 도터가 착지할 무렵에는 모두 끝나 있었다.

트리실의 검기가 탁월하기도 하지만 그 오른팔의 힘도 있을 것이다. 세 명째를 밀어붙인 완력, 네 명째를 베었을 때 보여준, 있을 수 없는 궤도의 참격. 호위로서 본다면 너무도 믿음직하다. 다만 문제는….

"다음으로 간다."

트리실은 이마를 가리고 있던 붉은 머리를 손끝으로 쓸어올렸다.

"쉬고 있을 틈은 없어. 아직 체력은 남아 있잖아."

"…그래. 하지만 잠깐만 기다려. 방금 내가 미끄러져 떨어질 뻔한 원인 말인데… 그거 뭐였지?"

"음."

트리실은 약간 고개를 기울였다.

"그렇긴 하군. 네가 그런 실수를 할 정도로 방금 그 진동은 너무도 컸…."

"앗!"

도터는 주위로 시선을 돌리다가 깨달았다. 방금 자신이 불을 지른 여관의 불길 덕분에 그것이 뚜렷하게 보였다. 도터의 시력으로는 이런 거리에서도 알 수 있었다.

명백히 수상한 녀석으로, 마치 몽유병자처럼 비틀거리는 걸음걸이었지만 그 앞에는 진군해온 인간 병사들이 있었다. 연합왕국군이 벌써 여기까지 쳐들어온 건가?

기마에 포갑주까지 갖추고 빈틈없이 진군 중…. 깃발이 펄럭인다. 폭풍 속에서 날개치는 제비의 문장. 하지만 도터에게는 무슨 까닭인지 불길하게, 그리고 미덥지 않게 보였다.

"적 확인! '아방크'다! 본진에 연락해라. '아방크'를 확인!"

"멈추지 마라! 전진한다. 녀석을 해치워라!"

"일제 사격 간다. 돌격을 엄호하라."

그렇게 외치면서 기병들이 큰길을 돌격해온다. 넘치는 홍수 같은 전진의 기세와 그것을 엄호하는 일제 사격.

하지만 검은 옷의 인물이 그것을 허락하지 않았다. 갑자기 그 누더기가 흔들리듯 기울면서 옆 건물에 옷자락이 닿나 싶더니, 다음 순간 빠직 하는 날카로운 소리가 울려 퍼졌다.

그것과 건물이 절단된 것은 거의 동시였다. 비스듬하게 양단….그리고 금속질의 소리가 여러 번. 건물은 반으로 잘려서 무너져 내렸다. 그것에 압살되는 병사도 있었다.

분진 너머에서 누군가가 소리쳤다.

"제기랄, 기병! 살아남은 자는 있나!"

"말도 안 돼. 아방크의 발톱은 이런 거리까지…!"

개중에는 뇌장을 겨누고 사격을 시도하는 자도 있었다. 하지만 그것들은 표적에 도달하지 않았다. 너덜너덜한 흑의가 펄럭이자 그 정면에서 번갯불이 터지고 끊겼다. 요격한 것이라고 도터도 뒤늦게 이해했다.

돌출되어 있던 몇 명의 몸이 아무런 전조도 없이 양단되었다. 중장비의 기병도, 보병도, 포갑주도 관계없다. 동체가 위아래로 잘려 날아가버렸다.

'뭐야 저게. 번개를 잘라버린 건가? 자신에게 닿기 전에?'

도터는 등골이 오싹해지는 것을 느꼈다. 잇달아 인간 병사들이 절단되어 간다.

"보병, 전진! 산개해서 공격한다!"

누군가가 호통쳤다. 한층 더 상처투성이인 갑옷. 저게 지휘관인가.

"잘 들어라. 쿨데일 가문의 제비는 폭풍 속에서 더욱 강하게 난다! 늦어지지 마라. 돌파한다. ―내가 당하면 지휘는 로레드가 인계해라! 전진!"

보병들이 달리기 시작했다. 피어오른 분진과 건물을 엄폐물 삼아 접근을 시도한다.

하지만 소용없었다.

"히."

누더기 검은 옷이 경련하는 듯한 소리를 냈다. 무언가가 바람을 일으키며 으르렁대자 분진이 날아가버렸다. ―그리고 과감하게 접근해 있던 보병들은 그 먹잇감이 되었다. 피보라가 흩날린다. 팔과 다리를 잃은 자는 그나마 나은 편이었고, 동체가 두 동강난 자도 있었다.

선두에서 달려가던 지휘관으로 보이는 남자도 오른다리 허벅지 관절 밑이 사라진 것을 보았다.

"히, 헤헤."

누더기 검은 옷은 웃었다.

"약하니까 말야…. 접근하지 마. 더러운 거, 싫거든…."

그래도 어떻게 참격을 피해 검은 옷에 육박하려던 자도 있었다. 보병이 몇 명.

그들의 창이, 검이, 그리고 지팡이에서 쏘아진 번개가 닿았나 싶은 순간 이번엔 다시 다른 재앙이 찾아왔다.

쏴아. 옆 골목에서 검붉은 선풍이 불어쳤다.

그것은 육박하고 있던 기병들을 한꺼번에 날려버렸다. 무슨 일이 일어난 건지 도터에게도 잘 보이지 않았다. 다만 기병들은 갑옷째 무언가의 가시 같은 것에 찔려 쓰러져 가는 게 보였다.

"…헛점투성이야, 아방크."

골목에서 또 한 사람, 다른 수상한 인물이 등장했다. 검은 옷과는 다르다. 매우 등이 굽은 창백한 얼굴의 남자.

"모두 다 죽일 때까지 손을 멈추지 마. 토비츠 휴카도 너를 걱정하고 있더군. 그래서 내가 엄호하게 되었어. 너에게는 '공부'가 필요하다는 말이야."

"미, 미, 미안…."

아방크라 불린 검은 옷은 몹시 당황하면서 대답했다.

"이런 일, 은, 처음이라…. 좀, 긴장해서…. 다, 다음부터는 조심할, 게…."

"정말로 노력하고 있는 거야? 전혀 개선될 낌새가 보이지 않는데."

"하, 하, 하고 있어! 노력…!"

으르렁대듯 말한 것과 동시에 땅바닥이 갈라졌다.

아방크는 무언가를 휘두른 듯했다. 그 일부가 부잼에게 맞았지만 키잉 하는 날카로운 소리가 목 언저리에서 터지더니 멈추었다. 부잼은 그 손으로 아방크의 몸 일부를 붙잡고 있었다.

"역시 노력하고 있는 것으로는 안 보여. 잘하는 것과 못 하는 게 있더라도 성의는 보이도록 해."

"나, 역시, 공부 따윈 하고 싶지 않아…. 의미가 없어. 이런 건. 부잼이 이상한 거야."

"…아니스의 엄호도 그렇고, 아무래도 성가신 일을 떠맡은 것 같다는 생각이 드는군. 나는 다른 마왕들의 보호자가 아닌데 말야."

"무슨 이야기? 됐으니까, 그, 그거, 놔줘. 내 '발톱'…!"

"그렇다면 먼저 이 '발톱'을 휘둘러대는 버릇부터 고치라고."

부잼의 목소리만은 이상하리만치 진지한 어감이 있다.

"갑자기 다른 사람을 공격하는 것은 무례에 해당해. 공격해도 되는 것은 죽여도 좋은 상대뿐이야."

"우, 아, 아…."

불쾌한 듯한 낮은 신음소리. 살벌한 말을 하고 있다. 도터는 언제부터인가 호흡을 멈추고 지붕 위에 바짝 엎드려 있는 자신의 모습을 깨달았다.

저 두 사람에게 들키면 끝장이다. 그런 느낌이 든다.

"…저기 말야."

경련하는 듯한 목소리로 옆에 있는 트리실에게 묻는다. 그녀도 어느 틈엔가 몸을 움츠린 채 호흡을 멈추고 있는 듯했다.

"저 두 사람은 대체 뭐지? 페어리야?"

"…아니, 달라."

곧바로 트리실은 부정했다. 아무래도 그 모습을 본 적이 있는 듯했다.

"녀석들의 시야에 들어가지 마. 저 두 사람은 둘 다 마왕현상 본체야. 검은 옷이 '아방크'이고 새우등이 '부잼'… 인 것으로 알아."

"저게? 자, 잠깐, 엄청나게 강한데!"

"그래… 큰일이군. 저 정도로 강할 줄이야."

트리실이 보기에도 엄청난 위협인 듯했다. 이렇게까지 긴박한 목소리는 처음 듣는다.

"저건 성가시겠어. 본격적으로 진군해오면 본진이 궤멸해…!"

◆

연합왕국군은 동문 앞길을 완전히 제압한 상태였다.

일시적인 소강상태에 우리들도 비로소 한숨 돌릴 수 있었다. 라이노를 치료받게 하고 휴대식량을 먹는 여유까지 있었다. 먹는 게 육포가 아니라면 더 좋았겠지만.

그리고 파트세는 질릴 만큼 잘난 척했다.

"다음부터는 나를 잠입부대에 넣도록 해. 좀 더 믿음직한 동반자가 필요하잖아."

그 말을 들은 프렌시가 '닥쳐. 죽여버린다' 라는 내용의 말을 은근히 무례하게 전하기도 했지만 일단 상황은 안정되었다. 성벽에서 돌입해온 부대가 합류해서 제8성기사단의 '그림자'가 일을 시작하는 동안 거점을 동문 앞에 구축할 필요가 있었다.

그래서 지금부터 시작될 공중전에 대비해야 하는 제이스를 제외하고 우리들에게 주어진 지시는 이 '임시거점의 방위'였다.

병사들에 섞여 '성녀'인지 뭔지가 찾아온 듯하지만 우리들에게는 모습조차 보이지 않았다. 천개와 성인 장갑이 장착된 마차로 엄중히 보호된 채 아랫것들에게는 얼굴조차 비추지 않는다. 당연하다. 마왕현상 측의 공격을 최대한으로 경계할 필요가 있기 때문이다.

그렇긴 해도 나는 '성녀'인지 뭔지의 얼굴을 보지 않아서 다행이라고 생각한다. 멱살을 잡고 때리고 싶어질지 모르기 때문이다.

성녀는 이번 성벽 돌파를 위해 엄청나게 큰 계단을 만들어 보였다고 한다. 그런 대규모 소환을 행사하고 있다간 어떻게 될지… 그 말로를 녀석들은 아직 이해하지 못한 건가?

알면서도 하고 있다면 구제불능이다.

"형님, 언짢아 보이네요."

차브는 내 면전에 대고 말했다. 베네팀이 노골적으로 거리를 벌리고 있었기에 어지간히 표정에 드러나고 있었던 모양이다.

"저도 형님과 같아요. 공격부대에 엄청 참가하고 싶었죠? 진지 방어따윈 시시하니 말이에요! 자유도 없고!"

"알 게 뭐야."

나는 차브의 상상을 초월하는 경박함에 진절머리가 났다.

"그렇게 한가하면 전선에 나가서 명령위반으로 죽지 그래? 어찌 됐건 우리들에게 불평을 할 권리따윈…."

말하다 말고 나는 입을 다물었다.

비꼬는 듯한 엷은 미소를 떠올린 녀석이 다가왔기 때문이다. 아디프 츠이벨 제8성기사단 단장. 몹시 안 좋은 예감이 들었다.

"여, 자이로 씨. 의외로 팔팔해 보이는군요."

"임무는 잘 안 풀렸지만 말야."

실제로 문을 여는 것은 불가능했다. 동문 앞 제압도 성공했다고는 말하기 힘들다.

그렇기는 해도 다른 수비병들이 접근하지 못하도록 막는 정도의 활약은 했고, 마왕현상도 격퇴했다. 후하게 봐줘도 달성한 전과는 절반 정도인 셈이다. 이것을 이유로 처형을 강요하는 것도 가능할 것이다. 아디프가 그런 쓸데없는 짓을 할 것으로는 생각되지 않지만.

"아!"

내 옆에 앉아 있던 테오리타가 한 손을 들며 일어섰다.

"켈프로라! 보고 있었나요? 이번엔 저도 엄청 싸웠다고요!"

"응."

켈프로라의 반응은 조용하고 짧다. 표정도 거의 변하지 않았다.

"보고 있었어. 테오리타, 강했어."

"그렇죠! 흥흥, 다음은 나의 기사와 함께 싸우는 모습도 보여드릴게요. 마왕현상을 가루로 만들어서 물고기 밥으로 만들어 보일게요."

"가루로 만들어서, 물고기 밥…."

켈프로라는 그 말을 복창했다. 아디프를 돌아본다.

"아디프, 무슨 의미야? 낚시 이야기?"

"자이로 씨의 영향인지 테오리타 님은 독특한 말투를 쓰시는군요."

"미인하게 됐군."

테오리타가 서서히 우리들의 말투에 영향을 받고 있다. 신전 같은 녀석들에게는 들키고 싶지 않은 대목이다.

"그래서 뭐지? 테오리타와 켈프로라의 다과회라도 열려고 온 거야? 느긋하기도 하군."

"물론 아닙니다. 당신들에게 다음 임무를 전하러 왔습니다."

"…그렇겠지. 어떤 임무지?"

"마왕현상의 거점, 제2왕도에의 돌입을 부탁드립니다. 당신들이 최전방에서 활약해 주셔야겠습니다."

여느 때의 임무다.

아무것도 특별한 것은 없다. 마왕현상이 버티고 있는 거점으로 가장 먼저 돌격하는 임무. 그 목적지가 왕성이 되었을 뿐이다. ― 하지만 그 다음에 나온 아디프의 말이 내 신경을 거슬렸다.

"다만 '성녀' 부대를 지키면서 돌입하는 형태입니다."

"성녀라고?"

"예. 이번에 당신들은 성녀 유리사 키다프레니의 앞길을 막는 적들을 소탕해야 하죠. 진군로는 이미 정해져 있습니다. 왕성 동쪽에서 똑바로 돌입해서 신속하게 '아바돈'을 죽이라는군요."

나는 침묵했다. 테오리타의 머리카락에서 무슨 까닭인지 불똥이 튀는 게 보였다.

"…그 성녀라는 사람은."

테오리타가 조용히, 정말 드물게도 조용히 물었다.

"어느 《여신》의 몸을 이식했다고 들었습니다. 정말인가요? 그… 요새의 《여신》 세네르바의 팔과 눈동자를 쓰고 있다는 게."

나는 아무 말도 할 수 없었다. 그것은 긍정 이외에 아무것도 아니다.

"당신들이 나의 기사에게 일부러 잔혹한 싸움을 시키려는 것이라면…."

테오리타가 다시 한 발짝 앞으로 나왔다. 나와 아디프 사이를 가로막듯이. 옆에 있으니 그녀의 체온이 전해져 온다. 불보다 뜨겁다. 그것을 느낀다.

"아디프. 나의 기사의 추억을 상처 입히는 것은 제가 용서 못 해요."

"그만둬. 그럴 생각은 없을 테니까. 이 녀석에게는 말야."

"딱히 제가 악역을 맡아도 상관없습니다만. 돌입 작전의 발안은 마르코라스 에스게인 총사령관입니다. 그분도 성녀와 함께 입성해서 작전을 지휘하며 직접 제압하겠다고 의욕을 보이고 계시더군요."

"…에스게인 녀석이 지휘를 맡는다면 상당히 힘들어지겠군."

"예. 유감스럽게도 그 사람에게 전투지휘 재능은 없지요. 그래서 이대로 가면 일방적으로 추켜세워진 성녀와 그 이름 하에 지원한 병사들에게 비극이 될 겁니다."

그것을, 무시할 수 있을까 라고 말했다. 아디프는 그런 놈이다.

"그리고 호드 성기사단 단장에게서 연락이 있었습니다. 지하도에서 마왕현상의 존재는 확인되지 않았고, 독이 잘 안 듣는 종류의 페어리들이 다수 잠복해서 습격해왔다고 합니다. 마왕현상 측에도 우리들의 움직임을 읽을 수 있는 지혜의 소유자가 있는 것 같군요."

"…그럴지도 모르겠군."

그 가능성을 상상 정도는 하고 있었다. 실현되지 않았으면 했지만. 시가지에서 날뛰고 있었던 '아방크', 아까 교전한 '아니스'와 '부잼'. 하늘에는 '슈갈'이 있고, 최종보스는 '아바돈'. ―도합 다섯 마리.

적 전력을 생각하면 골치가 아파온다. 정리가 필요하다.

"이번 적은 성가시군. 이렇게 다방면에 전개하고 있는데 빈틈이 보이지 않아. 완전히 정규 군인 같은 방식이잖아. ―하지만 이렇게까지 해놓고 어떻게 이 포위를 돌파할 생각이지?"

"글쎄요? 마왕현상 '아바돈'의 권능도 모르니 말이죠. 시간을 들여 힘을 축적해서 대규모 파괴를 일으키는 개체도 있습니다. 이 상황의 유지가 목적일지도 모르겠군요."

"그렇다면 서둘러서 궁지에 몰 필요가 있어. 쓸데없는 짓을 하기 전에."

싸움이 길어지면 다른 전선에서 전력을 끌어올 수도 있다. 어쩌면 그쪽이 노림일지도 모른다.

"아디프. 네 제8성기사단은 어떻게 할 생각이지?"

"시내의 방어, 시민의 보호입니다. 제《여신》의 그림자와 우리 제8성기사단은 그렇게 강력한 돌파력을 가지고 있지 않습니다. 하지만 인해전술로 지원하는 것엔 적합하지요."

"그리고 에스게인 녀석이 너희들에게 공적을 넘길 리가 없겠지. 신전 사람을 엄청 싫어하니 말야."

"잘 아시는군요. 그리고 조금 특별한 임무도 맡고 있습니다."

"뭐야 그게?"

"죄송합니다만 그쪽은 극비사항입니다. ―아무튼 잘 들으세요."

아디프는 더 이상 웃고 있지 않았다. 웃음을 지운 진지한 표정이 이 녀석에게 있어서 최대한의 호의 표명이라는 것을 나는 알고 있었다. 인간관계가 서툰 녀석이다.

“저 개인으로서는 아직 불안정한 성녀보다 자이로 폴바츠와 《여신》 테오리타 님이 더 중요한 전력이라고 생각하고 있습니다. 가능하면 거부해주었으면 하고, 그 경우 제가 귀족 연합을 움직여서 다른 명령이 내려지도록 조정할 수도 있습니다.”

“테오리타.”

나는 내 《여신》을 보았다. 이미 불똥이 튀고 있었다. 눈동자는 불꽃 같았다.

이 《여신》을 나는 지옥으로 데려가려 하고 있다. 잘 알지도 못하는 타인을 구하기 위해 위험에 몸을 빠뜨리라 하고 있다. 정말로 《여신》을 공경하고 지킬 생각이라면 그런 무모한 일에는 데려가지 않을 것이다.

하지만… 당연히 내가 무슨 말을 하고 싶어하는지 《여신》인 테오리타에게는 간단히 전해졌다.

“축복해드리죠.”

테오리타는 나의 용기를 북돋듯 등에 손을 댔다.

“사지일수록 저를 데리고 싸움에 임하는 것. 그것이야말로 정말로 저를 공경하는 겁니다. 그러니까… 마왕현상을 토벌하고 성녀를 승리로 이끈 후에는, 제 머리를 잘 쓰다듬어 주시길.”

“…언제나 생각하는 거지만 너무 싼 보수로군. 바보 같아.”

“그건 자이로가 할 말이 아니로군요.”

“당신이야말로 아무런 보수도 없으면서.”

불꽃의 눈동자로 테오리타는 웃고 있다.

“그건 그렇지만, 만약 내가 지금 여기서 거절해보라고. 이 녀석의 비꼬는 말을 지겨울 만큼 듣게 될 거야. 그것은 죽는 것보다 싫어."

"알겠습니다."

테오리타는 한숨을 쉬었다. 머리 나쁜 동생을 보는 누나 같은 표정으로.

"그런 걸로 해두기로 하죠."

"부탁할게."

그리고 나는 등 뒤를 돌아보았다. 경박해 보이는 녀석이 잔해를 베개 삼아 누워 있다. 잠자코 이쪽을 보고 있었다는 걸 알았다. 이 녀석 입장에서는 믿기지 않는 일을 하려 하고 있는 것이리라.

"들었지? 차브. 지금부터 성녀의 호위야."

"정말 믿기지 않는데…, 형님이 할 생각이라면 어쩔 수 없군요."

차브는 몸을 일으키고 목을 크게 돌렸다. 그리고 하품을 한 번.

"뭐 여기서 기다리는 것보다는 따분하지 않으려나요? 초천재인 제가 따라가지 않으면 버거울 테고… 영웅놀이라도 해볼래요?"

"닥쳐."

"말은 그렇게 해도 제가 따라가지 않으면 형님도 허전할 거면서! 한 명 정도는 저처럼 시끌벅적하고 밝은 녀석이 필요하다고요."

"진짜로 닥쳐, 얼간이."

그 이상 무슨 말인가를 들으면 나는 차브를 때려버릴 것 같았다.

"우리 녀석들을 모아. 작전을 전할 테니까. 총력전이니까 심심하진 않을 거야."

상황을 정리해야 한다. ―지금 당장.

작전 개시 시각이 임박한 가운데 나는 시내 지도를 노려보며 생각했다.

징벌용사 부대 녀석들이 각자 휴식을 취하고 있는 가운데, 나는 필사적으로 머리를 굴려야 했다.

'시내를 활보하고 있는 마왕은 일단 '아방크'. 그리고 '부잼'.'

이것은 이미 도터에게서 보고가 있었다. 두 명 모두 큰길을 이동하면서 대광장에 설치된 본진으로 접근 중. 방치는 할 수 없다. 당하기 싫은 수단을 써올 테니까.

"아니스'는 소재불명. 이쪽 움직임에 맞춰 요격할 생각이겠지. 그리고 '아바돈'은 왕성. 이 제2왕도 점거부대의 지휘관으로 봐도 틀림없어.'

그리고 '슈갈'. 하늘의 위협. 제이스와 니리가 토벌한다고 했었다. 강력한 개체인 것은 틀림없지만 신경써봤자 육상에서는 거의 손을 댈 수 없을 것이다.

그 말인즉 우리들이 하는 짓이 맞다는 의미다.

"…파트셰. 작전이야. 귀를 좀 빌려줘."

이런 전략적인 이야기를 할 수 있는 상대는 파트셰밖에 없었다. 나는 녀석의 어깨를 잡고 끌어당겼다. 지도를 억지로 보게 했다.

"뭐, …뭐야. 전술? 그래, 전술 이야기로군."

파트셰는 조금 흠칫한 듯했지만 개의치 않고 할 일

을 계속했다.

"그래. 지금부터 우리들은 성녀인지 뭔지의 선봉을 맡게 돼. 목적지는 당연히 이곳이야."

나는 도시 지도를 가리켰다. 북부. 왕성이 있다.

이 성을 공략할 때의 문제는 주위가 해자로 둘러싸여 있다는 것이다. 해자에 걸려 있는 다리는 두 개. 중앙광장에서 똑바로 북상하면 나오는 큰문으로 가는 다리. 그리고 성에 있어서 뒷문이 있는 북쪽으로 가는 다리다. 이쪽은 그대로 도시 북문으로 이어져 있다.

여차할 때는 이곳에서 탈출하기 위한 문이 된다.

"남쪽 큰문과 북쪽 뒷문."

파트셰가 미간이 좁혀졌다.

"'성녀' 님의 부대는 어느 쪽에서 성을 공격할 생각이지?"

"그 어느 쪽도 아니고 동쪽에서야."

"동쪽이라고? 다리를 설치하는 건가? 그런 공성병기를 가져가면 좋은 표적이 될 뿐이야."

"아니. 다리를 소환할 생각이겠지. 요새의 《여신》의 오른팔이 있으면 그게 가능해."

"다리를. 그렇군. 너는…."

파트셰는 무슨 말인가를 하려다가 결국 입을 다물었다.

"아니, 됐어. 아무것도 아냐. 상당히 대규모 소환이 될 텐데 '성녀' 님은 괜찮은 거야?"

"몰라. 본인도 모르겠지."

나는 알 바 아니라는 듯 말했다. 주위에서 할 수 있는 일은 기껏해야 부담을 줄이는 것뿐이다. 대규모 소환을 한다면 소모를 조금이라도 억누르는 게 좋다. 성녀가 직접 앞으로 나서야 되는 일은 저지해야 한다.

"상당히 무리한 공격이 되겠지. 에스게인의 지휘니 말야."

"알고 있어. 그렇다면 당연히 최전선은 내 역할이야."

파트셰는 지도를 노려보며 고개를 끄덕였다. 그렇게 말할 줄 알았다.

"맡겨만 줘. 반드시 우리 기병대가 길을 만들 테니까."

"그래. 너희들의 기동력과 돌파력은 마왕현상들에게 있어서도 상당한 위협이 되겠지. 그러니까 미끼 역할을 부탁하고 싶어."

"미끼라고?"

"그래. 이 싸움은 우리들이 아바돈에게 일격을 날리면 끝낼 수 있어. 모든 걸 무시하는 '성검'이 있으니 말야."

"예. 그 말대로입니다!"

테오리타는 나와 파트셰 사이로 머리를 내밀었다. 무심코 몸을 뒤로 젖혔다.

"제가 인도하겠습니다. —자이로, 지금이야말로 영예로운 싸움을 할 때라고요! 절대, 이번에야말로, 두고 가지 마시길!"

"알고 있어. 이미 충분히."

나는 웃음을 터뜨릴 뻔했다.

"성녀 부대의 선봉으로서 차브, 나, 테오리타 셋이서 갈 거야. 이게 핵심부대."

"오? 저도 핵심부대인가요? 긴장되네요!"

차브가 하품을 하며 기지개를 켰다. 거짓말 말라고 생각했지만 쓸데없는 말은 하지 않기로 했다. 이 녀석의 저격이 있으면 나와 테오리타가 아바돈에게 일격을 가할 빈틈을 만들 수 있을 것이다.

"…그에 더해 방어와 양동이 필요해. 일단은 중앙 대광장을 지키는 방어부대. 성가신 마왕현상이 접근하고 있다는데, 본진이 와해되면 패배야."

보고에 의하면 '아방크'와 '부잼'이라고 한다. 이 두 사람에게 대항하려면 강력한 카드가 필요하다. 내가 아는 최강의 보병과 포병을 여기에 할당할 수밖에 없다.

지금 우리들이 있는 동문… 에서 중앙광장을 손가락으로 더듬는다.

"방식은 맡길게. 아무튼 어떻게 버텨내든지 배제하도록 해. 이쪽은 타츠야와 라이노, 그리고 노르가유로군. 그리고 덤으로 베네팀도 여기야."

"우."

"알았어! 맡겨만 주라고. 동지 노르가유, 우리들의 손으로 승리의 열쇠를…."

"잠깐! 짐이 본진의 방어라고? 왕성에 당당하게 개선하는 게 짐의 역할 아닌가?"

"국민을 지키는 게 더 중요하잖아."

폐하의 반발은 예상하고 있었기에 당연히 나는 녀석을 움직이기 위한 초보적인 수단을 쓰기로 했다. 백성을 내세우면 노르가유는 대개의 경우 따른다.

"대광장의 본진에는 도시 전체에서 시민들이 피난을 와 있어. 네가 보호하지 않으면 어떡해."

"…흠. 그렇군. 총수의 의견을 채용하기로 하지. 확실히 적재적

소인 것 같다."

"부탁할게. 그리고 또 하나는 양동부대."

나는 동쪽 지구에서 북쪽으로… 왕성 뒤쪽으로 돌아가는 길을 가리켰다.

"파트셰. 이쪽을 우회해서 왕성 뒷문을 공격하는 낌새를 보이도록 해. 제13성기사단 녀석들의 힘을 빌릴 수 있어? 기병의 기동력이 필요한데."

"…불가능하지는 않지만 지금까지의 싸움에서 부상자도 많이 나왔어. 전투가 가능한 인원은 이미 300명 정도로 줄었지. 이래선 인원이 부족해."

파트셰는 미간을 좁히고 있었다. 무슨 말을 하고 싶은지는 알고 있다. 이 양동에는 '어쩌면 공격할지 모른다'고 할 만한 전력이 필요하다. 이 기병부대의 기습이 공략부대일지 모른다고 생각하게 할 정도로는 싸워줄 필요가 있다.

그러기 위한 머릿수가 너무 부족하다고 파트셰가 말한다면, 그럴 것이다.

"지금의 두 배는 필요해. 자이로, 어떻게 안 되겠어?"

"머릿수만이라면… 베네팀에게 부탁해볼래? 정말로 숫자만 갖출 거라면 어떻게든 될 텐데."

"네? 저, 저 말인가요?"

죽을 것처럼 피곤한 얼굴에 죽은 눈빛으로 차를 마시고 있던 베네팀이 고개를 들었다.

"그래. 어떻게 300명 정도를 반 각 이내에 데려올 수 있겠어?"

"그, 그런. 아무리 저라도 그 정도까지는."

"…정말 꼴사납군요, 자이로."

당돌한 프렌시의 목소리. 무슨 까닭인지 머리 위에서 들려온 듯했다.

올려다보니 회색 말에 올라탄 프렌시의 모습이 있었다. 이 녀석, 어느 틈에 말을 입수한 거지?

"당신이 무언가를 부탁할 상대라면 여기 있는 제가 더 어울린다고 생각하지 않나요? 자고 있는 물개도 한 수 접을 정도의 우둔함입니다. 거기 있는 여자 혼자서는 버겁다는 걸 알고 있다면 더더욱."

"너…."

"프렌시."

곧바로 무언가 응수하려고 한 파트셰보다 빨리 나는 의문을 입 밖에 내기로 했다.

"그 말은 대체 뭐지? 어디서 훔쳐 온 거야?"

"당신 부대의 도둑도 아닌데 그럴 리 없잖아요. 불명예스러운 말은 하지 마시길. —애당초 저 혼자 이곳까지, 투진 산까지 태평스럽게 왔을 거라고 생각하나요?"

"아니…, 잠깐만, 무슨 말을 하고 싶은 거야?"

"어리석군요. 정말로, 너무도 어리석어요."

프렌시는 한 손을 치켜들고 손가락을 튕겼다. 그런 동작이 몹시 잘 어울리는 여자다. 그 등 뒤에 있는 골목 이곳저곳에서 무장한 남녀가 우르르 몰려나왔다.

그들은 모두 곡도를 허리춤에 차고 있고, 갈색 피부와 회청색 머리카락을 가지고 있었다.

"남방야귀 전사 400명. 자이로. 원래는 당신의 지휘 하에서 싸우기 위해 온 사람들입니다. 그들은 당신이 징벌용사라는 것도, 당신을 위해 싸워봤자 아무런 명예와 이익을 얻을 수 없다는 것도 이해하고 있습니다."

무서운 말을 들은 것 같다는 생각이 들었다. 400명의 전사? 제정신인가? 하지만 실제로 무장한 남방야귀들이 지금 내 눈앞에 있었다.

"투진 산의 진지를 방문한 것도 그들을 당신에게 인계하기 위해서였습니다."

"도련님. 오랜만이군요."

그 남방야귀 전사들 중 한 명… 특히 체격이 좋고 머리가 벗겨진 거한이 땅울림 소리 같은 목소리를 냈다.

"좀 더 일찍 이렇게 달려오고 싶었습니다."

그 얼굴과 목소리에는 낯이 익었다.

이시드릭이라고 한다. 어린 시절부터 알고 있다. 나의… 나에게 있어서 무술과 글의 스승 같은 존재였다. 엄격한 가르침은 지금도 몸에 배어 있다. 특히 읽고 쓰기 쪽은.

"도련님이 돌아와서, 도련님의 지휘로 싸울 날을 우리들은 기다리고 있었는데 말이죠."

진지한 표정이지만 입매가 약간 웃고 있다. 이시드릭은 남방야귀치고는 표정이 풍부한 편이었지만 분명하게 내가 알 수 있을 만큼 웃는 것은 드문 일이었다.

그렇게 유쾌한 일인가? 나는 암담한 기분이 들었다.

그 기대는 무거운 짐이다. 분명히 말해 그들에게 조금이라도 이

익이 될 만한 보답은 무엇 하나 준비할 수 없다. 나는 징벌용사에 지나지 않는다.

'—대체 난 무엇을 하고 있는 거냐. 이 녀석들도.'

남방야귀인 그들이 나한테 기대하고 있는 것은… 마스티볼트 가문의 일원으로서 강력한 '가문'을 구축하는 것뿐만이 아니었을지도 모른다. 어쩌면 나에게 조금이라도 호감이 있어서라고 생각하는 건 교만한 생각인가?

하지만 설령 그렇다고 해도 이미 늦었다.

나는 그런 장소에 돌아갈 수 없고… 정말로 미안하지만 이제 와서 돌아가고 싶다고도 생각하지 않는다. 그래야 한다. 나와 엮여봤자 입장이 안 좋아질 뿐이고, 무엇보다….

'나는 분명 이 녀석들을 지옥으로 데려갈 거야.'

그런 확신이 있다. 좋은 결과는 되지 않을 것이다.

"다들 옛날부터 언젠가 도련님과 함께 싸울 생각이었단 말입니다. 물론 저도…. 그러니까 얼른 명령을 내려주셨으면 좋겠군요. 첫 명령이 도련님과 떨어져 양동을 하라는 게 아쉽긴 합니다만."

"어째서 그렇게 되는 거지? 너희들, 제정신이야?"

"도련님, 유감스럽지만."

내 불평에 이시드릭은 남방야귀다운 정색한 얼굴로 대답했다.

"도련님은 자신이 생각하는 것보다 상당히 많은 사람에게 영향을 미치고 있습니다. 여기 있는 한 사람 한 사람에게 지망 이유를 들어보겠습니까? 다들 기뻐할 겁니다."

나는 그것에 아무런 대답도 할 수 없었다. 나에게 그런 자격은 없기 때문이다.

"…프렌시. 아버님은 이것에 대해 뭐라고 하시지?"

나는 자신의 목소리를 제어할 수 없었다. 아무리 자제하려 해도 날카로워진다.

"나는 그 아버님한테 폐를 끼치고 싶지 않아."

"아버님은 그게 우리들이 선택한 것이라면 끝까지 완수하라고 말씀하셨습니다."

프렌시는 담담하게 단언했다. 무표정한 얼굴 너머로 내가 간섭할 수 없는 무언가가 보인 것 같다는 생각이 든다.

옛날부터 그랬다.

나를 길러준 마스티볼트 가문의 사람들은 내가 무언가를 말해봤자 생각을 바꾸지 않는다. 누구도, 누구 한 사람도 내 소유물은 아닌 것이다. 그들이 멋대로 내린 판단을 내가 어떻게 할 수 있는 게 아니다.

—내 싸움에 함께 할 생각이라면 나에게는 막을 수 있는 권리가 없다.

"파트셰."

나는 남방야귀 부대가 아니라 과거 성기사였던 자를 돌아보았다. 내 지시에 따라 싸우는 형태로는 만들고 싶지 않다. 이곳에 와준 그들이 어떤 불이익을 입을지 알 수 없기 때문이다.

그래서 명령을 내리는 게 아니라 부탁을 한다.

"…녀석들과 사이좋게 지내도록 해. 바람대로 전력이 두 배가 되었잖아."

"이 여사와 함께 싸우라는 건가?"

"싫다면 상관 없습니다만."

파트셰가 노골적으로 얼굴을 찡그린 반면, 프렌시는 담담하게 말했다.

“자신이 없다면 후방에 대기하고 있으세요. 남방야귀는 단독으로도 싸울 수 있습니다.”

“…이 여자는 딱히 이유도 없이 불쾌하고 맘에 안 드는데.”

파트셰는 허리에 찬 칼자루에 손을 대고 있었다. 강하게 움켜쥐고 있는 걸 알 수 있다.

“나는 해야 할 일은 해. 그게, 지금, 내가 생각할 수 있는 최대의 정의니까 말야.”

그리고 이번엔 파트셰가 내 등을 두드렸다.

“너도 반드시 이기도록 해. 신속하게 결판을 내는 거야.”

“…아아, 그렇군요.”

프렌시가 신음소리를 내며 경쾌하게 말에서 뛰어내렸다.

그리고 녀석도 내 등을 두드렸다. 아마 파트셰보다 강했다고 생각한다.

“다녀오세요, 나의 남편. 승리를 믿고 있어요.”

너무도 그 힘이 강했기에 나는 앞으로 고꾸라졌다. 나는 두 사람에게 불평을 하려 했지만… 머리 위에서 빛이 폭발한 것은 그때였다.

뒤를 이어 폭음.

하얀 달이 비추는 밤하늘을 거뭇거뭇한 큰 그림자가 가로질렀다. 투명한 날개와 뭉툭한 몸…. 곤충과 비슷한 그림자였다. 저게 마왕현상 ‘슈갈’인가. 선명한 파란 날개를 뒤쫓고 있는 듯했다.

“시끄럽군.”

중얼거리는 내 머리 위에서 다시 몇 개의 빛이 폭발했다. 굉음. 나는 목 부분의 성인에 손가락을 댔다.

"제이스지? 뭐해? 애먹고 있는 것 같은데."

『닥쳐.』

짧은 대답. 파란 날개는 다른 드래곤들이 토해낸 불꽃 브레스의 엄호를 받으면서 몸을 비틀었다. 계속되는 빛의 폭발을 피한다. 그것도 간신히.

『하늘은 우리들이 제압할 거야… 우리들이. 너희들은 얼른 지상을 제압해.』

"그럼 그쪽은 맡겨둬도 되는 거지?"

『당연하잖아. 이쪽을 지원하려고 하면….』

잡음 같은 소리. 제이스와 니리가 급선회하고 있었다.

『가만히 안 둬.』

다시 아슬아슬하게 빛의 폭발을 피했다. 추격하는 성질이 있다고 하는 '슈갈'의 공격을 어떻게 회피하고 있는지 전혀 알 수 없다.

"잘 알았어."

그렇다면 완전히 맡기기로 한다. 걱정해봤자 손해일 뿐이다.

하늘은 제이스와 니리. 두 사람은 '슈갈'을 상대해야 하니 움직일 수 없다.

본진의 방어부대에는 타츠야, 노르가유, 라이노…. 덤으로 베네팀. 그들이 '아방크'와 '부잼'을 맡는다.

양동부대에는 파트셰와 프렌시. 아마 '아니스'가 요격하러 올 것이다.

성녀를 선도하는 본대는 나, 테오리타, 차브. 이 셋이서 '아바돈'

을 죽인다.

'이것밖에 없군. 도터를 불러들이고 싶었지만 이런 혼란 속에서는 무리려나?'

마왕현상들은 상황을 잘 지배하고 있다. 제법 견실하고 얄미운 수단을 쓰는 녀석이 있는 것 같다. 시간을 벌고 있다는 생각도 든다. 하지만 이 방식으로 엉망진창으로 만들어주마.

그리고 남은 것은… 조금 망설이다가 나는 비장의 한 수를 두기로 했다.

이것이 말 그대로 비장의 무기다.

"노르가유 폐하."

나는 등을 돌리고 있는 그 남자를 부르고 작은 가방을 내밀었다.

아디프는 이 가방 안에 있는 물건을 결국 회수하지 않았다. 잊고 있는 건가? 그럴 리가 없다. 잘 활용하라는 말이다. 왕위계승의 증표도 이 국면에 있어서는 단순한 병기의 하나로밖에 기능하지 않는다.

보다 유효하게 쓸 수 있는 사람이 쓰면 된다. 나도 동감이었다. 그래서 노르가유에게 그것을 내민다.

"이것을 쓰도록 해. 누구보다… 네가 쓰는 편이 백 배 가치가 있을 테니까."

"흠."

노르가유는 가방을 받아들고 그 내용물을 일별한 후 태연하게 고개를 끄덕였다.

"성건 케일 보크로군."

"본 것만으로 아는 거야?"

"당연하지. 짐이 왕위를 계승한 증표니까. 걱정하고 있었다. 이것은 왕성의, 왕족밖에 모르는 숨겨진 방에 보관되어 있었으니 말야."

"정말이야…?"

"뭘 의심하고 있는 거냐, 무례한 놈!"

나를 질책하면서 노르가유는 케일 보크의 손잡이를 손끝으로 더 들었다. 그러자 무슨 까닭인지 빛이 켜지며 노르가유의 온몸이 인광에 휩싸인 듯한 느낌이 들었다. 착각인가?

"좋아."

노르가유는 근엄하게 고개를 끄덕이고 성건 케일 보크를 치켜들었다.

"자격 있는 자의 손에, 있어야 할 것이 돌아온 거다. 이대로 짐의 도시를 되찾기로 한다!"

무슨 까닭인지 그 모습은 몹시 올바른 광경인 것 같다는 생각이 들었다.

분명 기분 탓일 것이라고 나는 생각했다. —하늘이 번쩍인 것은 그 순간이었다.

약간 뒤처져서 작렬하는 굉음이 두세 번 터진 후, 무언가가 떨어져 내렸다. 드래곤. 그리고 용기병인가. 몸 절반이 날아가버린 상태로 아스가샤 공도 한복판에 추락했다.

그 충격으로 인해 드래곤과 용기병은 비명을 터뜨릴 여지도 없었다.

"…지이로…!"

테오리타가 내 외투자락을 꽉 잡았다. 얼굴이 창백해져 있지만 시선을 외면하지 않은 것만으로도 상당한 근성이다. 이런 어린애가 발휘해도 좋을 근성이 아니다.

"공중전이 본격적으로 시작되었군."

마왕현상 슈갈이다. 나는 하늘을 올려다보았다. 흰 달빛 아래, 악몽처럼 끔찍한 페어리들을 이끌고 거대하고 요상한 곤충 같은 그림자가 날아다니고 있다. 그 녀석에게 대항하고 있는 것은 드래곤과 용기병들이다.

그중에서 이상한 궤도를 그리며 다른 녀석들이 둔중하게 느껴질 정도의 속도로 비행하는 파란 드래곤이 있었다. 눈이 번쩍 뜨일 만큼 파란 비늘. 고속으로 페어리들의 한복판을 돌파해간다.

"부탁한다."

어떻게든 해보라고 나는 속으로 중얼거렸다.

내가 보고 있는 사이에도 마왕현상 슈갈은 섣불리 접근한 용기병 한 기를 빛의 폭발로 날려버리고 있다. 내친김에 지상에 빛을 투하하자 그것은 동부 구획의 시가지 일부를 간단히 분쇄했다. 바람이 휘몰아치고 이쪽 땅바닥까지 흔들릴 정도로 강렬한 일격.

"꺅."

테오리타가 작은 비명을 지르고 나에게 매달렸다.

저게 제이스가 말했던 '빛의 폭탄'인가. 상당한 위협이다. 만약 제공권을 녀석이 잡는다면 머리 위에서 쏟아지는 폭격때문에 진군할 상황이 아니게 될 것이다.

"저 비행하는 마왕현상은… 자이로, 당신의 도약으로 닿을 수 있나요?"

"아무리 그래도 무리야."

그래서 할 수 있는 일은 하나뿐이다.

"기도할 수밖에 없어."

"제이스와 니리에게 말인가요?"

"니리에게 말야."

제이스 녀석이, 녀석 자신이 말한 것처럼 '하늘에서 나와 니리를 이길 수 있는 녀석은 없어' 라는 게 사실이기를 기도할 수밖에 없었다.

제2왕도를 방문한 것은 얼마 만이었을까.

이미 떠올릴 수 없을 만큼 전장에 계속 있었다. 최전선에서 지휘를 맡는 것이야말로 이 위급한 시기에 진정한 왕의 모습이라고 믿고 있기 때문이다. 노르가유 센릿지가 생각하는 '왕'은 이런 때 성에서 국민에게 보호받는 존재가 아니다.

그 반대다. 국민을 지키는 것이야말로 국왕의 의무인 것이다.

"안심하라!"

대광장에 울려 퍼지도록 최대한의 성량을 불어넣는다. 피난해 온 국민들에게 선언한다.

"왕인 짐이 친히 구하러 왔노라. 반드시 그대들을 지킬 것을 맹세한다."

광장에서 방위선을 구축하고 있던 병사들의 의아한 눈길이 쏟아지는 것을 느낀다.

무리도 아니다. 그들은 국왕의 모습을 본 적이 없는 것이다. 너무도 오랫동안 싸워온 탓에 국민들에게 모습을 보일 기회따윈 없었던 것 같은 생각이 든다.

그래서 노르가유는 느긋하게 고개를 끄덕이고 더 큰 목소리로 선언했다. 성건 케일 보크를… 왕위의 증표인 열쇠를 높이 치켜든다.

"내가 바로 국토의 수호자이자 법과 백성을 다스리는 자! 제프 제이알 메트 키오 연합왕국 국왕 노르가유 센릿지 1세이다!"

침묵이 있었다. 그리고 술렁거림.

"저, 저기, 폐하…."

옆에서 말을 걸어온 자가 있다. 베네팀 오마위스크라는 자이다.

그의 국가를 운영하는 재상이다. 오마위스크 가문은 대대로 행정실 요직을 배출해온 명가로, 지금은 차기당주인 베네팀이 그 지위에 있다.

능력만으로 따지면 유능하다고는 할 수 없지만 정치적인 수완… 특히 조직 간의 절충에 대해서는 천성의 능력이 있다고 노르가유는 보고 있다. 그에 더해 이 남자는 말재주가 좋아서 다른 사람에게 일을 맡길 수 있다.

노르가유가 생각하는 국가에 있어서 재상이라는 입장은 자신이 현명하고 만능일 필요는 없다.

오히려 더 뛰어난 다른 사람에게 사고와 실무를 맡기고 집단으로 원활하게 기능하게 하는 절충능력이 더 중요한 것이다. 물론 베네팀이 그런 것을 정확히 인식하고 있다고는 생각되지 않지만.

"외… 외람된 말씀입니다만, 노르가유 폐하."

베네팀은 말을 이었다.

"그들도 설마 폐하가 이곳에 계실 거라고는… 믿지 못하는 것 아닐까요? 그러니까 지금은 저 병사들의 격려보다 이 광장의 방위준비를 진척하는 게 좋지 않을지."

"그렇긴 하군."

노르가유는 걷기 시작했다. 해야 할 일은 많다.

"총수는 출격했나?"

"네? 아, 예. 자이로 군은 이미 왕성으로 향했습니다."

"좋아. 왕성의 탈환은 그 남자에게 맡겼다."

노르가유는 성큼성큼 걸으면서 자신의 수염을 손가락으로 쓰다듬었다.

자이로 폴바츠는 우수한 군사기능 보유자이자, 이 정예부대의 실질적인 두뇌이기도 하다.

물론 자이로는 전투 이외의 분야에서는 제내로 두뇌를 활용하지 못하는데다 평소에는 난폭하고 국왕에 대한 경외심도 부족하다. 하지만 그런 태도를 접어두면 전장에서 언제나 칭찬할 만한 결과를 만들어내고 있는 것만은 분명하다.

그렇다면 자이로는 반드시 왕성을 탈환할 것이다. 그때까지 자신도 버텨야 한다.

"이곳은 짐이 지휘하겠다! 할 일이 산적해 있군. 일단은 이 본진으로 피난해오는 백성을 보호한다. 그리고 가능한 한 많은 적을 이곳에 묶어놔야 한다!"

"…역시 그렇습니까?"

베네팀은 이미 창백한 얼굴이었다. 아직 아무것도 하지 않았는데 잘도 이렇게까지 긴박한 표정을 짓는다고 노르가유는 생각했다.

"적이 잔뜩 오겠군요…. 게다가 우리들이 묶어놓아야 한다니…."

"그렇다. 베네팀 재상. 너에게도 임무를 주마."

"에, 아, 네? 저도 말입니까? 설마 전력으로 기대하고 계시는 건?"

"그럴 리가 있겠나. 그런 건 전혀 기대하고 있지 않다. 너의 그 혓바닥을 활용하라는 거다. 도망쳐오는 시민을 진정시키고 자위를 위한 무기를 들게 해라. 가장 피해야 할 것은 공황 상태다."

"우우."

베네팀은 신음했다. 싫은 듯한 얼굴이었다.

"저, 저는 저기… 재상이니까, 가능하면 좀 더 안전한 장소에서 활동하고 싶습니다만…."

"닥쳐라. 국가존망의 궁지란 말이다! 지금은 신분과 직책에 상관없이 자신이 할 수 있는 최선을 다해야 돼."

"하지만, 저기, 아, 맞다! 사실 지금의 법률로는 이런 때 재상이 있어야 할 곳이 정해져 있어서…."

"들은 적 없군. 짐은 국왕으로서 그런 법은 철폐하겠다! 됐으니까 얼른 가라!"

"…예."

낙담해서 체념한 듯 고개를 떨군 베네팀을 방치하고 노르가유는 더욱 걸음을 재촉했다.

광장 중앙에 시계탑이 있다. 이곳이 광장에서 북쪽 큰길을 조망할 수 있는 요충이었다. 나선계단을 몇 계단씩 뛰어 올라간다. ―그 정점에 이미 포갑주를 몸에 걸친 라이노의 모습이 있었다.

달빛 아래 검붉은 갑옷은 젖어 있는 것처럼도 보인다.

"라이노! 북쪽 전황은 어떤가?"

"여어, 동지 노르가유. 별로 좋지 않아."

라이노는 온화한 목소리로 중얼거리고 북쪽을 바라보고 있는 듯했다.

왕인 자신을 '동지'라는 웃기는 호칭으로 부르는 남자지만 유감스럽게도 실력은 좋다. 그래서 평소의 무례는 불문에 부치고 있다. 정체를 알 수 없는 녀석이다. ―이 남자가 이 정예부대인 용사부대에 소속된 경위는 뭐였던가.

기억이 맞다면 첩보부대의 장이….

'—첩보부대의 장?'

그런 인물이 있었던가? 노르가유는 갑자기 어두운 구멍 가장자리에 서 있는 것 같은 기분에 사로잡혔다.

하지만 그것을 들여다보기 직전에 라이노의 왼손이 북쪽을 가리켰다.

"봐주지 않겠어? 동지 노르가유."

그렇다. 지금은 눈앞의 싸움에 의식을 집중해야 한다.

"북쪽으로 갔던 병사들이 대량으로 철수하고 있어. 지금은 보다시피 몰려든 페어리를 동지 타츠야가 틀어막고 있지만."

라이노의 말대로였다. 도망쳐 온 병사와 시민들을 페어리들이 쫓아오고 있다. 전투도끼를 휘두르며 엄청난 활약을 보이는 타츠야가 없었다면 좀 더 궤멸적인 상황에 내몰렸을 것이다.

타츠야의 움직임은 인간의 그것으론 생각되지 않았다. 짐승처럼 엎드리나 싶더니 튀어올라 트롤의 동체를 일자로 베어버리고, 무리를 이룬 보기 집단의 공격을 회피하면서 맨손으로 그 목을 부러뜨리고 있는데, 그런 일을 할 수 있는 자를 노르가유는 또 알지 못한다.

다만 아무리 타츠야라도 혼자서는 한계가 있다.

"이 열세는 마왕현상… '아방크'와 '부잼' 때문이겠지. 선행부대를 배제하고 남하하고 있어. 전술은 투박하지만 제법 강력한 마왕현상이야…."

라이노는 아마 그 갑주 안에서 미소짓고 있을 것이다.

마왕현상을 앞에 두었을 때 몹시 기쁜 듯한 표정을 보이는 남자다. 타고난 사냥꾼…, 아니면 위험을 즐기는 것에 사로잡혀 있는 건가.

“엄호를 하고 싶네. 그들을 구해줘야 돼.”

“너 단독으로 승리할 수 있겠나?”

“그건 단언할 수 없어. 어려울 거라 생각해. 강력한 적이거든. 정말로…. 기뻐질 만큼 말야.”

“그렇다면 타츠야를 데리고 가라. 조금만 더 발을 묶도록 해.”

“자신이 있는 것 같네. 무슨 방법이라도?”

“구체적으로 가르쳐줄 순 없지만 약속하겠다. 반드시 승리로 이끌겠다고. 짐은 왕이니 말야.”

그리고 노르가유는 성건 케일 보크의 칼끝을 라이노의 어깨에 갖다댔다. 그것은 왕이 기사에게 서훈을 내리는 것 같은 동작이었다.

“짐도 너를 믿기로 하겠다. 시간을 벌어라. 할 수 있겠지?”

“응, 물론이야!”

라이노는 끝도 없이 밝은 목소리로 말했다.

“나를 믿어주다니 기쁘네. 정말로 기뻐. 저 마왕을 반드시 죽여보일게. 아무튼 나도 용사니 말야.”

“좋아. 그럼 남은 것은….”

노르가유가 머리 위를 올려다보았을 때, 그것을 기다리고 있었다는 듯 공중에서 빛이 폭발했다.

밤하늘을 누비는 마왕현상 슈갈이 보였다. 칠흑의 갑각으로 몸을 감싼 거대한 갑충 같은 모습. 얇은 날개로 날아다니면서 머리에서 튀어나온 세 개의 뿔로 빛의 탄환을 쏘아대고 있는 것처럼 보인다.

저게 대상을 추적한다는 폭탄일 것이다. 제이스와 용기병들을 덮쳐서 피하지 못한 자를 말 그대로 날려버리고 있다.

제이스에게는 이미 저 추미탄을 상정한 대책 병기를 건네주었다. 다만 완성도는 미숙하고 조악하다. 좀 더 시간이 있었다면 보다 정밀도가 높은 것을 만들 수 있었을 텐데…. 덕분에 제이스도 반격 기회를 찾지 못하고 있다. 회피운동만으로도 벅찬 상태다.

다시 말해 저쪽에도 엄호가 필요하다.

"어쩔 수 없군."

노르가유는 중얼거렸다. 정말 그의 신하들은… 자신의 머리를 아프게 하는 녀석들뿐이다. 무릇 신하라면 왕을 도와야 하는 것 아닌가.

하지만 결코 싫은 기분은 아니다. 오히려 마음 어딘가가 맑아지는 것을 느낀다.

"왕의 책무다. 짐이 친히 신하들을 돌봐주도록 하지."

◆

흘러가는 바람 저편에서 마왕현상이 쫓아온다.

마왕현상 슈갈. 아까부터 쭉 그 녀석의 살의를 느끼고 있다.

명백히 자신들을 노리고 있는 것이다. 제이스 파치락트는 니리의 목을 만지며 그 의사를 전했다.

"우리들을 노리고 있네. 니리, 지치지는 않았어?"

"전혀. 조금도."

니리는 날카롭게 울었다. 그것을 보여주려는 듯 날개를 펄럭이며 가속한다.

"지쳤다고 해도 내가 날지 못하면 누가 제이스 군과 세계를 지켜야 돼? 다른 아이한테 제이스 군을 태워달라고 하면 될까?"

"있을 수 없는 일이군."

제이스는 쓰게 웃었다. 긴장이 강요되는 국면이기에 적당히 긴장을 풀어줘야 한다. 니리는 아마 본능적으로 그것을 알고 있을 것이다.

"다만 이대로는 바빠서 어떻게 해볼 수 없군. —또 왔어, 니리. 회피에 집중해줘."

"그게 좋을 것 같네."

등 뒤에서 섬광이 보였다.

세 개의 빛이 제이스와 니리를 쫓아온다. 슈갈의 추미탄. 속도는 그리 빠르지 않지만 그것을 세 개의 뿔에서 한 번에 세 발씩 사출하고 있다. 이것때문에 공격으로 이행하는 게 극단적으로 힘들었다.

"정말 끈질기네. 적도 많고."

니리는 푸념하듯 말했다.

몸을 기울여 하늘을 선회한다. 탄환은 니리의 꼬리를 따라오고 있다. —정면에는 다른 적. 오베론이 세 마리. 거대한 벌 모습을 한 페어리다. 공격수단은 그 꼬리에 있는 침. 이것은 사출할 수도 있다.

『—이봐, 공주님이 있는 곳으로 세 마리 갔어!』

잡음 섞인 통신이 목의 성인에서 들려온다.

용기병이 쓰는 공중통신을 위한 성인이다. 제이스의 목에 있는 성인은 가끔 그것을 포착할 때가 있다. 이 제2왕도 탈환작전에는 대량의 용기병이 투입되고 있었다. 그 숫자는 50기에 가까울 것이다. 이것은 연합왕국 역사상 유례가 없는 집중운용이라 해도 좋다.

『실수한 게 누구야? 공주님한테 적을 접근시키지 마!』

『키스크와 모튼! 자신의 담당을 놓치지 마. 잠에서 덜 깬 거냐?』

『죄송합니다. 공주님과 제이스. 어떻게든 해치우세요.』

공주님이라는 것은 용기병들이 니리를 부르는 호칭이다.

'파란 사신'이니 '하늘의 수호신' 같은… 너무도 어설픈 별칭만이 횡행하고 있었기에 제이스가 한 마디 한 결과다. 니리는 '부끄러우니까 그만뒀으면 하는데?' 라고 했지만 일단 확산된 것은 어떻게 해볼 수 없다.

이것은 어디까지나 용기병들 사이에서만 통하는 이야기지만 징벌용사의 지위도 그리 낮지는 않다.

그것은 그들이 제이스를… 아니, 제이스를 태우고 있는 니리를 인정하고 있기 때문일 것이다. 하늘이라는 고독한 전장에서 승리를 가져다주는 존재에게는 얼마든지 경의를 표하는 법이다.

"―돌파하자."

정면에서 육박해오는 오베론을 노려보며 제이스는 말했다.

"쫓아오는 탄환을 맞는 게 더 위험해. 여기선 돌파한 후 반전하는 거야."

"그래."

니리는 그 말에 응해 가속했다.

"제이스 군도 부탁할게."

오베론들이 급격히 나가온다. ―그중 한 마리는 무얼 하기도 전에 니리가 재로 만들었다. 다른 한 마디는 제이스가 던진 비창에 의해 꿰뚫렸다. 노리면 백발백중이다.

『굉장해…! 공주님의 기수가 쓴 창기술은 어디서?』

『나는 제이스가 서방전투기술을 완벽히 습득했다고 들었어.』

『파치락트의 무술 스승한테 말이지? 뭐라고 했더라? 그 호랑이 같은….』

멋대로 지껄이고 있으라고 제이스는 생각했다. 서방전투기술을 가르친 스승에 대해선 떠올리고 싶지도 않다. 좋은 기억이 없기 때문이다. 훈련이라는 이름으로 죽기 직전까지 내몰린 적도 있다.

'또 한 마리…!'

세 마리째. 오베론이 날려온 침을 피하고 제이스는 또 한 자루의 창으로 꿰뚫었다. 그리고 곧바로 반전운동에 들어갔다. 슈갈이 쏜 추미탄은 아직 쫓아오고 있다.

"좋아, 니리."

제이스는 거기서 허리에 묶어둔 도구를 움켜쥐었다.

끈으로 한데 묶은 여러 개의 돌… 같은 투박한 도구다. 이것이 노르가유가 말한 추미탄에 대항하는 '신병기'라고 한다. 노르가유 본인에 따르면 좀 더 세련되게 만들고 싶었던 모양이지만 실제로 효과는 있다. 그것은 확인해두었다. 세 발의 추미탄이라면 충분히 대처할 수 있다.

"다음에 교차할 때 끝낸다."

그것을 생각하면 긴장으로 몸이 떨릴 것 같다. 정면에 마왕현상 슈갈을 포착했다. 추미탄은 아직 쫓아오고 있지만 이것을 처리할 수 있다면.

그렇게 생각했을 때 슈갈의 세 뿔에 다시 빛이 깃들었다.

섬광.

'—이 무슨!'

제이스는 의표를 찔린 듯한 느낌이 들었다. 이것으로 도합 여섯 발. 그 모두를 회피해야 한다.

추미탄은 이런 형태로 연사할 수 있는 건가. 그런 정보는 어디서도 얻지 못했다. 한 번에 세 개의 추미탄만 대처하면 어떻게든 할 수 있다. 그런 전술을 생각하고 있었다. —지금 그것이 허사가 된 셈이다.

"제기랄! 니리, 회피에 집중해! 생각했던 것보다 장기전이 될 것 같아. 미안해."

"말투가 거칠어진 것 같아, 제이스 군."

니리는 속삭였다.

"자이로 군의 말투가 옮았어?"

"그만둬. 내가 잘못했어."

"괜찮아. 너는 괜찮을 거야…."

니리는 한층 매끄러워졌다고 해도 좋은 속도로 회피운동을 개시했다.

"내가 꼭 지켜줄 테니까 제이스 군은 나를 지켜줘. 세계를 지키는 두 사람인데, 그 정도는 식은죽 먹기지?"

무모한 요구를 해온다.

제이스는 이를 악물었다. 움츠러들 것 같은 자신을 질책하기 위해서다. 여섯 개의 추미탄에 쫓기면서 제이스는 슈갈을 죽일 이미지로 뇌를 가득 채워갔다.

방법은 분명 있을 것이다.

그렇지 않으면 징벌용사들을… 특히 그 열받는 자이로 폴바츠를 볼 낯이 없다.

◆

성녀가 이끄는 부대는 대략 2천에 달한다고 한다.

숫자가 너무 많다고 나는 생각했다.

마르코라스 에스게인 총사령관의 직속을 중심으로, 숟가락을 얹으려는 귀족들이 모두 병사를 제공한 상태였다. 용감하게 싸워서 명성을 얻지 않아도 성녀가 이끄는 부대에 이름을 올리고 왕성 탈환에 공헌하면 그후의 취급은 상당히 달라질 거라는 계산에서일 것이다. 특히 다스미테아 가문의 당주인 하빈 다스미테아는 아주 노골적이었다.

"성녀님, 에스게인 각하! 우리 다스미테아 가문의 병사들을 보십시오!"

잘 손질된 갑주로 무장한 기사들을 이끌고 그런 식으로 아부를 떨고 있었다.

참고로 에스게인은 말에 타고 있지만 성녀는 전용 마차 안에 있다. 성인에 의한 결계가 쳐진 마차에서 철저히 보호되고 있다.

"반드시 성녀님과 사령관 각하에게 승리를 가져다드릴 것을 맹세합니다!"

"음."

에스게인은 만족스럽게 고개를 끄덕이고 강하게 다스미테아의 어깨를 두드렸다.

"믿음직하군. 과연 사자와도 같은 다스미테아 가문. 성녀님도 귀공의 활약을 기대하고 계시다."

"고마우신 말씀입니다. —다들 분기하라!"

웃기는 촌극이다. 등 뒤에서 함성이 터졌다. 이런 시끄러운 촌극에 함께 할 생각은 없다. —나는 시선을 앞으로 돌렸다. 가야 할 진군로를 뇌리에 그린다. 동쪽 지구의 큰길을 지나 다리를 건너 왕성으로.

너무도 먼 여정으로 생각되었다.

"괜찮습니다, 자이로. 제가 함께 하고 있어요."

나도 모르게 한숨이라도 쉬어버렸던 건지, 테오리타는 나의 용기를 북돋듯 가슴을 펴보였다.

"제 '성검'이라면 어떤 마왕도 겁낼 것 없습니다!"

"알고 있어. 다만 한 장뿐인 카드라는 게 문제야. —차브, 쓸데없는 방해가 들어오면 네 차례라고."

"예, 예. 뭐 식은죽 먹기겠죠."

차브는 저격장을 치켜들고 능숙하게 한 손으로 빙글 돌려보였다.

"성공했을 때의 상이라도 생각해둘까요? 아무리 그래도 뭔가 주겠죠. 왕성탈환의 최선봉인데. 테오리타 양도 과자 같은 거 어때요?"

"과자! 그거 좋네요! 켈프로라와 함께 다과회를 열 수 있어요. 그때는 자이로도 초대할게요!"

"내팽한 녀석들이군…."

나는 나이프 자루를 확인했다. 여차할 때 바로 뽑아들 수 있도록.

"실패하면 그런 건 생각할 수도 없게 되니까 기합 단단히 넣어둬."

그리고 나는 땅바닥에 웅크렸다. 발밑을 왼주먹으로 두드린다. ―세 번. 소리의 반향이 주위에서 움직이는 대상을 찾아낸다.

"슬슬 시작될 거야. 전방에 200, 좌우 지붕 위에 50씩."

"가벼운 환영인 셈이군요. 으음, 우리들은 별로 인기가 없는 건가요?"

"북쪽에서 파트셰와 프렌시가 양동을 하고 있어. 효과가 떨어지기 전에 가야 돼. 정면에 있는 녀석들을 해치우고 돌파하자. 잔챙이들은 뒤에 있는 녀석들에게 맡겨둬."

나는 등 뒤에 있는 병사들 속에 다스미테아의 보병이 섞여 있는 것을 보았다.

녀석들이다. 투진 · 투가 언덕에서 최후미를 맡고 있었던 불행한 녀석들. 녀석들은 끈질긴 싸움을 한다. 따라잡힐 것 같은 상황에서도 발을 멈추지 않고 포기하지 않았다. 그래서 어지간한 일로는 무너지지 않을 거라고 믿을 수 있다.

자잘한 잔챙이들의 처리를 맡길 수 있는 부대가 있다는 것은 나쁘지 않은 상황이다. 힘을 온존할 수 있다.

"자이로. 시작하기 전에 한 마디 해도 될까요?"

테오리타는 기대에 찬 눈으로 나를 보았다. 무슨 말을 하고 싶은지는 알고 있다.

"약속하세요. 우리들이 승리한 후에는…."

"알았어. 성을 되찾으면 발코니에서 다과회야."

나는 테오리타를 안아들고 힘껏 땅을 박찼다.

위풍 공도(威風公道) 체르테가샤는 제2왕도 북부에서 왕성 뒤로 우회하듯 뻗은 길이다.

옛날부터 귀족들이 쓰는 길로 정비되어 온 가장 역사 있는 공도이자, 가장 큰 공도였다.

다만 지금 그 체르테가샤 공도는 페어리들로 넘치고 있었다.

'소형인 푸어, 보기…. 듀라한에, 트롤까지 나왔군.'

파트셰는 정면을 가로막는 페어리 무리를 응시했다.

적은 사족보행형과 인간형의 혼성군이라 해야 할까. 주전력은 듀라한. 트롤이 길을 막고, 난전이 되면 푸어와 보기가 덮쳐오는 그런 포진일 것이다.

최대의 문제는 머리 위다. 제이스와 니리가 마왕현상 슈갈에 묶여 있다. 덕분에 페어리들의 공세를 용기사들이 다 처리하지 못하고 있다. 때때로 날아오는 오베론은 대열을 짠 일제사격으로 요격할 수밖에 없어서, 피해를 입으며 진군해야 한다.

하지만 그것은 주목을 받고 있다는 뜻이었다. 양동으로서의 역할은 일단 성공했다고 해도 좋다.

남은 건 얼마나 이 적들을 끌어오고 묶어놓을 수 있느냐 하는 것. 여기서 버틸수록 중앙광장의 공방과 본대인 성녀부대의 부담이 줄어든다.

'…할 수밖에 없군.'

얼마나 많은 적이 자신들의 부대를 막기 위해 성에

서 나올지, 파트셰는 너무 생각하지 않기로 했다. 그저 눈앞에 있는 상대를 해치우는 것에만 의식을 집중시킨다.

"전원, 돌격준비!"

파트셰는 창을 치켜들고 소리쳤다. 말을 달리게 한다.

"—내 뒤를 따르라!"

"예!"

기병장과 저격병장의 목소리. 귀에 익은 외침이 울려 퍼진다. 예전의 제13성기사단은 하나의 창이 되어 체르테가샤를 질주했다. 저격대는 말 위에서 뇌장을 쏜다. 그것 자체는 결코 치명적인 공격이 아니지만 적의 전열을 혼란시켜 돌격 순간을 엄호한다.

'과연 셰나로군.'

저격병장 셰나의 사격은 파트셰의 정면에 있던 듀라한의 머리를 정확하게 꿰뚫고 있었다. 인형처럼 쓰러버릴 수 있다. 거기서 적과 부딪힌 것은 불과 몇 초면 충분했다.

"니스타기스."

짧은 기동 주문. 파트셰가 휘두른 창끝에서 불꽃이 뿜어졌다. 이것도 엄격인군 니스카폴이 보유한 무장의 하나다. 그것으로 적 선봉을 불태우고 위축시킨 후 다음 지시를 내린다.

"좌우로 우회!"

파트셰는 오른쪽으로, 기병장과 저격병장이 이끄는 부대는 왼쪽으로 분리되었다.

원래 이 체르테가샤 공도는 군대가 개선할 때는 식전을 위해서도 사용된다. 그리고 큰길로 통하는 골목도 폭이 넓어서 적과 부딪힌 후에는 이 골목으로 도망치는 것으로 추격을 분산시킬 수도 있다.

그걸 위해 지형은 이미 암기해두었다.

옆에서 말 그림자. 회청색 머리카락이 나부끼고 있는 남방야귀 여자를 태우고 있었다. 그녀는 곡도를 머리 위로 치켜들었다. 그것이 신호였다.

"마스티볼트의 깃발 아래. 사냥할 시간입니다."

물결 사이를 뛰어다니는 사슴 문장을 내건 보병들이었다. 파트셰의 부하와는 명백히 다르다. 경장의 전사들은 곡도를 휘두르며 골목 양옆 —지붕 위에서 뛰어내렸다.

그들의 칼날은 쫓아오던 페어리들을 정확히 난도질했다. 이것으로 추격은 끊긴다.

"—좋아."

파트셰는 흰 입김을 토했다. 완전히 날이 저문 후로 기온이 내려가기 시작하고 있다.

"지친 건가요? 파트셰 키비아."

프렌시가 말을 붙여왔다. 여느 때의 철면피로 차갑게 묻는다.

"그렇다면 쉬어도 되는데."

"그쪽이야말로."

파트셰는 창을 가볍게 휘둘러 불똥을 튀게 했다.

"아직 싸움은 계속되고 있어. 그 남자… 자이로 폴바츠와 테오리타 님이 적 지휘관을 해치울 때까지 버틸 필요가 있지. 우리들은 할 수 있는데 그쪽은 어때?"

프렌시 마스티볼트. 이 여자를 상대할 때는 자이로를 상대할 때와는 다른 의미로 공격적인 태도가 되고 만다. 파트셰 키비아는 그 이유를 명확히 언어화할 수 없었지만 아마… 단순히 성격이 안 맞는 거라고 생각한다.

가령 그 말투. 틈만 있으면 자이로와 잘 아는 사이라는 것을 강조하고 있다.

“우리들은 언제까지든 버틸 수 있습니다. 남방야귀족은 이 정도 싸움으로 약한 소리를 하지 않지요. 자이로 폴바츠는 안 그랬습니까?”

“…그렇다면 견뎌보도록 해. 다음이야.”

파트셰는 프렌시에게서 고개를 돌렸다. 그 순간 프렌시는 파트셰의 팔을 강하게 잡았다. 억지로 잡아당긴다. 말과 함께 쓰러질 뻔했다.

“너, 무슨 짓을….”

불평을 하려다가 멈추었다.

이 여자가 쓸데없는 짓을 할 리가 없다. 자신의 발목을 잡기 위해서 이런 일을 하는 것은 더 있을 수 없다. 잡아당겼다는 말은… 경고할 틈이 없었다는 말이다. 파트셰는 곧바로 판단해서 창을 휘둘렀다. 방어 성인을 기동하는 주문을 외친다.

“니스케프!”

파르스름한 빛의 막이 두 사람을 덮었다. 그 표면에 하얀 무언가가 부딪히며 파괴되었다. 얼음인가? 그것을 화살이나 창처럼 만든 것.

‘그렇다는 건.’

파트셰는 벌려진 입술 틈새로 새어드는 냉기를 느꼈다. 이것은 단순히 밤이 되어서 추워진 게 아니다. 이상하리만치 주위 기온이 내려가 있었다.

"당신들은 어느 쪽이 지휘관이지?"

머리 위에서 목소리가 들렸다. 늘어선 귀족들의 저택, 그 지붕 위에 한 여자가 서 있다.

"한쪽은 그 부대 사람인가…. 여기서 죽여두면 각하의 근심도 사라지겠지."

마왕현상의 주인일 거라고 파트세는 단정했다. 검은 옷. 그 손끝에는 희고 긴 발톱이 돋아 있는 걸 알 수 있다.

"저게 마왕현상 '아니스'. 저는 한 번 교전한 적이 있습니다."

프렌시가 입을 천으로 가리면서 말했다. 입안이 얼어붙지 않도록 하기 위한 효과적인 대책일지 모른다.

"주위 기온을 낮출 수 있는 듯해요."

"그렇군. 그럼 대책은 되어 있는 거야?"

"당연하죠."

"그럼 나와 너 둘이서 제압한다."

파트세도 자신의 입부분을 천으로 감았다.

"전원 큰길의 전선으로 복귀해라! 지휘는 조프레크 기병장. 나는 여기서… 이 여자를 치겠다."

명령을 내리고 말 위에서 도약한다. 이 상대와의 싸움에서는 불리했다. 그대로 발밑에 창을 겨누고 성인을 기동한다. 간단한 전개 주문을 한 마디.

"니스케프 라다."

파르스름하게 빛나는 장벽이 발밑에 만들어지며 파트세의 몸을 튀어오르게 했다. 그것은 연쇄하듯 만들어져 금세 파트세의 몸을 지붕 위까지 운반했다.

"…기병 녀석들. 눈에 거슬리는 것에도 정도라는 게 있어…."

아니스가 요격하듯 양손을 벌렸다. 흰 발톱이 뻗으며 한층 더 냉기가 강해지는 것을 느꼈다. 눈동자에까지 느껴지는 차가움.

허나 파트셰에게도 대항수단은 있었다.

"프렌시, 뒤처지지 마."

머리 위에서 창을 선회시키자 펄럭이듯 불꽃이 뿜어져 나왔다.

강한 열기가 냉기와 충돌하며 바람을 만들어낸다. 파트셰는 창끝에 불꽃을 두른 채 파고들어 아니스에게 휘둘렀다. 흰 발톱과 충돌하며 그 가냘프게 보이는 몸이 뒤쪽으로 튕겨나간다. 등에 있는 검은 날개를 펄럭이며 예상 이상의 기민함이었다.

거리가 벌어진 순간을 프렌시는 놓치지 않았다.

"수고하셨습니다."

어떻게 도약했는지 프렌시도 지붕 위로 올라와 달리고 있었다. 곡도가 휘둘러지자 착지 순간에 공격당할 위기의 아니스는 방어 밖에 선택지가 남아 있지 않았다.

말없이 흰 발톱과 곡도가 충돌한다. 두 번, 세 번. 그때마다 번갯불이 튀었다. —아니스의 방어는 무너지지 않는다. 훗. 아니스가 차가운 숨을 내쉬었다.

"너도 눈에 거슬려."

중얼거린 아니스의 검은 머리와 날개가 바람에 나부끼듯 확산되는 게 보였다. 지붕 위가 희게 변색되며 냉기가 그곳을 흐른다. 본래라면 발밑이 얼어붙게 하기 위한 일종의 공격이었을 것이다.

"이제 그건 안 통합니다."

프렌시의 냉철한 목소리. 신발 바닥이다. 얼어붙어도 바로바로

녹고 있다. 파트셰는 그 원리를 대충 이해할 수 있었다. 비스티라고 한다. 작은 돌과 금속 조각에 성인을 새겨 일정한 열량을 계속 내게 하는 것이다.

그것을 신발 바닥에 장착한 것인가. 어쩌면 옷 안쪽과 칼자루에도. 그 칼끝이 마침내 아니스의 어깨에 명중했다. 찢는다. 아니스의 무표정이 약간 일그러졌다.

"끼익."

그런 날카로운 외침이 있었다. 크게 팔을 휘두르자 그 손이, 발톱이 이상하리만치 비대화되었다. 새의 갈고리 발톱 같은 형상이었다. 어쩌면 이게 아니스의 본래 모습인가.

하지만….

'이거라면 밀어붙일 수 있어.'

파트셰는 생각했다. 상대는 숨겨둔 것들을 보여주기 시작하고 있다. 인정하긴 싫지만 프렌시는 우수한 전사라고 할 수 있었다. 연계하는 상대로는 믿음직하기도 하다.

'동시에 공격한다.'

그렇게 결심했다. 지붕 위를 박차고 달린다. 아니스를 노리고 불꽃 창을 찌른… 그 순간, 파트셰는 몸을 비틀어야 했다.

살기. 그런 것이 실제로 있다는 걸 파트셰는 믿고 있지 않지만 전장에서 경험을 쌓으면 그것에 가까운 징조를 감지할 수 있게 된다. 약간의 위화감이나 곧바로는 언어화할 수 없는 변화를 가리킨다.

이때 파트셰의 오감은 분명히 그것을 포착하고 있었다.

"니스, 케프…!"

느낀 징조를 믿고 창을 휘두른다. 파르스름한 빛의 방패는 기동하자마자 충격을 튕겨냈다.

"끽… 기긱."

아니스가 이상한 외침을 내고 있었다. 그 등에 있는 검은 날개가 몇 개의 '팔'로 변해서 뻗어오고 있었다. 촉완이라고 해야 할까. 그 몇 개가 파트셰의 장벽을 때린 것이다.

"너희들을 제거하겠다. …각하에게 보내줄 수 없어…. 하등한 존재들."

아니스가 몸을 숙이고 짐승처럼 기었다. 그것이 그녀 나름의 독자적인 공격 자세인 듯하다. 등에 있는 검은 촉완 하나하나에 하얀 발톱이 돋아나 있다.

"저 촉완. 마치 땅벌 해파리 같네."

프렌시도 곧바로 회피한 모양이다. 오른뺨과 오른팔에 열상. 그렇게 깊지는 않을 것이다.

다만 공략이 곤란해진 것은 분명하다. 공격과 방어 수단이 비약적으로 늘어나 있었다. 모두 돌파할 수 있을지 어떨지 알 수 없다.

'그럼 어떻게 하지? 해치울 방법은? 이 녀석을 함정에 빠뜨리는 것은…, 아니.'

순간, 공기가 깨지는 듯한 소리와 섬광.

그 두 개가 아니스의 몸을 흔들었다. 성가신 듯 눈을 가늘게 뜬 것을 보니 부상조차 입지 않았다. 그저 등에서 촉완이 하나 더 돋아나 그것이 사격을 막은 듯했다.

"키비아 단장!"

알고 있는 목소리가 들린다. 세나 저격병장. 큰길을 질주하는 기마 위에서 뇌장을 쏜 모양이다.

"엄호하겠습니다. 그 녀석을, 그 위치에서 움직이지 않게 해주십시오."

'…그래. 나는 혼자서 싸우고 있는 게 아냐.'

파트셰는 마음을 고쳐먹었다. 여기서 수행해야 할 진짜 임무는 적의 토벌이 아니다. 전력을 이곳에 묶어놓는 것이 자신들의 역할이다. 자이로 폴바츠와 테오리타. 그 두 사람이 반드시 상황을 일변시킨다.

지금은 그렇게 믿을 수 있었다.

"프렌시. 지구전이 될 것 같은데 우는소리 하지 마."

"그쪽이야말로. 피곤하면 언제든 말씀하시길."

프렌시는 가볍게 도약했다. 발밑에서 서리가 녹는다.

"이 정도 괴물이 상대가 아니면 조금 부족하다고 생각하고 있었어요."

그렇군…. 파트셰는 납득했다.

이런 녀석들한테 길러졌으니 자이로 폴바츠 같은 남자가 만들어진 것이다.

◆

"거기서 비켜라! 짐의 칙명이다!"

노르가유 센릿지가 호통치고 있었다.

명백히 이상한 분위기.

'어떻게 된 거죠? 정말로… 이 사람은….'

베네팀은 그 분노를 곁눈으로 보며 지금 당장 사라져버리고 싶은 기분이 들었다. ─어느 귀족 소속인지는 알 수 없지만 노르가유가 호통치고 있는 것은 명백히 정규 병사들이었다. 말을 타고 있는 사람에 이르러선 장교거나 귀족 본인일지 모른다.

숫자는 도합 20 정도. 자이로나 제이스라면 억지로 돌파할 수 있는 숫자일지 모르지만 자신과 노르가유로는 도저히 불가능하다.

"짐이 지금 당장 이 탑을 쓰겠다! 너희들은 신속히 퇴거해서 주위를 지켜라!"

"…무슨 소리를 하고 있는 거야? 이 녀석은."

병사들을 얼굴을 마주보며 명백히 곤혹스러워하고 있었다.

그도 그럴 것이다. 별안간 뭔지 모를 남자가 나타나서 자신이 국왕이라 주장하며 이곳에 들여보내 달라고 하면서 퇴거하라고 한다. 보통이라면 아무리 생각해도 납득할 수 없는 이야기다. 이유도 전혀 설명하고 있지 않다.

'저도 전혀 모르고 있습니다만.'

베네팀은 속으로 그렇게 덧붙이고 눈앞에 있는 건조물을 보았다.

거대한 굴뚝 같은 흰 탑이다. 상당히 오래된 것인 듯하다. 도장이 벗겨져 상처가 난 것처럼 되어 있는 게 인상적이었다. '카이츠리'라 불리고 있는 듯하다. 관광시설이자 성인시설의 하나. 이 제2왕도를 온열로 덥히는 근간이라 할 만한 최대급의 성인장치라고 한다.

"그러니까 영문을 모르겠다는 말이야."

병사는 그래도 노르가유를 상대로 끈기 있게 대응했다.

"대체 너는 어떤 이유와 권리가 있어서 이 탑에 들어갈 생각이지?"

"이유와 권리라."

아주 당연한 질문에 노르가유는 자신의 수염을 손가락으로 쓰다듬었다.

"이유는 말할 수 없다. 왕가의 최대기밀에 저촉되니 말야. 권리 쪽은… 당연히!"

노르가유는 큰 소리로 선언했다.

"짐이 바로 제프 제이알 메트 키오! 이 나라의 왕이기 때문이다! 지금 당장 들여보내도록 해라. 이 무례한 녀석!"

'아아.'

베네팀은 무심코 얼굴을 가렸다. 병사들의 얼굴에서 표정이 사라진 걸 알았기 때문이다.

이제 이유는 아무래도 좋으니까 이 이상한 녀석을 제압해서 감방에 처넣기로 결심한 얼굴에 틀림 없었다.

'그래선 곤란해.'

왜냐하면 그렇게 되면 자동으로 자신도 감방에 들어갈 게 틀림없기 때문이다. 그리고 야단맞는다.

그것이 베네팀이 가장 기피하는 전개였다. 다른 사람한테 야단맞는 게 싫어서 견딜 수 없다. 옛날부터 그랬다. 어렸을 때부터… 일찍이 베네팀 버클이었을 때부터. 그것을 피하기 위해 뭐든 해왔다. 어떤 거짓말도 했다.

이때도 그랬다.

"실례지만 폐하."

베네팀은 남아 있는 의지력을 모두 쥐어짜내서 자신과 여유로 가득한 목소리로 말했다.

그것은 아마 성공했을 것이다. 노르가유를 제압하려 했던 병사들이 일제히 이쪽에 주의를 기울였다. 이제 어떡하지? 싶었지만 어쩔 수 없다. 결국 자신은 자신이 할 수 있는 최대한의 일을 할 수밖에 없는 것이다. 다시 말해 거짓말을 하는 것.

"이분들은 모르는 것 같습니다. 매우 유감입니다만 그것을 보여줘도 괜찮겠습니까?"

"흠?"

노르가유의 한쪽 눈썹이 치켜 올라갔다. 당연한 반응이다. '그것' 따윈 가지고 있지 않다. —허나 그것에 가까운 것이라면 있다.

"이곳에 계신 분의 진짜 이름은 로우칠 제프 제이알 메트 키오."

그것을 전에 들은 적 있는 왕위계승자의 이름. 실종되었다고 들었지만 그건 사실일까? 아무래도 좋았다. 베네팀에게 있어서는 사실이든 아니든.

"이 탑의 소유자이자 정통 후계자. 이게 그 증거입니다."

베네팀은 자신의 머리 위에 작은 귀걸이를 치켜들어 보였다.

그것은 틀림없이 왕가에서만 소유하고 있는 것이었다. 왕가의 수호조를 본뜬 황금 귀걸이. 본래라면 제3왕녀 메르네아티스의 소유물이었다.

베네팀도 대체 어느 정도의 가격이 붙을지 알 수 없다…. 다만 귀걸이 같은 장식품은 절호의 사냥감에 지나지 않는다. 최소한 징벌용사 도터에게 있어서는 그랬다. 투진 · 투가 전투 중에 너무도 쉽게 슬쩍해와서, 지금은 대여한 베네팀의 수중에 있다.

"이분은 숨겨진 왕족으로서 지금 이 작전에 참가하고 계십니다."

베네팀은 낭랑하게 선언했다.

"이 탑을 써서 제2왕도를 탈환할 겁니다. 제군! 지금이 바로 충성심을 보일 때입니다!"

"음. 그래…. 로우칠. 나는, 바로 지금, 약속을 지키겠다."

아무래도 노르가유는 두통을 느낀 듯했다. 가볍게 고개를 흔들었지만 다시 고개를 들었을 때는 완전히 왕의 표정이 되어 있었다.

"내가 바로 진정한 왕이다. 이 탑의 숨겨진 힘으로…."

노르가유는 머리 위로 성건 케일 보크를 치켜들었다.

술렁임이 일었다. 그 열쇠가 왕위계승의 증표라는 걸 알고 있는 사람이 있었던 모양이다.

"나의 도시와, 나의 왕성을 탈환한다. 나를 따르라, 나의 백성들이여!"

모두가 아무런 말도 할 수 없었다. 여기 있는 모든 것이 '진짜'였기 때문이다.

왕위를 계승하는 성스런 열쇠. 왕족인 것을 나타내는 귀걸이. 둘 다 진짜였다.

'어째서 사람은 진짜라면 믿어버리는 걸까.'

그것이 베네팀은 의아해서 견딜 수 없었다. 베네팀에게는 진짜인지 가짜인지 하는 것에 가치는 없다. 진짜라는 것만으로 무언가를 우대하는 건 전혀 이해가 안 되는 일이었지만, 이곳에 있는 병사들은 모두 동요하고 있었다. ―그만한 틈이 있으면 충분했다.

"그렇게 된 거니까."

베네팀이 한 손을 치켜들자 그들은 곧바로 응했다.

"여러분, 잘 부탁드립니다."

"엇?"

그 말은 말을 타고 있는 기사의 것이었을까. 갑자기 옆에서 던져진 올가미가 그의 몸에 감기더니 타고 있는 말과 함께 쓰러뜨렸다.

다른 병사들도 비슷했다. 어떤 이는 뒤통수를 얻어맞고, 어떤 이는 대인제압용 뇌장에 혼절당해 쓰러졌다. 완전한 기습이었다. 이런 일에 상당히 익숙하군. 베네팀은 무서워졌다.

'평소에도 유괴나 강도짓을 하고 있는 것일지도….'

왜냐면 그들은 모험자이기 때문이다. 범죄자와 한 끗 차이인 무법자들이라는 인상밖에 없다.

"이걸로 끝! 어떻습니까? 베네팀 대장."

기사를 올가미로 쓰러뜨린 남자가 어딘지 비굴한 미소를 띤 채로 엄지를 세워왔다.

이 남자는 기억이 맞다면 마드리츠라고 했던가. 그를 필두로 모험자들을 데려오길 잘했다. 자이로가 이 제2왕도에서 발견한 '저항조직' 녀석들. 분명히 말해 신분도 확실치 않고, 베네팀에게 있어선 그저 폭력적이고 무서운 집단이었지만 이런 일에 있어선 우수했다.

"헤헤. 이 탑에 술이나 비축품은 있으려나?"

"그리고 먹을 것! 이제 육포 같은 건 질색이라고."

"아, 올드 할아버지! 어디 가 있었던 거야? …안? 몇 사람이나 있었는데? 열 사람?"

—인간적으로는 어떨지 몰라도 이번엔 덕분에 살았다. 베네팀은 노르가유를 돌아보았다.

"자, 갑시다. 폐하. 일단은 탑을 탈환했습니다."

"음. 재상, 수고했다!"

당연하다는 듯 고개를 끄덕이고 노르가유는 탑에 발을 들여놓았다.

“가자! 본진은 우리들이 지켜야 한다. 지금부터 제공권을 확보하고 1각만 더 버티면 된다! 그것만 버텨내면 우리 군의 총수가 승리할 것이다.”

‘정말 자이로 군이든 폐하든.’

베네팀은 그 자리에 털썩 주저앉고 싶은 충동을 억누르고 벽에 몸을 기대는 것만으로 버텼다. 이런 곳에 홀로 남으면 견딜 수 없다.

‘내가 거짓말을 하는데 얼마나 많은 체력을 쓰는지 알아주지 않으니 말야.’

진실을 이야기하는 게 훨씬 편하다. —그것이 허락된다면.

◆

왕성 발코니에서 조망하면 연합왕국군의 움직임이 잘 보인다.

토비츠 휴카가 보기에 그들의 의도는 명백했다.

중앙광장을 본진으로, 서쪽은 틀림없이 견제. 활발하게 우회하는 움직임을 보이고 있는 부대가 둘. 동쪽과 북쪽. 어느 쪽이 본대인지는 단정할 수 없지만 아마 북쪽 기병대가 양동일 것이다. 그렇다고 무시는 할 수 없다.

‘그쪽은 아니스가 요격을 맡고 있어.’

가능하면 자신이 엄호하러 가고 싶은 대목이다. 전황은 매우 좋지 않다. 완전히 포위되어 있는 이상, 이대로 가면 시간문제일 것이다. 외부 원군을 기대할 수 없는 농성전의 말로는 정해져 있다. 일찍이 반란을 생각한 토비츠는 그걸 잘 알고 있다.

'이미 이쪽에 붙은 인간 병사들은 배신하지 못해. 목숨을 걸고 싸우겠지.'

가족이 있는 사람을 골라 병사로 삼았다. 인질은 풍부하다. 이미 배신을 기도한 자 몇 명을 본보기 삼아 그들의 책임자에게 형을 집행시켰다. 그것에 의해 기묘할 만큼 결속은 강해졌다. 같이 손을 더럽혔다는 죄책감의 공유가 하나의 집단으로써 유대감을 만들었다.

'앞으로 몇 각은 버티겠지. 다만 그 이상은 무리야.'

하늘을 계속 제압하는 것도 불가능하다. 적중에 제이스 파치락트와 니리라 불리는 드래곤이 있다. 그들이 존재하는 한, 마왕현상 슈갈로 언제까지고 대항할 수는 없다. 지금은 슈갈이 우세인 듯 보이는 하늘의 전투를 보면서도 토비츠는 확신할 수 있었다.

다만 아바돈, 그 마왕현상의 특성에 따라선 어쩌면 무언가 역전할 방법이 있을지도 모른다고 생각했지만….

"이 싸움에서는 진다고 생각하고 있는 건가. 토비츠 휴카."

등 뒤에서 이름을 불려 돌아보았다.

아바돈. 여느 때의 관대한 미소를 지으며 발코니로 다가오는 참이었다. 그는 마치 자신의 마음을 읽은 것 같은 언동을 한다. —아니, 실제로 읽고 있을 것이다. 이미 확신할 수 있지만, 아바돈은 이쪽 생각을 읽을 수 있다.

실제로 아바돈은 토비츠의 생각을 긍정하듯 고개를 끄덕였다.

"그래. 이대로 가면 이 성은 함락당하겠지. 시간 문제야."

"그럼 무언가 대책이?"

별로 의미가 없다는 걸 알고 있었지만 토비츠는 허리에 찬 뇌장에 손을 가져가고 있었다. 이 마왕현상에 대해 기습은 유효하지 않다. 그래도 자위를 위해서였다.

“이것저것 손을 써서 명령대로 시간을 벌고 있습니다만 한계는 있습니다.”

“잘 알고 있어. 그렇다면 장례식을 준비하는 편이 좋으려나?”

“농남 마시길. 저는 아직 죽고 싶지 않군요.”

“하하! 좋아. 이게 농담이라는 걸 알다니. ―그래. 너는 인간이야. 목숨이 아깝겠지.”

“당신은 안 그렇습니까?”

“시간을 버는 게 중요해.”

아바돈은 발코니에서 지상을 내려다보았다. 제2왕도의 야경은 이곳저곳에서 전투가 벌어지고 있는 탓에 여느 때 이상으로 눈부시게 밝다. 불이 피워져 있고, 성인에 의한 조명이 켜져 있고, 뇌장이 번뜩인다.

장거리 포탄의 일부는 이미 이 왕성에 명중하기 시작하고 있었다.

“북쪽과 동쪽의 공세가 격렬한 것 같군.”

아바돈은 눈을 가늘게 뜨고 그쪽을 바라보았다.

확실히 공격은 치열하다. 특히 동부. 적은 포병부대를 수반하고 있지 않지만 폭파로 보이는 빛이 때때로 보였다. 인간형의 무언가가 지붕 위를 뛰어다니고 있다.

그 그림자가 머리 위로 도약할 때마다 지상에 있는 페어리들이 죽어 나가고 있다. 어떤 것은 터져나가고, 어떤 것은 하늘에서 내려온 광채…, 칼날인지 창인지 모를 그것에 꿰뚫려 쓰러진다. 그것을 막기 위해 대형 페어리가 진군하면 그 머리를 정확히 저격해서 쓰러뜨려 오히려 아군의 움직임을 저해하는 결과가 되었다.

"참으로 훌륭하군."

아바돈의 말대로 그들은 후방 부대를 선도하는 형태로 길을 개척하고 있다.

"동쪽에서 침입할 생각이려나? 문도 없는데."

"그쪽에는 '성녀'가 있다고 합니다. 건조물을 소환한다고 하니… 해자를 건너기 위한 다리 정도는 불러낼 수 있겠죠. 하지만 조금 정도는 시간을 더 벌 수 있습니다."

지금부터는 공중에 있는 페어리들이 제공권을 확보하고 있는 탓에 그리 쉽게 진군할 수 없을 것이다. 무리하게 돌파하려 하면 대지 공격을 받게 된다. 이 성 자체의 요격 병기를 쓸 수도 있다.

또한 방방 뛰어다니는 남자가 이끄는 최전선 외엔 조잡했다.

후방 지휘관은 빈번하게 작은 부대를 보내 작은 골목에서 측면을 찌르려 하고 있지만 전혀 효과가 없다. 오히려 어설프게 작은 부대를 보낸 탓에 각개격파 당하고 있는 실정이다. 저 지휘관만 있었다면 어떻게든 되었을 것이다.

하지만 저 공중을 뛰어다니는 남자의 존재가 그것을 보완하고도 남을 만큼 전력을 끌어올리고 있었다.

'굉장한 실력이군.'

강력한 정예라는 말로는 부족하다. 아마 저게 '비장의 카드'라 불리는 부대일 것이다. 뇌격병 자이로 폴바츠와 《여신》인가. 최근 마왕현상들의 패배 원인 그 자체.

정면으로 싸우려고 하면 승산이 없다. —지금은 아직.

"그래. 승산이 없어. 이런 상황에선 말야."

역시 아바돈은 토비츠가 속으로 중얼거린 말에 대답했다.

"그래서 너에게 부탁할 게 있어. …아니, 그렇게 경계할 필요는 없어. 나는 네 바람을 파악하고 있고, 지금까지의 활약에 충분히 보답하고 있다고 생각해."

"그럼 각하는 저에게 무엇을 원하십니까?"

"간단한 거야. 찾고 있는 게 있어."

포격…. 왕성 어딘가에 명중했는지 굉음과 빛이 터졌다. 진동이 전해져 온다.

"이번에 내 지시를 완수한다면 네가 원하는 대로 해도 상관없어. 아니스를 데리고 도망치는 것도."

자신의 바람. 그것은 너무도 명백하다. 지금 당장 아니스를 데리고 이 제2왕도를 떠나는 것. 그녀가 요격을 맡고 있는 북쪽 부대는 제법 강력하다. ―고전하고 있을 것이다.

'그래. 그녀를 위해.'

그녀만 있으면, 아바돈이든 다른 마왕현상이든 알 바 아니었다. 어쩌면 자신의 목숨조차도. 특별히 소중한 존재가 살아남을 수 있다면 그것으로 충분하다.

"내 부탁을 들어주겠지?"

"대답은 이미 알고 있잖아요."

거기서 비로소 토비츠는 뇌장에서 손을 떼었다.

"저는 뭐든 할 겁니다. 아니스를 위해서라면."

"그거 좋군. 그녀에게는 기대하고 있어. 더 많은 것을 배워서 왕의 기대에 부응하겠지. …부잼과 마찬가지로. 나는 결코 할 수 없는 일이야."

아바돈은 웃었다. 공허한, 표정뿐인 웃음이라는 건 알고 있었다.

"그러니까 너는 뒷문으로 탈출해서 지금부터 내가 지시하는 장소에서 어떤 물건을 찾아왔으면 해."

아바돈의 손가락이 도시 일각, 북서부를 가리켰다.

"저 작은 신전 뒤에 묘지가 있어. 저곳에 있을 거야. 아까부터 제8성기사단이 이끄는 '그림자' 부대가 줄곧 접근을 시도하고 있다는 걸 알겠지? 제법 교묘하게 위장하고 있지만 말야."

"…그렇군요. 저렇게 작은 신전은 전술적으로 의미가 있는 거점이라고는 생각되지 않습니다. 뒤에서 왕성을 공격한다고 해도 거리가 너무 멀고요."

"저 신전의 묘지가 목적인 거야. 이미 붙잡은 제8성기사단의 병사를 심문해보고 확신했어. 저것이 바로 우리들이 이 제2왕도를 제압한 목적이라는 걸…. 이 총공격 덕분에 얻은 성과지."

그것으로 토비츠는 이해한 게 있었다. 아바돈이 제2왕도를 점령한 목적은 연합왕국군의 총공격을 이끌어내기 위해서였다. 그것을 통해 이 도시 어딘가에 있는 '무언가'를 찾아내려고 한 것이다.

화력이 집중되고 있지 않은 구획. 하지만 집요하게 접근을 꾀하고 있는 장소. 파괴를 두려워하면서 확보만은 하려고 한다. ―그것은 다시 말해 인류에 있어 중요한 '무언가'가 숨겨져 있다는 말이다.

'그렇군.'

토비츠는 거기서 비로소 아바돈에 대해 안 것 같았다.

'아바돈은 지휘관이 아니라 척후였나. 마왕현상에게 있어서 정찰병….'

이 왕도에 숨겨진 '무언가'를 찾아내기 위해 온 척후. 그렇다고 하면 정보 수집이 본래의 역할일 것이다.

그래서 전투 지휘 자체에는 능하지 않다. 인간의 지혜를 빌리려 했다. 렌트비나 트리실 같은 녀석들과 자신 같은 사람을 썼다. 설령 반항적인 상대라 해도 사고를 읽을 수 있는 그의 권능이라면 머릿속에 있는 전술 지식을 쓸 수 있다.

'처음부터 내가 협력하든 말든 아무래도 좋았던 거군.'

"그렇진 않아."

아바돈은 미소지으며 토비츠의 사고에 대답했다.

"너와의 대화는 매우 즐거웠어. 개인적으로는 친구라고 생각해."

"농담이시죠?"

"하하하하! 그래! 인간 따위와 친구가 되는 건 불가능해."

아바돈은 양손을 마주치면서 큰 웃음소리를 냈다. 하지만 그것은 그저 목에서 바람이 새어나오고 있을 뿐인 그런 웃음이었다.

"아무튼 우리들이 원하는 것을 수중에 넣으면 아니스를 데리고 탈출하도록 해."

"그건 상관없습니다만… 당신은요?"

"시간을 벌 거야."

아바돈은 담담하게 고개를 끄덕였다.

"지금은 내가 이 도시의 왕이야. 왕은 왕답게 옥좌에서 그들을 기다리기로 하지."

어쩌면 그것도 그에게는 회심의 농담일지 몰랐다.

마왕현상 부잼의 첫 번째 기억은 의문으로 시작되었다.

『왜 자신은 자신인 건가?』

라는 것.

그것은 부잼에게 있어서는 너무도 근원적이고, 해결이 곤란하지만 방치할 수 없는 것이었다. 자신이 자신인 이유조차 해명하지 못하고 어떻게 살아갈 수 있는 건가. 허나 이런 의문을 품는 마왕현상은, 적어도 그가 알기로는 자신 외에 없는 듯했다.

대신 인간문화에 이끌렸다.

인간 중에는 부잼과 같은 의문을 갖는 사람이 많았다. 그래서 책을 읽었다. 출발은 철학에 관한 것이었지만 이윽고 시문에 흥미를 갖게 되었다. 그것에는 이론과는 다른 시점에서 '존재'에 대한 의문이 있었기에 강하게 부잼의 내면을 자극했다.

그런 행위가 '배신'으로 간주되어 배척되는 것은 부잼도 납득하고 있다. 그렇게밖에 보이지 않았을 것이다.

"네 정신은 인간에 너무 가까워져 있어. 위협적이야."

그런 지적과 함께 탄핵 필두에 선 것은 아바돈이었다.

구속될 뻔하다가 탈주하는 바람에 같은 마왕현상들에게 쫓기게 되었다. 특히 부잼의 머리를 아프게 한 것은 낙크라비라는 이름의 추격자로, 죽기 직전까지 내몰렸다. 원한을 품고 있지는 않다. 그것 자체는 당연한 판단으로 납득하고 있다.

몸을 숨기기 위해 작은 동굴에 웅크려 있어야 했고, 잃어버린 혈액 탓에 의식은 몽롱해져 있었다.

심하게 다쳐 있었지만 그 이상으로 부잼을 곤혹스럽게 한 것은 여전히 '의문'이었다.

'왜 나는 이런 의문을 갖는 거지?'

다른 마왕현상과 자신은 무엇이 다른 건가. 왜 이러한 형태로 자신이 존재하고 있는 건가.

그 대답을 얻기 전에는 존재한다는 것이 불가능한 것처럼 생각되었다. 이유를 모른 채 어떻게 무언가의 행동을 할 수 있단 말인가.

'나는 이제 곧 죽는다.'

그것은 확실히 알고 있었다. 피를 너무 많이 흘렸다. ―부잼에게 있어서 그것은 존재와 전투력 유지에 직접적인 영향을 주는 것이었다. 다음 습격이 있으면 분명 버틸 수 없다.

비참한 최후라고 생각한다. 자신이 만들어낸 의문에 휘둘려서 배신자로 죽어간다. 아마 다른 마왕현상은 이런 감상을 품는 일도 없을 것이다.

―왕은 그런 그의 앞에 나타났다.

마왕들의 왕. 절대자. 왕은 부잼의 의문에 흥미를 보이고 긍정하면서, 다른 마왕현상으로는 불가능한 '진정한 목적'에 도달할 수 있다고 평했다.

"긍지를 갖도록 해."

왕은 말했다. 부잼을 해치우기 위해 파견된 추격자를 모두 제거하면서.

"너는 다른 누구도 할 수 없는 기적을 일으킬 수 있을 거야."

"…그 대가는? 충성인가?"

당시 부잼은 그렇게 되물었다. 그때 자신에게는 왕에 대한 경의가 결여되어 있었다.

"나는 알고 있어. 인간 사회에 대해서. 왕은 백성들한테서 빼앗는 존재야."

"오해하고 있군. 그런 것은 필요 없어."

왕은 웃었다.

"왕은 모두의 바람을 이루어주고, 필요한 것을 주는 것이 역할이야. 나야말로 너희들에게 충성과 헌신을 맹세하도록 하지. 자, 너의 바람을 말하도록 해. —무엇을 원하지?"

—그때부터 부잼은 왕을 배신하지 않기로 결심했다.

자신을 전체의 봉사자로 부르는 자. 그 고독함을 자신은 이해할 수 있다고 생각했다.

◆

중앙 거리를 북상해오는 연합왕국의 군대를 압도하는 것은 간단한 일이었다.

그들로는 막을 수 없다는 것을 부잼은 알고 있었다.

검은 누더기 덩어리 같은 개체. —아방크가 전진하면 그것을 막기 위해 중장보병이 대열을 짠다. 뇌장으로 요격을 개시하지만 그것은 아방크의 걸음을 무디게 할 뿐 멈추는 것조차 불가능하다.

"그, 그런, 것은…."

낮은 중얼거림과 함께 아방크의 검은 천이 펄럭이자 번개는 그에게 닿기 전에 폭발해서 사라졌다.

"그만, 두지 않을래…? 무, 무, 무의미하고…. 싫으니까…."

그리고 크게 검은 천이 펄럭인다.

키잉. 날카로운 소리가 허공을 가르자 전위에 있던 중장보병이 한꺼번에 절단되었다. 그것으로 끝나지 않고 궤도 위에 있는 건물까지 무너뜨리고 있다. —물론 그것은 길에다 잔해를 뿌린 탓에 아방크 자신의 걸음을 저해하는 결과를 낳았지만.

"우우."

피어오른 분진을 피하듯 아방크는 몸을 움츠렸다.

"뭐야…. 성가시네…. 인간이 많은 것은, 어째서 이렇게…."

툴툴대면서 눈앞의 잔해를 다시 난도질한다. 그에게 있어서는 손쉬운 일인 듯하다. 낫으로 마른가지를 절단하듯 잔해를 돌조각으로 바꾸어간다.

'아방크의 '발톱'은 강력하군.'

부잼은 옥상 위에서 그 광경을 모두 관찰하고 있었다.

아방크가 쓰고 있는 절단 무기는 얇고 길게 뻗은 자기 자신의 팔이다. 그 끝부분을 극도로 예리하고 단단하게 변화시켜 원심력으로 채찍처럼 휘두르고 있다. 아방크는 그런 권능을 가진 마왕현상이었다.

'금속 갑옷이든 커다란 건물이든 관계없이 절단하는군. 불쌍하게도. 이것을 막으려고 한다면….'

방법은 한정된다. 그 방법을 부잼은 경계하고 있었다.

그래서 곧바로 감지할 수 있었다.

감정이 없는 그 눈동자가 깜빡이는 빛을 확인했다. 뇌장에 의한 저격… 이 아니라 포격이다. 이 방법을 써오리라는 것은 알고 있었다. 요격되더라도 주위를 파괴할 수 있는 공격으로 아방크 본체에 피해를 준다.

확실히 이것이 가장 손쉬운 방법일 것이다.

"아방크, 엎드려!"

부잼은 날카롭게 경고하고 팔을 휘둘렀다. 혈액이 발밑을 흐르다 지붕에서 땅으로 흘러내린 후 분류가 되어 장벽을 형성한다.

굉음과 충격으로 분진이 흩날렸다. 피의 방패는 터졌지만 엎드린 아방크에게 피해는 없었다.

"으, 으…. 뭐야. 시, 시, 심하잖아…."

그런 저주와도 같은 불평을 늘어놓았을 뿐이다. 정확히는 검은 누더기가 약간 그을려 있지만.

'방어했어. 하지만… 이 포격수는.'

부잼은 동공을 확장해서 밤의 어둠을 보았다. 있다. 검붉은 포갑주. 대형 가옥 지붕 위에서 쏘고 있다. 상당한 거리가 있을 터였다. ―다시 말해 어지간히 실력이 좋은 포격수라는 말일 것이다. 아방크 같은 인간 정도의 표적을 정확히 저격할 줄이야.

막아야 한다. 명백히 위협이었다.

"아방크. 빠르게 밑을 정리해."

부잼은 지붕을 달리기 시작했다. 발밑에 고인 혈액을 조작해서 자신을 사출하듯 날린다.

"—분혈."

그렇게 이름 붙인 권능의 사용법이다.

검붉은 갑주의 포격수는 당연하다는 듯 표적을 바꾸었다. 부잼의 착지점을 노려 쏘아온다. 이것도 막을 수는 있다. 붉은 혈액의 분류를 방패로 바꾸어 포탄을 튕겨내면서 가속했다. 정면에서 달려든다.

"헤에."

검붉은 포격수는 감탄한 듯한 신음을 냈다.

"혈액의 조작. 너, 혹시 부잼인가?"

"나를 알고 있나?"

검붉은 포격수가 왼손을 내밀었다. 성인이 빛난다. 접근전용 무장인가.

"너는 누구지? 자기소개는 중요한 예절이잖아."

물으면서 혈액을 칼날처럼 바꾸어 사출한다. 연혈. —왼팔을 휘둘러 튕겨냈다. 파랗고 얇은 장벽이 그 팔을 지키듯 전개되어 있다. 이쪽은 방어용 성인인가.

좀더 강력한 공격이 아니면 의미가 없어 보인다. 피를 압축한 '모으기'가 있다.

"나는 라이노. 이름을 밝혀도 모르겠지만."

번쩍 하고 포갑주의 왼손에서 몇 줄기의 번개가 쏘아졌다.

단거리용인 만큼 포격 정도의 위력은 없다. 다만 혈액의 방패로 다 막아내지 못하고 발밑이 불태워졌다. 허벅지 밑이 너덜너덜하게 찢겨진 게 느껴진다.

'이 포격수의 경우, 접근전은 약점이 안 되는 것 같군.'

다음 공격이 온다. 이번엔 포갑주의 오른팔이 움직이고 있다. 근접거리 포격. —곧바로 '분혈'로 도약해서 거리를 벌리고 몸을 비튼다. 아니나 다를까 포격이 왼어깨를 스쳤다. 그 충격만으로 살점이 터졌다.

하지만 부잼의 회피는 그대로 반격이 되기도 했다.

'연혈…, 압축이 끝났으니, 할 수 있어.'

어깨에서 흘러내린 피는 그대로 창이 되어 뻗었다. 비트는 듯한 운동을 더해 관통력을 늘렸다. 방어의 성인으로도 막을 수 없다. 그것은 갑주의 복부를 꿰뚫고 등까지 튀어나왔다.

"하하."

그래도 포격수는 웃고 있었다. 자신에게 박힌 창을 억지로 뽑는다.

"오늘은 자주 찔리는 날이네. 이런 부상을 모두가 본다면 기묘하게 생각할지도 모르겠어."

"내장에 손상을 입은 게 아닌가?"

부잼은 상대의 목소리로 상태를 추측했다. 부상의 영향이 보이지 않는다. 다리와 내장의 교환이라면 이쪽이 더 유리하다고 생각했는데… 결론은 하나다.

"그렇군. 너도 인간이 아니었나."

"그래."

검붉은 포격수의 목소리는 정말로 즐거운 것처럼 들렸다.

"나는 과거에 팩 푸커라는 이름을 부여받았었어. 지금은 어느 인간 영웅에게 빌린 라이노라는 이름을 쓰고 있지."

"그렇군. 네가."

뇌리에 스친 것이 있었다. 부잼은 그 이름을 알고 있다.

"쾌락살륙자 팩 푸커인 건가? 마왕현상의 배신자. 틸 나 노그와의 접속을 끊은 자는 체르노보그 이후 처음이었지."

"알고 있다고 하니 기쁘네. 누구한테 어떻다고 들은 거지?"

"아바돈이야. 함께 북부 공략을 맡고 있던 동포들을 몰살하고 도주했다고 하더군."

"그 녀석 말인가. 개인적으로는 맘에 안 들어. 너무 합리적이거든. 그래선 곤충과 다름 없어. 그렇게 생각 안 해?"

"예절이 결여된 표현이로군…. 나는 너를 이해할 수 없어."

부잼은 혈액의 조작에 의해 다리 부상을 치료했다. 그리고 왼어깨를 재생해간다. 좀 더 시간을 벌 필요가 있다. —이야기를 나누는 것이다. 다행히 '시간을 버는 것'은 아바돈의 방침과도 맞는다.

지금은 시간의 경과가 자신들에게 유리하다.

"왜 너는 동포를 죽이지? 네 행위는 의미불명이야."

"그야 물론 내가 행복해질 수 있기 때문이지."

갑주 안에서 어떤 얼굴을 하고 있는지, 부잼도 그 목소리로 상상할 수 있었다. 정말 행복한 듯한 만면의 미소를 떠올리고 있을 것이다.

"너희들은 자신을 압도적인 강자라고 믿고 있어. 그런 자신에 대한 확신이 흔들리고, 죽음을 강제당하는 고통의 얼굴이 나는 말로 표현할 수 없을 만큼 좋아."

"…다른 사람에게 고통을 느끼게 하는 것이 너의 행복인 건가. 그것은 인간의 문화에서는 끔찍하다고 표현되지 않나? 사회에 대한 해악으로 여겨져."

"그래. 많이 공부했구나! 너와는 즐거운 대화를 할 수 있을 것 같아. 아바돈과는 달라!"

무슨 까닭인지 라이노는 부잼의 말을 환영하고 있는 듯했다.

"하지만 나의 행동따윈… 인간에게 있어선 굉장히 흔하고, 시시한 동기라고 해. 정말 경이적이야. 나는 아주 평범한 쾌락살륙자인 셈이지."

"인간에게는 그런 '평범함'이 있는 건가. 불쌍한 존재로군."

부잼으로선 이해할 수 없었다. 눈앞의 남자는 괴물이나 다름 없다고 생각될 뿐이다.

"그렇다면 너는 무엇을 할 생각이지? 우리 마왕현상을 모두 없애면 그것으로 만족인가?"

"아니. 나에게는 단 한 사람. 어떻게든 죽여보고 싶은 상대가 있어서 말야."

이 질문은 이 남자의 핵심을 찌르고 있는 것 같다는 생각이 든다.

"너희들의 왕이야. 우리들의 왕이라 해도 되겠지. 그것을 죽일 수 있다면 나는 더할 나위 없는 행복을 맛볼 수 있을 거라고 확신해. 흥미롭다고 생각 안 해? 우리들의 진짜 왕은 어떤 고통의 표정을 떠올리고, 어떤 식으로 목숨을 구걸할지…."

"그것은 허용할 수 없어."

부잼은 단절을 느꼈다. 이 세계에 존재한 이후로 처음일지 모른다. 이만큼 강렬한 혐오감을 느끼는 상대가 있을 줄이야.

"왕은 내가 지킬 거야. 너는 건드리지 못해."

"헤에, 어떻게?"

"그것은…."

거기서 부잼은 깨달았다. 자신은 시간을 벌고 있을 터였다.

다리를 치료하고, 무엇보다 지상에는 아방크가 있다. 포격에 의한 방해만 없다면 인간의 군대따윈 금방 일소하고 이쪽에 가세할 것이다. 하지만 왜 아직 안 오는 건가….

부잼은 지상으로 시선을 돌리고, 그것을 목격했다.

"…뭐야, 저건?"

아방크가 쓰러지는 게 보였다. 튕겨 날아가서 땅바닥을 구르고 있다. 밀리고 있다. —누군가와 맞붙었고, 이미 열세였다. 짐승 같은 남자가 전투도끼를 들고 소리를 지르고 있었다. 그 돌격은 너무 빠르다. 인간의 속도가 아니었다.

"최고의 보병이라고 동지 자이로가 부르더군. 나도 완전히 동감이야. 실제로 나는 그저 너를 떼어놓는 역할이었거든."

라이노가 조용히 말했다.

"아방크라고 해도 이런 거리에서 1대 1로 그를 이길 수 있는 가능성은 없다고 생각해."

그것을 증명하듯 짐승 같은 남자가 소리쳤다.

"우…."

전투도끼가 번뜩인다. 아방크는 맞받아치기 위해 몸을 얇게 뻗었다.

"바아아아아아아아아우우우우우!"

아방크가 뻗은 '발톱'이 너무도 쉽게 튕겨나갔다. 이유는 알고 있다. 원심력이 부족하다. 길게 뻗어 휘두를 수 없다. —상대가 너무 가깝다. 그리고 너무 빠르다. 이렇게 되면 아방크는 충분한 공격을 펼칠 수 없다.

"너, 너, 너, 너."

아방크는 그 남자의 참격을 간신히 빗겨냈다.

서로의 공수가 바뀌어 있었다. 짐승 같은 남자가 내리친 도끼가 땅바닥을 박살내며 벽돌을 날린다. 그것을 누더기 같은 흑의를 길게 뻗은 '발톱'으로 막는다. 공세로 돌아설 수 없다.

"뭐야…. 이상, 해. 이, 이, 이, 인간이냐? 정말로."

아방크가 밀리고 있다. 전투도끼를 막고 있는 사이에 걷어차여 건물과 충돌했다.

그것을 짐승 남자가 쫓았다. 기괴한 외침과 함께 땅바닥을 파헤치며 퍼올리는 듯한 일격을 날린다.

"시, 시, 시, 시이이이…."

아방크는 최대한 발톱을 길게 뻗고, 몸을 유연하게 비틀어서 간신히 맞받아쳤다. 충돌음.

"싫어! 어째서지? 너, 너, 너, 너, 너! 대체 뭐야!"

짐승 남자의 전투도끼를 막을 수가 없다. 아방크의 '발톱'이 튕겨나가고 오히려 베이고 있다.

"주, 주, 주… 죽어, 이제 그만…! 인간이라면 말야! 약하잖아! 약한 주제에!"

또 한 가닥. 길고 가늘게 뻗은 '발톱'으로 등 뒤에서 타츠야를 노린다. 그것은 완전한 사각에서 날아온 공격이었다. 하지만 그것조차 선회한 도끼에 막혀버렸다. 타츠야의 움직임은 자동으로 사정권에 들어온 것을 모두 격추하는 인형 같았다.

"아아아아아! 아! 싫어."

아방크의 비명이 울려 퍼졌다. 후퇴하면서 '발톱'을 휘둘러 상대에게서 떨어지려 한다….

"좋은 비명이네…. 어때? 부잼. 믿기지 않지?"

라이노의 목소리에는 확실히 경의 같은 것이 담겨 있는 듯한 느낌이 든다.

"저게 동지 타츠야야. 내가 진심으로 존경하는 사람 중 하나고, 너희들에게 있어선 학살자지."

번쩍 하고 포갑주의 왼손이 빛났다. 다시 사격. —중거리를 노린 번개다. 그것을 회피하면서 부잼은 피의 분류를 이용해 크게 뒤로 도약했다.

'처음부터 그랬던 건가.'

시간을 벌고 있었던 것은 자신뿐만이 아니었다.

'공부가 필요하군.'

자세를 낮춘다. 아방크를 지원해야 한다. 대량의 혈액을 소모하겠지만 일단은 이 포병을 일격에 해치울 수밖에 없다. 갑주 위에서라도 치명상을 입힐 수 있는 힘을 써야 했다.

"선혈…."

"그 권능을 좀 더 일찍 썼다면 나도 위험했겠지. 소모를 꺼린 건가?"

라이노의 목소리는 역시 어디까지나 평온했다.

"너의 패인은 공부 부족이라고 생각해. 그리고 무엇보다 우리들이 하나의 부대라는 거겠지. —시간을 버는 건 끝났어."

하늘이 번뜩인 느낌이 들었다.

그렇게 생각한 순간, 이미 그것은 쏟아지고 있었다. 희고 눈부시게 빛나는 번개의 일섬이었다.

'뭐야, 이건.'

부잼으로서도 이해는 할 수 없었다. 번개는 그와 라이노의 중간 지점에 떨어졌다. 지붕이 부서진다. 그저 방어자세를 취할 수밖에 없었다. 몸을 움츠리고 지붕 위를 구른다. 두 번, 세 번, 연속으로 쏟아지는 번개를 피한다. 혹은 피의 방패로 막는다.

무슨 일이 일어나고 있는 건가. 밤하늘을 올려다본 부잼은 그 번개의 정체를 깨달았다.

'맑은 하늘이야. ―하얀 달이 잘 보여. 자연현상이 아닌 거야. 그렇다면 저건가?'

도시 중심부에 가장 높이 치솟은 하얀 탑. 그 끝부분이 번쩍이며 번개를 날리고 있다. 혹시 저 탑 자체가 뇌장의 역할을 하고 있는 건가? 그 원리를 추측할 틈도 없다.

'위력은 그렇게까지 강하지 않아. 나는 막을 수 있어. 하지만.'

아방크는 그게 불가능했다.

눈앞의 짐승 같은 남자와 싸우고 있는 도중이었다. 그런 현상을 경계할 수 있는 상황이 아니었다. 그래서 하늘에서 쏘아진 번개는 검은 누더기를, 아방크의 그 몸을 불태웠다.

"컥…."

마른 신음소리. 다시 한번 번개가 잇달아 아방크를 꿰뚫었다. 비틀거린다. 회피도, 방어도 할 수 없다. 그 순간이 치명적이었다.

"지이."

짐승 같은 남자…, 타츠야의 전투도끼가 검은 누더기를 절단했다. 양단에 가깝다. 중상이다.

그리고 라이노가 웃었다.

"과연 동지 노르가유야. 이걸 위해 시간을 벌라고 한 건가."

의미를 알 수 없다. 방금 떨어진 번개는 누군가의 소행이라는 말인가.

"후회하고 있어? 부잼. 혹은 자신의 어리석음에."

이번엔 포갑주의 오른팔이 빛을 뿜었다. 부잼은 곧바로 엎드려 자신의 머리 위로 날아가는 빛을 보았다.

표적은 아방크였다. 피할 수 있는 여지는 없었다. 빛과 열과 포탄이 그 육체의 절반을 파괴한다. 남아 있는 절반은 튕겨나가는 것도 허용되지 않았다. 타츠야의 왼손이 떨어져 나가려던 반신을 붙잡았다.

"루… 우우우우우아아아아아아!"

절규과 함께 땅바닥에 내동댕이친다. 그리고 난폭하게 산산조각 내려는 듯… 집요하게 전투도끼가 내리쳐졌다. 아이가 노는 모습과 닮았다고 땅바닥을 뒹굴던 부잼은 생각했다.

"너는 아직 죽이지 않을게. 부잼! 아주 좋아, 너는! 장래가 기대돼!"

부잼은 라이노라는 남자를 올려다보고 있었다. 검붉은 갑주. 그 안에 있는 더할 나위 없이 사악한 생물의 모습을. 철수해야 했다. 부잼은 땅을 기듯 달려나갔다. 도주를 위해.

"우리들의 왕을 죽일 때 너는 어떤 얼굴을 보여줄지, 부디 감상하고 싶어."

라이노가 웃고 있다.

'나의 패배야. 결정적인.'

농담과도 같은, 혹은 악몽과도 같은… 라이노. 저 남자를 왕에게 접근시켜선 안 된다.

◆

"저기, 뭔가요? 이거…."

베네팀은 섬광을 보고 있었다.

'카이츠리'라 불리는 설비였다. 이야기에 따르면 이 제2왕도 전체를 데우는 역할을 하는 온열 발생 장치 중에서도 가장 오래된 탑이라고 한다.

지금 그 탑은 꼭대기 부분에서 번개를 쏘고 있었다.

그 번개를 발생시키고 있는 것은…. 베네팀의 시선은 그 남자의 뒷모습에 쏟아졌다. 노르가유다. 이 탑에 들어오자마자 전망대를 달려 올라가 그 꼭대기에 있던 커다란 '문' 같은 장치로 다가갔다. 그는 이미 그 사용법을 알고 있었던 모양이다. '문'의 자물쇠 부분에 해당되는 부분에 성건 케일 보크를 꽂자 탑은 기동을 시작해서 열을 내며 하얗게 빛났다.

그리고 지금 이런 소란이 벌어지고 있다.

"폐하, 이거 정말 괜찮은 겁니까? 아까부터 탑이 삐걱대는 소리를 내고 있는데요!"

"그렇겠지. 통상적인 사용법이 아니니까. 이 탑을 군사 운용하는 방법은 짐과 같은 왕족밖에 모른다. 비상시에만 쓸 수 있는 방어수단으로, 이 탑 자체를 거대한 뇌장으로 만드는 거다."

"그, 그런 일이 가능한가요?"

"원리는 통상적인 뇌장과 똑같아. 파괴의 힘과 열을 소환해서 발사하는 거지. 시내의 탑 배치를 보지 못했나? 그것들을 잇는 선이 그대로 보조 성인으로 기능하는 거다. 몇 개는 파괴되어 있지만 뭐 출력 이외에 문제는 없어. …아마 이 도시가 점령되었을 때는 쓸 여유가 없었거나 왕족의 피난을 우선한 거겠지."

노르가유는 진지한 눈으로 하늘을 올려다보았다. 파란 용의 날개가 폭격을 통과해서 날아간다. 상대하는 것은 마왕현상 슈갈.

"결점은 막대한 축광을 소비한다는 거다. 다시 말해 낭비는 할 수 없어. 지금까지의 사격으로 대충 요점은 파악했다."

"아, 아직 무언가 할 게 남은 겁니까?"

"당연하지. 자이로도 그렇지만 저 남자도 모든 것을 혼자서 떠맡으려 하니 말야. …짐 같은 위대한 왕이 가끔은 돌봐줘야 한다."

말과는 달리 노르가유는 조금 기뻐 보였다. 베네팀은 전혀 믿기지 않았다.

"기문 신청."

노르가유는 성스러운 열쇠를 쥔 손에 조금 힘을 준 듯했다. 커다란 문… 과 같은 장치에 다시 케일 보크를 꽂는다.

"계약의 이행을 요구한다. 형상화된 광망. 새겨진 신성한 의식."

성건에서 눈부신 빛이 뿜어져 나왔다.

"나는 미오 우라드의 후계자. 진정한 왕의 이름으로 힘을 행사하라."

◆

창백한 달빛 아래를 니리의 날개가 누빈다.

바람조차 앞지를 듯한 매끈한 속도.

그래도 쫓아오는 탄환은 따돌릴 수 없다. 슈갈이 쏜 빛의 구슬이 쇄도한다. 저게 표적과 접촉하면 광범위한 폭발이 일어난다. 파열시킬 때는 되도록 함께 싸우는 다른 드래곤들과도 거리를 벌려야 한다.

'하지만….'

제이스는 판단에 내몰렸다.

너무 시간을 들이면 다음 추미탄을 쏠 것이다. 마왕현상 슈갈은 일정한 거리를 유지한 채 이쪽을 계속 노리고 있다. 놓칠 생각은 없다는 듯.

그 세 개의 뿔이 희미하게 방전하고 있는 것도 알았다. 아마 저건 준비하고 있는 것이다.

'지금 당장 대처가 필요해.'

노르가유에게서 건네받은 '대책'을 위한 병기는 두 개밖에 남지 않았다. 그래도 할 수밖에 없었다.

끈으로 연결된 돌 같은 그 기구…, 노르가유가 '의린인'이라 부른 그것을 붙잡는다. 타츠야에 따르면 '플레어'라고도 하는 모양이다.

원리는 매우 간단하다. 비스티를 가공하고 그 효과를 보강하는 돌을 연결한 것에 불과하다. 통상의 비스티보다는 강한 열을… 인간이나 용의 체온보다 조금 높은 열을 낼 수 있도록 되어 있다. 기동시키면 강한 열을 내면서 공중에서 폭발한다.

이것으로 추미탄을 속인다.

슈갈이 쏘는 탄환의 성질은 기본적으로 제이스가 쓰는 비창과 별 차이 없다. 열원을 추적하고 있다. 그것은 추측할 수 있었다. 다만 이 마왕현상의 경우는 그 폭파반경이 너무 큰 것이 문제였다. 의린인을 기동시키고 투하하면 바로 고속으로 이탈해야 한다.

'거기서 공격으로 이행해야 돼.'

그렇게 결심했다. 그래서 목에 있는 성인에 대고 호통쳤다.

"다들 떨어져! 아까 그걸 할 테니까. 알았지? 아가씨들을 말려들게 하지 마! 죽여버릴 테니까!"

『—이봐, 공주님과 제이스가 한대.』

『알았어. 각자 자신의 눈앞에 있는 적을 이끌고 이탈해라.』

『다음으로 끝낼 거야? 제이스.』

그렇게 물어오자 제이스는 등골이 오싹해지는 것을 느꼈다.

다음으로 끝내야 한다는 건 커다란 중압이다.

"괜찮아. 나한테 맡겨둬."

니리가 격려하듯 말했다.

"반드시 접근해 보일 테니까. 분명 괜찮을 거야."

"알았어. —다음으로 끝낼게."

제이스는 니리에게 대답할 요량으로 말한 거였지만 성인에 의한 통신에서도 반응이 있었다.

『제이스가 또 큰소리를 치고 있어.』

『부디 그렇게 해줘. 잔챙이들은 내가 맡을…, 아니, 미안. 숫자가 좀 많네. 누가 엄호를 좀 부탁해!』

『내가 갈게. 다들 명령한다. 제이스에게 누구도 접근하게 하지 마라.』

이것을 듣고 니리가 놀리듯 목에서 소리를 냈다.

"인기가 많네."

"네가 더 인기야, 공주님."

하지만 긴장은 가벼워졌다. 제이스는 의린인을 머리 위에서 휘두르다가 힘껏 집어던졌다. 그것은 공중에서 불똥을 튀기다 눈부신 빛을 내뿜었다.

추미탄은 여섯 개. 모두가 그 미끼를 물었다. 연쇄된 폭파에 말려드는 형태다.

니리는 가속해서 폭파 반경에서 벗어났다. 크게 돌아 반전한다. —측면에 슈갈. 니리는 거리를 좁혀갔다.

'끝낸다.'

제이스는 다음 의린인을 겨누었다.

슈갈의 뿔이 빛을 냈다. 다시 자신들을 요격하듯 추미탄이 발사된다. 그리고 이쪽의 접근을 저지하는 듯한 움직임을 몇 마리의 오베론과 와이번이 보였다. 숫자가 너무 많아서 우군도 그것을 막지 못했다.

그 정도는 상정하고 있다. 제이스는 준비를 끝마친 상태였다.

자신의 비창에 의린인을 묶은 것을 집어던진다. 미끼가 되는 빛과 열을 발산하면서 창이 날아간다. —추미탄을 유인하면서 적에게 향했다. 슈갈을 노렸지만 사이에 끼어든 오베론 한 마리에 가로막혔다.

섬광이 하늘을 불태웠다.

방해가 되는 페어리들이 한꺼번에 그것에 삼켜졌다. 니리는 그 충격의 여파를 아슬아슬하게 우회하듯 날고 있다. 날개를 펄럭인다. 눈부신 빛 너머로 슈갈이 보였다. 그쪽도 비슷한 기동을 하고 있다.

서로 소용돌이를 그리는 듯한 기동으로 급격히 접근한다.

"가자, 니리."

"응. 기꺼이."

속도와 기동력으로는 니리 쪽이 위라고 제이스는 생각했다. 그렇게 믿었다.

마왕현상 슈갈이 곤충의 턱을 벌렸다. 기치기치기치 라는 축축한 울음소리. 제이스는 그 의미를 조금이나마 알 수 있었다.

『재앙, 이, 온다. 재앙…. 재앙.』

재앙. 아마 니리를 말하고 있는 것이리라.

머리의 뿔이 깜빡이며 불똥을 튀긴다. 세 개의 뿔 중 하나만이 강하게 발광하고 있었다. 세 발을 쏠 수 있는 힘을 하나에 결집시키고 있는 건가? 그런 일을 할 수 있는 건가? 실수한 것일지도 모른다.

'마침내 나는….'

언젠가 실패를 하지 않을까 생각하고 있었다. 그런 공포가 있었다.

증언과 상황증거를 모으고 추측을 거듭해 대책을 세운다. 도박 같은 것이기에, 아무리 확률을 높이는 노력을 하더라도 한 번의 실패도 없이 계속 성공하는 게 가능할 리 없다. 제이스는 어딘가에서 그렇게 느끼고 있었다.

그것이 지금이라는 말인가? 이 거리와 속도라면 니리라도 피해낼 수 없다.

"니리."

미안해, 라고 제이스는 말하려 했다.

그것이야말로 그의 진짜 실패였지만 어떻게 그것만은 피할 수 있었다. 팟 하고 하얀 빛이 먼 아래쪽 지상에서 번뜩였다.

'번개…? 뇌장?"

순간적으로 제이스가 이해할 수 있었던 것은 그 정도였다.

'저격? 차브는 아니야. 좀 더 강렬한….'

섬광이 일었다. 슈갈은 회피를 시도할 틈도 없었다. 밤하늘을 가른 빛은 마왕의 몸에 명중하자 그 갑각을 파괴하고 날려버렸다. 머리의 대략 절반이 날아간 상태였다. 하얗게 빛나고 있던 뿔도 불똥을 튀기면서 부러져간다.

지금 이 순간밖에 없었고, 니리가 그것을 놓칠 리도 없었다.

순식간에 거리를 좁히고 포착했다. 니리가 뻗은 유연한 팔이 상대를 옆에서 구속한다. 슈갈이 몸부림치는 게 보였다. 머리 절반을 잃고도 움직이다니.

나이프 같은 발톱을 가진 다리를 움직여 니리의 이빨과 발톱을 견제하기까지 했다.

『—명중, 한 거죠?』

겁먹은 듯한 베네팀의 목소리가 심한 잡음에 섞여 들렸다.

『폐하가 하셨습니다. 제가 아니에요. 멋대로 끼어들어 죄송합니다. 그 분노는 부디 제가 아니라 폐하에게….』

"시끄럿."

무슨 소리를 하고 있는지 알 수 없었지만 제이스는 내뱉듯 말했다. 자신의 얼굴이 웃고 있다는 게 느껴진다. 동료는 이런 녀석들뿐이지만 그렇지 않았다면 지금쯤 너무 진지해져서 긴장을 이겨내지 못했을 것이다.

"불평은 나중에 할게. 이것으로 제공권은…."

말하다 말고 깨닫는다. 슈갈의 머리에 뿔이 하나 남아 있다. 그것이 깜빡이면서 불똥을 튀기고 있었다.

'바보 녀석.'

무리해서라도 쓸 생각인가. 공격이 향하는 곳은… 지상. 대광장. 그곳에는 구조해야 할 시민이 있다고 자이로가 말했던 것 같다. 아니면 탑인가? 방금 번개로 사격을 해온 탑을 파괴할 생각인가?

여하튼 생각할 틈은 없었다. 인간이나 라이노 같은 징벌용사들 따윈 어떻게 되든 알 바 아니다. 알 바 아니지만….

'최악이군.'

이럴 때 어떻게 할지는 정해두었다.

몇 번이나 니리와 이야기를 나누어서 결정한 일이다. 이것은 돌이킬 수 없는 실패다.

"니리, 미안. 부탁할게."

제이스는 구속구를 풀었다. 비창… 이 아니라 두껍고 뭉툭한 검을 움켜쥔다. 용기병에게 있어서는 거의 쓸 일이 없는, 정말로 비상용 무장에 해당된다. 그리고 슈갈의 머리로 뛰어들었다.

"나중에 이야기를 하자. 그때 내가 무언가 잊은 게 있다면…."

기세를 이용해 검을 후려친다. 슈갈의 남아 있는 뿔의 뿌리 부분을.

"네가 떠올리게 해줘."

균열이 나 있었던 탓에 부러뜨리는 것은 어려운 일이 아니다.

'할 수 있어.'

제이스는 스스로를 확신시켰다. 검과 창의 서방전투기술은 인간 스승에게서 배웠다. 아라스비스 올드. 별난 남자였다. 짐승 같은 싸움밖에 몰랐던 제이스를 재밌어하며 죽도록 단련시켰다.

'그 할아버지가 할 수 있는데, 지금의 내가 하지 못할 일은… 없어!'

체중을 실어 칼날을 깊이 때려박는다. 그것과 거의 동시에 슈갈의 다리가 움직였다. 이상할 정도의 가동범위였다. 머리에 매달려 있는 제이스의 허리 부분에 그 끝부분이 박혔다. 옆구리를 찢어온다.

격렬한 통증에는 상관 않고 제이스는 검을 더욱 강하게 박았다. 슈갈의 마지막 뿔은 불똥을 튀기며 끊어졌다. 그 순간 제이스는 자신의 몸 안에서 무언가가 찢어진 것을 느꼈다.

"—알았어, 제이스 군."

니리의 부드러운 목소리. 몇 번이나 이야기를 나누었던 것이다. 이게 가능한 것은 자신뿐이다. 이렇게 니리를 지킬 수 있는 것은 세계에서 자신뿐이다.

'그래도 니리는 그런 눈을 해. 말로 하지 않아도 알 수 있어.'

제이스의 사고가 그렇게 흘러간 것도 잠시였다.

니리는 슈갈이 그 이상 저항하는 것을 차단했다. 슈갈의 목 부분을 물어뜯었다.

"몇 번이고 같은 이야기를 할게. 지켜줘서 고마워. —미안해."

불꽃이 니리의 턱에서 흘러나왔다. 그것은 슈갈의 동체를 단숨에 날려버리고 재로 만들 수 있는 힘을 가지고 있었다. 니리에게서 분노의 포효가 울려 퍼지는 것을 제이스는 의식 저편에서 들었다.

오랜만의 죽음. —하지만 도박에는 다시 이겼다. 니리와, 그 세계를 지키기 위해서는 계속 이길 수밖에 없다. 이것으로 몇 번째의 승리일까. 앞으로 몇 번이나 더 이겨야 하는 거지?

'우리들은 해냈어. 이제 자이로, 너도 해내. 절대로….'

하얀 달이 보인다.

성녀 유리사 키다프레니는 조바심을 느끼고 있었다.

장갑마차 밖에서 뇌장의 사격음과 금속이 맞부딪히는 소리, 그리고 잊을 만하면 폭음이 다시 울려 퍼지고 있다. 누군가의 외침과 호통. 진동.

그것들이 무섭지 않다고는 할 수 없다. 그 한복판에 나서는 것은 견딜 수 없는 공포다.

하지만 그와 비슷할 만큼 자신의 이름 하에 다른 사람이 죽어가는 것은 견디기 힘들다.

'이게 끝나면… 만약 이게 끝나면.'

유리사 키다프레니는 생각하지 않을 수 없었다.

'지금 싸우고 있는 모두는 나를 책망하지 않을까?'

왜냐하면 유리사는 '성녀'인 주제에 싸우려고 하지 않으니까. 강한 힘이 있음에도 병사들과 함께 위험 속에서 중압과 고통을 공유하고 있는 게 아니다.

이유는 있다. 금지되어 있기 때문이다. '성녀'로서의 역할을 수행하기 위해서는 일반 병사들처럼 최전선에 나가면 곤란하다. 안전한 후방에 대기하며 절대 앞으로 나가지 마라.

그렇게 말한 것은 마르코라스 에스게인이라는 군인으로, 이 싸움의 총사령관이라고 했다.

'높은 사람이야. 의심할 여지도 없이 아주 높은 신분의 군인.'

불과 2개월 전의 유리사였다면 말을 나누기는커녕

정면에 서는 것조차 불가능했다. 그렇지 않아도 군인은 무섭다. 구체적으로 뭐가 어떻게 무섭다기보다는, 그 행동거지 자체에 주눅이 들고 만다.

"아직이야? 대체 얼마나 시간을 더 들여야 되는 거지?"

장갑마차 밖에서 마르코라스 에스게인이 호통치는 게 들렸다. 짜증을 내고 있다. ―유리사는 무심코 몸을 움츠렸다.

"이대로는 끝이 안 나잖아. 갈투일에는 동이 트기 전에 승리하겠다고 약속했단 말이다!"

"아, 아니, 하지만, 그게, 아직 제공권이 확보되지 않아서… 왕성의 성인병기에 의한 공격도 있고."

"그게 무슨 변명이 되나. 내가 원하는 것은 결과뿐이야."

에스게인은 내뱉듯이 말했다.

"얼른 징벌용사를 돌격하게 해라. 그 '여신살해범'은 뭘 하고 있나?"

"징벌용사에는 《여신》이 함께 하고 있습니다. 너무 강권을 행사하면 신전과의 관계성이."

"그 책임을 떠넘길 상대를 찾아내는 게 네 일이잖아!"

그런 대화를 들으면서 유리사는 아플 만큼 주먹을 움켜쥐고 있었다. 손톱이 손바닥에 박히고 있다는 걸 깨닫는다.

'역시 격렬한 싸움이 된 거야.'

그 중심이 되고 있는 것은 '여신살해범'이라는 징벌용사라고 한다. 무서운 죄를 저지른 죄수들이라고 하는데… 과연 진실일까? 에스게인 같은 고위 군인의 평가는 좋지 않은 것 같지만 병사들의 소문을 들어보면 아무래도 다른 것 같다.

어떤 곤란한 전장에 있어서도 최전선에 서서 가장 위험한 역할을 수행한다. 그들에게 구원받았다는 사람도 있었다. 사람에 따라선 자이로 폴바츠야말로 진정한 영웅이라 부르기도 한다.

'원래라면 나…, 내가 그런 일을 해야 돼.'

자신이야말로 성녀라는 역할을 부여받았으니까. 무거운 한숨을 내쉰다.

지금까지의 인생에서 필요한 존재가 되어본 것은 손으로 꼽을 정도밖에 없다. '성흔'을 가지고 태어난 탓에 조심스럽게 취급되어 왔다. 유리사는 선천적으로 벌레, 나무, 돌, 철 등과 감각을 공유하고, 집중하면 자신의 일부처럼 움직일 수 있었다.

양친은 그 능력을 쓰지 말라고 귀에 못이 박히도록 이야기했었다. 명백하게 배척되지 않은 게 그나마 다행이라고 생각한다. 다만 다른 마을사람들과 교류하는 것은 허락되지 않아서, 배우는 것이든, 노는 것이든, 밭일이든 모두 혼자서 해야 했다.

그래도 고독에 짓눌리지 않은 것은 마을에서 하나뿐인 사제의 말이 있었기 때문이다.

『그 신성한 각인은 언젠가 필요하게 될 때가 올 겁니다.』

신들이 부여한 은총. 반드시 모두의 도움이 될 때가 온다. 그것은 특별한 자의 각인이니까. ―과거에 존재한 '성녀'와 같은 각인. 사람들을 인도하고 마왕현상들과의 싸움을 끝낼 수 있는 자. 유리사는 그 이야기를 듣고 몽상했다.

자신도 언젠가 이 힘을 활용해 '성녀'처럼 될 수 있는 게 아닐까.

'하지만 그런 것은 망상이라고 생각했었어…. 그랬는데.'

마왕현상이 쳐들어온 밤에 모든 것이 변했다. 페어리들은 미쳐

날뛰며 마을 사람들을 죽이고 다녔다. 그녀가 일하는 농지의 주인도, 양친도, 그녀한테 유일하게 자상했던 사제조차. 유리사는 마을의 작은 신전에 숨어 마왕현상이 얼른 지나가기를 기도했다.

무슨 이유인지 목조 신전은 그녀의 기도 기도에 부응하듯 견고하게 페어리들의 공격을 버텨냈다. 그리고 이것은 다음 날 아침 왕국 성기사단에 구출되었을 때 알게 된 사실인데, 숲의 나무들은 그녀의 바람을 들어주려는 듯 페어리의 접근을 막는 형태로 움직이고 있었다고 한다.

유리사는 자신에게 생각지도 못할 만큼의 힘이 있다는 걸 알았다. '성흔'의 기적. 그녀를 구한 성기사는 그렇게 불렀다. 여러 가지 것들에 사념을 침투시켜 조작할 수 있는 조화의 힘. 《여신》 유해와도 반드시 조화할 수 있을 거라고.

'그게 사실이라면… 이 힘을 제대로 쓰기만 했어도.'

마을 사람들과 양친, 마을 사제도 구할 수 있었을지 모른다.

지금이야말로 그때가 아닌가. 일찍이 몽상하며 희망을 품었던 이야기처럼….

"…유리사."

불현듯 옆에서 말을 걸어왔다.

"괜찮아? 안색이 안 좋은데."

"아, 음, …예. 괜찮습니다. 아니, 괜찮… 아. 문제없어."

유리사는 허둥지둥 고쳐 말했다. 말투는 엄격하게 지도받고 있다. 조금 가슴을 펴고 여느 때처럼 당당한 모습을 가장한다. ―그래도 옆에 있는 그녀를 속일 수는 없다.

"기분이 좋지 않은 것 같군요. 불안하십니까?"

"고, 고마워, 테비. 저기… 조금… 자신이 한심하게 느껴져서."

옆에 있는 여자는 테비라고 한다. 유리사의 호위이자 시종이기도 하다. 원래는 신전에 소속되어 있던 무장신관이라는 이야기였다. 지금은 상당히 허울없는 대화도 할 수 있게 되었다.

테비에게라면 가슴 속에 있는 것을 조금은 털어놓을 수 있었다.

"나는 성녀인데."

장갑마차의 창문 밖을 본다. 번개와 불꽃이 날아가고 있는 게 보인다.

"여기서 보고 있을 수밖에 없어서… 모두를 지킬 수 있는데. 그게, 굉장히, 한심해."

"예. 그렇게 생각할 수 있다는 게, 저는 성녀의 자질이라고 생각합니다."

테비의 말투는 정말 신관답다. 유리사가 안전한 장소에 머무를 수 있도록 유리사의 마음을 납득시키는 말을 하고 있다. 그래도 유리사는 자신의 공포에서 눈길을 돌릴 수 없었다.

"…생각하는 것만으로는 아무것도 바꿀 수 없어."

"유리사는 성녀입니다. 상징으로서의 역할이 있고, 그것은 전선에 나가 싸우는 전사와는 다릅니다."

"그런 것은…, 그것도, 아, 알고 있어."

"그렇다면 다행입니다만."

테비는 한숨을 쉬었다.

"자신의 몸을 소중히 하십시오. 저도 걱정하고 있습니다."

유리사는 아무런 대답도 할 수 없었다.

자신이 하려고 하는 일은 결국 두려움에서 도망치려 하는 것에 지나지 않는다. 아무것도 하지 않았다고 책망받을까 두려워하는 것. 단지 그것뿐일 것이다.

하지만….

◆

하늘에 섬광이 일더니 끊임없이 계속되고 있던 굉음이 끊겼다.

한순간의 정적.

다음 순간에는 니리가 포효를 터뜨리고 있었다. 그 포효는 확실히 분노를 머금고 있는 것처럼 들렸다. 니리가 이렇게 격노한 걸 보면 제이스에게 무슨 일이 있었던 것일지 모른다.

하지만 마왕현상 슈갈의 거뭇거뭇한 그림자는 불에 탄 후 재가 되어 사라졌다. 나는 지붕 밑에 몸을 숨기고 노상에서 그것을 보고 있었다. 이것은 즉 하늘의 위협이 사라졌다는 말이다. 어떠한 형태가 됐든 제이스는 임무를 완수했다.

'그렇다면 다음은 내 차례야….'

실수는 할 수 없다. 여기서 실패한다면 무슨 말을 들을지 알 수 없다. 제이스가 으스대는 것도 배알이 꼴리지만 니리의 위로하는 듯한 울음소리를 듣는 것도 싫다.

그래서 나는 테오리타를 안아들고 지옥으로 향할 필요가 있다.

—가볍게 도약해서 지붕 위로 올라갔다. 이제 하늘에서의 습격은 없다. 그리고 왕성에 대해서도 용기병들이 투하폭탄형 성인에 의한 공격을 시작하고 있다. 성에서의 공격도 얌전해질 것이다.

눈앞에는 왕성으로 통하는 길. 대형 페어리들이 막고 있다.

“제이스는 이긴 것 같군요.”

테오리타는 내 품속에서 중얼거렸다.

“나의 기사, 우리들도 지고 있을 수만은 없어요. 다른 방면도 잘 버티고 있는 것 같은데.”

북쪽에서 차가운 바람이 불어오고 있다. 아직도 파트세와 프렌시는 버티고 있는 걸까?

『—아직이냐, 징벌용사!』

목에 있는 성인을 통해 시끄러운 녀석의 목소리가 들려온다. 아까부터 빈번하게 재촉하고 있는 다스미테아 녀석이다. 한시라도 빨리 성 내에 돌입해서 명성을 쌓고 싶은 것이리라. 그것은 총사령관인 마르코라스 에스게인의 요망이기도 할 것이다.

『하늘의 적은 꽁무니를 빼고 도망치기 시작했단 말이다. 지금이야말로 너희들이 선봉이 되어야 해! 얼른 가라!』

“그런 것은 말 안 해도 알아요. 그렇죠?”

“그래.”

테오리타는 불만스럽게 중얼거렸고 나는 짧게 고개를 끄덕였다. 가벼운 도움닫기와 함께 달려나간다. 그대로 달려 올라가 지붕을 도약한다. 왕성은 이제 코앞이다. 해자를 등지는 형태로 페어리들이 전개해 있다.

이곳이 공방의 요지다. 이곳을 돌파해서 성 내로 들어간다면 단숨에 형세를 바꿀 수 있다.

“부탁한게, 테오리타.”

“예!”

불꽃이 허공을 가르더니 검이 쏟아진다. 노상에 있는 소형 페어리는 이것으로 어느 정도 청소할 수 있다.

그리고 대형은…, 트롤 한 마리가 거대한 기둥 같은 곤봉을 휘두르다가 그것을 집어 던져왔다. 설마 유일한 무기를 투척할 줄이야.

'얼빠진 녀석이로군.'

나는 가로등을 차서 궤도를 바꾸었다. 시내는 발판으로 쓸 수 있는 것이 많다. 그대로 나이프를 던지자 폭파인이 트롤의 머리를 날려버렸다. 노상으로 내려와서 그 옆을 달려 나간다.

"여, 《여신》이 왔다! '천둥의 매'와 함께…!"

"아니, 겁먹지 마. 쏴라! 《여신》은 우리들을 죽이지 못해!"

인간의 목소리. 마왕현상 쪽에 붙은 병사들이다. 필사적인 표정으로 뇌장을 겨누고 지붕 위에서 일제히 사격해온다. 나는 지붕 밑으로 돌아가서 그것을 피할 수밖에 없었다. 뇌장의 빛이 쏟아지며 노면을 강타한다.

'묘한 별칭으로 부르고 자빠졌어.'

등이 근질근질해질 것 같은 이름이잖아. '여신살해범' 쪽이 그나마 낫다.

"자이로…! 인간 병사가 있습니다."

알고 있어. 인간 병사들도 배신하지 못하도록 인질이 잡혀 있을 것이다. 정말로 부아가 치민다. 어째서 이렇게 화가 나는 건지 스스로도 설명이 잘 안 된다.

"이래선 저도…!"

"문제없어. 돌파할 테니까 테오리타는 숨을 멈추고 있어!"

"예, 읍."

지금이라면 갈 수 있다. 나는 테오리타의 입을 막고 땅바닥에 손을 댔다. 탐사인 로아드가 돌아온 이상, 이게 가능하다. 이참에 솔직히 말하는데 이건 결함품이고 미완성인 성인이다. 출력의 최대치가 너무 크다.

그래서… 왼주먹을 세 번. 노크하듯 두드린다. 전투에 의해 흩뿌려진 먼지와 모래가 피어오른다. 그것은 연막처럼 확산되어, 나와 테오리타의 모습을 가렸다.

"뭐야? 이게."

지붕 위에서 비명. 완전히 그 말대로다. 뭔지 모를 것이다.

나는 분진 속에 숨어 테오리타의 입을 가린 채 달렸다. 지붕 위에 있는 병사들은 후속부대가 상대하겠지만, 당연히 그대로 통과하진 못한다. 대형 페어리들이 기다렸다는 듯 몰려왔다.

바게스트. 아무튼 거대한 개체로 내가 무너뜨린 건물보다 크다.

포효를 지르면서 돌진해온다. 이렇게 커다란 녀석은 자테 핀데로도 완전히 해치울 수 없기에 회피가 고작이다. 테오리타를 안고 골목 틈새로 들어간다. 강렬한 파괴음. 도저히 정면으로 상대하고 있을 수 없다.

이런 녀석을 해치우는데는 좀 더 적당한 녀석이 있다.

"사… 잠깐만요. 나의 기사!"

테오리타가 콜록이면서 내 어깨를 두드렸다. 울상이 되어 있다는 걸 알 수 있었다.

"숨을 막는 방식이 너무 난폭하잖아요. 경의! 경의를 잊은 거 아닙니까?"

"그거 미안하군. 조금만 더 호흡을 절약해둬. —차브! 저격으로 지원해!"

나는 머리의 성인을 쓰다듬으면서, 저격수의 이름을 떠올렸다.

녀석이라면 이 이상할 만큼 거대한 바게스트의 머리를 날려버릴 수 있을 거라고 생각했다.

“아. 죄송해요. 형님. 지금 엄호하려던 참이었는데요….”

차브는 드물게도 우물쭈물하며 말했다. 약간 숨을 헐떡이고 있는데 움직이고 있는 건가? 하지만 무엇을 위해서?

“왠지 갑자기 엄청나게 바빠져서 말이죠. 무리예요! 직접 어떻게 해보세요!”

“무슨 소리를 하는 거야. 이쪽도 그럴 상황이 아니라고!”

거대한 바게스트가 돌진해온다. 도약해서 간신히 회피한다. ―이번에는 테오리타가 답례라는 듯 검을 몇 개 소환했지만 그것은 몸 표면에 박혔을 뿐이었다. 바늘이 박힌 정도의 통증일 것이다. 하늘을 향한 포효가 울려 퍼진다.

“정말 죄송해요. 나중에 따로 사과할게요. 조금 성가신 녀석이 있어서 말이죠.”

차브의 목소리는 어딘지 들떠 있는 것처럼 들렸다. 기뻐하고 있는 건가? 어째서?

“암살자예요. 저는 이 얼간이를 때려죽이고 나서 합류할 테니까 잘 부탁해요!”

“이봐!”

그것을 끝으로 차브의 목소리를 들려오지 않게 되었다.

상황이 좋지 않다. 바게스트는 완전히 나와 테오리타를 표적으로 하고 있다. 이 녀석을 해치우지 않으면 전진할 수 없다. ―이쪽의 발이 멈춘 것을 보고 잔챙이 페어리들까지 몰려오고 있다.

대처해야 한다. 하지만 어떡하지?

실행하려면 위험을 무릅쓸 필요가 있다. 바게스트의 공격을 뚫고 가서 일격.

'그것밖에 없군.'

내가 크게 심호흡하고 다음 행동에 각오를 굳히려고 한 그때였다.

"—가라! 《여신》 님을 위해서!"

"쏴라, 쏴라, 쏴라! '천둥의 매'가 돌격하고 있다. 엄호해라!"

천둥의 매라는 것이 누구를 말하는 건지, 나로선 불평을 할 여유도 없었다.

등 뒤에서 뇌장의 일제사격과 화살까지 날아오고 있었다. 그것은 바게스트를 크게 위축시켰고 기세를 타려던 페어리들을 사살해갔다. 연합왕국군. 다스미테아 소속의 병사들과 기타 다수의 병사들이… 전진해 있었다.

성녀부대에 지원한 만큼 선동되기 쉬운 녀석들이 모여 있는 셈인가.

"저 녀석들…."

덕분에 살긴 했지만 너무 앞으로 나왔다. 바게스트가 포효하며 돌진해온다. 이것을 허용하면 병사들의 대열은 일격에 분쇄될 것이다.

할 수밖에 없다. 이만한 엄호가 있다면 어떻게든 된다.

"나의 기사! 바로 지금이에요."

결단을 입 밖에 내기 전에 테오리타가 말했다. 다행이다. 내가 자신의 의사로 위기를 무릅쓰고 녀석들을 구하려고 한 것처럼 될 뻔했다.

"알고 있어."

뛰쳐나가며 나이프를 뽑아들고 자테 핀데를 침투시킨다. 바게스트의 반격을 뚫고 돌진한다. 사격에 의해 자세는 무너져 있었고, 테오리타는 검을 소환한 상태였다. 거대한 검이다. —나는 그것을 발판 삼아 공중에서 궤도를 바꾸었다.

여느 때의 수법이다. 남은 건 머리에 나이프를 던지는 것뿐. 섬광, 폭파. 이것으로 끝… 이어야 했지만 바게스트의 생명력은 그 덩치와 마찬가지로 너무 강했다.

'아직인가…! 끈질긴 녀석이다.'

머리가 절반 정도 날아갔음에도 여전히 돌진해온다. 우리들한테가 아니다. 이미 눈이 보이지 않는지, 너무 전진한 병사들 쪽으로 쓰러지듯 일격을….

"자이로, 여러분이!"

테오리타가 비명을 질렀다. 검을 소환하려 하고 있지만 녀석을 멈춰 세울 만한 거대한 검이 제때 나와줄지…. 나는 혀를 찼다. 무언가 멈출 수 있는 방법은….

하지만 바게스트의 거대한 몸은 끼어들기 전에 멈추었다. 막혔다고도 할 수 있다.

허공에 성대한 불똥이 튀더니 별안간 노상에 요새가 솟아났다. 바게스트의 돌진도 거기까지였다. 강하게 충돌한 후 컥컥 이상한 울음소리를 내면서 벽에 기대는 형태로 쓰러졌다.

"저건… '성녀'의?"

테오리타가 요새와 나를 번갈아 보았다. 불안해 보이는 얼굴로.

보통이라면 혼란에 빠질지 모르지만 나는 무슨 일이 일어났는지 잘 알고 있었다. 《여신》에 의한 소환이다. 요새의 《여신》…, 일찍이 세네르바라 불렸던 자의, 소환의 힘이었다.

"—여러분, 물러나세… 아니, 물러나!"

성녀 유리사 키다프레니라고 했나?

불타는 것처럼 선명한 붉은 머리카락의, 성실해 보이는 여사였다. 아직 소녀라 해도 좋을지 모른다. 오른손을… 붕대가 감긴 오른손을 내밀고 소리치고 있다. 금색의 빛이 되어 사라지는 성벽을 뛰어넘어 계속 앞으로 나아가면서.

"내가 제군을 지키겠다!"

병사들이 갈채를 보냈다. 일종의 열광이 전파된다.

'웃기지 마.'

무슨 소리를 하고 있는 거냐고 나는 생각했다. 왜 성녀가 앞으로 나온 건가. 좀 더 뒤에서 장식물답게 앉아 있으면 좋을 것을.

"성녀 유리사! 좀 더 물러나세요…!"

호위로 보이는 여자가 소리치면서 뇌장과 방패를 들고 달려가는 게 보인다.

"무모해요. 부상을 입으면 어떻게 할 생각입니까!"

실제로 후방은 몹시 소란스러웠다. 마르코라스 에스게인 녀석의 당황한 얼굴은 볼 만 했지만 방치할 수 있는 상황은 아니다.

"뭘 하고 있는 거야!"

나는 지상에 내려선 후 일단 성녀에게 불평을 늘어놓았다. 일순간 겁먹은 표정으로 돌아보았지만… 곧바로 쓸데없는 의욕을 되찾은 듯했다.

"나… 나는 성녀라 불리고 있어. 그런 이상 역할을 다하기 위한 노력을, 저기…, 아니! 수행해야만 돼."

"앞으로 나와서 죽는 노력 말야? 얼마나 위험한지 알고는 있어?"

"맞아요! 이 싸움은 저의 기사와 위대한 제가 끝내 보이겠습니다!"

테오리타까지 가슴을 펴고 성녀 앞으로 나왔다. 대항의식이라도 있는 건지 평소 이상으로 강경한 태도로 보였다.

"자이로와 함께 위험한 전장에 서는 것은 제 역할입니다! …그렇죠? 나의 기사."

"그런 말을 하고 싶은 게 아니야. 알고 있어? 너의 소환 능력은… 이런 식으로 무방비하게 앞으로 나오면 의미가 없다고."

"시."

성녀는 오른손을 머리 위로 올렸다. 오른쪽 눈을 부릅뜨고 무언가를 보고 있다. 아마 이 세계에는 존재하지 않는 무언가를.

"시…, 시끄러워! 그래도, 나는, 견딜 수 없다고."

불똥이 튄다. 거대한 다리가 만들어지고 있다. ―그것은 성 주위에 있는 해자를 뛰어넘어 성 내까지 통하는 계단 모양의 다리가 되었다. 주위에서 함성. 혹은 갈채. 그런 술렁임이 도시를 뒤흔들 정도로 크게 울려 퍼졌다.

웃기지 마. 나는 생각했다.

"나를 따르라!"

성녀는 소리쳤다.

"우리들의 손으로 성을 되찾는다!"

정말로 웃기고 있다.

이런 3류 연기를 이 소녀는 계속할 생각인가? —자신이 죽을 때까지.

◆

스우라 오드라고 자신을 소개하고 있었다.

구 왕국의 말로 독이 있는 갑충을 의미한다. 그 이름 그대로 스우라 오드의 임무는 살인이었다. 돈만 주면 어떤 일이든 한다.

스우라 오드는 그런 단순한 삶을 바라고 있었다.

본래 태어난 곳은 공업도시 록커의 빈민가였다. 좋은 기억은 전혀 없다. 그곳에는 도시의 복잡한 규칙이 있었고, 상하관계가 있었고, 불문율이 있었다. 그 안에서 살아가는 것을 견딜 수 없는 성격이었다. 그런 인간관계가 성가시기 짝이 없었다.

결국 정상적인 길은 걷지 못하고 용병과 모험자의 중간 같은 일을 하게 되었다.

그런 '사회에서 삐져나온 녀석들'이라면 평범한 세간보다 조금은 나을 거라 생각했지만 그곳에서도 상하관계라든지 같은 부대의 동료라는 번잡함이 있었다. 그래서 스우라 오드가 더 어두운 곳까지 굴러 떨어지는데에는 그리 많은 시간이 걸리지 않았다.

원해서 그렇게 했다. 동료가 생긴다는 것, 그들과 관계를 유지한다는 것을 도저히 견딜 수 없었다.

결국은 돈이라고 생각하기로 했다. 최소한의 관계만으로 살아갈 거면 돈으로만 관계를 맺기로 했다. 그 방법이 가장 간단하고 알기 쉬웠다. 다른 사람도 어느 정도까지는 납득해준다. 돈이 목적이라고 말하면 쓸데없이 캐려고 하지 않는다.

스우라 오드는 모든 일에 목숨을 걸고 있다.

자신의 단순하고 원시적이며 멋대로된 삶을 위해서이다. —상대가 어떠한 실력자이든 실패한 적은 없었다. 지금까지는. 하지만 이번 상대는….

'또냐.'

스우라 오드는 번뜩이는 뇌광을 보았다.

밤의 허공을 가르고 몸을 낮춘 그의 머리 위를 꿰뚫는다.

'상당한 기량이군. 엄청나게 정확해.'

스우라 오드는 어둠 저편을 노려보면서도 움직임을 멈추지 않았다. 기는 듯한 자세에서 그대로 도약한다.

지붕에서 지붕으로. 상대 모습을 포착한 채 거리를 유지한다. 착지와 동시에 왼손에 든 뇌장을 쏘았다. '츠쿠바네'라 불리는 저격장이었다. 위력과 사정은 제한되어 있지만 정밀도는 높다.

허나… 이번 '적'은 그리 쉽게 조준을 할 수 있게 해주지 않았다. 항상 의표를 찌르는 듯한 이동을 한다.

아까는 한 번 실수했다. 가까운 거리에서의 공방으로 내몰리고 말았다. '비장의 무기'를 쓰지 않았다면 치명상을 입었을지 모른다.

"저기, 이름 정도는 알려줬으면 하는데."

게다가 이 상대는 굉장히 시끄럽다.

"뭐라 불러야 하는지 모르면 이야기를 하기가 힘들잖아요. 그렇게 생각 안 해요? 이래선 혼잣말같잖아요. —아, 맞다. 제 이름은 차브예요! 실은 살인의 천재로… 뭐 살인뿐만 아니라 다른 것도 천재지만요. 이미 수많은 표적을 이 손으로 잡아 죽였는데…, 아, 성공률은 제로니까 표적이랄까 엄밀하게는 표적이 아니었지만 그건 뭐 사정이 있어서…."

아까부터 끊임없이 말을 걸어오고 있다. 이렇게나 격렬하게, 그리고 조용히 이동하면서 잘도 이렇게나 무의미한 말을 계속해서 하는구나 싶다.

방금 '츠쿠바네'의 사격을 피했을 때도 가볍게 공중제비를 해 보였을 정도였다.

'아무리 그래도 이 녀석은….'

그래, 그의 고용주인 토비츠 휴카의 말을 빌리자면 역시 '비장의 카드' 부대라고 해야 할까.

스우라 오드에게는 자부심이 있었다.

대부분 위험한 역할을 맡아왔고, 그것을 성공시켜왔다. 산전수전 다 겪었다. '비장의 카드' 부대가 상대라 해도 자신이 쌓아온 기술과 경험에 필적하는 녀석이 있을 거라고는 생각하지 않았다. 살인 기술을 자랑스럽게 떠벌이는 잔챙이는 수도 없이 해치워왔다.

—하지만 지금은 그 자신감이 흔들리고 있다.

스우라 오드는 토비츠의 말을 다시 떠올렸다.

"—제가 상정하고 있는 '비장의 카드' 부대와 조우한다면 도망치는 편이 좋을 거예요. 지지 않는 싸움을 할 수 있을지는 모르지만 아마 이기지는 못할 거라 생각합니다."

"내 임무 중에 그 녀석들과 조우한다면?"

"저는 당신의 실력을, 정확히는 모르니 말이죠. 그래서 뭐라고 단정할 수 없습니다만."

그때 토비츠는 웃었다. 알 바 아니라는 듯한 웃음이었다.

"가능한 한 오랫동안 묶어놓길 바랍니다. 그동안 저도 일을 끝마치도록 하죠."

그런 식으로 토비츠가 판단할 정도의 힘은 있다.

'이길 수 없는 상대라. 그런 상대가 있는 건가? 누구든 똑같아. 약한 부분을 찌르면 죽일 수 있어.'

스우라 오드는 어둠 너머로 상대의 모습을 응시했다.

뇌장을 겨누고 있다. 상대도 저격용의 길죽한 뇌장이다. 다시 한 번 공격해올까. 그전에 스우라도 승부에 나서기로 했다. 이 상대의 저격능력을 탁월하다. 이쪽 회피동작을 읽기라도 한 것처럼 쏜다. 강적이라고 할 수밖에 없다.

"멈춰 주세요."

이 웃기는 적은 그렇게 말하고 몸을 낮추었다.

"메뚜기처럼 방방 튀고 있으면 맞추기 힘드니까 진정하고 가만히 있어줬음 하네요. 알고 있어요? 메뚜기는 원래 얌전한 녀석이지만 무리를 지어 자라면 굉장히 흉포해져서…."

말하고 있는 도중에 지팡이 끝이 번뜩였다.

지금이라고 스우라 오드는 결단했다. 이쪽도 몸을 숙이고 땅바닥에 오른쪽 손바닥을 댔다. 그 오른팔에 새겨진 성인이 기동된다.

비상인 사카라라 불리고 있었다. 그 성인이 스우라 오드의 몸을 순식간에 도약시킨다.

인체에 성인을 새기는 기술은 아직 일반적이지 않다. 시술의 성공률도 높지는 않다. 허나 스우라 오드는 운이 좋았다. 그에게 성인을 새긴 것은 어지간히 실력이 좋은 돌팔이였다고 할 수 있었다.

이때도 비상인 사카라는 완전히 기능해서 스우라 오드의 몸을 순

식간에 옆 민가 지붕으로 운반해주었다. 번갯불 저격을 간발의 차이로 피한다. ―하지만 착지했을 때 그 발밑이 무너졌다.

고꾸라질 뻔했지만 간신히 버틴다. 지붕 일부가 깨져 있었다.

"오, 걸려들었다."

그런 경박한 목소리.

"놀랐나요? 단순하지만 얼간이는 걸려들더라고요!"

이 지점으로 유도된 건가. 이 적에게 같은 수법은 통용되지 않는다고 스우라 오드는 확신했다. 비상인으로 도망치면 안 되었다. 겨우 발을 뽑았을 때에는 이미 거리가 좁혀져 있었다.

역시나 민첩한 동작으로 적이 쇄도해온다.

근접전투. 스우라 오드는 오른손으로 나이프를 쥐고 응전하기로 했다. 상대도 칼을 들고 있는 게 보였다. 주먹으로 움켜쥔 채 밀쳐내듯 쓰는 종류의 나이프였다. 하나의 화살처럼 돌진해온다. 이쪽도 칼날을 마주쳐서 튕겨낸다.

킹, 킹. 연속으로 두 번 금속이 부딪히는 소리가 났다.

'믿기지 않는군…!'

등골이 오싹해진다. 팔뚝에 통증. 그리고 복부와 무릎. 걷어차인 기세를 이용하여 잽싸게 거리를 벌린다.

'말도 안 되는 반사신경이야.'

이 한순간의 공방으로 부상을 입은 것은 이쪽뿐이었다. 방어에 전념했음에도 이런 꼴이다.

"이야, 당신 강하네요. 저랑 싸워서 이렇게나 오랫동안 살아남은 건 정말 표창감이에요. 내일부터 자랑하고 다녀도 돼요! 아, 죽으면 자랑할 수 없으니, 음, 내가 대신 이야기해야 하나…?"

말투는 장난스럽지만 그런 말을 할 수 있을 만큼 정말로 강하다.

이런 묘한 상대와 싸우는 것은 처음이었다.

'정상적인 방법으론 해치울 수 없어.'

애초에 '정상적인 방법'을 관철할 생각은 없었다. 상대의 약점을 찌르는 게 암살의 기술인 법이다. 싸워서 이길 필요는 어디에도 없다.

'그러니까 노릴 거면.'

스우라 오드는 왼손에 든 '츠쿠바네'의 저격장을 애먼 방향으로 돌렸다.

지상이었다. 그쪽에는 인간이 있다. 자이로 폴바츠… 그리고《여신》테오리타. 거대한 바게스트의 공격을 회피하고 숨은 참이었다. 어둠에 적응된 스우라 오드의 눈에는 그 두 사람이 뚜렷하게 확인되었다.

"이건 어때?"

굳이 도발적인 말을 하며 성인을 기동시킨다. 발광. 날카로운 불꽃.

"이런 이런, 잠깐, 그건 말야."

이 적은 곧 그것이 의미하는 것을 깨달은 듯했다. 경박한 미소 그대로 달려든다. 그 움직임은 역시 정확했다고 할 수 있다. 이미 기동한 성인에 대해 오른쪽 어깨를 부딪쳐 왔다.

퍽. 살점이 터지는 소리.

지팡이가 흔들려서 저격은 빗나갔다. —하지만 그런 식으로 막은 상대의 오른쪽 어깨는 화상을 입고 깊이 파여 있었다. 뼈까지 부서졌는지 오른팔이 축 늘어진다.

'끝났군. 바보 녀석.'

차브는 비틀거리며 무릎을 꿇었다. 자신보다 강한 상대를 죽이는 방법은 얼마든지 있다. 스우라 오드가 생각하는 최선의 수단이란 그 녀석에게 있어서 약점을 찌르는 것이었다.

'이 녀석도 똑같아. 약점 같은 건 갖지 않는 게 좋다고. 다른 사람과의 관계는 방해만 돼.'

스우라 오드는 가차없이 추격했다. 웅크린 상대의 목을 노리고 나이프를… 아니, 상대가 웃고 있다. 그것도 자신의 목덜미에 왼손 손가락을 댄 채…. 무슨 속셈이지?

"걸려들었어요, 도터 씨."

스우라 오드는 공격을 중지할 수밖에 없었다. 이 적의 경박하고 칠칠맞은 웃음에서는 끝없는 악의… 조차 아닌, 좀 더 근원적인 살의만을 느꼈다.

"상대의 약점을 노리는 것은 나쁘지 않아요. 저도 찬성이죠. 하지만 유감스럽게도 저는 천재라서."

오른쪽 어깨를 희생하면서 할 소리는 아니었다. 스우라 오드는 전력으로 뒤를 향해 도약했다.

"그런 것은 평범한 상대에게 하세요. —헤헤헤, 이길 수 있을 거라 생각했나요? 죄송하네요. 이게 현실입니다!"

한 번에 네 발. 마른 소리와 함께 번갯불이 연속으로 번뜩였다.

동시에 왼발에 불타는 듯한 통증. 착지할 수 없다. 지붕에서 미끄러져 떨어진다. 그 직전에 왼손을 써서 도약했다. 전력으로… 체내의 축광을 모두 다 소모할 생각으로. 도망칠 수밖에 없었다.

차브가 웃으면서 이쪽을 내려다보고 있다.

"너, 제법 괜찮았어. 이름은?"

"…스우라 오드…!"

물음에 대해 자신의 목소리가 전해졌을지 어떨지.

'확실히 지금은 이길 수 없어. 이런 웃기는 녀석에게. 나는 그 이상의 약자인 건가?'

스우라 오드는 땅바닥에 떨어져 뒹굴다가 달리기 시작했다. 아픈 왼발을 싸움의 흥분이 마비시키고 있다. 그리고 굴욕. 무언가 중요한 것을 망친 듯한 기분이었다. 자신의 살인 기술이, 그를 형성하는 강고한 자신감이, 웃으면서 걷어차이고 있었다.

믿기지 않는다.

그것으로 불쾌감을 느낄 정도의 긍지가 자신의 마음속에 있었다는 건가. 긍지니 양심이니를 갖고 있는 사람을 지금까지 내려다보고 있었다. 그런 것은 그저 약점에 불과하다고 믿고 있었다.

자신도 결국은 그 동류에 지나지 않았다는 건가.

'진정해. 시시한 착각일 뿐이야. 긍지따윈 돼지한테나 주라고. 나는… 목적을 완수했어. 시간은 충분히 벌었으니까.'

자신이 중요시하는 사실은 그것으로 충분할 터였다. 스우라 오드는 그렇게 생각했다.

생각하다가 피가 날 만큼 입안을 깨물고 있다는 것을 뒤늦게 깨달았다.

◆

"—맞았다!"

도터가 지붕 위로 꾸물꾸물 기어나왔다.

그 태평스럽지만 어색한 미소에 차브는 쓰게 웃을 수밖에 없었다. 오른팔은 수리해야 할 것이다. 자이로의 싸움에 가세할 여력은 남아 있지 않았다. 그만한 강적이었다.

"맞았어! 차브, 봤지?"

"아니 아니! 전혀 안 맞았어요. 딱 한 발 맞았잖아요. 그것도 다리! 머리나 동체에 맞춰서 확실히 죽였어야죠."

"에에? 저기, 나 치고는 노력한 편인데."

"그만큼 접근해서 네 발이나 연사했는데 다리에 한 발뿐이라니 좀 더 분발하라고요! 저와 도터 씨가 한 팀을 맺으면 무적의 살인마 콤비가 될 수 있으니까!"

"아니, 그런 건 되고 싶지 않은데…."

"동감이야. 그런 것이 되어서 뭐 하려고."

도터의 등 뒤에서 탁한 붉은 머리 여자가 모습을 드러냈다.

"하지만 사격 훈련은 해. 자위조차 못 하면 어떡해."

트리실이라는 여자였다. 용병 출신으로… 아마도 인간이다. 붕대가 감긴 오른팔의 이상한 낌새를 제외하면. 차브가 보기에 아무래도 도터의 정부인 것 같지만 상당한 실력자다.

"그 꼴로 영웅이 될 생각이야? 목 매다는 여우."

"그것도 되고 싶지 않은데…."

"아니, 되어야 해. 이건 너에 대한 벌이야."

"이미 충분히 받았어! 어째서 나만 이중으로 징벌을 받아야 하는 거야?"

"이야~ 그야 물론 도터 씨가."

차브는 웃고 있는 자신을 깨달았다.

"그만큼 나쁜 짓을 해왔기 때문이겠죠. 체념하는 게 좋아요."

정말 이 녀석들은…. 징벌용사 부대. 이 별나고 얼빠진 녀석들의 배후를 지킬 수 있는 것은 천재인 자신밖에 없을 것이다.

'나는 정말 마음씨가 좋은 것 같아. 다른 사람들을 챙기다가 인생을 손해 보는 타입이야. 애당초….'

징벌용사 녀석들따윈 딱히 좋아하지도 않았는데.

베네팀과 노르가유는 웃기는 녀석이라고 생각하지만, 그 이외엔…. 뭐, 생각해보니 자신은 너무 마음씨가 좋다. 자기 자신과, 자신이 좋아하는 녀석 외엔 아무래도 좋은데 말야. 인간이라면 보통 그런 것이라고 차브는 믿고 있다.

그렇다. '보통'이라면.

'정말 나는 박애주의자에, 세계에서 가장 착한 사람인 것 같아.'

차브는 떨어지는 피와 통증을 남의 일처럼 응시했다.

'내가 이렇게까지 힘냈는데 이겨주지 않으면 손해예요. 어떻게든 해주세요, 형님.'

그나저나 상대를 산 채로 놓친 것은 오랜만이었다.

스우라 오드. 차브는 그 이름을 속으로 중얼거려 보았다. 아주 약간 가시 같은 불쾌감을 느꼈다.

우리들이 발을 들여놓았을 때 왕성은 이미 난전의 소용돌이 속에 있었다.

앞다투어 돌입한 것은 다스미테아 가문을 필두로 하는 귀족 연합의 병사들이었다. 원참, 우리 징벌용사를 선봉으로 한다는 작전은 대체 뭐였지?

그들은 기세등등하게 '싱너'가 소환한 다리를 건너, 말릴 틈도 없이 성 안으로 돌입. —그리고 대환영을 받았다. 당연히 성 안에는 페어리들이 가득 차 있었기 때문이다. 들어가자마자 난전이 시작되어, 나와 테오리타는 그 뒷수습을 해야 했다.

"자이로! 또 옵니다!"

"알고 있어."

나는 성벽을 주먹으로 쳤다. 이쪽으로 오는 숫자는 일곱.

실내에서 싸울 수 있는 페어리는 소형뿐이다. 주력은 왜소한 인간형. 브라우니가 많다. 이 녀석들은 민첩해서 기습에 능하지만 탐사인이 돌아온 나와 테오리타에게는 무의미하다.

크게 트인 홀에서 2층 난간을 타고 뛰어 내려온다. 노리고 있는 것은… 또 이 녀석들인가. 문장으로 알 수 있다. 다스미테아 가문 녀석들이다. 요전번에도 뒤처진 채 힘든 전선을 떠맡고 있었다. 그런 역할을 떠맡는 부대인 것이리라.

그래서 친근감이 든 것은 아니지만 나는 나이프를

쥐었다.

"물러나 있어!"

호통치며 투척한다. 자테 핀데에 의한 폭격. 터져나간다. 운좋게 살아남은 녀석들은 테오리타가 소환한 검이 꿰뚫었다.

"흐흥! 우리들이 온 이상 이제 걱정할 것 없어요."

양손을 허리에 대고 테오리타는 다스미테아 병사들에게 선언했다.

"안심하고 상처를 치료하세요. 반드시 승리할 것을 약속합니다!"

"검의 《여신》. 그리고 '천둥의 매'…."

누군가가 중얼거렸다. 이상한 호칭으로 부르지 말라고 말하고 싶었다. 하지만 테오리타가 눈치챈 것처럼 부상자도 상당수 있다. 그것도 중상. 이런저런 잡소리를 할 시간에 철수시키는 편이 좋을 것이다.

"뭘 생각하고 있는 거야. 얼른 철수해. 이런 곳에까지 무리하게 돌입하다니."

"죄, 죄송합니다!"

고개를 숙인 소년 같은 병사는 낯이 익은 것 같다는 생각도 들었다.

"하지만 우리들보다 다스미테아 경이 먼저 돌입하셨고… 이 홀의 확보를 명받았습니다."

"그 바보 녀석."

나는 혀를 차고 싶은 것을 참았다.

다스미테아의 당주는 진짜로 바보다. 본인이 자멸하는 거라면 맘대로 하라고 말하고 싶지만, 녀석의 독주는 병사들까지 말려들게 한다.

"그 녀석을 쫓아야 돼. 어느 쪽으로 갔지?"

"저기, 위층으로요…."

"본대로군."

나는 바닥을 때렸다. 계단을 올라간 위층은 명백히 치열한 싸움의 최전선이다. 느껴지는 빈응의 숫자와 움직임으로 격렬한 공방이 펼쳐지고 있다는 걸 알았다.

"이제 됐어. 귀찮아. 테오리타, 얼간이들을 상대하느라 지쳤으니까 휴식하자."

"정말 나의 기사는 오해받을 소리만 한다니까요."

흐흥 하고 테오리타는 가벼운 코웃음 소리와 함께 웃었다. 쓸데없는 참견이다.

"여러분은 치료에 전념하세요. 나의 기사는 치료가 끝날 때까지 방어하겠다고 말하고 있습니다."

"아, 예! 고맙습니다! 아, 하지만, 저기…."

"뭔데? 이 이상 또 무언가 성가신 이야기를 하고 싶은 거야?"

"저기, 그것은…."

내가 노려보자 소년 병사는 명백히 위축되었다. 호흡이 힘들어 보이는 그 절박한 얼굴을 전에 본 기억이 있는 것 같은 생각이 들었다. 기억이 맞다면 그것은 켈프레시 마을에서….

떠올리려 했던 내 기억을 허사로 만들려는 듯 강렬한 소리가 머리 위에서 울려 퍼졌다.

큰 홀의 트여 있는 2층. 그 난간을 날려버리고 몇 개의 사람 그림자가 하늘을 날았다. 아니 던져졌다고 해야 할까? 낙하해오는 그 녀석들을 받아줄 여지는 없었다. 목이나 동체가 파괴되어 있다는 것을 알았다.

'이미 죽었어. 무슨 일이 있었던 거지?'

그런 것을 순식간에 생각할 수 있었던 것은 아니다. 조금 의표를 찔렸다는 게 솔직한 심정이다. 테오리타는 낙하한 사람에게 달려가려 했지만 내가 말렸다.

"무리야. 이미 죽었어."

"하지만…."

말하려는 테오리타의 얼굴을 나는 보고 싶지 않았다. 어떤 말을 해야 되지? 나는 망설였지만, 결국 그럴 필요도, 여유도 사라졌다.

"…뭘 하고 있어!"

위층. —안쪽 통로에서 달려온 녀석이 있었다. 다스미테아였다. 피투성이로, 몹시 혼란에 빠져 있다. 저건 본인의 피인가?

"얼른, 얼른 도우러 와라! 궤멸했다. —우리 정예가, 단지 그 한 마리한테…!"

"잠깐만요. 다스미테아 경, 다친 곳은?"

상당히 사무적이었을지 모르지만 병사 한 명이 직립하며 물었다. 하지만 정작 다스미테아는 그런 의미 있는 것에 대답할 여유가 없었다.

"인원을 모아라! 에스게인 각하에게 연락해서 전군을 동원해야 된다! 아니, 성을… 그래, 이 성을 통째로 파괴할 수 있는 병기를 내보내!"

"하지만 대체 무슨 일이."

"그, 그, 그런 말도 안 되는 괴물… 아니, 잠깐, 너는."

부서진 난간에 매달리듯 소리치더니 동공이 확장된 그 눈이 나를 보았다.

"징벌용사! 자이로 폴바츠! 그래, 너에게 명예를 주겠다. 네가 선봉을 맡아라!"

몹시 혼란스러워하고 있다는 걸 알 수 있다. 저 통로 너머에 무엇이 있었던 건가.

나는 다시 한번 발밑을 주먹으로 쳤다.

무슨 일이 있었는지, 2층에서의 싸움은 그 짧은 사이에 끝나 있었다. 움직이는 것은 아무것도 없다. 인간이든 페어리든. 아니… 단 하나. 몹시 천천히 움직이는 인간형 존재가 있다.

"마왕현상 아바돈이다! 아바돈!"

다스미테아는 계속 소리치고 있었다.

"녀석을 죽여라! 죽이지 못하더라도 시간을 벌어라. 알았지? 이건 명령이다!"

"자이로."

테오리타가 내 팔을 붙잡았다. 불만스러운 눈. 그래도 화를 내지 않는 것이 그녀답다.

"신경 쓰지 마. 어쩔 수 없어."

부상을 입은 병사들. 이 녀석들이 안전하게 치료를 하려면… 이 장소뿐만이 아니다. 성 안 어디에 있어도 싸움을 계속하고 있는 병사들이 한시라도 빨리 안전을 확보하기 위해서는 이 방법이 최선이다.

다시 말해 마왕현상의 수인을 죽이는 것.

'거의 한계에 가깝군.'

나는 자신의 가슴을 내려다본다. 외투를 고정하고 있는 파란색 문장이 희미하게 빛나고 있다. 축광도료로 표면을 처리한 것이다. 이것은 얼마나 더 싸울 수 있는지 판단하는 판단재료로 쓸 수 있다. —대충 나 자신의 체내 축광과 비슷한 시간 동안 광채를 유지하도록 조정되어 있다.

그 빛이 이 정도로 약해져 있다는 것은 보통 사람의 몇 배에 달하는 내 체내축광도 슬슬 고갈되어 가고 있다는 의미이기도 하다.

체내축광이 다 하면 성인을 기동할 수 없게 될 뿐 아니라 신체기능에 지장도 생긴다.

'하지만 뭐… 아바돈에게 내가 겁을 먹었다고 여겨지는 건.'

참을 수 없는 일이었다. 특히 이런 다스미테아 경 같은 얼간이에겐. 나중에 제이스따위에게 그런 소문이 퍼진다면 그야말로 최악이다.

"가자."

나는 테오리타의 어깨를 두드렸다. 옆에 있는 병사에게 '전진' 한다는 신호를 보내듯이.

"아무튼 명령이기도 하고, 이러니 저러니 해도 이게 가장 빠르기도 해. 여느 때의 방법인 거지. 우리들이 질 리 없어. 그렇게 생각하지?"

"…예."

테오리타는 강하게, 아주 강하게 내 팔을 잡고 고개를 끄덕였다.

"제가 축복해드릴 테니까, 반드시!"

"그래. —다스미테아 경. 마왕현상 아바돈은 어딨지?"

"이 안에 있는 게 당연하잖아!"

다스미테아 경은 2층 통로 저편을 가리켰다. 탐사인에 의해 나는 그쪽에 무엇이 있는지 이미 알고 있었다. 이 큰 홀보다도 넓은 공간. 천장도 올려다봐야 할 만큼 높을 것이다.

그런 장소는 이 제2왕도 왕성에서 한 곳뿐이다.

"옥좌 홀이다! 그, 불손한 마왕놈…!"

"그렇군."

나는 코웃음쳤다. 이 세상에는 왕을 사칭하는 녀석이 너무 많다.

◆

결국 자신은 이해할 수 없었다.

마왕현상 아바돈은 천천히 걸으면서 생각했다.

"나에게는 의문이 있어. 왜 우리 왕은 부잼 같은 존재를 특별시하는 건지."

아바돈 입장에서 왕의 지시는 너무도 이해하기 힘들었다. 애당초 마왕현상의 싸움에는 불합리한 부분이 너무 많다. 인간따윈 맘만 먹으면 금방 제압할 수 있다고 생각한 적이 있다.

"우리 왕에게는 목적이 있는 거야. 그저 인간을 지배하고 관리하며 다스리는 게 전부가 아냐."

중얼거리면서 발밑의 시체를 밟고 간다. 이 장소에 도달한 병사들. 나름 실력은 있는 듯했지만 자신의 적수는 아니었다.

다만 아직 숨이 붙어 있는 자도 있었다. ―쥐어짜내는 듯한 목소리를 내며 아바논의 발을 붙잡으려 한다.

"얄궂다고 생각하지 않아?"

아바돈은 그 병사의 머리를 짓밟아서 파괴하고 고개를 들었다.

넓은 공간이다. 무장한 인간이 가볍게 백 명은 늘어설 수 있을 것이다.

이 방은 인간들은 옥좌 홀이라 부르고 있는 듯하다. 오늘밤은 창백한 달빛이 아득히 높고 거대한 창문을 통해 쏟아지고 있다. 아바돈이 관찰한 바에 따르면 이 넓이와 형식은 예배당과 닮아 있다. 《여신》들이 아니라 국가의 왕을 예배하기 위한 방이다.

"마음을 읽고 이해할 수 있는 나지만, 이것만은 불가능해."

아바돈은 느긋하게 걸어서 옥좌에 도달했다.

"우리 왕의 마음만은 모르겠어. 이해는 할 수 있어도 안다고는 할 수 없지."

인간들의 시체에 말을 걸면서 아바돈은 그 옥좌에 앉았다.

"말 그대로 질 나쁜 농담 같군."

피로해져 있었다. 아직 인간들을 물리치고는 있다. 허나 언젠가는 한계가 올 것이다. 중요한 것은 그《여신》이다.《여신》테오리타. 녀석을 죽일 수만 있다면 최대의 목적은 달성된다.

그걸 위한 유도는 되어 있었다. 머지않아 그 징벌용사가 찾아온다.

"이것이야말로 내 충성의 징표."

그리고 아바돈은 양손을 마주치며 큰 소리로 웃었다. 우는 듯한 웃음이었다.

◆

돌입한 병사들이 소리치고 있었다.

—괴물.

마왕현상이 있었을 것이다. 그 일각, 그 회랑의 병사들은 거의 전부가 죽어 있었다. 간신히 살아남은 자도 예외없이 공포에 빠져 움직이지 못했다. 떨고 있을 뿐이다.

"아바돈이 이 회랑을 통과한 것 같군요."

조금 창백해진 얼굴로 테비가 그렇게 말했다.

아바돈이다. 이 참극을 일으킨 자의 이름을 성녀 유리사는 생각했던 것보다 냉정하게 듣고 있었다. 아니면 공포를 느끼는 능력이 마비되어가고 있는 걸까?

애당초 전장에 서는 것은 오늘이 처음이었다. 공포를 느끼고 도망친다든지 공황상태에 빠지는 게 아니라 그저 아무것도 할 수 없게 된다. 자신은 그런 부류의 인간일지도 모르겠다.

"현재 아바돈은 옥좌 홀에 있다고 합니다. 다스미테아 가문의 병사들과 교전한 후 그들을 모두 격파하고 지금은… 저기…."

드물게도 테비는 말미를 흐렸다.

"다스미테아 경의 지시에 의해 징벌용사 자이로 폴바츠와 《여신》 테오리타 두 명이 아바돈과의 전투를 맡는다고 합니다."

"…알았어."

유리사는 무리해서 딱딱한 말투를 썼다.

"나도 갈게."

"그만두는 게 좋을 겁니다. 다스미테아 경이 그들 두 사람만을 보낸 것도 그렇게 잘못된 판난은 아닙니다. 《여신》 테오리타의 '성검'이 있으면 최소한의 희생으로 토벌할 수 있으니까요."

"나… 나는 성녀야!"

무심코 외치는 듯한 목소리가 되었다. 유리사는 오른주먹을 움켜쥐었다. 몹시 근질거린다.

"징벌용사들에게 질 수 없어. 이 전장에서 가장 많이 듣는 것은 녀석들의 이름뿐이야. 그들은 어디서 싸우고 있지?"

"매우 위험합니다."

"위험한 곳에 가는 게 성녀의 역할이야. 장식에 지나지 않는 성녀 따윈, 의미가… 의미가 없어…."

"그건…."

테비가 난처한 듯한 얼굴을 했다. 쓴웃음에 가깝다. 잠시 그 시선이 좌우로 향한 것을 알았다. 여러 명. 무장한 종군신관과 병사들이 움직인다.

"…성녀 유리사. 당신의 몸은 매우 귀중합니다. 억지로라도…."

"억지로?"

유리사는 오른쪽 눈을 가늘게 떴다. 그때 그녀는 자신이 상상했던 것보다 큰 힘을 가지고 있다는 것을 인식했다. 겨우 몇 명으로, 아니, 몇십, 몇백 명이 있다고 해도 막을 수 있을 것 같나.

"그건 무리야. 나, 나는…."

유리사가 허공을 쓰다듬었다. 불똥이 튀며 벽이 소환되었고, 그것은 병사들과 테비, 그리고 자신을 격리하는 장벽이 되었다.

'그래. 나는 혼자서도… 혼자서도 할 수 있어. 해보이겠어.'

그럴 생각은 없었지만 방금 것으로 각오가 끝났다. 자이로와 테오리타는 자신들의 힘만으로 싸우고 있다. 다른 병사들을 말려들게 하지 않고 결전에 임하고 있지 않나.

"나는 성녀 유리사 키다프레니. 나는, 내가 바라는 전장에 갈 거야. 그, 그러니까 보내줘…. 부탁할게. 이번만은…!"

◆

통로를 지나는데 장애는 선혀 없었다.

페어리들의 모습도 없다. 그저 그 시체와 쓰러진 병사들만을 보았다.

그리고 나와 테오리타가 옥좌 홀에 발을 들여놓았을 때 마왕현상 아바돈은 놀랍게도 옥좌에 앉아 있었다. 도망칠 생각따윈 없다는 걸 태도로 보이고 있는 듯했다.

그 모습은 느긋하다는 말이 어울릴지도 모른다.

'뭐야? 이 녀석은.'

라는 게 내 감상이었다.

초로의 남자인 것처럼 보인다. 흰 관두의를 몸에 걸치면 신관이라고 해도 통할 것 같은 온화한 얼굴의 남자. 우호적으로 보이는 표정이지만 마왕현상의 표정이라는 것은 근본적으로 인간의 그것과는 의미가 다르다. 무엇이든 신용해선 안 되었다.

"만나서 기뻐. 징벌용사와 그《여신》."

아바돈은 왕처럼 옥좌에 앉은 채 몹시 친근한 말투로 말해왔다. 테오리타가 몸을 경직시키며 반 발짝 나에게 몸을 붙인 것을 알았다.

"하지만 조금 의외였네. 이곳에 도착하는 것은 타츠야 니나가와일 줄 알았는데."

니나가와…? 타츠야를 말하는 건가? 녀석의 과거를 알고 있다는 거야? 아바돈은 시선을 이리저리 돌리다가 안도한 듯 고개를 끄덕였다.

"그에게는 내 권능이 전혀 통하지 않으니 말야…. 덕분에 살았어."

"네 권능이 뭔데?"

"사람의 마음을 읽을 수 있어. 뭐, 《여신》과 계약한 성기사는 조금 읽기가 어렵긴 하지만…."

아바돈은 대수롭지 않다는 듯 말했다. 나는 몹시 혼란스러웠다. 숨겨두면 좋은 사실을 이렇게 간단히 가르쳐주는 이유를 전혀 알 수 없다. 완전한 거짓말이거나 무언가 의미가 있는 건가?

"그래. 네가 혼란스러워하는 것도 이해가 돼."

자신이 밝힌 능력을 증명하듯 아바돈은 내 내심의 의문에 고개를 끄덕였다.

"우호의 증표라고 생각해줄 순 없어? 나는 인간과 평화로운 관계를 맺고 싶으니 말야. 교섭을 위해 권능 정도는 밝혀도 된다고 생각하고 있어."

"뭐가 우호의 증표라는 거야. 시시한 농담이로군."

"하하하하! 좋아. 농담을 이해해줘서 기뻐. 나도 너희들과 우호적으로 접할 생각은 전혀 없어."

웃으면서 쓸데없는 소리를 하고 있다. 이렇게까지 유창하게 말하는 마왕은 부잼 이후로 처음이다. 하지만 이 녀석은 명백히 이쪽과 대화를 하려 하고 있다.

"허나 이것만은 믿어주길 바라. 나는 인간에게 위해를 가할 생각이 별로 없어. 오히려 효율적으로 관리해주려 하고 있지. 일종의 평온과 행복을 약속할게."

"행복이라고? 내일은 너희들의 먹이가 되어 죽을지도 모르는 상황에서?"

"그래. 개인주의인 너희 인간들이 납득하기 쉬운 관리방법을 검토하고 있어."

아바돈은 연설을 하는 사제처럼 양손을 펼쳐 보였다.

"죽는 것은 불필요한 자뿐이야. 그것도 인간들이 투표로 결정하는. 나쁘지 않지? 집단에 공헌할 수 있는 자, 혹은 갓난아기처럼 사랑받는 자에게는 살 가치가 주어진다고."

"바보냐? 죽어야 될지 어떨지 하는 것을 다른 사람에게 맡길 수 있을 것 같아?"

"음, 이해가 어렵군."

아바돈은 내 마음속의 무언가를 들여다보는 듯한 눈을 하고 있었다. 인간처럼 대화하고 표정을 짓고 있지만 이렇게 정면에서 보니 알 것 같다. 이 녀석의 눈에는 감정이 없다.

그저 어두운 구멍이 뚫려 있는 거나 다름없다.

"왜 그렇게 화를 내고 있는 거지?"

"알게 뭐야."

나는 아무것도 대답할 생각이 들지 않았다.

가치가 있는 자, 사랑받는 자만이 생존을 허락받는다. —그렇군. 그쪽이 더 원만한 세상이 될 가능성도 있긴 하다.

그래도 《여신》은 그런 세계를 허락하지 않을 것이다. 그녀들은 가치의 유무따윈 문제 삼지 않는다. 누구라도 구하려 한다. 세네르바는 그랬었고, 테오리타도 그렇다. 살려둬봤자 가치가 없으니까 누군가를 못 본 체하자는 발언을 그녀들은 죽어도 하지 않을 거라 단언할 수 있다.

그렇다면 누군가가… 누구라도 좋다. 누군가가 그런 태도를 긍정해도 좋을 것 같다는 기분이었다. 그녀들의 그 행동이 의미가 있는, 너무도 고결한 것이라는 것을 인정해주고 싶었다.

그리고 나는 다른 사람에게서 무언가의 규칙을 강요받는 게 몹시 열받는 성질이다. 힘으로 자신의 말을 따르게 하는 것은, 만만하게 보고 있다는 말이기 때문이다.

"그렇군…."

아바돈은 말 그대로 내 생각을 읽은 듯했다. 이것은 시험에 지나지 않는다. 정말로 마음을 읽을 수 있는지 하는 것의.

"정정할 게 있는데, 너는 무언가 오인하고 있어. 《여신》이라는 것은."

"그만 됐어. ―네 목적은 시간을 버는 거지? 테오리타. 시작하자."

나는 아바돈의 말을 끊듯 나이프를 뽑았다.

이 녀석은 정말로 자신의 권능에 대해 밝혔다. 그렇다고 하면 그 목적은 하나. 시간을 버는 것이다. 이유는 알 수 없지만 대화를 오래 끌려 하고 있다. 그렇게는 안 되지.

"당연해요! 마왕현상 아바돈!"

테오리타는 신관 같은 얼굴의 마왕을 손가락으로 가리켰다. 그곳에서 불꽃이 만들어진다.

"어떤 이유를 붙이더라도 사람들을 괴롭힌 것은 용서할 수 없습니다. 《여신》으로서 단죄하겠어요!"

"어쩔 수 없군."

검이 소환되어 쇄도하는 순간, 아바돈은 천천히 일어서려 했다.

하지만 돌연 그 몸이 흐려지듯 움직였다. 눈이 번쩍 뜨일 만큼 빠르다. 옥좌 홀에 깔려 있는 두꺼운 융단을 미끄러지듯 뛰쳐나온다.

"이 이상 시간을 끄는 것은 불가능한가. 성급하긴 하지만 대응하기로 하지."

솔직히 말해서 의외였다. ―겉모습으로 보아 접근전을 벌이는 타입으로는 보이지 않았다.

그렇게 오해하게 만드는 것이 초로의 신관 같은 외견을 하고 있는 이유일지도 모른다. 아바돈은 예상 이상의 속도로 거리를 좁혀 왔다. 그 팔이 덜컥 하는 맥 빠지는 소리를 내며 부풀었다. 비대화. 혹은 괴물화.

나는 테오리타를 떠밀듯 밀쳐낼 필요가 있었다.

"떨어져, 테오리타."

아바돈을 공격하기 위해 비상인 사카라를 기동시켜 이쪽에서 날렸다.

테오리타가 소환한 검은 아바돈이 가속한 탓에 완전히 조준이 빗나가 있었다. 아바돈은 팽창한 오른팔을 치켜든 후 내리쳤다. 주먹이다. 이것도 의외.

나는 왼쪽 나이프로 궤도가 비껴가도록 막았다.

'일일이 의표를 찌르는 걸 좋아하는 녀석이로군…!'

예상 이상으로 무거운 충격. 끼긱 하는 딱딱한 감촉. 내 나이프가 아바돈의 옷을 찢어서 피부가 엿보이고 있다. 거뭇거뭇한 체표.

상당히 단단하다.

다시 아바돈의 왼주먹이 휘둘러졌다. —옆에서 휩쓸듯이.

"좀 더 떨어져 있어, 테오리타!"

몸을 뒤로 젖혀서 피한다. 맞았다면 뼈가 부러졌을 것이다. 테오리타가 말려들면 위험하다.

'하지만 이 정도라면…!'

아바돈의 이 격투술은 일반인 수준이다. 그저 괴력을 가진 인간이 주먹을 휘두르고 있는 것이기에 회피하는 것도, 반격하는 것도 어렵지는 않다.

다만 폭파인은 이 거리에선 나까지 말려들 수 있기 때문에 선불리 쓸 수 없다. —그래도 방법은 얼마든지 있다. 테오리타도 있다.

'깔보지 마.'

후퇴해서 거리를 벌린 후 나이프를 투척한다. 당연히 아바돈은 한손으로 튕겨냈다. 그런 것은 예측하고 있었다. 가까운 거리라면 우리들이 압도적으로 유리하다. 그저 필살의 일격을 날리면 된다.

"여기서 끝내자! '성검'을…."

테오리타에 대한 주문은 거의 말을 매개할 필요가 없다. 의사의 일부를 공유하고 있다.

성검. 그 일격으로 끝낼 수 있다고 생각했지만 오른쪽 손목을 아바돈에게 붙잡혔다. 이쪽의 노림을 읽은 듯했다. —그렇군. 접근전을 벌여온 이유를 알 것 같다.

"전투는 별로 좋아하지 않고, 잘하지도 않아."

아바돈은 오히려 온화한 어조로 말했다. 방어. 아바돈이 날린 주먹을 몸을 움츠리며 팔꿈치로 막는다.

"하지만 이 거리, 이 속도라면 나에게도 승산은 있어. 그렇게 생각 안 해?"

막은 팔꿈치에 격렬한 통증. 뼈에 금이라도 간 것 아닐까 싶을 정도. 반격을 위해 궁색하게 날린 발차기. ―비상인을 이용해서 최대한 날려버릴 생각으로 날린 앞차기는 허공을 갈랐다.

'제기랄, 읽히고 있어.'

"그래."

아바돈은 회피했다. 내 팔을 순순히 놓아주고.

'웃기지 마.'

이리 되면 무언가 트릭이 필요하다. 이쪽 의식이 읽히더라도 문제가 없을 만한, 혹은 대처할 수 없는 방법. '성검'으로 노리는 건 좋지 않다. 한 번뿐인 큰 기술을 맞추려고 하면 오히려 피하기 쉬워진다. ―피해버리면 테오리타는 그것으로 완전히 소진되니 말 그대로 '끝장'이다.

고도의 접근전 능력을 가진 마왕. 이런 녀석이 가장 껄끄러울지 모른다.

"노, 놓치지 않겠어요."

테오리타가 검을 불러냈다. 땅바닥에서 돋아나거나, 하늘에서 쏟아진다. 아바돈은 그 전부를 아주 쉽게, 느긋하게 걷듯이 피하고 있다.

"《여신》의 마음은 확실히 읽기 힘들긴 하지만 적대감은 선명해. 아무리 적대자를 필멸하는 '성검'이라고 해도 맞지 않는다면."

좌우에서 협격하듯 날아온 검을 아바돈은 팔을 한 번 휘둘러서 튕겨냈다.

"아무런 위협도 되지 않아."

어느샌가 아바돈은 다시 내 코앞까지 와 있었다. 어떻게 해야 될까. '성검'을 맞추기만 하면 이길 수 있다. —허나 맞지 않는다. 이대로 가면 나만 일방적으로 피해를 입는다.

'칼날이 통하지 않는 방어력과, 마음을 읽고서 완전한 회피, 바보같이 센 완력.'

두꺼운 갑주로 몸을 감싼 맹수 같은 존재다.

'다스미테아의 '정예'가 한꺼번에 쓸려나간 것도 이해가 되는군…!'

허나 감탄하고 있을 때가 아니다. 무언가 다른 수단을.

생각하려 했을 때, 그것을 통째로 허사로 만드는 듯한 목소리가 들렸다.

"…가, 가, 가, 가라!"

비명과도 같은, 쥐어짜낸 듯한 목소리였다.

내 등 뒤. 테오리타보다 뒤쪽. 옥좌 홀의 입구에서다. 그 목소리와 동시에 소형 첨탑… 같은 것이 불똥과 함께 아바돈의 발밑에서 솟구쳤다. 꼬챙이로 꿸 듯한 속도로. 대기가 뒤틀리며 바람이 불었다.

"흠."

당연히 아바돈은 그것을 피했다. 너무도 어설픈, 공격이라고도 할 수 없는 소환.

허나 처음으로 마왕의 얼굴에서 미소가 사라져 있었다. 좋지 않다는 걸 알면서도 나는 돌아보았다.

"또 너냐?"

성녀. 유리사 키다프레니가 그곳에 있었다. 오른손을 앞으로 내밀고 있고, 오른쪽 눈에는 눈물이 고인 채 신음소리를 내고 있다. 혼자서 이곳까지 온 건가. 혹은 주위의 제지를 뿌리치고.

"넌, 뭘 하고 있는 거야!"

"구하러…."

유리사는 일단 말문을 흘렸다가 뚜렷한 어조로 다시 선언했다.

"구, 구, 구하러 왔어. 성녀의 역할을 수행하러!"

"바보냐? 얼마나 위험한 짓을 하고 있는 건지 알고 있어? 맞지도 않았고 말야!"

"그래요. 이곳은 위험해요!"

무슨 까닭인지 테오리타도 기세 좋게 소리치듯 말했다. 주먹을 치켜들기까지 했다.

"물러나세요. 저와 나의 기사만으로 이런 상대는 손쉽게…."

"아, 아직… 아직. 어떻게, 맞아라…! 맞아!"

테오리타의 경고는 무시당했다. 유리사는 필사적인 표정으로 팔을 휘두르고 있다. 불꽃. 이번엔 성벽이 만들어져 아바돈의 등 뒤를 막았다.

"맞아라. …맞아!"

그리고 그 벽에서 첨탑이 돋아났다. 등 뒤에서의 공격이었지만 역시 회피당했다.

하지만 너무도 어설픈 공격의 연속은 오히려 아바돈의 움직임을 제한하고 있었다. 크게 회피할 수밖에 없는 탓에 이동할 곳을 읽기 쉬워졌다. 이번엔 이쪽에서 선수를 칠 차례다. ―다만 그 공격은 아바돈의 다른 행동까지 이끌어냈다.

"음. 성녀라. 조금 눈에 거슬리기 시작했군."

아바돈은 발밑에서 솟구친 돌 첨탑을 뒤로 물러서며 걷어찼다. 엄청난 각력.

간단히 돌이 깨지며 잔해가 날아간다.

"원참. 어쩔 수 없군요!"

아슬아슬한 타이밍에 테오리타가 방어했다. 쏟아진 검이 잔해를 튕겨낸다. 명백히 유리사를 노리고 있다. 호위는 어디 있는 거야? 정말로 이 옥좌 홀에 혼자 보낸 건가? 이 녀석이든 저 녀석이든 대체 뭘 하고 있는 건지….

'웃기지 말라고.'

고민하는 사이에도 나는 앞으로 도약해서 아바돈에게 육박했다.

정면. 마구잡이로 첨탑과 성벽을 소환해댄 탓에 도망칠 장소가 거의 사라져 있었다.

"…잘 들어요. 이번뿐이라고요."

테오리타의 불만스러운 듯한 목소리. 검이 허공에 만들어졌다. '성검'은 아니지만 명검이다. 나는 그것을 붙잡았다.

"성녀 유리사. 이 《여신》과, 성기사 자이로의 싸움에 참가하는 것을… 특별히 허락하겠습니다."

특별히 라는 부분을 강조하면서 말했다.

나는 쓰게 웃고 아바돈의 어깨 위에서 검을 내리쳤다. 방어를 해도 상관없었다. 막히자 곧바로 손을 떼고, 다음 검, 테오리타가 새로 소환한 그것을 왼손으로 잡는다. 이번엔 찌르기. —이것도 팔에 의해 막혔지만 그 순간 칼날 끝이 폭발했다.

자테 핀데. 그 충격에 의해 아바돈이 비틀거렸다. 얼굴이 약간 일그러진다.

"그렇군. 훌륭해…. 이렇게나 빨리 이 정도로 대응할 줄이야…!'

아바돈을 수세로 몬다. 일격마다 후퇴시킨다. 그 등 뒤엔 성녀가 소환한 성벽이다. 나도 거리를 좁혔다. 앞으로 한 발짝.

'초근접거리. 여기서 해치운다. 내 움직임을 읽는다 해도…!'

애초에 도망칠 곳이 없으면 '성검'으로 끝낼 수 있다. 이 이상의 회피는… 아니, 그게 아니다.

"하하! 맞아. 훌륭해. 자이로 폴바츠…."

아바돈이 웃고 있었다. 그 오른팔이 부풀어올라 터지는 걸 알았다.

"잘도 여기까지 접근해줬어."

아바돈의 오른팔 안쪽에서 무언가가 튀어나왔다. 벌레다. ―내 손바닥 정도 되는 거대한 벌레떼. 부옇게 빛나는 하얀 체표. 그것이 아바돈의 오른팔을 뚫고 나와 공중에서 폭발했다.

'페어리. 위스프!'

그런 종류의 페어리다. 이빨을 가지고 있고, 하늘을 나는 애벌레 같이 생긴 기분 나쁜 소형종.

최악이다. ―너무 멍청했다. 직접 나와 맞붙는 것에 의해 근접전을 특기로 하는 마왕이라는 인식을 심으려 했다. 나도 원거리 공격 수단을 가지고 있지 않은 것으로 착각했다.

'이 녀석, 이런 것을 몸 안에 기르고 있었던 거냐?'

그것을 공격에 쓰기 위해. 나를 유인해서 호위할 사람이 없어진 테오리디를 노리기 위해. 이곳저곳이 부풀어오른 이 녀석의 육체는 벌레를 기르는데 최적이었을지 모른다.

"만물에 종말을 가져오는 《여신》 테오리타!"

아바돈이 소리쳤다. 벌레가 날아간다. 그중 몇 마리를 투척한 나이프로 날려버렸다. 자테 핀데의 침투가 간신히 성공한 나이프뿐이다.

"너만은 우리 왕에게 있어서 진정한 장애가 될 테니 여기서 퇴장해줘야겠다."

위스프가 쇄도했다.

정확무비한 테오리타의 소환도 그 전부를 요격할 수 없다. 표적이 작고 너무 빨랐다. 한 마리, 아니, 두 마리가 통과했다. 테오리타 쪽으로 달려들고 있다.

'틀렸어. 얼간이야. 나는.'

"그래."

내 욕설에 아바돈이 동의했다. 왼주먹을 휘둘러온다. 방어는 안 한다. 하고 있을 틈이 없다. 충격으로 호흡이 멎고 격렬한 통증. 늑골이 부러진 것 같다. 그 정도 대가라면 싸게 먹힌 셈이다. ―그 직후 나는 아바돈을 걷어찼다. 밀착거리에서의 비상인. 아바돈이 튕겨날아갔다.

유리사가 소환한 성벽과 충돌하며 균열이 인다.

'늦지 않기를…!'

치명적인 빈틈을 드러내게 된다는 것은 알고 있었지만 몸을 돌리고 곧바로 테오리타를 구하러 가려다… 관두었다.

"괜, 찮, 습니… 다."

테오리타에게 날아간 것은 두 마리.

"저는 당신의 파트너이자 모셔야 할 《여신》이잖아요?"

명백히 허세를 부리는 미소와 함께 테오리타는 말했다. 한 마리는 새로 소환한 검으로 간신히 막았다. 두 번째 녀석은 테오리타 자신이 허리 벨트에서 뽑아든 칼이었다.

전에도 본 적이 있다. 거의 장난감 같은, 겉만 번드르한 칼. 요프 시장에서 구입한 나이프였다.

'저런 것으로 용케….'

웃음이 나올 것 같다. 잘도 지금까지 소중히 간직하고 있었군. 그리고 가르쳐준 칼의 사용법도 제법 잘 기억하고 있었다.

테오리타는 겁먹지 않고 위스프에게 왼팔을 내주었다. 이로써 피할 수 없게 되었기에 그대로 거꾸로 쥔 나이프로 위스프를 찔렀다. 머리부터 일직선으로… 몸을 가른 후, 땅바닥에 내동댕이치고 거칠게 걷어찬다.

어느 틈엔가 테오리타도 이 정도는 할 수 있게 되어 있었다.

"과… 과연 저예요."

테오리타의 목소리는 떨리고 있고, 왼소매가 피로 물들어 있는 게 보였다. 신전 녀석들이 보면 졸도할 것 같은 광경일 것이다. 그래도 잘해냈다.

"그렇죠? 나의 기사. 칭찬하세요!"

"흠."

아바돈은 신음했다. 내가 걷어찬 탓에 거리가 벌어진 상태였다. 이번엔 온몸이 꿈틀대고 있다. 위스프의 잔탄이 아직 있는 건가?

"그럴 순 없어. 테오리타. 너만은…."

부웅. 기묘하게 공기가 진동하는 소리가 났다. 아바돈의 등에 곤충 같은 얇은 날개가 돋아나 있었다.

“너만은 무슨 일이 있어도.”

떠오른다. 하늘을 날 수 있는 건가.

‘이 녀석, 하나하나가 다 성가시군.’

어떻게든 해야 한다.

뭐든 좋으니까 방법이 하나 더 필요하다. 녀석은 하늘을 날 수 있고 마음을 읽을 수 있다.

‘그런 녀석을 따라잡을 수 있을까?’

이럴 때 평소에 나는 어떻게 했었지?

결론이 나오기도 전에 이미 한 발짝 앞으로 발을 내딛고 있었다. 자연스러운 동작이었다. 그때는 세네르바가 있었다. 세네르바가 소환하는 탑과 성벽이 있으면 그것을 이용해 비상인으로 가속해서 도망치는 상대를 따라잡을 수 있었다.

‘바보 같은 생각을 하고 있군.’

이미 세네르바는 없는데…. 없는데 나는 그 탑의 꼭대기를 밟고 있었다. 바닥에서 솟아난 작은 탑이다. 비스듬한 전방. 아바돈 쪽으로 사출하는 듯한 각도. 그것이 나를 가속시켰다.

언뜻 유리사가 보였다.

스스로도 놀란 듯 오른팔을 억누르고 있다. 오른쪽 눈에서는 눈물이 흐르고 있는 것처럼도 보였다.

‘…바보 같아.’

세네르바는 싸움 도중에 울거나 하는 녀석이 아니다. 그러니까 무언가의 우연일 게 분명하다.

세네르바의 오른쪽 눈과 오른팔이 유리사의 의사를 초월해서 나를 도우려 한다는 것은 있을 수 없는 일이다.

"흠…."

이미 아바돈의 얼굴에서도 미소는 사라져 있었다. 놀라고 있다. 마음을 읽을 수 있는 이 녀석이 놀라다니… 무엇이 그렇게 예상 밖이었던 거지?

"가세요. 나의 기사."

날카로운 테오리타의 목소리. 당연히 무리하고 있다.

"끝장내세요!"

불꽃과 함께 검이 허공에 생성되었다. 몇 자루나. 그것은 이제 아바돈이라도 다 피할 수 없는 양이었다. 다리를 꿰뚫어서 움직임을 멈추게 한다. 아바돈의 목에서 기괴한 울음소리가 흘러나왔다. 어쩌면 외침이었을지 모른다.

이제 곧 닿는다. 불과 몇 발짝. 사정거리.

"우리 《여신》을 겁먹게 하다니."

나는 충분히 자테 핀데를 침투시킨 나이프를 아바돈의 가슴에 때려박았다. 파열하듯 튕겨나간다. 그것으로 끝이다.

아바돈은 똑바로 쓰러졌다. 입을 반쯤 벌린 얼빠진 얼굴로.

내 쪽도 뒹구는 것 같은 꼴사나운 착지가 되고 말았다. 왼쪽 팔과 늑골에 통증. 아마 금이 갔을 것이다. 그리고 강한 피로감은 체내의 축광을 거의 다 소진해가고 있다는 증거다. 소모가 크다.

'웃기지 마. 아직 싸울 수 있어.'

나는 자신을 매도했다. 이 정도로 움직일 수 없게 된다면 《여신》의 기사 실격이다.

'정신 차려. 얼른 일어나서 완전히 숨통을 끊으라고…!'

거리는 대략 세 발짝 정도. 나는 쓰러진 아바돈을 노려보았다.

아직이다. 움직여야 한다. 아직 끝나지 않았다. ―앞으로 한 호흡이면 된다. 폐에 공기를 불어넣고 숨통을 끊는다. '성검'이 있다.

"후, 후후."

아바돈은 웃었다. 아직도 여유를 보일 생각인가.

'허세야. 이 녀석의 몸 안에 잔탄은 없어….'

나는 땅바닥을 주먹으로 쳤다. 탐사인에 의한 반향이 알려주고 있다. 아바돈의 몸 안에 다른 생물의 반응은 없다. 모두 소진되었다고 봐도 틀림없다.

"조금 이야기를 하게 해주지 않겠어? 자이로 폴바츠. 너희들과는 느긋하게 대화를 해보고 싶었거든…."

"거짓말 마."

"거짓말? 아니, 이건 농담이라는 거야. 개의치 않아도… 돼…. 인간들과 대화따윈 하고 싶지도 않아. 왕성에서의 역할은 이미 끝났어. 우리 왕의 목적이라면 이미 완수되어 가고 있지…."

마왕 아바돈은 신음하듯 중얼거리면서 내 등 뒤로 시선을 돌렸다.

'…뭐지?'

묘하게 조용함을 느꼈다. 오감이 곤두서는 듯한 착각.

옥좌 홀 입구가 소란스럽다. 많은 인간이 들어오고 있었다. 병사와 귀족들. 이미 아바돈의 통솔이 무너진 건지, 아니면 일부러 배제한 건지.

"후후."

아바돈은 웃었다.

달려오는 사람들 중에는 다스미테아 경과 마르코라스 에스게인 녀석까지 있었다. 성녀에게 달려가서 축복…, 혹은 그걸 가장한 질책을 하려 하고 있다. 유리사는 몸을 돌렸고, 테오리타는 병사들에게 둘러싸였다….

아바돈은 그쪽으로 손을 뻗고 있었다. 나는 그가 쥐고 있는 것의 정체를 깨달았다.

뇌장이다.

"자이로 폴바츠. 너는 참으로 영웅적이야. 너야말로 우리 왕이 원하는 자일지 모르겠군. 하지만 이것은 어떨까…?"

◆

무디게 쭉 늘어난 듯한 시간 속에서 나는 언젠가 테오리타와 나누었던 말을 떠올렸다.

"당신은 자신의 목숨을 너무 소홀하게 다루고 있어요."

그렇게 테오리타가 나에게 화를 낸 적이 있다. 투진 · 투가에서 카론을 해치운 후의 일이다. 이 말을 하는 테오리타의 눈에서는 불꽃이 보였을 정도다.

"남의 일로 화를 내기 전에 자신부터 생각하세요."

"나는 괜찮아. 나는 특별하니까."

나는 거만하게 대답했다.

"용사니 말야. 부활할 수 있어. 그래서 죽는 순서는 《여신》이나 평범한 병사들보다 우리들이 먼저야."

"하지만 기억을 잃게 돼요. 그게 계속되면 기억으로 형성되는 인격도. 그렇죠?"

마치 테오리타는 나를 꾸짖고 있는 듯했다.

“당신은 자신을 너무 경시하고 있어요. 목숨만이 중요한 것이 아닙니다. 당신에게서 잊혀지는 기억에 대해 생각한 적 없나요!”

“기억 정도로 끝난다면 싸게 먹힌 거야. 잃어버린 기억이 있다고 해도….”

거기서 나는 조금 생각했다.

무언가 획기적인 변명을 떠올리려다 결국은 흔해빠진 결론에 도달했다.

“그래. 새로운, 좀 더 괜찮은 기억을 만들면 돼. 세계가 끝나지 않았다면 간단한 일이야.”

궤변이라고 생각했다. 이때 나는 중요한 부분을 언급하지 않았다.

나에게서 잊혀지는 기억. 가령… 세네르바. 녀석에 대해 내가 잊어버리면, 녀석이 존재했다는 것이 거짓처럼 되어버리는 것 아닐까.

하지만 그래도, 그래. 나는 세네르바를 아직 기억하고 있다. 마지막에 남긴 말도 뚜렷하게.

『고마워. 내 몫까지 세계를 잘 부탁해』였다.

심한 저주와도 같은 말이다.

어쩌면 그 웃기는 말을 나는 잊고 싶은 것일지도 몰랐다.

◆

아바돈이 노리고 있었던 게 누구인지는 알 수 없다.

아무튼 빈사 상태였고, 조준이 정확한지 어떤지도 불분명하다.

테오리타일지, 성녀일지, 다스미테아일지, 에스게인일지. 그 밖에 내가 이름도 모르는 병사였을지도 모른다. 거기까지는 판단할 수 없었다. 얼빠진 이야기다. 누구를 구하기 위한 행동인지 스스로도 모른다는 건, 누구에게도 말하고 싶지 않다.

'최소한 《여신》이나 성녀를 지키기 위해서라고 난언할 수 있다면 그나마 폼이 날 텐데 말야.'

다만 그 순간에 할 수 있는 일은 하나뿐이었다.

나 자신의 몸으로 사격을 차단하는 것. 번개는 내 가슴을 뚫었다. 충격. 아프니 뜨거우니 하는 것을 인식하기 전에 나는…, 우리들은 해야 할 일을 했다.

"테오리타."

제대로 이름을 부를 수 있었는지 자신은 없다. 그래도 의사는 전해졌을 것이다. 허공에 불똥이 튀더니 그 검은, '성검'은 소환되어 내 손에 있었다.

몇 초 더 빨리 이렇게 해야 했다. 심호흡을 하고 나서 한다는 그런 느긋한 생각을 하다니, 제기랄. 나는 남은 힘으로 '성검'을 내리쳤다. 세계를 찢는 듯한 날카로운 빛이 순식간에 일섬의 궤적을 그렸다.

마음을 읽는 권능을 가진 아바돈도 이미 회피나 방어는 할 수 없었다.

"정말, 너는, 영웅적이야!"

빛에 휩싸이기 직전, 아바돈은 분명히 다시 웃었다.

"하지만 알고 있겠지? 그 행동 끝에 기다리고 있는 것은 네가…."

그 뒷말은 들리지 않았다. 나는 무릎을 꿇고 있었고, 급격히 의식이 멀어지고 있었기 때문이다.

무언가 소리치고 있는 테오리타의 목소리가 내 심장 소리를 지우듯 울려 퍼졌다. 뭐라고 하는 거지? 어차피 나를 야단치고 있는 거겠지.

그렇다면 좀 더 분명히….

마왕현상 아니스에게 결정타를 날린 것은 프렌시의 참격이었다.

이로써 네 개째의 촉완을 잃게 된 셈이다. 실제로는 세 개째의 촉완을 파트세가 불태웠을 때 승패는 거의 결정되었다고 해도 좋다. 큰길에서의 저격 지원이 집중을 방해해서 근접공격을 가능하게 했다. 이미 아니스는 궁지에 몰려 거친 숨을 내쉬고 있었다.

하지만 가장 치명적인 빈틈은 그 직후였다. 프렌시를 요격하려고 자세를 취한 순간, 아니스는 무슨 까닭인지 몸을 경직시키고 왕성을 돌아보았다.

프렌시는 거기서 잽싸게 파고들기만 해도 되었다. 곡도의 일섬.

"말도 안 돼."

프렌시에게 팔이 절단된 순간, 아니스는 멍한 표정으로 정지해 있었다. 치명적인 빈틈이었다. 거의 반사적인 요격으로 프렌시를 떨쳐내려 했지만 추스르지 못하고 있다는 것을 알았다.

"있을 수 없어. 그런 일은…."

아니스의 얼굴에 명백한 표정이 떠올라 있었다. 그것은 지금까지 부상을 입으면서도 결코 떠올린 적 없는 종류의 표정. ―다시 말해 절망에 가까웠다.

"각하."

그 눈동자가 왕성 쪽을 향했다.

'함정이 아니야.'

그렇게 파트셰는 판단했다. 촉완을 네 개나 잃고 다리까지 부상당한 상태에서 그런 빈틈을 드러내는 것은 이치에 맞지 않는 것으로 생각되었다. 그리고 아니스의 그 검은 눈동자에는 눈물까지 떠올라 있지 않았나? 진정한 절망, 혹은 슬픔일까?

왕성 쪽의 싸움에서 무슨 일인가가 일어난 건가? 자이로 일행이 결정적인 전과를 올린 것인지도 모른다. 그렇다면 자신들도 꾸물대고 있을 수 없다.

"니스타기스!"

창끝이 불타올랐다. 그것을 휘두르면 화염의 소용돌이가 발생한다. 그대로 아니스에게 휘두르려다가… 멈춘 것은 이번에도 파트셰의 전투에 대한 직감 같은 것 때문이었다. 살기. 증오와도 같은… 그 징조.

화염의 소용돌이를 공격이 아니라 방어에 쓴다. 가로로 휘둘렀다.

결과적으로 그것은 올바른 판단이었다. 어딘가에서 쏘아진 번개가 불꽃 벽에 삼켜지는 게 보였다.

뇌장에 의한 사격. 그것을 판단하기 전에 다음 성인장벽을 전개한다. 번개가 그곳에 연속으로 쏘아졌고, 마지막으로 화살이 날아왔다.

그것을 반사적으로 떨군 것이 파트셰의 실책이라 할 수 있을지 모른다.

"굉장하군요."

그런 목소리와 함께 날아온 화살은 발밑에서 폭발했다.

"단순한 반응으로 막을 수 있는 게 아닌데요. 보통은. 이야…, 놀랐습니다."

거기에 작은 통 모양의 기구가 묶여 있는 것이 언뜻 보였다. 성인폭탄. 빛과 충격이 터지고 파트셰는 쓰러지지는 않았지만 그 자리에 주저앉을 수밖에 없었다.

심한 통증이 있었다. ―오른쪽 다리. 떨어져 나갈 만큼 손상을 입었다. 뼈까지 부서졌을 정도의 부상.

"파트셰 키비아! 뭘 하고 있나요. 정말 꼴사나운…!"

프렌시의 매도. 그녀도 추격하려 한 것 같지만 연속된 뇌장의 발사음이 그녀의 발을 묶었을 거라는 것은 어두워진 시야에서도 예상할 수 있었다. 혀를 차는 소리까지 들렸으니 확실하다.

"아니스, 철수하죠. 이곳은 이제 충분합니다."

"하지만… 각하가! 각하의 '파동'이 끊겼어…. 그렇다면 내가 존재할 의미는."

누군가의 목소리에 아니스가 무언가를 반론하려 했다. 결국은 의미가 없었지만.

"각하의 명령입니다. 철수를."

다시 폭음. 성인폭탄을 집어던진 건가. 이런 오른발로는 회피할 수 없다. 성인장벽을 전개하고 길바닥에 뒹굴 수밖에 없었다.

"아니스. 아직 당신에게는 해야 할 일이 있어요. ―전언을 부탁받았습니다. 정말로 아바돈 각하에게 충성을 보이고 싶다면 함께 와주십시오. 그것이 사는 의미입니다."

"기이…."

짧은 신음. 그와 동시에 밀려드는 냉기의 바람. 폐가 얼어붙을 것 같다.

"아니스! 멈춰…!"

파트셰는 쥐어짜내듯 소리치며 일어서려 했다. 가능할 리 없었다. 오른쪽 다리의 통증을 다시 실감했을 뿐이었다. 몸을 비틀어 올려다보아도 지붕 위에 이미 아니스의 모습은 없었다. 그리고 성인 폭탄을 집어던진 누군가도.

움직일 수 없다. 이 다리는 수리소에서 고쳐야 할 것이다. 지혈을… 응급조치를 해야 한다.

"…정말 꼴사나워 그렇게까지 몰아붙였는데 놓치다니. 정말 심한 실패야."

프렌시가 쥐어짜내듯 중얼거렸다.

"이래가지고… 정말로 그 남자를 되찾을 수 있겠어? 얼빠진 것에도 정도가 있어…!"

되물을 것까지도 없이 그녀의 말은 그녀 자신에게 한 말이라는 것을 알았다. 인정하는 것은 왠지 불쾌하지만 역시 자이로와 같은 고향 사람인 것 같다.

『—징벌용사 9004부대. 들립니까?』

목에 있는 성인에서 목소리가 들렸다. 제8성기사단 단장 아디프 츠이벨. 그 새침한 얼굴의 냉혹한 표정이 떠오른다.

아디프 츠이벨. 제8성기사단 단장. 과거 파트셰가 성기사단 단장이었을 때부터 왠지 친해질 수 없을 것 같다고 생각한 상대다.

물론 그녀가 친해질 것 같다고 생각하는 상대는 기본적으로 적다. 연령이나 입장이 떨어져 있거나, 괜히 벽을 만드는 상대뿐이었다. 애초에, 애초에 성격이 맞을 것 같지도 않았다. 예외는 동기인 사베테 피즈바라 제4성기사단 단장이지만 학창시절부터 그녀에게는 놀림을 당한 기억뿐이다.

『징벌용사 9004부대. 응답을. 혹시 전멸했습니까?』

『—에에…. 예. 송구스럽습니다만 전멸은 하지 않았고, 들리고 있습니다. 용건을 부탁드립니다.』

응답한 것은 이 제2왕도 어딘가에 있을 베네팀이었고, 파트셰는 묵묵히 그것을 듣고 있었다. 아니프 츠이벨의 발투는 여전히 기분을 상하게 하는 것이었기 때문이다.

『전황이 변했습니다. 소토 작전으로 들어갑니다. 시민들을 데리고 왕성 앞, 젠코츠 보호 지정 공원에서 합류해주시길.』

『—소, 소토 작전…? 합류? 저기, 무슨 뜻이죠?』

『전황이 변했다고 했습니다. 우리들이 승리한 것 같습니다. 적어도 이곳은 말이죠.』

『에엣? 죄송한데 그것은….』

『성녀 유리사 키다프레니가 이끄는 마르코라스 에스게인 총독의 공격부대가 왕성을 함락시켰습니다. 아바돈은 자이로 폴바츠가 토벌했다는군요. 우리들의 승리입니다.』

너무도 허망하다고 생각했다.

'자이로와 테오리타 님은 성공한 건가….'

그런 것치고는 연락이 없었다. 그 남자와 《여신》의 성격상 가장 먼저 끝났다고 조금 으스대는 목소리로 보고할 터였다. —그래서 파트셰는 침묵하고 있었다. 베네팀과 다른 징벌용사들도 마찬가지였다. 그것은 즉 '끝'을 선언할 사람이 없다는 것을 의미한다.

안 좋은 예감이 들었다. 이럴 때 제일 먼저 투덜대며 끼어들 것 같은 남자가 침묵하고 있다. 왜 발언을 안 하는 거지?

『그리고 마왕현상 슈갈도 격파가 확인되었습니다. 다만.』

아디프의 말에는 어딘지 매몰찬 어감이 있었다.

『제이스 파치락트와 자이로 폴바츠가 사망했다는 보고가 있습니다. 겔프로라가 그림자 병사로 유해를 회수할 예정이니 수령과 확인을 부탁드립니다.』

'자이로 폴바츠….'

언제나 화난 듯한 남자의 얼굴이 뇌리를 스쳤을 때 강하고 차가운 바람이 분 것 같았다. 파트셰는 밤하늘을 보았다. 맑게 갠 흰 달빛 아래 본격적인 겨울의 도래를 알리는 바람이었다.

'바보 녀석. 너무 어리석어.'

어쩌면 소리를 내어 투덜댔을지도 모른다. 프렌시가 꼴사납다고 말했던 기분이 잘 이해되었다.

『테오리타 님은 우리 켈프로라가 보살피기로 했으니까, 그들의 유해는 우리들이 최대한 정중하게 반송하겠습니다.』

그 말투도 그렇고 다른 것들도 그렇고 아디프 츠이벨이라는 남자는 정말 신경을 거스르게 하는 남자였다.

'이것으로.'

파트셰는 저편에 있는 왕성을 보았다.

그 성벽이, 첨탑이, 빛에 싸여 재생되고 있다는 걸 알았다. 그 '성녀'의 힘인 걸까? 건조물을 소환한다는 힘.

그것이 왕성 자체를 급격히 복구하고 있다.

'끝난 건가? …정말로?'

무언가 돌이킬 수 없는 패배를 해버린 듯한 기분이었다.

◆

'일단은 성공한 것일지 몰라.'

토비츠 휴카는 생각했다.

도시 북문을 빠져나와 추격을 물리쳤다. 시가전에서 활약하지 못하고 온존해두었던 대형 페어리들이 그 진가를 발휘한 형태다. 바게스트가 전열을 유린하고 트롤이 피해를 확대시켰다. 괴물들의 집중운용은 역시 힘을 발휘한다.

이것들은 모두 아바돈이 맡긴 것이다. 아마 지금쯤 그는 죽었겠지. 목적 달성을 위해서라면 목숨따윈 아깝지 않다. 그렇게 생명에 대한 집착이 없다는 것이 어떤 의미에서는 곤충 같다고 생각되었다.

이거라면 동이 틀 때까지는 충분히 거리를 벌 수 있을 것이다. 북방에 전개되어 있는 제11성기사단을 우회해서 더 북쪽으로. 토비츠는 달리는 말에 더 박차를 가했다.

'나쁘지 않아.'

토비츠는 지금까지 해온 일들을 떠올렸다.

상성이 안 좋은 성기사단과의 싸움을 피하고 시가지의 교란에 집중했고, 스우라 오드에게는 '비장의 카드' 부대를 수색하게 했다. 스우라 오드 자신도 목숨을 잃지 않고 도주 중이라고 한다.

그리고 무엇보다 아니스다.

'잃지 않아서 다행이야.'

그것이 가장 크다.

지금 마왕현상 아니스는 토비츠 등 뒤에 있다. 함께 말을 타고 있다. —그 차가운 체온이 전해져 온다. 중상을 입은 듯하지만 치명상과는 거리가 멀었다.

다만 그 정신에 대한 영향은 심각했다. 다시 말해 아바돈이 죽은 영향이.

"말도 안 돼."

토비츠가 그것을 전했을 때 아니스는 망연자실해 있었다.

"각하께서 패해서 소멸되었다니, 그럴 리가 없어."

"사실이에요."

아니스를 동요하게 만들고 있다. 감정의 흔들림 같은 것을 자신의 말이 초래했다. 그것에 토비츠는 어두운 고양감을 느끼고 있었다.

"이렇게 될 것을 아바돈 각하는 이미 예상하고 있었습니다. 그래서 저에게 당신을 구하러 가라고 한 거죠."

"누가, 각하를."

"글쎄요. 저도 직접 본 것은 아니라서 뭐라고 하기 힘들군요."

"…어쩌면 동족 살해자일지 몰라. 팩 푸커. 스스로를 라이노라 밝힌 남자가 있었지."

옆에서 딱딱하고 마른 소리가 났다. 그러고 보니 또 한 사람. 제2왕도에서 탈출한 마왕현상이 있었다. 부잼. 그도 중상을 입고 도주해온 듯했다.

아니스와 단둘이 여행하는 것을 방해받은 형태가 되었지만 나쁘지는 않다. 호위라고 생각하면 믿음직한 상대다. 실제로 길을 막고 있던 연합군의 보병들을 아무런 어려움도 없이 쓸어버렸다. 그는 말이 변이한 페어리인 코슈타 바워를 타고 있었다.

"그 남자는 사악하고 강력해…. 내가 도망칠 수 있었던 것도 그것을 묵인해준 덕분이야."

"동족을 살해한 그 마왕현상입니까?"

그것을 들었을 때는 믿기지 않았지만 금방 생각을 고쳐먹었다.

인간이면서 마왕현상의 편을 드는 사람은 많다. 자신도 그렇다. 어느 정도의 지성을 가진 마왕현상의 주인이 있다면 그중에는 그러한 '별종'도 있을 것이다.

"팩 푸커. 녀석은 경계할 가치가 있어."

부잼은 그렇게 말을 이었다. 어지간히 충격이 컸던 모양이다. 팩 푸커. 그 이름을 입 밖에 냈을 때 목소리가 희미하게 녹이 슨 듯한 어감을 띠었다.

"나는 처음으로… 공포라는 감정을 알았다고 생각해. 녀석에게는 정신적으로도 패배했어. 그 남자를… 뛰어넘지 않으면 우리 왕에게 중대한 위해를 가할 가능성이 있어."

"그렇군요. 알았습니다."

인류의 편을 드는 마왕현상. 아무리 강력하고 사악한 상대라 해도 대처할 방법은 여러 가지 있다.

"그쪽은 언젠가 제가 손을 쓰기로 하죠."

"할 수 있겠어? 녀석은 교활해. 무슨 짓을 할지 알 수 없어."

"뭐, 아마도 어떻게든 할 수 있을 겁니다. 사악함이라면 인간 쪽이 더 위라고 생각하니까요. ―그보다 부잼, 당신은 그것을 결코 손에서 놓지 마시길. 아바돈 각하의 유지입니다."

"…이 상자가?"

아바돈이라는 말에 아니스가 희미한 반응을 보였다. 부잼이 짊어진 관짝 같은 상자를 바라본다.

"우리들은 목적을 달성했습니다. 인류에게는 충분한 공포를 주었고 필요한 것도 회수했습니다…. 각하는 처음부터 이것을 제2왕도에서 가져오는 것이 목적이었던 것 같습니다."

필요한 것.

토비츠는 부잼이 줆어진 장방형의 상자…, '관짝'과 비슷하지만 그렇게 부르기에는 조금 작은 상자를 바라보았다. 관이라고 하면 작은 아이를 위해 특별히 만들어졌을 것이다.

그것은 제2왕도의 왕성에 안치되어 있던 어느 《여신》의 유해였다.

"대지의 《여신》과 탄식의 《여신》의 유해… 라고 하는군요."

이것을 가져오기 위해 아바돈은 제2왕도를 점거한 후 인류로 하여금 공격하게 했다.

제2왕도 어딘가에 이들 《여신》의 유해가 감추어져 있다는 것은 알고 있었던 모양이다. 문제는 그 장소였다. 왕족을 붙잡을 수 있었다면 아바돈의 권능으로 알아낼 수 있었을지 모르지만 놓치고 말았기에 보통의 방법으로 발견하는 것은 곤란했을 것이다.

그래서 연합왕국군으로 하여금 왕성을 공격하게 했다.

군대가 화력을 집중시키는 곳. 그리고 그렇지 않은 곳. 그것들을 고찰하면 이 《여신》의 유해가 숨겨진 장소를 알아낼 수 있다. 토비츠가 부탁받은 것은 그 탐색과 회수였다.

아바돈은 처음부터 자신도 시간을 버는 도구의 하나로 생각하고 있었다. ―다른 마왕현상들조차 양동에 지나지 않았다.

모든 것은 이 《여신》의 유해를 마왕현상의 수중에 넣기 위한 행동이었던 셈이 된다.

"각하께서 말씀하시길… 제3차 마왕토벌에서 인류는 '성녀'라는 살아 있는 병기를 만들어냈다고 하더군요. 두 《여신》의 팔과 눈을 접합한 특별한 인간이었다던데."

제3차 마왕토벌때 대지의 《여신》과 탄식의 《여신》의 헌신에 의해 한 명의 '성녀'가 만들어졌다. 그 힘에 인도된 인간은 마왕현상을 크게 위협했고, 결국 화해하는 것에 성공했다. 그때 쓰인 것은 《여신》의 유해였다… 고 한다.

그 둘이 제2왕도 제이아렌테에 숨겨져 있었다.

"이것을 우리 왕에게 전해야 합니다. 알현할 허가를 받았으니 그 역할은 아니스, 당신이 수행해야 합니다."

토비츠는 굳이 '우리 왕'이라는 말을 입 밖에 냈다. 이미 자신은 인류를 이탈해 마왕현상 쪽에 서 있다.

'아니스를 위해서야.'

그것을 위해 세계를 적으로 돌렸다. 머릿속에서 문장으로 표현해 보고 그만 웃고 말았다.

'내가 생각해도 저렴하군. 하지만 사실이야…. 평범하게 살고 있었다면 이런 일은 절대 할 수 없어.'

따분함과는 거리가 먼 미래가 열리는 것을 토비츠 휴카는 느끼고 있었다.

"그러니까 마음을 강하게 먹으세요, 아니스. 아바돈 각하는 당신에게 앞으로의 싸움을 맡겼습니다."

"각하가 나에게…."

거짓말이다. 그런 말까지는 듣지 않았다. 그저 '왕'에게 이 유해를 전하라고 명령받았을 뿐이다. 그래도 아니스에게 있어서는 몇 안 되는 행동지침 중 하나인 듯했다.

"인류는 마침내 '성녀'라는 병기를 만들어낸 듯하군요. 그들은 아직 그게 얼마나 위험한 일인지 모르고 있어요."

토비츠는 아니스를 격려하지 않고 굳이 담담하게 말을 이었다.

"그래서 이 《여신》의 유해가 그들을 더 큰 붕괴로 내몰 겁니다."

"…각하는 그밖에 무엇을?"

아니스의 말은 차갑고 감정이 없다. 하지만 확실히 힘이 돌아오고 있다는 것을 느꼈다.

"아쉽지만 여기까지입니다."

토비츠는 진실을 말하지 않았다. 필요가 없다고 생각했기 때문이다. 이 이상은 스케일이 너무 커져서 진실처럼 생각되지 않게 된다. 아바돈이 그녀에게 기대하고 있었다는 것까지 전하는 것은 이런 상황에서는 과도할 것이다. —이제 마음을 읽힐 걱정도 없다.

아니스의 숨결을 등 뒤로 느꼈다. 어쩌면 한숨이었을지 모르지만 굉장히 차갑다.

"그럼 여기서부터는… 내가 각하의 역할을 이어받기로 할게."

"예. 저는 기꺼이 따르겠습니다."

"왕을 배알해야 돼."

아니스는 토비츠의 말을 무시했다.

"부잼. 왕이 있는 곳을 알고 있습니까?"

"몰라."

"너는 원래 왕의 근위잖아. 어째서 파악하고 있지 않은 거지?"

"모르는 것은 몰라. 왕이 소식을 끊으면 누구도 그것을 알아내는 것은 불가능해. 아주 간단한 이치라고 생각하는데."

잠시 아니스는 침묵했다. 언짢은 낌새를 등 뒤로 느낀다. 냉기가 강해졌다. 하지만 아니스가 그것을 표명하기 전에 부잼은 다시 입을 열었다.

"다만 추측은 할 수 있어."

"…다음부터는 그것은 동시에 대답하도록 해."

"그렇군. 묻지 않은 것을 대답하는 것은 예절에서 벗어난 일이라고 생각했는데."

"그런 것은 아무래도 좋으니까 얼른 추측을 말해봐."

"왕은 아마 인간의 도시에 있을 거야. 제1왕도나 신성도시."

이 말에는 토비츠가 놀랐다. 설마… 마왕현상들의 왕이 인간의 도시에 잠복해 있다는 말인가.

다만 아니스는 전혀 동요하지 않고 간결하게 고개를 끄덕였다.

"그래. 그렇다면 토비츠와 부잼. 너희들이 배알하고 지시를 받도록 해. 나는 북쪽으로 갈 테니까."

"당신과 떨어져 행동하는 겁니까? 조금 쓸쓸하군요."

"인간들의 군을 요격할 준비를 할 거야. 애당초 이것은 아바돈 각하의 구상이었어."

강해지는 북풍에 눈이 섞이기 시작했다.

본격적인 겨울이 찾아오고 있는 것이리라. 북쪽으로 갈수록 추위는 더 심해진다. 가도는 눈으로 덮이고 해협은 얼어붙는다. 그런 계절이 찾아온다.

"겨울이 끝나고 봄이 오면 인류는 결전에 임할 거야. 그리고 최종적으로는…."

아니스의 목소리에는 억누른 듯한 분노 같은 것이 있었다.

"최종적으로는 반드시 우리들이 인류를 복종시킬 거야. 아바돈 각하는 그렇게 말씀하셨어. 그러니까 나는 반드시 그 말을 실현해야 돼…. 그리고."

신음하듯 중얼거린다. 아니스에게도 감정이 있었던 건가? 아니면 지금 배워가고 있는 중인가?

"인간들."

아니스는 하늘을 올려다본 듯했다.

"아바돈 각하를 죽인 자를 용서하지 않겠어. 반드시 찾아낼 거야. 내가 빼앗긴 것처럼 그자도 빼앗겨 봐야지."

토비츠의 어깨를 붙잡은 아니스의 손은 차가웠고, 스며들 듯 아팠다. 그래도 토비츠는 그 아픔을 기분 좋게 느꼈다.

이것이 현실을 느낀다는 것이다.

◆

성녀는 잘 처신했다고 할 수 있을 것이다.

말 그대로 이 싸움을 승리로 이끈 상징으로 어울린다. 그녀가 왕성의 발코니에 서서 양손을 벌리자 파괴된 성벽이 재생되어 가는 게 보였다.

'하지만 너무 지나친 감이 있어.'

다스미테아 가문의 당주인 하빈 다스미테아는 그렇게 생각했다.

'이래선 우리 귀족 연합이 가려지고 말잖아…!'

명예와 체면. 그것이 귀족 가문의 격을 유지함에 있어서 중요하다. 아직 미덥지 않은 그의 아들들과 어린 딸, 그리고 병치레가 잦은 아내를 위해서라도 가문의 격을 사수해야 한다. 영지와, 그곳에 사는 영민들의 문제이기도 하다. 영주가 쇠퇴하면 영지를 보호할 힘도 사라져간다.

그러기 위해서는 아무리 생각해도 방해가 되는 것이 '성녀'의 존재였다.

이번 싸움에서 성녀는 힘을 너무 과시했다. 마왕현상 아바돈의 토벌을 완수한 지금, 신전이 힘을 너무 가지게 된 셈이 된다. 성녀의 싸움을 위한다는 명목으로 기부를 요구하는 일도 늘어날 것이다. 그것을 거부하면 정치적인 불리를 떠안게 된다.

그렇다면 다스미테아를 비롯한 귀족 연합이 취해야 할 수단은 하나다.

성녀의 영향을 약화시키는 것. 가장 쉬운 수단은….

'암살이로군.'

귀족 연합 중에선 그 방법이 가장 확실하다고 생각되고 있었다. 물론 지금 당장 실행하는 것은 아니다. 좀 더… 유리사 키다프레니가 성공을 거듭하고 승리가 현실적인 것이 되었을 때 전사라는 형태로 죽게 해야 한다.

그걸 위해서는 지금부터 주도면밀하게 준비할 필요가 있다.

'신전 녀석들이 기세등등해지는 꼴은 볼 수 없어.'

다스미테아는 그런 종교적 자세를 혐오하고 있었다. 《여신》을 숭배하는 것은 그게 도움이 될 때뿐이다.

'언젠가 죽인다. 그것만은 확실해.'

생각에 잠기면서 다스미테아는 몰래 홀을 떠났다.

약속이 있었다. 이런 거친 일에 능한 자들이 있다. 모험자가 아니라 좀 더 어두운 사회에 속한 자들이다. 서방에서 살인과 저주를 생업하는 하는 자들로, '녹지(綠指)'라고 한다. 특이한 독의 취급에도 능하다.

그들과 계획을 세운다. 가능하면 유리사에게 가까이 다가갈 수 있는 친위대에 잠입시켜두고 싶다. 신뢰를 쟁취하고 여차할 때 암살할 수 있는 상태를 준비한다.

아무리 더러운 수단이라도 다스미테아는 실행할 생각이었다. 그것이 바로 지켜야 할 것이 있는 귀족가 당주의 책임이라고 믿고 있다.

'저긴가.'

그리고 다스미테아는 왕성 뒤편에 도착했다. 여기서 만날 예정이었다. 그리고 실제로 하나의 그림자가 있었다. 역시 여자였다.

'—하나?'

말을 걸려다 다스미테아는 마음을 고쳐먹었다. 그를 기다리고 있는 것은 네 명의 숙련된 '녹지' 아니었나? 안 좋은 예감이 들었다. 어느샌가 허리에 찬 뇌장에 손을 가져가고 있었다. —하지만 무의미했다.

"…성녀 유리사에게 위해를 가하는 것은 그만두십시오."

컥. 다스미테아는 자신이 기묘한 가래를 뱉었다는 것을 깨달았다.

뒤를 이어 목이 타는 듯한 뜨거움. 아주 자연스러운 움직임으로 여자가 몸을 돌리고 있다. 그 손에는 짧은 검이 있었다. 끝부분에 피가 묻어 있다.

'아직… 거리가 있었을 텐데.'

뇌장의 사정거리는… 대략 열 발짝. 그만한 거리를 이 여자는 단숨에 좁혔다. 어딘지 난처한 듯한 미소로 그녀는 다스미테아의 어깨를 잡았다. 오히려 자상한 몸짓으로… 쓰러지기 전에 부축한다.

"그런 것은 곤란합니다. 예정과는 다르고, 사람을 죽여야 되기도 하고."

다스미테아는 그 여자의 얼굴을 본 기억이 있었다. 이런 상황에서도 떠올렸다.

'테비. 그, 성녀를, 호위하는 여자….'

다스미테아는 이미 자신이 죽어가는 것을 깨닫고 있었다. 미간을 좁히고 웃는 테비의 등 뒤에는 네 구의 시체가 있었다. 녹색 옷의 남자들. 원래는 여기서 만날 예정이었다….

"저는 되도록 평온하게 끝내고 싶습니다. 전쟁 같은 건 싫어요. 다들 전쟁을 너무 좋아해서 곤란하네요."

속삭이듯 테비는 말했다.

"'성녀'는 인류를 붕괴시킨다고, 아바돈이라는 마왕현상이 말했습니다."

의식을 유지할 수 없다. 다스미테아는 고통 속에서 테비에 의해 눕혀졌다.

"안심하시길 끝날 때까지 유리사 님은 제가 지킬 겁니다."

성도 키보그에도 눈이 내리기 시작했다.

무겁고 축축한 눈이었다. 거리 중앙에 서 있는 대신전의 검은 위용은 동이 틀 무렵에는 하얀 눈의 왕관을 쓰게 될 것이다.

'상황이 변했어. 일단 '회등묘'로 돌아가봐야 돼.'

카프젠 다그롬은 생각했다. 이대로 가도가 눈에 묻히게 되면 곤란하다.

지난 몇 년간 겨울은 더 춥고, 눈은 더 무거워진 것처럼 느껴진다. 폭풍의《여신》바프로크라고 해도 언제나 기상을 지배할 수 있는 것은 아니다. 이 키보그까지 두꺼운 눈구름이 흘러오는 것도 최근에는 흔한 일이 되었다.

그래도 길을 가는 사람들의 얼굴은 어딘지 밝았다. 마왕현상에 의해 위협받고 있던 올해 가을 무렵까지와는 미묘하게 표정이 다른 것처럼 보인다. 시장에는 활기도 있다.

그 요인은….

"자, 호외야, 호외! 또 그 녀석들이 해냈어!"

큰 소리로 외치며 갓 발행된 신문을 파는 남자가 있었다. 그 주위에는 이미 인파가 몰리고 있다.

"징벌용사들! 성녀님이 녀석들과 함께 드디어 제2왕도를 탈환했어!"

어제부터 성도 키보그는 그 속보로 시끄러웠다.

연합왕국군은 잃어버린 도시를 되찾았다. 몇 마리

의 마왕현상을 해치웠고, 게다가 이번엔 새롭게 '성녀'라는 희망까지 나타났다. 이것은 사람들에게 있어서 오랜만에 듣는 밝은 소문이었다.

다만 그 화제의 진정한 중심에 있는 것은 아무래도….

"검의《여신》테오리타 님과 '천둥의 매'! 왕성을 점령한 마왕현상 아바돈을 일격에 날려버렸다고 해. 두 사람의 활약과 자세한 전말도 이 신문에 전부 쓰여 있어!"

이 판매 문구에 주문이 쇄도했다.

신성도시에 특별히《여신》을 신봉하는 사람이 많다고 해도 이것은 상당한 인기라고 할 수 있었다. 검의《여신》테오리타를 따라 작은 단검을 부적 대신 사는 사람도 있다. 자이로 폴바츠는 아직 '여신살해범'이라는 악명을 불식한 게 아니지만 그래도《여신》에게 목줄이 채워진 채 싸우고 있는 한, 믿음직한 인물… 이라는 인상을 품고 있는 사람도 적지 않다.

그에 더해 그가 소속된 징벌용사 부대도 그 평판이 전해지기 시작하고 있다. 어느 것이든 웃음이 나올 것 같은 소문이다. 신문팔이 옆을 지나치면서 카프젠은 그 호외를 곁눈으로 보았다. ―명목상의 지휘관인 베네팀을 필두로 몹시 미화된 그들의 초상화가 그려져 있는 게 보인다. 타츠야 같은 건 완전히 다른 사람으로 생각될 정도다.

제2왕도 탈환에 대해서도 그들이 주력이었던 것으로 되어 있다. 명성과 공적을 위해 앞다투어 왕성에 돌입한 마르코라스 에스게인과 다스미테아 경이 들으면 아연실색할 이야기다.

'우리 '회등묘'도 그들의 평판을 이용해야 할지도 모르겠군.'

자금조달에 다소 도움이 될지도 모른다.

그런 두서없는 것을 생각하면서 카프젠은 길 한 켠에서 발을 멈추었다. 신발 닦는 소년이 한가한 듯 드러누워 있었다. 장사를 할 생각은 없는 듯하다. ―하지만 카프젠이 짧게 두 번 정도 휘파람을 불자 그는 팔짱을 끼고 누운 채 얼굴만을 카프젠에게 돌렸다.

그 동작 자체가 하나의 암호처럼 되어 있다.

"실패한 건가."

카프젠은 웅크려서 소년의 손에 지폐를 쥐어주었다.

"그렇게 쉽게는 안 되는 것 같군요. 귀족 연합을 부추겨서 '녹지'를 움직이는 것까지는 성공한 것 같습니다만."

소년은 성가신 듯 몸을 일으키며 대답했다. 입술을 거의 움직이지 않는다. 독특한 발성법이었다. 제12성기사단에선 이러한 훈련을 철저히 받는다. 이게 가능한 것은 카프젠도 마찬가지다.

"다스미테아 경이라면 해줄 거라 생각했는데 말야. 아무리 그래도 '성녀'를 무대에서 직접 제거할 순 없는 건가."

"이 이상의 개입은 위험하군요. 다른 수단을 생각하는 편이 좋을 겁니다."

"이미 그러고 있어. 우리 주인은 신전을 움직인다고 하니까 너희들도 일해줘야겠어."

소년은 아무런 대답도 하지 않았다. 긍정의 뜻을 표할 때는 그렇게 하도록 되어 있다. 제12성기사단에서는 말없이 진행해야 하는 일도 많다.

"그럼 우리 주인의 전언을 들려주도록 해."

카프젠이 말하자 소년은 천을 꺼내서 신발을 닦기 시작했다. 닦으면서 말한다.

“예정대로 겨울은 방어에 전념. 바리가히 해협의 얼음이 녹는 대로 공세를 개시한다고 합니다. 이 계획은 현재 춘계 결전 계획 ‘라기 엔세그레프’라 불리고 있습니다.”

“거창하군. 갈투일이 붙인 이름이겠지.”

“제11성기사단은 동계에도 변함없이 북부에서 임무에 종사. 휴식할 생각은 없는 듯합니다.”

“제11성기사단이라면 뭐 어쩔 수 없어.”

“그리고 이것은 부단장에게서 온 메시지인데요, 연합왕국에 잠입한 인간형 마왕현상의 탐색은 여전히 난항 중. 공생파도 우리들 같은 첩보부대를 조직하고 있는지 암투가 계속되고 있습니다.”

“무리는 하지 말라고 전해줘. 아직 죽으면 곤란해.”

“그후엔 여담입니다. 그 징벌용사 부대에 관한 결정사항이 하나.”

“말해봐.”

여담이라고 한 이상, 향후 작전계획에는 별 지장이 없는 것들일 것이다. 평소의 카프젠이라면 듣는 일이 별로 없는 정보였다.

다만 징벌용사 부대라는 말이 흥미를 끌었다.

“녀석들이 어쨌는데?”

“징벌용사 부대는 성녀가 이끄는 성해여단의 산하로 들어가는 게 결정된 듯합니다.”

‘성해여단인가. 그렇군.’

꽤 오래된 호칭을 꺼내왔다. 제3차 마왕토벌 때 쓰였던 부대명으로, 성녀가 이끄는 부대에 붙은 이름이었다. 《여신》의 몸을 이용해서 싸우는 것이므로 성해여단(聖骸旅團). 알기 쉽기는 하다. 유리사 키다프레니가 다시 부활한 '성녀'라고 선전할 수 있다.

그것 자체는 나쁘지 않지만….

"징벌용사 부대가 그 산하에? 문제가 있잖아. 녀석들은 소행이 너무 안 좋아."

"예. 특별히 제3왕자와 제3왕녀의 추천이 있었다고."

"웃기는군. 성녀가 이끄는 죄인들인가."

카프젠은 언제나 웃고 있다. 그런 식으로 표정을 만들고 있다. 그래도 이때 웃음만은 진짜 웃음에 가까웠다. —스스로도 그렇게 생각했다.

"겨울이 끝나고 여름이 올 무렵에는."

그때가 오면 인류는 북쪽을 향해 원정을 시작한다.

처음이자 마지막 원정이 될 것이다. —이 이상의 싸움은 국고와 사기가 버티지 못한다. '성녀'까지 동원한 공격계획. 이 결전으로 추세를 결정하지 못한다면 인류는 신속한 패배로 향할 것이다.

"반격해줬으면 하는군. 징벌용사들이 평판대로의 활약을 하기를."

차가운 바람이 큰길에 불어쳤다.

뼈까지 얼어붙을 듯한 냉기는 혹독한 겨울과, 그보다도 가혹한 봄의 방문을 예감하게 했다.

'자이로 폴바츠.'

사망해서 수리소로 보내졌다고 들었다.

'너는 모를 테지만 너는 서민의 희망이 되어가고 있어. 다들 너를 통해 꿈을 꾸고 있지. 인류가 승리하는 영광의 꿈을.'

자이로는 지금 소생되고 있을까.

그렇다면 어떤 꿈을 꾸고 있는 걸까. —그것이 현실보다 조금이나마 나은 꿈이기를 카프젠은 속으로 몰래 기원했다.

◆

하늘을 헤엄치는 물고기떼를 보고 있었다.

그것을 통솔하는 것은 커다란 물고기였다. 고래를 매우 닮은 실루엣이다. 나는 그 녀석의 정체를 알고 있었다.

짐승의《여신》핌린데.

제7성기사단 단장 시그리아 파치락트가 이끄는 고속 수송부대였다.

다시 말해 그것은 개전 준비가 갖춰진 것을 의미한다. 우리 제5성기사단을 비롯한 3개의 성기사단이 투입되는 대규모 작전이다. 북부로 가는 교두보를 탈환. 바리가히 해협을 우회해서 포격도시 노팬과의 연락을 회복한다. 북쪽으로 가는 진군로를 개척하기 위한 대규모 구상에 기반한 싸움.

이 싸움의 주력은 제6성기사단과 우리 제5성기사단이 맡을 예정이었다.

그렇다. —제6성기사단 단장 류펜 카우론. 내가 알기로 가장 군인에 적합치 않은 성격이지만 가장 군인에 적합한 두뇌의 소유자였다.

류펜은 언제나 어떻게 적과 싸울지가 아니라 어떻게 아군을 싸우게 하느냐 하는 것만 생각하고 있다. 병사들의 식사, 이동, 잘 장소, 입을 것, 무기, 소모품…. 그런 것들이다.

류펜을 보고 있으면 나는 뼈저리게 느낀다. 전술은 노력과 경험으로 습득할 수 있지만 병참에는 아마 재능 같은 것이 있는 게 아닐까. 녀석은 제7성기사단의 수송력을 수배하고 버클 개척공사로부터 가도의 정비상황 정보를 구입한 후 귀족들의 협력으로 군의 주둔지점을 확보했다.

이 싸움에 관한 여러 준비를 보면 류펜이라는 남자가 얼마나 전쟁의 재능을 타고났는지 알 수 있다. 우리들 같은 돌머리들이 시간을 들여 검토해서 간신히 도달한 결론을 류펜은 한 번에 도달할 수 있을 것이다.

그 남자가 평소대로만 해준다면 후방에 대해선 신경 쓸 필요가 없다. 이 작전은 반드시 성공한다. 딱히 별다른 이유도 없이 나는 그렇게 생각했다.

『—상황 완료. 물자가 예정대로 도착해서, 시그리아의 임무도 끝났어.』

류펜에게서 통신이 있었다.

『그쪽도 준비되어 있다면 언제든 갈 수 있어.』

잡음이 섞인 목소리. 그것은 소형 방패 같은 기구로, 표면에 새겨진 성인의 힘으로 미세하게 진동해서 소리를 전한다.

『어때, 자이로. 자신은 있어? 날이 저물기 전에 끝낼 수 있을까?』

"그렇게 느릿느릿 시간을 들여 일할 생각이야?"

나는 통신판에 대고 대답했다.

"금방 끝내고 오늘 밤은 노팬 온천가에서 술이라도 마시자고."

『좋은 생각이야! 그런 게 듣고 싶었다고. 좋은 가게 알고 있어?』

"조사는 해놨어."

『역시 대단해. 그럼 남은 건 이기는 것뿐이네. 어떻게 할 거야?』

"서쪽 숲을 통과해서 측면 공격하는 자세를 취하도록 해. 남은 건 내가 할 테니까."

『알았어. 나중에 보자고.』

그것으로 류펜과의 통신은 끊겼다. 자잘한 전술에 대해 이야기를 할 생각은 애당초 없다. 전체적인 흐름이랄까 방침만은 전해 두었다.

류펜의 부대가 측면에서 우회하는 자세를 취하고, 우리 제5성기사단이 정면을 지탱하는 척하다가… 돌격한다. 페어리 무리 한복판에 쐐기를 박듯이 느닷없이 요새를 출현시켜 줄 테다.

이미 상대방에게는 후퇴하든지 우리들을 완전히 괴멸시키는 것 외에 다른 길은 없다.

그런 식으로 싸움을 진척시킨다. 서쪽은 류펜이 버티고 있고 동쪽은 하천이 가로막고 있다. 그리고 페어리들이 싸우지 않고 물러간다면 더 좋다. 이 싸움의 목적은 포격도시 노팬과의 연락회복이기 때문이다. 전력 소모 없이 그게 달성된다.

그러고보니 페어리들의…, 마왕현상의 목적은 무엇일까?

단순한 공격목표가 아니라 최종적인 목적이다. 마왕현상 중엔 사람 말을 이해할 만큼 지성이 있는 개체도 있다고 한다. 그게 대체 무엇을 위해 이런 싸움을 하고 있는 걸까. 인간을 노예, 혹은 가축처럼 기르기도 한다니까 신전 녀석들이 주장하는 것처럼 종족으로서의 멸종을 바라고 있는 것은 아닐 거라 생각한다.

나로선 녀석들이 인간의 문명을 근본적으로 쇠퇴시키려 하고 있는 것으로밖에 생각되지 않는다.

그것은 왜일까?

마왕현상은 소와 돼지로도 생명을 유지할 수 있다고 한다. 그럼에도 왜 위험을 무릅쓰면서까지 적극적으로 인류의 도시를 습격하는 걸까. 그 이유야말로 인류 승리의 열쇠일 것 같다는 생각이 든다.

"—자이로."

두서없는 생각을 하고 있자니 등 뒤에서 이름을 불렀다.

세네르바의 목소리다. 맑은 날 산책이라도 하고 있는 듯한 어딘지 들뜬 목소리였다.

"또 이런 곳에서 혼자 놀고 있네. 데크스타가 찾고 있었어. 이제 곧 싸움이잖아. 모두에게 한 마디 정도는 해줬으면 하는데 자이로가 없으니 말야."

데크스타라는 것은 내 부관이었다.

툭 하면 잔소리를 하는 경향이 있지만 그것 외에는 불평을 하기 어려울 정도로 우수하다. 다만 너무 신경질적인 거 아닌가 싶을 때가 있다.

"내가 한 마디 해봤자 뭐해. 특별한 말은 할 수 없다고."

나는 세네르바를 돌아보지 않고 대답했다.

"잘 모르겠지만 기합이 들어간다고 하는 사람도 있어."

"데크스타에게 잘 말해둬. 싸움은 기합이나 근성으로 하는 게 아냐. 방금까지 그 백 배 중요한 보급물자 이야기를 하고 있었어."

나는 몸에 감은 벨트를 조절했다. 그곳에 수납된 수많은 나이프. 그 칼집. 그 칼자루. 간단히 뽑아들 수 있지만 마모되어 있는 부분은 없는지 하는 확인은 언제 어떤 때에도 필요하다. 충분히 준비를 했다는 감각이 있다면 쓸데없는 것을 생각하지 않고 싸움에 집중할 수 있다.

"—하지만 자이로가 한 마디 해주기를 바라는 사람은 있다고 생각해. 기분이라는 것도 중요하지 않아? 지금부터 죽을지도 모르는데."

"죽지 않도록 할 거야. 애당초 그런 연설이 필요하다면 데크스타가 이미 충분히 하고 있잖아. 녀석 쪽이 더 잘한다고."

"그게 아냐. 자이로의 말을 듣고 싶은 거라고. 모두의 단장이잖아. 뭐냐, 명목상이라도 일단은."

"쓸데없는 소리를 덧붙이지 마."

하지만 세네르바의 말에도 일리는 있다.

지휘관이 반드시 이길 수 있다는 얼굴을 하고 있기에 병사들은 의심 없이 싸울 수 있다. 너무 지나치면 문제지만 질타격려로 그것을 강조해두는 것은 결코 나쁘지 않다. 내가 싫어하는 분야이기는 하지만.

"알았어. 지금부터 할게. 데크스타에게는 부담을 너무 많이 지게 하고 있으니 말야."

"다행이야. 그래야 바로 내 기사지. 이번에도 분명 이길 수 있지?"

"언제나 이길 수 있어. 여기까지 인류의 판도를 회복했잖아. 1년만 더 있으면 마왕현상을 근절할 거야. 우리들은 무적이라고."

"응, 그렇네. 평화로운 세계가 기대돼."

세네르바는 어딘지 장난스러운 미소를 떠올리고 있을 것이다.

나는 그 얼굴을 예상하면서 돌아보았다.

"말해두는데 더 이상 무모한 짓은 하지 마. 요전번에도 힘을 너무 소모해서…."

말하려다 그 다음 말이 나오지 않았다. 세네르바의 얼굴이다. ―그곳에는 얼굴이 없었다. 새까맣다. 얼굴 대신 있는 것은 깊은 어둠의 공동이었다.

"자이로."

어두운 어둠 밑바닥에서 세네르바의 목소리가 울려 퍼진 듯한 느낌이 든다.

"나는 믿고 있어. 너는 무적이니까 계속 이길 거야. 내가 없어도 분명."

거기서 나는 깨달았다.

이것은 꿈이다.

세네르바는 그런 말을 한 적이 없다. ―아마도.

그랬을 것이다.

◆

깨어나보니 수리소의 어딘가였다.

그렇게 확신할 수 있는 것이 가장 먼저 보였기 때문이다. 흰 천뭉치를 모아서 만든 듯한 인간형의 무언가가 나를 내려다보고 있었다.

"아."

그 녀석은 작은 목소리를 냈다.

"벌써 깨어난 거야? 정말 진절머리가 날 만큼 튼튼하다니까."

한꺼번에 말하고 나서 그 녀석은 한쪽 손을 들었다. 역시 손끝까지 천으로 싸여 있다.

"내 손가락 보여? 시력은? 말은 할 수 있고?"

"—그래."

나는 이 천뭉치를 알고 있다.

안다윌라. 제2성기사단이 따르는 피의 《여신》 안다윌라다.

상처를 치료하고 육체를 복구하는 진홍의 스프라이트를 소환하는 자. 천뭉치에 싸여 있는 소녀로, 그 안은 나도 본 적이 없다. 어쩌면 애초에 이런 모습의 여신일 가능성도 있었다.

"보이고 말할 수 있어."

나는 갈라진 목소리로 대답했다. 다시 한번 강하게 눈을 감았다가 뜬다.

자신이 어디서 무엇을 했는지, 좀 더 뚜렷하게 떠오른다. 살풍경인 천장. 간소한 침대. 그 외엔 정말 아무것도 없다. 병원보다 좀 더 음울하고, 청결하지만 튼튼할 뿐인 방이라는 인상이다.

"흐음."

안다윌라는 고개를 끄덕이고 손을 뒤로 뺐다.

"그럼 감사하도록 해. 나와 내 기사들이 치료해 주었으니까."

참으로 거만한 말투였다.

"불편한 곳은 없지? 내 기사들은 완벽해!"

이 《여신》의 '기사들' —제2성기사단은 특별한 형태를 취하고 있다.

대략 20명으로 이루어진 성기사가 존재하고, 모두가 의료 기술자이다. 연합왕국 각지 수리소에서 활동하고 있다.

나는 그 성기사 전원이 모두 껄끄러웠다. 녀석들의 기질은 의사와 닮은 듯하면서도 무리한 소리만 한다. 위험한 백병전을 하지 말라든지, 술을 너무 많이 마시지 말라든지, 건강한 수면을 하라든지…. 대부분 이야기가 맞지 않는다.

병사에게 무리를 하지 말라는 것은 무슨 소리인가. 지금의 나는 조금 사정이 특수하지만 병사는 내일에라도 죽을지 모르는데.

“자, 뭐하고 있어? 얼른 감사해!”

안다윌라는 나에게 강요했다. 이렇게 되면 정중하게 감사를 표하지 않으면 끈질기게 보챌 거라는 건 경험상 명백했다. 어쩔 수 없이 시키는 대로 하기로 했다.

실제로 안다윌라만큼 바쁜 《여신》은 또 없을 것이다. 가장 격전구에 가까운 수리소를 전전하고 있다. 어떤 의미에서 가장 가혹한 환경에 있는 것은 분명하다.

“…고마워. 덕분에 살았어, 안다윌라.”

“고맙습니다 라고 해야지. 옛날부터 너는 너무 무뚝뚝하다니까! 내 기사들에게도 감사하도록 하고.”

“…고맙습니다. 성기사들에게도 그렇게 전해줘.”

“그것으로 됐어. 그 용기병보다는 고분고분하네.”

용기병. 제이스 말인가. 녀석도 수리를 받았나…? 그 후의 일이 조금 맘에 걸렸다. 그 후 제2왕도는 어떻게 되었지?

하지만 내가 질문하는 것보다 안다윌라가 발길을 돌리는 게 더 빨랐다.

“그럼 그렇게 된 거니까. ―저기, 테오리타! 네 성기사 일어난 모양이야!”

"예! 고맙습니다. 안다윌라!"

안다윌라가 방 밖에 대고 말했다.

그러자 가벼운 발소리가 달려오는 게 들렸다. 테오리타다. 한 손에 몇 권의 책과 지그의 유희판을 안고 있다.

"깨어났군요, 자이로!"

안도와 기쁨의 표정.

"가져왔습니다. 자이로가 하루 동안 이곳을 나가지 못한다고 들어서 따분할 것 같아서요!"

쿵. 소리를 내며 내 침대 옆에 있는 작은 탁자에 몇 권의 책을 올려놓았다. 아마 시집일 것이다. 그리고 지그의 유희판과… 차브한테 배운 건지 도박에 쓸 것 같은 카드 다발도 함께다.

"또 제가 놀이 상대가 되어드리죠! 어때요? 기쁘죠?"

"그래."

나는 쓰게 웃었다. 따분했던 것은 분명 그녀 쪽일 것이다.

"상처가 나으면 행선지는 제1왕도예요. 듣고 놀라지 마세요, 자이로. 놀랍게도 이번 공적으로 정말로 휴가를 받게 되었습니다! 진짜 휴가예요! 이것도 다 제 덕분이겠죠?"

"그렇군."

"시집과 유희판도 흔쾌히 빌려주었어요. 이것으로 사흘간은 실컷 놀 수 있다고요!"

"가능하면 살살 해줘…."

"아, 그리고… 맞다! 싸우는 법 연습도! 봐주세요, 자이로!"

테오리타는 상의에서 칼집에 들어 있는 나이프를 꺼내 보였다. 잘 연마된 칼날. 완구처럼 미덥지 않은 칼날이었다.

"저 혼자서 몸을 지켜냈다고요. 자이로가 가르쳐준 덕분이에요. 이 나이프도 도움이 되었습니다!"

"…그래."

"자이로는 불평을 했지만 문제없이 쓸 수 있는 나이프예요. 완구 같은 게 아니라고요!"

"그래."

"이로써 제가 좀 더 잘 몸을 지킬 수 있게 되면… 자이로도 분명 그런 무리한 일을 하지 않아도 돼요. 그렇죠?"

"그래."

나는 건성으로 대답할 수밖에 없었다.

테오리타가 내민 나이프를 본 기억이 전혀 없었기 때문이다. 하지만 그렇게 말하면 테오리타를 몹시 실망시킬 것 같다는 생각이 들었다.

"그렇겠지."

그랬으면 좋겠다고 생각했다.

내 기도가 이루어질 리 없다고 해도 그랬으면 좋겠다고 생각했다.

아디프 츠이벨이 그곳에 도착했을 때 모든 상황은 끝나 있었다.

늦은 셈이 된다.

제2왕도 제이아렌테 북서쪽 변두리. 작은 신전 뒤에 있는 묘지였다. 이미 그곳은 도굴되어 파헤쳐져 있었다. —한쪽 구석에 있는 무화과 나무 밑은 특히 더 꼼꼼하게.

그곳에 묻혀 있던 것을 아디프 츠이벨은 알고 있었다.

(《여신》의 성스런 유해…. 그것도 두 구나.)

마왕현상에 의해 탈취되고 말았다. 그렇게 결론 내릴 수밖에 없다. 그래도 초조와 절망을 얼굴에 드러낼 순 없었다. 아디프 츠이벨은 그런 훈련을 받았다. 귀족의 싸움은 표정에서 시작된다.

"괜찮아? 아디프."

옆에서 켈프로라가 아디프의 얼굴을 올려다보고 있었다. 냉담한 눈동자. 무표정해 보이지만 그는 거기서 불안을 확인할 수 있었다.

"뭐 달콤한 거라도 먹을래?"

그렇게 말하고 내밀어진 켈프로라의 손에는 작은 사탕이 몇 개 올려져 있었다. 그래서 아디프는 조금도 표정을 바꾸지 않고 사탕과 함께 그녀의 손을 잡았다.

"괜찮아요. 문제 없습니다. 아직 모든 게 끝난 게 아니니까요."

그렇다. ―끝난 게 아니다. 그럴 것이다. 아디프는 자신에게 그렇게 타일렀다.

"아디프 츠이벨!"

이번엔 등 뒤에서 목소리가 들렸다. 호드 클리비오스다. 돌아보니 말에서 내려 빠른 걸음으로 다가오는 참이었다. 그 얼굴과 등 뒤에서 따라오는 《여신》의 초췌한 얼굴을 보면 무슨 일이 일어났는지는 알 수 있다.

그래서 역시 표정은 가면처럼 몸에 장착해야 한다.

"상당한 격전이었던 것 같군요. 클리비오스 제9성기사단 단장."

아디프는 지금 자신이 할 수 있는 가장 우아한 동작으로 천천히 일례했다.

"이쪽은 보시는 대로입니다. 당신들만큼 화려한 싸움은 하지 못했군요."

"…그렇군. 그렇다고 하면 이 상황은."

"설명을 좀 하고 싶습니다만…."

"페르메리, 켈프로라 님의 상대를 하도록 해."

보다 심각한 이야기를 나누기 전에 호드는 페르메리에게 말했다.

쉬고 있으라는 의미일 것이다. 아디프도 잘 알고 있다. 호드 클리비오스의 《여신》인 페르메리는 이런 지시가 없으면 쉬려고 하지 않는다.

"그래도 되겠지?"

"예. 켈프로라, 놀아달라고 해. 다만 여기서 너무 멀리 가지는 말고."

아디프의 말에 켈프로라는 조용히 고개를 끄덕였다. 묘지에서 노는 것은 상당히 악취미한 일이다. ―하지만 그녀의 눈동자에선 조금 기쁨 같은 색채가 스쳤던 것 같다.

"알았어. 가자, 페르."

그렇게만 말하고 켈프로라는 페르메리의 손을 잡았다.

"과자… 가져왔어. 아디프는 필요없대."

어른스러운 얼굴과는 달리 그 몸짓에는 어린애 같은 구석이 있다. 페르메리는 호드를 걱정하듯 일별했지만 호드는 고개를 끄덕이는 것만으로 대답했다. 저 《여신》은 호드가 여느 때 이상으로 안색이 나쁘다는 걸 깨달은 건가.

확실히 지금부터 하는 이야기는 몹시 우울한 이야기다.

"―클리비오스 단장. 당신이 무슨 말을 하고 싶은지는 알고 있습니다."

두 명의 《여신》을 곁눈으로 배웅하면서 아디프는 말했다.

"이미 반출되었습니다."

"《여신》. 이 땅에 매장되어 있었던 것은 두 명인가."

"예…. 대사제 하템의 견해에 따르면 과거 제3차 마왕토벌에서 '성녀'의 재료가 되었던 대지의 《여신》과 탄식의 《여신》이겠죠."

"…궁정신관의 판단인가. 그건 확실해?"

"그렇게 생각하고 움직여야겠죠. 사태는 심각합니다."

어쩌면 치명적인 사태라고 해야 할까.

어떤 식으로 그 유해를 쓸지 상상은 된다. 자신들이 '성녀'를 만들어낸 것처럼 마왕현상들이 그것을 비슷한 방식으로 이용하지 못할 이유는 없다.

성녀 계획의 찬동자들은 다들 이해하고 있지 않다.

《여신》의 힘은 《여신》이 행사하니까 그나마 제어가능하다고 할 수 있다. 인간을 공격하려고 할 때 안전장치라고 할 만한 본능이 작용한다. 그것에 대해 아디프가 불만이 없는 것은 아니지만 그 안전장치 없이 소환의 힘을 행사할 수 있다면 얼마나 위험할지… 모르고 있는 것이다.

"아바돈은 격파했습니다만 마왕현상은 그 죽음에 걸맞은 전과를 얻은 셈이 됩니다. 어떤가요? 클리비오스 단장. 절망적인 상황이 되었다고 생각하지 않습니까?"

"갈투일은."

호드는 약간이라도 희망적인 요소를 찾아내려고 하는 듯했다.

"어떤 견해를 보이고 있지? 앞으로의 방침은?"

"변함없습니다. '성녀'를 이용한 전면공세. 춘계 공격 계획, 작전명은 '라기 엔세그레프'라고 하더군요."

"…제3차 마왕토벌 때 메트가 입은 성의의 이름이로군. '성녀'에게 그것을 입힐 생각인가?"

"예. 과거의 전설까지 포함해서 철저히 이용할 방침인 것은 틀림없습니다."

"메트 왕가가 그것을 허락할까? 아무리 그래도 국보잖아."

"가능성은 있는 거겠죠. 이제 곧 본격적인 겨울이 오면 북쪽 해협이 얼어붙습니다. 그리 되면 적어도 두 달은 자연 휴전입니다. ―그동안 최대한 준비를 할 필요가 있죠."

아디프가 말하지 않아도 알고 있다.

마왕현상은 북쪽에서 온다. 아무래도 그곳에 마왕현상들이 출현하는 무언가…, '둥지' 같은 것이 있는 듯하다는 게 갈투일의 추측이다. 그래서 지금부터 눈이 녹을 때까지의 기간은 강렬한 추위와 눈보라 때문에 마왕현상이라도 활동이 무뎌진다. 일부 예외를 제외하고 북부를 격리하고 있는 산맥을 넘는 등의 활동은 할 수 없게 된다.

인류 측도 비슷하다.

기상을 조작하는 제4의 《여신》 바프로크라면 그 조건을 완화할 수 있지만 국지적이고 일시적인 것에 지나지 않는다. 기껏해야 '일부의 예외'로써 혹한기 침공을 해오는 마왕현상에 대처하는 정도일 것이다.

"…공격 계획의 지휘를 하는 것은?"

호드는 생각하면서 중얼거렸다.

"최소한 정상적인 인물이었으면 좋겠군."

"글쎄요. 저는 반대라고 생각합니다. 정상적인 인물로는 이길 수 없다고 생각하지 않습니까?"

그리고 아디프는 웃으며 호드를 보았다.

"이를테면 징벌용사, 자이로 폴바츠."

"있을 수 없어."

호드는 한 마디로 부정했다. 이 남자라면 그럴 거라고 생각하고 있었다.

"일단 그 가능성이 전무해. 그 남자 같은, 말도 안 되는 방식으로는 군이 성립되지 않아. 녀석이 일시적이나마 제5성기사단을 이끌었다는 게 이해가 안 돼."

"그럴까요? 이 도시 시민의 방어에 있어서 가장 많은 활약을 보인 것은 그들이었습니다. 아바돈을 제거한 것도요."

결과만 보면 그것을 인정할 수밖에 없다. 호드 클리비오스조차 입을 다물었다.

아디프도 결코 인정하고 싶은 것은 아니지만 언제나 결과를 만들어 내는 남자이기는 하다.

"생각해 봤습니다만 만약…, 만약 자이로 폴바츠와 그 동료들에게 충분한 보급과 연계할 병력, 그리고 독립행동권을 줄 수 있다면 어떤 전과를 올리게 될까요?"

"바보 같은 소리를."

호드는 노골적으로 얼굴을 찡그렸다.

"그런 녀석들을 지원하는 군대와 국가가 있다고 하면 그것은 이 세상의 끝이야."

이미 비슷한 상황일지 모른다고 말하려다가, 아디프는 간신히 자제할 수 있었다.

너무도 허무한 야유라고 생각했기 때문이다.

◆

제2왕도 탈환을 둘러싼 모든 작전이 끝나는 데는 전투 이후 며칠이 더 필요했다.

자이로는 아바돈을 제거했고, 제이스는 슈갈을 격추했다.

그후 4일간. 도시의 기본적인 공공설비 복구작업을 명령받은 베네팀은 숨 돌릴 틈도 없다고 느낄 정도였다. 아무튼 자이로와 제이스, 차브, 파트세까지 수리소로 보내졌기 때문이다.

라이노만은 희희낙낙한 얼굴로 일에 종사했지만 베네팀으로선 도저히 그럴 수 없었다.
'타츠야도 그렇지만 그 두 사람은 피곤 같은 걸 모르는 걸까요?'
뒷골목 그늘에 웅크린 채 큰길을 바라보며 생각한다.
'폐하까지 일하고 있고… 저는 이미 한계인데요….'
온몸이 쑤시고 비명을 지르고 있다. 도터와 손을 잡고 틈틈이 쉬고 있지만 그래도 이런 꼴이다.
그 도터도 지금은 일어설 기력조차 없는 듯하다.
"저기 말야, 베네팀…."
도터는 낮은 목소리로 신음했다. 옆에 방치된 술통에 매달리는 듯한 이상한 자세로 목만을 움직여 베네팀을 본다.
"혹시 아직 살아 있어? 나는 죽은 것 같아…."
"기묘한 우연이군요. 저도 죽었습니다."
"그렇지? 이렇게 될 줄 알았으면 나도 다쳐서 수리소로 보내질 걸 그랬어."
"아픈 것은 싫은데, 꾀병으로는 수리소로 갈 수 없는 걸까요? 다음에 시험해 보겠습니다…."
"그만둬. 자이로 때문에 진짜 부상자가 되고 말 거야."
"…예. 그렇군요…."
힘없이 웃고 그대로 대화는 끊겼다.
'이제 당분간 아무것도 하고 싶지 않아.'
말하는 것조차 극도로 귀찮다.
"이게 말야, 이 복구작업이 끝나면 말야…."
도터의 목소리도 반쯤 잠꼬대처럼 변해 있다.
"휴가를 받게 된다면서? 그거 진짜야?"

"진짜입니다."

"베네팀이 말하니까 수상하네!"

"에, 그럼, 거짓말입니다…."

"너한테 다짐을 받은 게 잘못이었어. 이제 휴가가 없으면 한계야. 폭동을 일으킬 거라고. 베네팀에게."

"싫은데요…. 뭐, 아마도, 휴가는 받을 수 있을 겁니다. …휴가는요."

"아. 불안해지는 말투야!"

휴가에 대해서는 진짜일 것이다. 곧 있으면 북쪽 해협과 가도, 산기슭이 눈에 덮여 일시적으로 마왕현상의 침공이 무뎌진다고 들었다. 겨울은 언제나 그렇다.

다만 문제는 있다. 자신이 해결해야 할 성가신 일을 떠넘기는 것.

그에 더해 이 휴가가 끝난 후의 일도 있다.

"저기, 베네팀. 거기서 침묵하지 말아줄래? '휴가만은' 받을 수 있다는 건 무언가 있다는 말이잖아!"

"예, 다소는."

"다소가 아닐 것 같은 생각이 들어."

"그렇군요. 휴가가 끝나면 봄에는 대규모 공격 작전이 계획되어 있다고 합니다…."

이것을 전해야 한다는 것을 생각하면 그것만으로도 마음이 무겁다. 특히 자이로에게.

"우리들도 당연히 참가합니다. 성녀님의 직속부대로써 최전선에서 싸우는 영예를 얻었습니다. 이것은 이미 결정사항이라고 합니다."

"뭐야 그게…. 전혀 명예가 아니잖아!"

아직 그런 체력이 남아 있었는지 도터는 날카로운 목소리를 냈다.

"성녀님의 부대라면 분명 힘들 거 아냐. 알고 있어. 이번 싸움에서도 성녀님은 주위가 말리는 것도 듣지 않고 혼자서 돌격했대."

"그런 것 같군요…."

"그런 부대, 나는 싫어."

"저도 싫습니다."

베네팀은 떠올렸다. 봄이 되면 북쪽 해협을 건너… 혹은 북서쪽 산맥을 넘어 마왕현상의 본거지로 향하게 된다. 그 최전선에는 틀림없이 자신들이 있을 것이다.

그 성가신 성녀인지 뭔지를 지키면서 끝까지 싸울 수 있을까.

'봄이 되면.'

인류가 총력을 기울여 마왕현상의 본거지를 치고 섬멸한다.

그런 일이 가능할까? 그런 지옥 같은 싸움 끝에 징벌용사들은 특별사면을 쟁취할 수 있을까?

"…에이, 모르겠다. 생각하는 것도 지쳤어."

도터가 땅바닥에 쓰러지는 소리가 났다.

"잘게."

그게 좋을 것이다. 베네팀은 생각했다.

생각해 봤자 소용없다. ―특별사면 따윈 너무도 아득한 꿈이다.

― 다음 권에 계속 ―

언제나 감사드립니다. 로켓 상회입니다.

저는 케햐 라고 소리치면서 공격해오는 타입의 악역을 좋아합니다. 이런 타입의 악역을 저는 '케햐리스트'라 부르고 있는데, 그중에서도 이번엔 예술가 타입의 케햐리스트에 대해 이야기해보려고 합니다.

같은 예술가라 해도 그 전문 분야는 당연히 여러 분야로 나뉘어져 있습니다. 그래서 몇몇 예술가 타입의 케햐리스트에 대해 롤모델을 검토해보았습니다. 서툰 고찰이긴 하지만 여러분이 3류 악역 케햐리스트를 연출하실 때 참고가 되신다면 기쁘겠습니다.

화가 타입.

이 타입의 케햐리스트는 상대가 가장 아름답게 죽는 모습을 그 망막에 새기고, 틈만 있으면 그 감동을 그려내기 위해 노력하고 있습니다. 혹은 표적의 처참한 죽음에서 영감을 얻으려 하고 있을지 모릅니다.

그들은 죽음을 아름답게 장식하는 것이 목적이기에 수수한 도구는 무기로 쓰지 않습니다. 경우에 따라서는 컬러풀하게 상대를 공격할 수 있는 독 같은 것도 선택지에 들어가겠죠. 마지막에는 자신이 그 아름다운 그림이 되는 것까지가 숙명입니다.

음악가 타입.

이 타입의 케햐리스트는 상대의 비명으로 아름다운

음악을 연주하는 게 인생의 목적입니다. 그들이 가진 공격수단 역시 음파나 춤추는 듯한 움직임일 경우가 많습니다. 양어깨에 스피커를 올려두고 있을지도 모르겠군요.

하지만 음악을 악용하는 사람은 음악의 업보를 받는 법입니다. 자신이 쏜 음파에 자멸하는 말로 등은 애수를 느끼게 합니다.

극단 타입.

이 타입의 케햐리스트는 자신이 각본을 쓰고 비극적인 말로를 연출하는 것을 좋아합니다. 특히 표적을 무대 위의 '배우', '인형', '마리오넷' 등으로 표현할 경우가 많습니다. 상대가 자신의 마음대로 움직이는 모습을 무엇보다 사랑하고, 최고의 무대를 강제로 관객들에게 보여주고 싶어 합니다.

당연히 그들의 최후는 무대 위에서 배우들의 반역으로 완벽한 각본이 무너지는 것을 보고 절망하다가 폭사하는 겁니다. 그것도 하나의 예술이겠죠.

이상입니다. 이렇게 4권을 쓸 수 있게 해주시고, 폐사가 좋아하는 3류 악역에 대해 이야기할 수 있게 해주셔서 정말 기쁘게 생각하고 있습니다. 고맙습니다.

이 자리를 빌려 여러분에게 끝없는 감사의 마음을 표명하면서 마무리 지을까 합니다.

CHARACTER

등장인물 소개

## 자이로 폴바츠

### 병과 : 전격병

**죄목 : 신에 대한 폭행치사, 군무배임**

어떤 비극으로 인해 여신을
죽게 만든 전 성기사단장.
용사부대에서는 리더 역을 맡고 있으며
난폭하고 흉포하지만
사람을 버리지 못하는 성격에
냉정하고 침착하게 전투에 임하며,
통솔력을 가지고 있다.

제5성기사단 단장 자이로

여신 세네르바

여신 페르메리

여신 켈프로라

# 테오리타

## 검의 여신

존재가 비밀에 싸여 있는 13번째 여신.
성검이나 마검이라 불리는 검을
이계로부터 소환하는 능력을 갖고 있다.
평소에는 여신다운 행동이나 언동을 하고 있지만
활약을 하고 난 이후에는 칭찬을 요구하는 등
귀여운 면도 갖고 있다.

# CHARACTER

## 파트셰 키비아

### 병과 : 기마병

**죄목 : 살인, 내란획책**

제13성기사단의 전 단장. 여신 테오리타의 본래 계약자로, 진지하고 정의감이 강하다. 백부인 대사제 마렌 키비아를 살해했다는 죄명으로 용사형에 처해졌다.

## 프렌시 마스티볼트

남방야귀라고 불리는 민족의 수령의 딸로, 징벌용사가 되기 전의 자이로와 혼약을 나눈 여성. 가면과 같은 무표정으로 날카로운 말을 해댄다. 지금도 자이로와의 혼약파기를 인정하지 않고 있다.

# 도터 루즈러스

## 병과 : 정찰병

**죄목 : 절도**

1천 건이 넘는 절도 사건을 일으킨 역사상 최악의 도둑.
놀라울 정도로 비겁한 성격을 지닌 트러블메이커. 무의미한 것이라도 충동적으로 훔치려고 들고, 실제로 뭐든지 훔칠 수 있는 기량을 지니고 있다.

# 차브

## 병과 : 저격병

**죄목 : 살인, 사체훼손, 유기**

암살교단에서 자란 전 암살자.
밝은 성격에 수다쟁이. 암살자 시절에는 정이 많아서 표적을 죽이지 않고 관계없는 사람을 죽이는 등 기행을 벌였다.
전체적인 스펙이 높으며, 특히 지격은 믿을 수 없을 정도의 실력을 지녔다.

# 베네팀 레오풀

## 병과 : 지휘관

**죄목 : 사기, 횡령, 성권침해, 내란획책**

왕궁을 팔겠다는 사기를 친 정치범.
유능한 척을 하고 있으나 평범하고 나약함.
생각한 것을 떠들어대는 것만으로도
사람을 홀리기 때문에
용사부대의 지휘관으로서
대외적으로 뭔가를 하고 있다.

# 라이노

## 병과 : 포병

**죄목 : 없음**

죄를 범하지도 않았으나 스스로 원해서
징벌용사가 된 특이한 자.
성인군자와 같은 언동을 보이지만 왠지
수상하다. 성인이 새겨진 갑옷으로
공격을 하는 포병으로 놀라운 재능을 갖고 있다.

## 노르가유 센릿지

### 병과 : 공병

**죄목 : 방화, 살인, 건물파괴, 왕실모독**

자신을 국왕이라 자처하는 테러리스트.
통칭 폐하라 불린다. 왕이 된 것처럼
근엄한 태도로 국민들을 생각하는 것을 보면
왕으로도 손색이 없어 보인다.
신비한 힘을 발동하는 '성인'을 조율하는
특출난 능력을 지님.

## 타츠야

### 병과 : 보병

**죄목 : 기록 없음**

누구보다 오랫동안 용사부대에 있는 광전사.
용사로서 소생을 반복하며 자아를 잃어서
제대로 된 언어를 구사하지 못한다.
보병으로서의 능력은 괴물급. 어디서도
본 적이 없는 압도적인 힘과 기동력, 기량을 갖고 있다.

CHARACTER

등장인물소개

## 제이스 파치락트

### 병과 : 용기병

**죄목 : 마약판매, 반란**

드래곤을 타고 항공전력으로
전장을 누비는 용기병. 드래곤을 너무 좋아하며,
드래곤 이외의 일에는 관심을 두지 않는다.
놀랍게도 드래곤과 의사소통이 가능하며
창술도 뛰어나서 용기병으로서는 뛰어난 천재.

## 니리

제이스와 함께 전장을 누비는 여성형 드래곤.
보석처럼 푸르게 빛나는 비늘을 지녔다.
제이스가 말하기를, 눈가에 그늘이 있어서
자신이 좋아하는 타입이라고.
기가 센 것도 마음에 든다고 한다.

## 유리사 키다프레니

### 성녀

극히 보통의, 남부의 농촌에서 태어나고 자란 소녀.
특별한 성흔을 지닌 채로 태어나서 인간에게
《여신》이라는 능력을 이식하는 성녀 계획에 선택되었다.
사망한 여신 세네르바의 오른쪽 팔과 오른쪽 눈을
그 몸에 이식했다.

## 마왕현상 21호
# 아바돈

온화한 표정을 짓는 장년 남성의 외모를 지닌 마왕.
곤충을 연상케 하는 차가운 눈이 특징적이며,
사람의 생각을 읽어낼 수 있다.

## 마왕현상 23호
# 아니스

공주님 같은 자태를 지닌 마왕.
인간의 감정에 이해를 표하며 합리주의적으로
보이지만 아바돈에게 충성을 다한다.

# 토비츠 휴카

한때는 유능한 군인이었으나 지루하다는 이유로
반란을 일으켰다가 실패했다.
마왕 아니스와 만나 마음을 빼앗겨서 인류를 배신하고
마왕현상의 편을 들고 있다.

CHARACTER

등장인물 소개

## 마왕현상 20호
## 부잼

혈액을 조종하는 인간형 마왕.
자이로 일행과는 요프시에서 만나서 교전했다.
인간의 문화에 높은 관심을 갖고 있으며,
예절을 중시하고 시를 각별히 좋아한다.

## 스우라 오드

제2왕도에 감금되어 있던 인간.
암살자로서 탁월한 기량을 갖고 있으며
그에 상응하듯 프라이드도 높다.
인간관계를 성가셔하는 성격이며,
마왕현상의 편이 된 토비츠에게 고용되었다.

# 용사형에 처함 4
## 징벌용사9004부대 형무기록

2026년 2월 15일 초판 인쇄
2026년 2월 25일 초판 발행

**저자** · 로켓 상회
**일러스트** · 메피스토
**역자** · 김영종
**발행인** · 황민호
**전략콘텐츠사업본부장** · 박정훈
**책임편집** · 김선림
**편집기획** · 신주식 최경민 윤혜림
**마케팅** · 이승아
**국제업무** · 이주은 김준혜
**제작** · 최택순 성시원
**한국판 디자인** · 디자인 우리
**발행처** · 대원씨아이(주)

서울특별시 용산구 한강대로15길 9-12
편집부 : 02-2071-2017 FAX : 02-749-2105
영업부 : 02-2071-2084 FAX : 02-749-2105
1992년 5월 11일 등록 제3-563호

http://www.dwci.co.kr/



ISBN 979-11-423-4559-3 04830
ISBN 979-11-7288-358-4 (세트)